글
누
림
한
국
소
설
전
집

메밀꽃 필 무렵

이효석 중·단편선

책임편집·해설-문흥술

문학평론가. 서울여자대학교 국어국문학과 교수.
저서로는 『모더니즘 문학과 욕망의 언어』, 『한국 모더니즘 소설』, 『존재의 집에 이르는 지도』,
『형식의 운명, 운명의 형식』, 『문학의 본향과 지평』 등이 있음.
1993년 조선일보 신춘문예로 등단. 김달진문학상 수상.

일러스트-이효정

문화진흥회주최 전래놀이, 라메르 수상전시, 자연과 생태 전시에 참여.
현재 그림책 작업 다수 진행. 출판미전 순수부문 금상 수상.

글누림한국소설전집 **10**

메밀꽃 필 무렵 이효석 중·단편선

초판 1쇄 발행 2007년 12월 3일
초판 6쇄 발행 2018년 8월 20일

지 은 이 이효석
펴 낸 이 최종숙
펴 낸 곳 글누림출판사

진 행 이태곤
편 집 권분옥 홍혜정 박윤정 문선희 백초혜
디 자 인 안혜진 홍성권
마 케 팅 박태훈 안현진

주 소 서울시 서초구 동광로46길 6-6(반포4동 577-25) 문창빌딩 2층(137-807)
전 화 02-3409-2055(대표), 2058(영업), 2060(편집)
팩 스 02-3409-2059
이 메 일 nurim3888@hanmail.net
블 로 그 blog.naver.com/geulnurim
홈 페 이 지 www.geulnurim.com
북트레블러 post.naver.com/geulnurim
등 록 번 호 제303-2005-000038호(2005. 10. 5)

값 10,900원
ISBN 978-89-91990-77-7-04810
    978-89-91990-67-8(세트)

글누림한국소설전집

10

메밀꽃 필 무렵

이효석 중·단편선

韓國現代小說

 글누림

'글누림한국소설전집'을 새롭게 간행하며

　디지털 환경에 익숙해진 문학 독자들을 위해 '글누림한국소설전집'을 새롭게 간행한다.

　세계의 유수한 고전적 저작들의 목록 절반 이상이 소설이라는 것은 놀라운 일도 이상한 일도 아니다. 잘 짜인 한 편의 이야기인 소설은 사회가 지향하는 꿈과 소망을 고스란히 담고 있다. 소설을 언어로 직조한 시대의 세밀한 풍경화라고 하는 말은 그래서 가능하다. 소설이 그 짧은 역사에도 불구하고 인류 문화의 벗으로 자리 잡을 수 있었던 것도 이러한 특성과 무관하지 않다.

　시대의 격랑 속에 한치 앞도 전망할 수 없는 오늘날의 개인은 소설 속에 담긴 과거의 시공간과 만나면서 인간의 보편성을 확인하고 자신의 개별성을 확장하는 정서적 체험을 하게 된다. 소설과의 만남은 단지 즐거운 독서 체험에 그치는 것이 아니라, 가치의 기준과 삶의 저변을 확장하는 문화의 실천인 것이다.

　오늘날의 문학 환경은 과거에 비해 많이 변화되었다. 신세대를 위한 '글누림한국소설전집'은 시대의 디지털적 진화(?)를 고려하여 기획되었다. 무엇보다도 새로운 문화적 감수성으로 무장한 독자들에게 문자로 읽는 텍스트에 그치지 않고, 텍스트가 생산된 시대를 짐작하고 음미하며 즐길 수 있도록 배려한 것이 이 전집의 특징이다. 그 배려는 문학이 우리 삶에 기여하는 정서적·교육적 효과를 깊게 고려한 것이고, 동시에 역사가 주는 교훈과 달리 우리의 삶을 되비추는 거울과도 같은 성찰의 효과를 전제한 것이다.

'글누림한국소설전집'이 지향하는 기획 의도는 다음과 같다.

첫째, 이 기획은 문학교육 전문가들과 대학에서 문학을 강의하는 전공 교수들의 조언을 받아 이루어졌으며, 근대 초기로부터 한국전쟁 이전의 소설 중에서 특히 문학적 검증이 끝난, 이른바 정전(cannon)에 해당하는 작품들을 중심으로 구성되었다. 정전이란 한 시대의 표준적 규범을 뜻하는 말로, 문학 정전이란 현대문학사에서 누구나 인정하는 성과와 질을 담보한 불후의 명작들을 의미한다. 이 전집을 통해서 근대 초기 이후 지금까지 삶의 이면을 관류하는 문학의 근원적 가치와 이념을 확인할 수 있을 것이다.

둘째, 이 전집은 디지털 환경에 익숙한 젊은 독자들의 취향을 고려한 편의성을 최대한 제고하고자 하였다. 이를 위해서 어려운 낱말에는 상세한 단어풀이를 붙여 이해를 돕고자 했고, 동시에 작품 속에 등장하는 인물들의 갈등과 내면세계를 삽화로 제시하는 한편 작품과 관계되는 당대의 풍속, 생활, 풍물 등의 사진을 본문과 함께 배치하여 다양한 볼거리를 제공하고자 했다. 아울러 작가의 산실이 된 생가와 집필 장소, 유품 등을 사진으로 수록하여 작가의 삶과 작품에 대한 총체적인 이해를 돕고자 했다.

셋째, 이 기획은 교양과목을 수강하는 대학생과 시험을 앞눈 수험생, 풍요로운 삶을 소망하는 일반 독자들에게 작가와 작품, 작품의 배경이 된 당대 현실에 대한 이해를 돕는 교양서로 기능하도록 배려하였다. 수록 작품들은 본래의 의미를 최대한 존중하면서 다양한 이본들을 발표 원문과 일일이 대조하면서 현대식으로 표기하였고, 박사과정 재학 이상의 국문학 전공자의 교정 및 교열 작업을 거쳐 모범적인 판본을 만들었다.

　현재 우리 소설의 역사는 1백 년을 넘어서 새로운 전통을 쌓아가고 있다. 우리 소설들에는 우리의 선조들이 고심했던 역사와 풍속, 삶의 내밀한 관심과 즐거움이 한데 녹아 있다. 독자들은 소설과의 만남을 통해 우리의 문화가 이룩해온 정체성을 확인하고 상상하는 즐거움을 만끽할 수 있을 것이다.

　'글누림한국소설전집'이 디지털 시대를 살아가는 21세기의 젊은 독자들에게 새로운 독서 체험을 제공해 주고 동시에 삶의 풍부한 자양분 역할을 하기를 희망한다.

글누림한국소설전집 간행위원회

목차

도시와
유령

무인지경
사람이 살고 있지 않
는 외진 곳.

버덩
높고 평평하며 나무는
없이 풀만 우거진 거
친 들.

정칙
일정한 규칙이나 법칙.

어슴푸레한 저녁, 몇 리를 걸어도 사람의 그림자 하나 찾아볼 수 없는 *무인지경인 산골짝 비탈길, 여우의 밥이 다 되어 버린 해골덩이가 똘똘 구르는 무덤 옆, 혹은 비가 축축이 뿌리는 *버덩의 다 쓰러져 가는 물레방앗간, 또 혹은 몇 백 년이나 묵은 듯한 우중충한 늪가!

거기에는 흔히 도깨비나 귀신이 나타난다 한다. 그럴 것이다. 고요하고, 축축하고, 우중충하고. 그리고 그것이 *정칙일 것이다. 그러나 나는 아직도 그런 곳에서 그런 것을 본 적은 없다. 따라서 그런 것에 관하여서는 아무 지식도 가지지 못하였다. 하나 나는─자랑이 아니라─더 놀라운 유령을 보았다. 그리고 그것이 적어도 문명의 도시인 서울이니 놀랍단 말이다. 나는 그래도 문명을 자랑하는 서울에서 유령을 목격하였다. 거짓말이라구? 아니다. 거짓말도 아니고 환영도 아니었다. 세상 사람이 말하여 '유령'이라는 것을 나는 이 두 눈을 가지고 확실히 보았다.

어떻든 길게 말할 것 없이 다음 이야기를 읽으면 알 것이다.

가제(假製)
임시로 대강 만듦.

동대문 밖에 상업학교가 *가제(假製)될 무렵이었다. 나는 날마다 학교 집터에 '미장이'로 다니면서 일을 하였다. 남과 같이 버젓하게 일정한 노동을 못 하고 밤낮 뜨내기 벌이꾼으로밖에는 돌아다니지 못하는 나에게는 그래도 몇 달 동안은 입에 풀칠을 할 수 있었다. 마는

1930년대 서울

과격한 노동이었다. 그러므로 하루라도 쉬어 본 일은커녕 한 번이라도 늦게 가본 적도 없었다. 원수같이 지글지글 타 내리는 여름 태양 아래에서 이른 아침부터 저녁때까지 감독의 말 한마디 거스르는 법 없이 고분고분히 일을 하였다. 체로 모래를 쳐라, 불 같은

태양 아래에 새까맣게 타는 석탄으로 *'노리'를 끓여라, 시멘트에다 모래를 섞어라, 그것을 노리로 반죽하여라 하여 쉴 새 없는 기계같이 휘몰아쳤다. 그 열매인지 선물인지는 알 수 없으나 우리들이 다지는 시멘트가 몇백 간의 벌집 같은 방으로 변하고 친구들의 쩽쩽 울리는 끌 소리가 여러 층의 웅장한 건축으로 변함을 볼 때에 *미상불 우리의 위대한 힘을 또 한 번 자랑하지 않을 수 없었다. — 어리석은 미련둥이들이라 ……(원문 탈락)…… 어떻든 콧구멍이 다 턱턱 막히는 시멘트 가루를 전신에 보얗게 뒤집어쓰고 매캐한 노린 냄새와 더구나 전신을 한바탕 쪽 씻어 내리는 땀 냄새를 맡으면서 온종일 들볶아 치고 나면 저녁물에는 정말이지 전신이 나른하였다. 그래도 집안 식구들을 생각하고 끼닛거리를 생각하면 마지막 힘이 났다. 일을 마치고 정신을 가다듬어 가지고 일인 감독의 집으로 간다. 삯전을 얻어 가지고 그 길로 바로 술집에 가서 한잔 빨고 나면 그제야 겨우 제 세상인 듯싶었던 것이다.

술! 사실 술처럼 고마운 것은 없었다. 버쩍버쩍 상하는 속, 말할 수 없는 피로를 잠시라도 잊게 하는 것은 그래도 술의 힘이었다.

그날도 나는 술김에 얼근하였었다. 다른 때와 같이 역시 맨 꽁무니에 떨어진 김서방과 나는 삯전을 받아 들고 나서자마자 행길 옆 술집에서 만판 먹어 댔다.

술집을 나와 보니 벌써 밤은 꽤 저물었었다. 잠을 자도 한잠 너그러지게 잤을 판이었다. 잠이라니 말이지 종일 피곤하였던 판에 주기조차 돌아 놓으니 사실이지 글자대로 눈이 스르르 내리감겼다. 김서방과 나는 즉시 잠자리로 향하였다.

잠자리라니 보들보들한 아름다운 계집이 기다리고 있는 분홍 모기장 속 두툼한 요 위인 줄은 알지 말아라. 그렇다고 어둠침침

노리(のり, 海草)
해초의 총칭.

미상불
아닌 게 아니라 과연.

옹성 밖에서 본 동대문

한 행랑방으로 알라는 것도 아니다. 비록 빈대에는 뜯길망정 어둠침침한 *행랑방 하나 나에게는 없었다. 단지 내 몸뚱이 하나인 나는 서울 안을 못 돌아다닐 데 없이 돌아다니면서 노숙(露宿)을 하였던 것이다. (그래도 그것이 여름이었으니 말이지 겨울이었던들 꼼짝없이 얼어 죽었을 것이다.) 따라서 세상에 못 볼 것을 다 보고 겪어 왔었다. 참말이지 별별 야릇하고 말못할 일이 많았다. 여기에 쓰는 이야기 같은 것은 말하자면 그 중에서 가장 온당한 이야기의 하나에 지나지 못한다.

어떻든 김서방—도 이미 늦었으니 행랑 구석에 가서 빈대에게 뜯기는 것보다는 오히려 노숙하기를 좋아하였다—과 나는 *도수장(屠獸場)께를 지나서 동묘 앞까지 갔었다.

어느 결엔지 가는 비가 보실보실 뿌리기 시작하였다. 축축한 어둠 속에 칙칙한 동묘가 그 윤곽을 감추고 있었다. 사방은 고요하였다.

"이놈들 게 있거라!"

별안간에 땅에서 솟은 듯이 이런 음성이 들렸다. 나는 깜짝 놀라—는 대신에 빙긋 웃었다.

"이래 보여두 한여름 동안을 이런 데루 댕기면서 잠자는 놈이다. 그렇게 쉽게 놀라겠니."

하는 담찬 소리를 남겨 놓고 동묘 대문께로 갔다. 예기한 바와 다름없이 거기에는 벌써 우리 따위의 친구들이 잠자리를 차지하고 있었다. 그래도 꽤 넓은 대문간이지만 그 속에 그득하게 고기새끼 모양으로 오르르 차 있었다. 이리로 눕고 저리로 눕고 허리를 베고 발치에 코를 박고 드르렁드르렁 코를 골고.

"이놈들 게 있거라!"

"아이그 그년……."

"이런 경칠 자식 보게."

엎치락뒤치락 연해 연방 잠꼬대 소리가 뒤를 이었다. 그러면 이쪽에서는,

"술맛 좋다!"

하고 입맛을 쩍쩍 다시는 사람도 있었다. 그 바람에 나도 끌려서 어느결에 쩍쩍 다시려던 입을 꾹 다물어 버리고 나는 어이가 없어 웃으면서 김서방을 둘러보았다.

"어떡할려나?"

"가세!"

"가다니?"

"아 아무 데래두 가 자야지."

김서방 역시 웃으면서 두 손으로 졸린 눈을 비볐다.

"이 세상에선 빠른 게 첫째야, 이 잠자리두 이젠 세가 나네그려, 허허허."

하면서 발꿈치를 돌리려 할 때이다. 나는 으레 닫혀 있어야 할 동묘 안으로 통한 문이 어쩐 일인지 반쯤 열려 있는 것을 발견하였다. 나는 앞선 김서방의 어깨를 탁 쳤다.

"여보게, 저리로 들어가세."

"어디루 말인가?"

김서방은 시원치 않은 듯이 역시 눈만 비볐다.

"저 안으로 말야. 지금 가면 어딜 간단 말인가. 아무 데래두 쓰러져 한잠 자면 됐지."

"그래두."

"머, *고지기한테 들길까 봐 말인가? 상관 있나 그까짓 거 낼 식전에

동묘
서울 흥인지문(보물 1호) 밖에 있는 동묘는 중국 촉한의 유명한 장군인 관우에게 제사지내는 묘로서 원래 명칭은 동관왕묘(東關王廟)이다. 보물 142호.

고지기
관아의 창고를 보살피고 지키던 사람.

일찍이 달아나면 그만이지."

그래도 시원치 않은 듯이 머리를 긁는 김서방의 등을 밀치면서 나는 안으로 들어갔다. 중문턱까지 들어서니 더한층 고요하였다. 여러 해 동안 버려두었던 빈 집터같이 어둠 속으로 보아도 길이 넘는 잡풀이 숲속같이 우거져 있고 낮에 보아도 칙칙한 단청이 어둠에 물들어 더한층 우중충하고 게다가 비에 젖어서 말할 수 없이 구중중한 느낌을 주었다. 똑바로 말이지 청안에 안치한 그림 속에서 무서운 장사가 뛰어 내닫지나 않을까 하고 생각할 때에 머리끝이 쭈뼛하여지는 것을 어찌할 수 없었다.

거진 옷을 적실 만하게 된 빗발을 피하여 앞뜰을 지나 넓은 처마 밑에 이르렀다. 그 자리에 그대로 푹 주저앉아 겨우 안심한 듯이 숨을 내쉬었다.

그때이었다.

"에그, 저게 뭔가 이 사람!"

김서방은 선뜻 나의 팔을 꽉 잡았다. 그가 가리키는 곳에 시선을 옮긴 나는 새삼스럽게 놀라지 않을 수 없었다. 별안간에 소름이 쪽 돋고 머리끝이 또다시 쭈뼛하였다.

불과 몇 간 안 되는 건너편 *정전(正殿) 옆에! 두어 개의 불덩어리가 번쩍번쩍하였다. 정신의 탓이었던지 파랗게 보이는 불덩이가 땅을 휘휘 기다가는 훌쩍 날고 날다가는 꺼져 버렸다. 어디선지 또 생겨서는 또 날다가 또 꺼졌다.

무섬 잘 타기로 유명한 왕눈이 김서방은 숨을 죽이고 살려 달라는 듯이 나에게로 바짝 붙었다.

정전(正殿)
왕이 나와서 조회(朝會)를 하던 궁전. 경복궁의 근정전, 창덕궁의 인정전이 있다.

"하 하 하 하……."

나는 모든 것을 다 이해하였다는 듯이 활연히 웃고 땀을 빠지지 흘리고 있는 김서방을 보았다.

"미쳤나, 이 사람!"

오히려 화가 버럭 난 김서방은 말끝도 채 못 마쳤다.

"하하하 속았네, 속았어."

"……."

"속았어, *개똥불을 보고 속았단 말야, 하하하."

"머 개똥불?"

김서방은 그래도 못 미덥다는 듯이 그 큰 눈을 아직도 휘둥그렇게 뜨고 있었다.

개똥불
'반딧불' 의 방언.
'반딧불이' 의 방언.

"그래 개똥불야, 이거 볼려나?"

하고 나는 손에 잡히는 작은 돌멩이를 하나 집어 들었다. 그리고 두어 걸음 저벅저벅 뜰앞까지 나가서 역시 반짝거리는 개똥불을 겨누고 돌을 던졌다.

하나 나는 *짜장 놀랐다. 돌을 던지면 헤어져야 할 개똥불이 헤어지기커녕 요번에는 도리어 한군데 모여서 움직이지도 않고 그 무슨 정세를 살피는 듯이 고요히 이쪽을 노리고 있지 않은가!

나는 또 숨을 죽이고 그곳을 들여다보았다. 오— 그때에 나는 더 놀라운 것을 발견하였다. 꺼졌다 또 생긴 불에 비쳐 *헙수룩한 산발과 똑똑지 못한 희끄무레한 자태가 완연히 드러났다. 그제야 '흥, 흥' 하는 후렴 없는 신음 소리조차 들려 오는 줄을 알았다.

"에그머니!"

나는 순식간에 달팽이같이 오므라졌다. 그리고 또 부끄러운 말이지만 겨우 정신을 차렸을 때에 나는 동묘 밖 버드나무 밑에 쓰러져 있는 나 자신을 발견하였었다. 사실 꿈에서나 깨어난 듯하였다. 곁에는 보나 안 보나 파랗게 질린 김서방이 *신장대 모양으로 벌벌 떨고 있었다.

밤이 이슥하였는데 집으로 돌아가기도 무엇하니 나머지 밤을 동대문께 가서 새우자고 김서방이 제언하였다.

비는 여전히 뿌리고 있었다. 뒤에서 무어가 쫓아오는 듯하여 연해연방 뒤를 돌아보면서 큰 행길에 나섰을 때에는 파출소 붉은 전등만 보아도 산 듯싶었다.

허둥허둥 동대문 담 옆까지 갔었다.

고요한 담 밑에는 아무것도 없었다. 모든 것을 집어삼킨 캄캄한 어둠밖에는 — 물론 파란 도깨비불도 없다.

짜장
과연 정말로.

헙수룩하다
머리털이나 수염이 자라서 텁수룩하다.

신장대
무당이 신장(神將)을 내릴 때에 쓰는 막대기나 나뭇가지.

'애초에 이리로 왔더라면 아무 일두 없었을걸.'

후회 비슷하게 탄식하고 어디가 어디인지 분간할 수 없어서 '에라 아무 데나' 하고 그 자리에 푹 주저앉았다. 하자—

나는 놀라기 전에 간이 싸늘해졌다. 도톨도톨한 조약돌이나 그렇지 않으면 축축한 흙이 깔려 있어야만 할 엉덩이 밑에— 하나님 맙소사!— 나는 부드럽고도 물큰한 촉감을 받았다.

뿐이 아니다. 버들껑하는 동작과 함께 날카로운 소리가 독살스런 *땡삐같이 나의 귀를 툭 쏘았다.

땡삐
'땅벌'의 방언.

"어떤 놈야 이게!"

나는 고무공같이 벌떡 뛰었다. 그리고는 쏜살같이— 그 꼴이야말로 필연코 미친놈 모양이었을 것이다— 줄행랑을 놓았다.

김서방도 내 뒤에서 헐레벌떡거렸다.

"제발 사람을 죽이지 마라."

김서방은 거의 울음겨운 목소리로 부르짖었다.

"이놈의 서울이 사람 사는 곳이 아니구 도깨비굴이었던가."

나 역시 나중에는 맡길 데 없는 분기가 솟아올랐다.

그러나 또 한편으로는 한없이 어리석고 못생긴 우리의 꼴들을 비웃고도 싶었다. 잘 알지는 못하지만 세상에 원 도깨비나 귀신치고 몸뚱어리가 보들보들하고 물큰물큰하고— 아니 그건 그렇다고 해두더라도 '어떤 놈야 이게!' 하고 땡삐 소리를 치다니 그게 원…… 하고 의심하여 볼 때에는 더구나 단단치 못하게 겁을 집어먹은 것이 짝없이 어리석게 생각되었다. 그렇다고 그 자리에서 또 발을 돌려 그 정체를 탐지하러 갈 용기가 있었느냐 하면 그렇지도 못하였다.

하는 수 없이 보슬비를 맞으면서 *시구문 밖 김서방네 행랑방까지

시구문
시체를 내가는 문이라는 뜻으로, '수구문(水口門)'을 달리 이르던 말.

가지 않으면 안 되었다. 가제나 덕실덕실 끓는 식구 틈에 끼어서 하룻밤의 폐를 끼쳤다—고 하여도 불과 두어 시간의 폐일 것이다—막 한잠 자려고 드러누웠을 때에는 벌써 날이 훤히 새었었으니까.

이렇게 하여 나는 원 무엇이 씌었던지 하룻밤에 두 번씩이나 도깨비인지 귀신한테 혼이 났었다. 사실 몇 해 수는 감하였을 것이다. 그러나 대체 누구를 원망하면 좋았으리요? 술 먹고 늑장을 댄 나 자신일까, 노숙하지 않으면 아니 된 나의 운명일까, 혹은 도깨비나 귀신 그것일까, 그렇지 않으면 그 외의 무엇일까…… 나는 이제야 겨우 이 중의 어느 것을 원망하는 것이 마땅하다는 것을 똑똑히 깨달았다.

통일신라 시대의 도깨비 기와

어떻든 유령 이야기는 이만이다. 하나 참이야기는 이로부터다.

잠 못 자 곤한 것도 무릅쓰고 나는 열심으로 일을 하였다. 비는 어느 결에 개 버렸던지 또 푹푹 내리쬐는 태양 아래에서 시멘트 가루를 보얗게 뒤집어쓰고 줄줄 흐르는 땀에 젖어 가면서.

그러는 동안에도 나는 전날 밤에 당한 무서운 경험을 머릿속으로 되풀이하여 보지 않을 수 없었다. 도깨비면 도깨빈가 보다 하고만 생각하여 두면 그만이었지마는 그래도 그것을 그렇게 단순하게 썩 닦아 버릴 수는 없었다.

'대체 원 도깨비가…….'

하고 요리조리로 무한히 생각하였다. 하나 아무리 생각한다 하더라도 결국 나에게는 풀지 못할 수수께끼에 지나지 못하였다.

하는 수 없이 나는 점심시간을 타서 친구들에게 그 이야기를 하였다. 모두들 적지 않은 흥미를 가지고 들었다.

"머 도깨비?"

이층 꼭대기에 시멘트를 갖다 주고 내려온 맹꽁이 유서방은 등에 매었던 통을 내려놓기도 전에 눈을 휘둥그렇게 떴다.

"내가 있었더라면 그까짓 걸 그저……."

벤또를 박박 긁던 덜렁이 최서방은 이렇게 뽐냈다.

그러나 가장 침착하게 담배를 풀풀 피우던 대머리 박서방만은 그다지 신통치 않은 듯이,

"그래 그것한테 그렇게 혼이 났단 말인가…… 따는 왕눈이 따위니까."

하면서 밉지 않게 싱글싱글 웃으면서 김서방과 나를 *등분으로 건너보았다. 그리고,

"도깨비 도깨비 해두 나같이 밤마다야 보겠나."

하고 빨던 담배를 툭툭 털더니 이야기를 꺼냈다.

"바로 우리집 옆에 빈집이 하나 있네. 지금 있는 행랑에 든 지가 몇 달 안 되어 모르긴 모르겠으나 어떻게 된 놈의 집이 원 사람이 들었던 집인지 안 들었던 집인지 벽은 다 떨어지구 문짝 하나 없단 말야. 그런데 그 빈집에 말일세."

여기서 박서방은 소리를 한층 높였다.

"저녁을 먹구 인제 골목쟁이를 거닐지 않겠나. 그러면 그때일세. 별안간 고요하던 빈집에 불이 하나씩 둘씩 꺼졌다 켜졌다 하겠지. 그것이 진서방(나를 가리켜 하는 말이다) 말마따나 무엇을 찾는 듯이 슬슬 기다는 꺼지고 꺼졌단 또 생긴단 말야. 그런데 그런 불이 차차 늘어 가겠지. 그리곤 무언지 지껄지껄하는 소리가 나자 한쪽에서는 돈을 세는지 은방망이로 장난을 하는지 절걱절걱하다간 또 무엇을 먹는지 쭉쭉 하는 소리까지 들리데. 그나 그뿐인가. 어떤 날은 저희끼리 싸움을 하는지 씨름을 하는지 후당탕하면서 욕지거리, 웃음 소리 참 야단이지. 그러다가두 밤중만 되면 고요해지지만 그때면 또 별 괴괴망측한 소리

등분(等分)
분량을 똑같이 나눔.
또는 그 분량.

가 다 들려 오데."

　박서방은 여기서 말을 문득 끊더니,

　"어때 재미들 있나?"

하고 좌중을 둘러보면서 싱글싱글 웃었다.

　"정말유 그게?"

　웅크리고 앉았던 덜렁이 최서방은 겨우 숨을 크게 쉬면서 눈을 까불

까불하였다.

　"그럼 정말 아니구 내가 그래 자네들을 데리구 실없는 소리를 하

겠나."

하면서 박서방은 말을 이었다.

　"하나 너무 속지들은 말게. 그런 도깨비는 비단 그 빈집에나 진서방

들 혼난 데만 있는 것이 아닐세. 위선 밤에 동관이나 혹은 종묘께만 가

보게. 시글시글할 테니."

　나의 도깨비 이야기를 하여 의심을 풀려던 나는 박서방의 도깨비 이

야기로 하여 그 의심을 더한층 높였을 따름이었다. 더구나 뼈 있는 그

의 말과 뜻 있는 듯한 그의 웃음은 더한층 알지 못할 수수께끼였다.

　"그럼 대체 그 도깨비가 무엇이란 말유?"

　"내가 이 자리에서 길다랗게 말할 것 없이 자네가 오늘 저녁에 또 한

번 가서 찬찬히 살펴보게. 그러면 모든 것이 얼음장같이……."

　할 때에 박서방의 곁에 시커먼 것이 나타났다.

　"무슨 얘기 했소?"

　일인 감독의 일할 시간이 왔다는 것을 고하는 듯한 소리였다.

　"오소 오소 일을 해야지."

　모두들 툭툭 털고 일어났다.

나도 하는 수 없이 박서방에게 더 캐묻지도 못하고 자리를 일어나서
내 맡은 일터로 갔다.

그날 저녁이다.

결국 나는 또 한 번 거기를 가보기로 작정하였다. 물론 김서방은 뺑
소니를 치고 나 혼자다. 뻔히 도깨비가 있는 줄 알면서 또 가기는 사실
속이 켕겼다. 하나 또 모든 의심을 풀어 버리고 그 *진상을 알려 하는
나의 욕망은 그보다 크면 컸지 적지는 않았다. 나는 장차 닥쳐올 모험
에 가슴을 벌떡이면서 발에다 용기를 주었다.

'그까짓거 여차직하면 이걸로.'

하고 손에 든 몽둥이―나는 만일의 경우를 염려하여 몽둥이 하나를 준
비하였던 것이다―를 번쩍 들 때에 나는 저절로 흘러나오는 미소를 금
할 수 없었다. 도깨비를 정복하러 가는 유령장군같이도 생각되어서 사실
한다하는 ×자 놈들이면 몰라도 무엇을 못 먹겠다고 하필 가난뱅이 노숙
자들을 못살게 굴고 위협과 불안을 주는 유령을 정복하여 버리는 것은
사실 뜻 있고도 용맹스런 사업일 것이
다―고 나는 생각하였다.

어떻든 장차 닥쳐올 모험에 가슴
을 벌떡이면서 발에다 용기를
주었다.

어두워 가는 황혼 속에
음침한 동묘는 여전히 우중
충하였다.

좀 이르다고 생각하였으

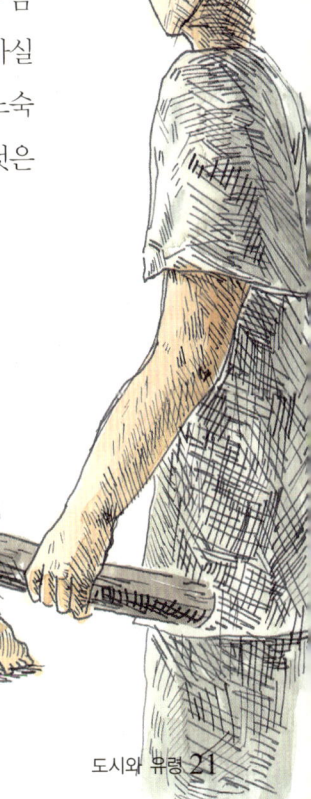

나 나오기를 기다리면 되지 하고 제멋대로 후둑후둑 뛰는 가슴을 가라앉히고 아직도 열려 있는 대문을 서슴지 않고 들어섰다.

중문을 들어서 정전 앞으로 몇 발짝 걸어갔을 때이다.

전날 밤에 나타났던 정전 옆 바로 그 자리에 헙수룩하게 산발한 두 개의 그림자가 있었다. 그러나 나는 벌써 어리석은 전날 밤의 나는 아니었다.

'원 요런 놈의 도깨비가……'

몽둥이를 번쩍 들고 사실 장군다운 담을 가지고 나는 그 자리까지 달려갔다.

하나!

나의 손에서는 *만신의 힘이 맺혔던 몽둥이가 힘없이 굴러 떨어졌다 — 유령장군이 금시에 미치광이 광대새끼로 변하여 버렸던 것이다.

'원 이런 놈의……'

틀림없던 도깨비가 순식간에 두 모자의 거지로 변하다니! 이런 기막힌 일이 어디 있단 말인가.

다음 순간 그 무엇을 번쩍 돌려 생각한 나는 또다시 몽둥이를 번쩍 들었다.

"요게 정말 도깨비장난이란 거야."

하나 도깨비란 소리에 영문을 모르는 두 모자는 손을 모으고 썩썩 빌었다.

"아이구, 왜 이럽니까?"

이건 틀림없는 사람의 목소리였다.

"나가라면 그저 나가라든지 그래 이 병신을 죽이시렵니까. 감히 못 들어올 덴 줄은 알면서도 헐 수 할 수 없이……"

만신
온몸.

눈물겨운 목소리로 이렇게 사죄를 하면서 여인네는 일어나려고 무한히 애를 썼다. 어린애는 울면서 그를 붙들었다.

역시 광대에 지나지 못한 나는 너무도 경솔한 나의 행동을 꾸짖고 겨우 입을 열었다.

"아니우, 앉아 계시우. 나는 고지기두 아무 것두 아니니."

"네?"

모자는 안심한 듯한 동시에 감사에 넘치는 눈으로 나를 쳐다보았다.

"어젯밤에 여기에 아무것도 나오지 않았소?"

무어가 무언지 분간할 수 없는 나는 이렇게 물었다.

"네? 나오다니요? 아무 것두 나오지는 않았습니다. 그리구 단지 우리 모자밖에는 여기 아무 것두 없었습니다."

여인네는 *어사무사하여서 이렇게 대답하였다.

"그럼 대체 그 불은?"

나는 그래도 속으로 의심하면서 주위로 눈을 휘둘렀다.

"무슨 일이나 생겼습니까? 정말 저희들밖에는 아무 것두 없었습니다. 그리구 저희는 저지른 것두 없습니다. 밤중은 돼서 다리가 하두 아프길래 약을 바르려고 찾으니 생전 있어야지유. 그래 그것을 찾느라구 성냥 한 갑을 다 그어 내버린 일밖에는 아무것도 없었습니다."

하고 여인네는 한쪽 다리를 훌떡 걷었다. 그리고 눈물이 그 다리 위에 뚝뚝 떨어지기 시작하였다.

나는 모든 것을 얼음장 풀리듯이 *해득하기는 하였으나 여기서 또한 참혹한 그림을 보지 않으면 안 되었다. 그의 훌떡 걷은 한편 다리! 그야말로 눈으로는 차마 보지 못할 것이었다. 발목은 끊어져 달아나고 장딴지는 나뭇개비같이 마르고 채 아물지 않은 자리가 시퍼렇게 질려

어사무사하다
생각이 날 듯 말 듯 하다.

해득
뜻을 깨쳐 앎.

있었다.

1930년대 택시

"그놈의 원수의 자동차…… 그나마 얻어먹지도 못하게 이렇게 병신을 맨들어 놓고……."

여인네는 울음에 느끼기 시작하였다.

"자동차에요?"

"네, 공원 앞에서 그놈의 자동차에……."

나는 문득 어슴푸레한 나의 기억의 한 귀퉁이를 번개같이 되풀이하였다.

달포
한 달이 조금 넘는 기간.

*달포 전.

어느 날 밤이었다.

그날도 나는 이유 없이―가 아니라 바로 말하면 바람 쏘이러―밤 장안을 헤매고 있었다. 장안의 여름밤은 아름다웠다.

낮 동안에 이글이글 타는 해에 익은 몸뚱어리에 여름밤은 둘 없이 고마운 선물이었다. 여름의 장안 백성들에게는 욱신욱신한 거리를 고무풍선같이 떠다니는 파라솔이 있고, 땀을 들여 주는 선풍기가 있고, 타는 목을 식혀 주는 맥주 거품이 있고, 은접시에 담긴 아이스크림이 있다. 그리고 또 산 차고 물 맑은 피서지 삼방이 있고, 석왕사가 있고,

함남 석왕사
고려 말 자초(自超) 무학대사가 이 절 근처의 토굴에서 지내다가 이성계의 꿈을 해석해 준 것을 인연으로, 이성계가 크게 절을 창건하도록 했다는 기록이 있다.

인천이 있고, 원산이 있다. 그러나 그런 것은 꿈에도 못 보는 나에게는 머루알빛 같은 밤하늘만 쳐다보아도 차디찬 얼음 냄새가 흘러오는 듯하였다. 이것만 하더라도 밤 장안을 헤매는 것은 무의미한 일은 아니었다. 게다가 무엇보다도 거리 위에 낮거미새끼같이 흩어진 계집의 얼굴의 화려한 분 냄새만 맡을 수 있는 것만 하여도 사실 밤 장안을 헤매는 값은 훌륭히 될

것이었다.

그러나 장안의 여름밤을 아름다운 꿈으로만 생각하는 것은 큰 실수이다. 거기에는 생활의 무거운 짐이 있다. 잔칫집 마당같이 들볶아치는 *야시에는 하루면 스물네 시간의 끊임없는 생활의 지긋지긋한 그림이 벌어져 있었다. 거기에는 낮과 다름없이 역시 부르짖음이 있고 싸움이 있고 땀이 있었다.

그러나 아무튼지 간에 가슴을 씻어 주는 시원한 맛은 싫은 것은 아니었다. 여름밤은 아름다웠다. 그런고로 나는 공원 앞 큰 행길 옆에 사람이 파도를 일으키면서 요란히 수물거리는 것은 구태여 볼 것 없이 술김에 얼근한 주객이나 그렇지 않으면 야시의 음악가 *깽깽이 타는 친구를 둘러싸고 있는 것이려니 생각하고,

'흥 여름밤이니까!'

혼자 중얼거리면서 무심코 그곳을 지나려 하였다.

그러나 사람들의 수물거리는 품이 주정꾼이나 혹은 깽깽이꾼의 경우와는 달랐다.

그리고 무엇보다도,

노자 노자

젊어 노자

먹구 마시구

만판 노자

하는 주객의 노래는 안 들렸다. 그렇다고 밤사람을 취하게 하는 '아름다운' 깽깽이 노래도 들려 오지는 않았다.

야시
야시장.

깽깽이
해금이나 바이올린을 낮추어 부르는 말.

'그러문 대체……'

나의 발길은 부지중에 그리로 향하였다.

'머? 겨우 요술꾼 약장수야!'

나는 거의 실망에 가까운 어조로 이렇게 중얼거리고 대수롭지 않은 듯이 발길을 돌이키려 할 때이다. 사람들의 수물거리는 틈으로 나는 무서운 것을 보았다.

군중의 숲에 싸여서 안 보이는 한 채의 자동차와 그 밑에 깔린 여인네 하나를 보았다. 바퀴 밑에는 선혈이 *임리하고 그 옆에는 거지 아이 하나가 목을 놓고 울면서 쓰러져 있었다.

'자동차 안에는'

하고 보니 아니나 다를까 불량배와 기생년들이 그득하였다.

'오라질 연놈들!'

'자동찰 타니 신이 나서 사람까지 치니.'

'원 끔찍두 해라.'

이런 말마디를 주우면서 나는 어느 결에 그 자리를 밀려져 나왔었다.

"그래 당신이 그……"

나는 되풀이하던 기억의 끝을 문득 돌려 이렇게 물었다.

"네, 그렇답니다. 달포 전에 그 원수의 자동차에 치여 가지구 병원엔 지 무엔지를 끌구 가니 생전 저 어린것이 보구 싶어 견딜 수 있어야지유. 그래 한 달두 채 못 돼 도루 나오지 않았어요. 그랬더니 이놈의 다리가 또 아프기 시작해서 배길 수 있어야지유. 다리만 성하문야 그래두 돌아댕기면서 얻어먹을 수는 있지만……"

여인네는 차마 더 볼 수 없는 다리를 두 손으로 만지면서 울음에 느꼈다.

임리(淋漓)
피, 땀, 물 따위의 액체가 흘러 흥건한 모양.

나는 그의 과거를 더 캐물으려고도 하지 않았다. 아니 묻지 않아도 그의 대답은 뻔한 것이었다.

'집이 원래 가난했습니다. 그런데다가 남편이 죽구 나니…….'

비록 이런 대답은 안 할지라도 그 운명이 그 운명이지 무슨 더 행복스런 과거를 찾아낼 수 있었으리요.

나의 눈에는 어느 결엔지 눈물이 그득히 고였었다. '동정은 우월감의 반쪽'일는지 아닐는지는 모른다. 하나 나는 나도 모르는 동안에 주머니 속에 든 대로의 돈을 모두 움켜서 뚝 떨어지는 눈물과 같이 그의 손에 쥐어 주었다. 그리고는 아무 말 없이 부리나케 그 자리를 뛰어나왔었다.

이야기는 이만이다.

독자여 이만하면 유령의 정체를 똑똑히 알았겠지. 사실 나도 이제는 동대문이나 동관이나 종묘나 또 박서방 말한 빈 집터에 더 가볼 것 없이 박서방의 뼈 있는 말과 뜻 있는 웃음을 명백히 이해하였다.

그리고 나는 모두 나와 같은 운명을 가진 애매한 친구들을 유령으로 생각하고 어리석게 군 나를 실컷 웃어도 보고 뉘우쳐 보기도 하였다.

독자여 뭐? 그래도 유령이라고? 그래 그럼 유령이라고 해두자. 그렇게 말하면 사실 유령일 것이다—살기는 살았어도 기실 죽어 있는 셈이니!

어떻든 유령이라고 해두고 독자여 생각하여 보아라. 이 서울 안에 그런 유령이 얼마나 많이 늘어 가는가를!

늘어 간다고 하면 말이다. 또 되풀이하는 것 같지만 첫 페이지로 돌아가서,

어슴푸레한 저녁, 몇 리를 걸어도 사람의 그림자 하나 찾아볼 수 없는 무인지경인 산골짝 비탈길, 여우의 밥이 다 되어 버린 해골덩이가 똘똘 구르는 무덤 옆, 혹은 비가 축축이 뿌리는 버덩의 다 쓰러져가는 물레방앗간, 또 혹은 몇 백 년이나 묵은 듯한 우중충한 늪가!

거기에 흔히 나타나는 유령이 적어도 문명의 도시인 서울에 오히려 꺼림 없이 나타나고 또 서울이 나날이 커가고 번창하여 가면 갈수록 유령도 거기에 정비례하여 점점 늘어 가니 이게 무슨 뼈저린 현상이냐! 그리고 그 얼마나 비논리적, 마술적 알지 못할 사실이냐! 맹랑하고도 기막힌 일이다. 두말할 것 없이 이런 비논리적 유령은 결코 있어서는 안 될 것이다.

그러면 어떻게 하면 이 유령을 늘어 가지 못하게 하고 아니 근본적으로 생기지 못하게 할 것인가?

현명한 독자여! 무엇을 주저하는가. 이 중하고도 큰 문제는 독자의 자각과 지혜와 힘을 기다리고 있지 않은가!

『노령근해』, 동지사, 1931.

약령기(弱鈴記)

해가 쪼이면서도 바다에서는 안개가 흘러온다. 헌칠한 벌판에 얕게 깔려 살금살금 기어오는 자줏빛 안개는 마치 그 무슨 동물과도 같다. 안개를 입은 교장 관사의 푸른 지붕이 딴 세상의 것같이 바라보인다.

실습지가 오늘에는 유난히도 넓어 보이고 안개 속에서 일하는 동물들의 모양이 몹시도 굼뜨다. 능금꽃이 피는 시절임에도 실습복이 떨리리만큼 날씨가 차다.

쇠스랑

쇠스랑으로 퇴비를 푹 찍어 올리니 김이 무럭 나며 뜨뜻한 기운이 솟아오른다. 그 속에 발을 묻으니 제법 훈훈한 온기가 몸을 싸고 오른다. 학수는 그대로 그 위에 힘없이 풀썩 주저앉았다. 그 속에 전신을 묻고 훈훈한 퇴비 냄새를 실컷 맡고 싶었다.

"너 피곤한가 부구나."

맥없는 학수의 거동을 바라보고 섰던 문오가 학수의 어깨를 치며 그의 쇠스랑을 뺏어 들고 그 대신 *목코에 퇴비를 담기 시작하였다.

목코
주머니 모양으로 된 안 강망 통그물의 앞 모서리에 댄, 여러 코를 한데 묶은 것.

"점심도 안 먹었지."

"……."

"……(원문 탈락)……배우는 학과의 실험이라면 자그마한 실습지면 그만이지 이렇게 넓은 땅을 지을 필요가 있나. ……(원문 탈락)……"

혼잣말같이 중얼거리며 문오는 퇴비를 다 담고 나서,

"자, 이것만 갖다 붓고 그만 쉬지."

학수는 힘없이 일어나서 목코의 한끝을 메었다.

제삼 가족의 오늘의 실습 배당은 제이 온상(溫床)의 정리였다. 학수는 온상까지 가는 길에 한 시간 동안에 나른 목코의 수효를 속으로 헤어 보았다. 열일곱 번째였다. 그 사이에 조금이라도 게을리 하여서는 안 되는 것이다. 퇴비를 새로 만드는 온상에 갖다 붓고 나니 마침 휴식의 종이 울린다.

"젖 먹은 힘 다 든다. 실습만 그만두라면 나는 별일 다 하겠다."

옆에서 새 온상의 터를 파고 있던 삼학년생이 부삽을 던지고 함정 속에서 뛰어나온다. 그도 점심을 못 먹은 패였다. 흐르는 땀을 손등으로 받아 뿌리면서 물을 켜러 허둥지둥 수도 있는 곳으로 걸어갔다.

온상

학교를 둘러싸고 있는 사면의 실습지 구석구석에 퍼져서 삼백여 명의 생도는 그 종적조차 모르겠더니 휴식시간이 되니 우줄우줄 모여들어 학교 앞 수도를 둘러싸고 금시에 활기를 띠었다.

온상을 맡은 가족은 그곳으로 가는 사람이 적고, 대개 그 자리에 주저앉아 땀을 들였다. 학수도 문오도—같은 사학년인 두 사람은 각별히 친밀한 사이였다—떨어지지 아니하고 실습복 채로 땅 위에 주저앉았다.

"능금꽃이 피었구나."

확실한 초점 없는 그의 시야 속에 앞밭의 능금나무가 어리었다. 흰 꽃에 차차 시선이 집중되자 '능금꽃'의 의식이 새삼스럽게 마음속에 떠올랐다.

능금꽃

"아니, 마른 가지에."

보고 있는 동안에 하도 괴이하여서 학수는 일어서서 그곳으로 갔다. 확실히 마른 가지에 꽃이 피어 있다.

그 알 수 없는 힘의 성장을 경탄하고 있을 때에 등 뒤에서 부르는 소리에 그는 뒤로 돌아섰다.

남부농장에서 실습하던 같은 급의 창구가 온상 옆에 서 있다.

"꽃구경하고 있다."

싱글싱글 웃으며,

"능금꽃 필 때 시집가는 사람은 오죽 좋을까."

괭이자루를 무의미하게 두드리고 앉았던 다른 동무가 문득 생각난 듯이,

"아, 참, 금옥이가 쉬이 시집간다지."

창구가 맞장구를 치며,

"마을의 자랑거리가 또 하나 없어지는구나. 두헌이가 ×으로 넘어갔을 때 우리는 마을의 자랑거리를 하나 잃었더니 이제 우리는 마을의 명물을 또 하나 잃어버리는구나. 물동이 이고 울타리 안으로 사라지는 *민출한 자태도 더 볼 수 없겠지."

"신랑은 ×× 사는 쌀장수라지. 금옥이네도 가난하던 차에 밥은 굶지 않겠군."

"우리도 섭섭하지만 정 두고 지내던 학수 입맛이 어떤가."

싱글싱글 웃으면서 창구는 학수를 바라본다. 빈속에 슬픈 기억이 소생되어 학수는 현기증이 나며 정신이 흐려졌다.

"헛물만 켜고 분하지 않은가. 그러나 가난한 학생에게는 안 준다니 할 수 없지만."

창구의 애꿎은 한마디에 학수는 별안간 아찔하여지며 정신을 잃고 그 자리에 쓰러졌다.

핏기 한 점 없는 해쓱한 얼굴로 뻣뻣하게 쓰러지는 학수를 문오는 날쌔게 달려와서 등 뒤로 붙들었다. 창구가 달려와서 그의 다리를 붙

민출하다
모양새가 밋밋하고 훤칠하다.

들었다.

"웬일이냐."

보고 있던 동무들이 우르르 모여들었다.

"가끔 빈혈증을 일으키니."

"주림과 실습과 번민과 이 속에서 부대끼고야 졸도하기 첩경이지."

그 어느 한편을 부축하려고 가엾은 동무를 둘러싸고 그들은 우줄우줄하였다.

"공연히 실없는 소리를 했더니 야유가 지나쳤나 부다."

창구는 미안한 생각을 금할 수 없어서 몇 번이나 사과하는 듯이 말하면서 문오와 같이 뻣뻣한 학수를 맞들고 숙직실로 향하였다.

다른 가족의 동무들이 의아하여 *올레줄레 따라왔다. 감독선생이 두어 사람 먼 데서 이것을 보고 좇아왔다.

올레줄레
크고 작은 사람들이 앞서거니 뒤서거니 뒤따르거나 늘어선 모양.

숙직실에 데려다 눕히고 다리를 높이 고였다. 웃통을 활짝 풀어헤치고 물을 축여 가슴을 식히고 있는 동안에, 핏기가 얼굴에 오르면서 차차 피어나기 시작한다. 십 분도 채 못 되어 의사가 달려왔을 때에는 학수는 회복하고 눈을 떴다. 의사가 따라 주는 포도주를 반잔쯤 마시고 나니 새 정신이 들었다. 골이 아직 띵하였으나 겸연쩍은 생각에 학수는 벌떡 일어났다.

"겨우 마음 놓았다. 사람을 그렇게 놀래니."

창수는 정말 안심한 듯이 웃으며,

"실없는 말 다시 안 하마."

"감독선생께 말할 터이니 실습 그만두고 더 누워 있어라."

문오는 학수 혼자 남겨 두고 창구와 같이 실습지로 나갔다.

숙직실에 혼자 남아 있기도 거북하여 학수는 허둥지둥 방을 나와 마

부란기(孵卵器)
달걀이나 물고기의 알
을 인공적으로 부화시
키는 기구.

음 편한 *부란기(孵卵器) 당번실로 갔다.

훈훈한 빈방에 누워 있으려니 여러 가지 생각과 정서가 좁은 가슴속을 넘쳐흘러 나왔다.

'병아리만도 못한 신세!'

윗목 우리 속에서 울고 돌아치는 병아리의 무리—그보다도 못한 신세라고 학수는 생각하였다.

'병아리에게는 나의 것과 같은 괴로움은 없겠지.'

버들, 뚝버들이라고도
함. 들이나 냇가에서
주로 서식한다.

창밖으로는 민출한 버드나무가 내다보였다. 자랄 대로 자라는 밋밋한 버드나무—그만도 못한 신세라고 학수는 생각하였다. 아무 생각 없이 순진하게 자라야 할 어린 그에게 너무도 괴로움이 많다. 그 가지가지의 괴로움이 밋밋하게 자라는 그의 혼을 숫제 무지러뜨린다. 기구한 사정에 시달려 기개는 꺾어지고 의지는 찌그러진다. 금옥이—서로 정 두고 지내던 그를 잃어버리는 것은 피차에 큰 슬픔이었다. 성 밖 능금밭에서 만나던 밤, 금옥이도 울고 그도 울었다. 그러나 학수의 괴로움은 그 틀어지는 사랑의 길뿐이 아니다. 집에 가도 괴롭고 학교에 와도 괴롭고, 가난과 부자유—이것이 가지가지의 괴로움을 낳고 어린 혼의 생각을 짓밟았다.

생각하고 있는 동안에 두 눈에는 더운 것이 넘쳐 나왔다. 뒤를 이어 자꾸만 흘러 나왔다. 웬만큼 눈물을 흘리면 몸이 가뿐하여지건만 마음속의 서러운 검은 구름이 풀리지 않는 이상, 눈물은 비 쏟아지듯 무진장으로 흘러 내렸다. 흐릿한 눈물 속으로 학수는 실습을 마치고 들어온 문오의 찌그러진 얼굴을 보았다.

"너무 흥분하지 말아라."

어지러운 그의 꼴이 문오의 눈에는 퍽도 딱하였다.

"금옥이 때문에?"

"보다도 나는 학교가 싫어졌다."

"학교가 싫어진 것은 지금에 시작된 일이냐? 좋아서 학교 오는 사람이 어디 있겠니. 기계가 움직이듯 아무 의지도 없이 맹목적으로 오는 데가 학교야. 그렇다고 학교에 안 오면 별수가 있어야지."

"즐겁게 뛰노는 곳이 아니고 사람을 ××하는 곳이야."

"흙과 친하라고 말하나 ……(원문 탈락)…… 흙과 친할 수 있는가."

"어디로든지 먼 곳으로 가고 싶어."

"가서는 어떻게 하게? 지금 세상 가는 곳마다 다 괴롭지, 편한 곳이 어디 있겠니?"

"너무도 괴로우니 말이다."

"가버리면 집안사람들은 어떻게 하겠니. 꾹 참고, 있는 때까지 있어 보자꾸나."

"……."

"오늘 밤에 용걸이한테 놀러나 갈까."

문오는 학수를 데리고 당번실을 나갔다.

아침.

조례시간에 각 학년 결석 보고가 끝난 후, 교장이 성큼성큼 등단하였다.

엄숙하게 정렬한 삼백여 명의 대열이 일순 긴장하였다. 교장의 설화가 있을 때마다 근심 반 호기심 반의 육백의 눈이 단 위로 집중되는 것이다.

"다달이 주의하는 것이지만……."

깨어진 양철같이 울리는 첫마디를 들은 순간 학수는 넉넉히 그 다음 마디를 짐작할 수 있었다.

"번번이 수업료 미납자가 많아서 회계처리에 대단히 곤란하다……."

짐작한 대로였다. 다달이 한 번씩 이 말을 들을 때마다 학수는 마치 죄진 사람같이 마음이 우울하였다. 다달이 불과 몇 원 안 되는 금액이지만 가난한 농가의 자제에게는 무거운 짐이었다. 교장의 설유가 있을 때마다 매 맞는 양같이 마음이 움츠러졌다.

"이번 주일 안으로 안 바치면 단연코 처분할 터이니……."

판에 박은 듯한 늘 듣는 선고이지만 학수의 마음은 아프고 걱정되었다.

종일 동안 마음이 우울하였다.

끄슬리다
그슬리다.

때도 떳떳이 못 먹는 처지에 그만큼의 돈을 변통할 도리는 도저히 없었다. 달마다 괴롭히는 늙은 아버지의 까맣게 *끄스른 꼴을 생각만 하여도 가슴이 저렸다. 가난한 집안을 업고 가기에 소나무같이 구부러진 가련한 꼴이 그림같이 그의 마음속에 들어붙어 떨어지지 않았다.

명년(明年)
내년. 다음 해.

일 년 동안이나 공들여 길렀던 도야지는 달포 전에 세금에 졸려 팔아 버렸다. 일 년 더 길러 *명년 봄에 팔아 감자밭을 몇 고랑 더 화리 맡으려던 아까운 도야지를 하는 수 없이 팔아 버렸다. 그만큼 세금의 재촉이 불같이 심하였던 것이다.

그날 일을 학수는 지금까지도 잘 기억하고 있다.

면소에서는 나중에 면서기가 술기(수레)를 끌고 나왔다. 어머니는 그것이 소용없는 일인 줄 알면서도 욕지거리를 하였다. 아버지는 뜰 앞에 앉아 말없이 까만 얼굴에 담배만 폭폭 피웠다. 밥솥을 빼어 실은 술기가 문 앞을 굴러나갈 때, 어머니는 울 모퉁이까지 따라 나가며 소리를 치며 울었다. 하는 수 없이 아버지는 다음날 아끼던 도야지를 팔고 밥솥을 찾아내었다. 도야지를 없애고 어머니는 세 때나 밥술을 들지 않았다.

그때 일을 학수는 잊을 수가 없다.

'도야지도 없으니 이달 수업료를 어떻게 하노.'

걱정의 반날을 지우고 집에 돌아갔을 때 밭에 나간 아버지는 아직 돌아오지 않았다.

호미를 쥐고 뜰 앞 나물 밭을 가꾸고 있는 동안에 아버지가 돌아왔다. 그러나 피곤하여 맥없는 그 꼴을 볼 때, 귀찮은 말로 그를 더 괴롭힐 용기가 나지 않았다.

가난한 저녁상을 마주 대하고 앉았을 때, 아버지 쪽에서 무거운 입을 열었다.

"요사이 학교 별 일 없니?"

"늘 한 모양이지요."

호미

"공부 열심히 해라. 졸업한 후 직업에라도 속히 붙어야지, 늙은 몸으로 나는 더 집안을 다스려 갈 수 없다."

그것이 너무도 진정의 말이기 때문에 학수는 도리어 적당한 대답을 찾지 못하였다.

"날씨가 고약해서 농사는 올해도 또 낭패될 것 같다. 비료도 몇 가마니 사서 부어야겠는데 큰일이다. 작년에도 비료를 못 쳤더니 땅을 버렸다고 최직장이 야단야단 치는 것을 올해는 빌고 빌어서 간신히 한 해 더 얻어 부치게 되지 않았니."

학수는 다시 우울하여져서 중간에서 밥숟갈을 놓아 버렸다.

"암만해도 도야지를 또 한 마리 사서 기를 수밖에는 도리가 없다. 닭을 쳐도 시원치 못하고 그저 도야지밖에는 없어. 학교 도야지 새끼 낳았니?"

아버지는 단 한 사람의 골육인 아들에게 모든 것을 이야기하고 의논하였다.

그러나 농사일에 정신없는 아버지 앞에서 학수는 차마 수업료 말을 꺼내지 못하였다. 물을 마시고는 방을 뛰어나갔다.

밤이 이슥하였을 때, 학수는 울타리 밖 우물에 물 길러 온 금옥이에게 눈짓하여 성 밖에서 만나기로 하였다.

달이 너무도 밝기에 따로따로 떨어져 학수는 먼저 성 밖으로 나가 능금밭 *초막 뒤편에 의지하여 금옥이가 나오기를 기다렸다.

보름달이 박덩이같이 희다. 벌판 끝에 바다가 그윽한 파도 소리와 함께 *우련한 밤 속에 멀다. 윤곽이 선명한 초막의 그림자가 그 무슨 동물과도 같이 시꺼멓게 능금밭 속까지 뻗쳐 있고, 그 속에 능금나무가 잎사귀와 꽃이 같은 푸르스름한 빛으로 우뚝 솟아 있다. 달밤의 색채는 반드시 흰빛과 묵화 빛만이 아니다. 달빛과 밤빛이 짜내는 미묘한 색채—자연은 이것을 그 현실의 색채 위에 쓰고 나타난다. 이것은 확실히 현실을 떠난 신비로운 치장이다. 그러나 달밤은 또한 이 신비로운 색채뿐이 아니다. 색채 외에 확실히 일종의 독특한 향기를 품고 있다. 알지 못할 그윽한 밤의 향기—이것이 있기 때문에 달밤은 더한층 아름다운 것이다. 인류가 태곳적부터 가진 이 낡은 달밤—낡았다고 빛이 변하는 법 없이 마치 훌륭한 고전(古典)과 같이 언제든지 아름다운 달밤!

그러나 괴롬 많은 학수에게는 이 달밤의 아름다운 모양이 새삼스럽게 의식에 오르지 않았다. 금옥의 생각이 달보다 먼저 섰던 것이다. 만

초막
풀이나 짚으로 지붕을 이어 조그마하게 지은 막집.

우련하다
형태가 약간 나타나 보일 정도로 희미하다.

나는 마지막 밤에 다른 생각 다 젖혀 버리고 금옥이를 실컷 생각하고 그 아름답고 안타까운 마지막 기억을 마음속에 곱게 접어 두고 싶었다.

초막 건너편 능금나무 사이에 금옥이가 나타났다. 능금 꽃과 같은 빛으로 솟아 보이는 민출한 자태와 달빛에 젖은 오리오리의 머리카락—마지막으로 보는 이런 것이 지금까지 본 그 어느 때보다도 더한층 아름다웠다.

"겨우 빠져나왔어요."

너무도 밝은 달빛을 꺼리는 듯이 손등으로 얼굴을 가리고 금옥이는 가까이 왔다.

"요새는 웬일인지 집안사람들이 별로 나의 거동을 살피게 되었어요. 날이 가까웠으니 몸조심하라고 늘 당부하겠지요."

학수는 금옥이의 손을 잡으면서,

"며칠 안 남았군."

"그 소리는 그만두세요."

"그날을 기다리는 생각이 어떻소?"

"놀리는 말씀예요."

"놀리다니, 내가 금옥이를 놀릴 권리가 있나?"

"그렇지 않아도 슬픈 마음을 바늘로 찌르는 셈예요."

"누가 누구의 마음을 찌르는고!"

"팔러 기는 몸을 비웃으려거는 그날이 오기 전에 나를 어떻게든지 처치해 주세요."

"아, 어떻게 하면 좋은가! 나같이 힘없고 못생긴 놈이 또 있을까!"

말도 끝마치기 전에 학수에게는 참고 있던 울음이 탁 터져 나왔다. 목소리가 높아지며 어린아이 모양으로 엉엉 울었다. 금옥이의 얼굴도 달빛에 펀적펀적 빛났다.

그는 벌써 아까부터 학수의 눈에 뜨이지 않게 눈물을 흘리고 있었던 것이다.

"어떻게든지 처치해 주세요."

느끼는 목소리로 간신히 말하고 얼굴을 학수의 가슴에 푹 파묻었다. 울음소리가 별안간 높아졌다.

"처치라니, 지금의 나에게 무슨 힘이 있고 수단이 있나? 도망…… 그것은 이야기 속에나 나오는 일이지. 맨주먹의 우리가 어떻게 그것을 하노."

학수는 가슴을 쥐어뜯었다.

"그것도 할 수 없다면 두 가지 길밖에는 없지요. 불쌍한 집안사람들의 뜻은 어길 수가 없으니 그날을 점잖게 기다리든지, 그렇지 않으면 내 한 목숨을 없애든지……."

금옥이의 목소리는 떨렸다. 며칠 동안에 눈에 띄리 만큼 여윈 것이 학수의 손에 닿는 그의 얼굴 모습으로도 알렸다. 턱이 몹시 얇아지고 손목이 놀라리만큼 가늘어졌다.

"어떻게 하면 좋은고."

학수는 괴로운 심장을 빼내 버린 듯이 몸부림을 쳤다.

"사람의 일이란 될 대로밖에 안 되는 것 같아요. 이것이 우리들이 만나는 마지막이 될는지도 모르지요."

울음 속에서도 금옥이의 태도는 부자연스러우리만큼 침착하다.

아무 해결도 없는 연극의 막을 닫는 듯이, 달이 구름 속에 숨고 파도 소리가 별안간 요란히 들린다.

눈물에 젖은 금옥이의 치맛자락이 배꽃같이 시들었다.

모든 것을 단념한 후의 무서운 괴로움과 낙망 속에 금옥이의 혼인날이 가까워 왔다. 능금밭 초막에서 만난 밤 이후, 학수는 다시 금옥이를 만나지 못한 채 그날을 당하였다.

통곡하는 마음을 부둥켜안고 학교에도 갈 생각 없이 그는 아침부터 바닷가로 나갔다.

무슨 심술로인지 공교롭게도 훌륭한 날씨이다. 너무도 찬란히 빛나는 햇빛에 학수는 얼굴을 정면으로 들기가 어려웠다. 한들한들 피어난 나뭇잎이 은가루같이 반짝반짝 빛났다. 굵게 모여 와서 깨뜨려지는 파도 조각에 눈이 부셨다. 정어리 냄새와 해초 냄새와—그의 쇠잔한 가슴에는 너무도 센 바다 냄새가 흘러왔다.

포구에는 고깃배가 들어와 사람들의 요란히 떠드는 소리가—생활의 노래가 멀리 흘러왔다. 사람 자취 없는 물녘에는 다만 햇빛과 바람과 파도 소리가 있을 뿐이다. 끝이 없는 먼 바다의 너무도 진한 빛에 눈동자가—전신이—푸르게 물드는 듯도 하다. 두 다리를 뻗고 앉아서 학수는 모래를 집어 바다에 뿌리면서 금옥이와 같이 물녘에서 놀던 가지가지의 상면을 추억하였다. 뿌리는 모래와 함께 모든 과거를 바다 속에 묻으려는 듯이 이제는 눈물도 없고 울음도 나오지 않았다. 다만 빠직빠직 타는 속에 바닷바람도 오히려 시원찮았다.

주머니 속에 지니고 왔던 하이네의 시집을 집어냈다. 금옥이와 첫사랑을 말할 때 책장이 낡아 버리도록 읽던 *하이네를 이제 마지막으로

하인리히 하이네 (Heinrich Heine, 1797~1856)
독일의 시인. 낭만주의와 고전주의 전통을 잇는 서정시인인 동시에 반전통적·혁명적 저널리스트. 독일 시인 중에서 누구보다도 많은 작품이 작곡되어 오늘날에도 널리 애창되고 있나. 대표적 저서는 『로만체로』(1851).

또 한 번 되풀이하고 싶었다. 그것으로써 슬픈 첫사랑의 막을 내릴 작정이었다.

수없는 사랑의 노래와 실망의 노래─아무 실감 없이 읽던 실망의 노래가 지금의 그에게 또렷한 감정을 가지고 가슴속에 울려 왔다. 다음 시에 이르렀을 때 그는 그것을 두 번 세 번 거푸 읽었다. 그것은 곧 학수 자신의 정의 표시요 사랑을 묻은 묘의 비석이었다.

낡아빠진 노래의 가락가락 음과
마음을 괴롭히는 꿈의 가지가지를
이제 모두 다 장사 지내 버리련다.
저 커다란 관을 가져오너라…… 그리고 열두 사람의 장정을 데려오너라.
쾨룬의 절간에 있는
크리스토프 성자의 상(像)보다도 더 굳센 열두 사람의 장정을.
장정들에게 관을 지워서 바닷속 깊이 갖다 버려라.
이렇게 큰 관을 묻으려면 커다란 묘가 필요할 터이지.

여기에서 그만 슬픔의 결말을 맺고 책을 덮어 버리려다가 그는 시의 힘에 끌리어 더욱더욱 책장을 넘겨 갔다. 낮이 지나고 해가 기울었다. 연지 찍고 눈을 감은 금옥이가 채 밑에서 신랑과 마주 앉아 상을 받고 있을 때였다. 학수는 모래 위에 누운 채 몸도 요동하지 않고 시에 열중하였다.

가느다란 갈대 끝으로 모래 위에 쓰기를,

'아그네스, 나는 너를 사랑하노라!'

그러나 심술궂은 파도가 한바탕 밀려와,

이 아름다운 마음의 고백을 여지없이 지워 버렸다.

약한 갈대여. 무른 모래여.

깨어지기 쉬운 파도여. 너희들은 벌써 믿을 수 없구나.

어두워지니 나의 마음 용달음치네.

억센 손아귀로 노르웨이 숲속에서

제일 큰 전나무 한 대 잡아 뽑아다

타오르는 에트나의 화산 속에 담가,

새빨갛게 단 그 위대한 붓으로

어두운 하늘에 줄기차게 써볼까.

'아그네스, 나는 너를 사랑하노라!'

학수는 두 번 세 번 거듭 여남은 번 이 시를 읽었다. 읽을수록 알지 못할 위대한 흥이 솟아 나왔다. '아그네스'를 '금옥이'로 고쳤다가 다시 여러 가지 다른 것으로 고쳐 보았다. '동무'로 해보았다. '이 땅'을 놓아 보았다. 나중에는 '세상'으로 고쳐 보았다. 그것이 무엇이라고 꼬집어 말할 수 없는 위대한 감격이 가슴속에 그득히 복받쳐 올라왔다.

"백두산 꼭대기에서 제일 큰 참나무 한 대 뽑아다 이 가슴의 열정으로 시뻘겋게 달궈 가지고 어두운 하늘에 줄기차게 써볼까. 그 무엇이여, 나는 너를 사랑하노라!고."

모래를 차고 학수는 벌떡 일어났다. 저물어 가는 바다가 아득하게 멀고 쉴 새 없이 날아오는 파도빗발에 전신이 축축이 젖었다.

그날 밤에 학수는 며칠 전 문오와 같이 찾아갔던 후로는 다시 만나지 못한 용걸이를 찾아갔다. 오래전에 빌려 온 몇 권의 책자도 돌려보낼 겸.

독서에 열중하고 있던 용걸이는 책상 앞에서 몸을 돌리고 학수를 맞이하였다. 좁은 방에는 사면에 각색 표지의 책이 그득히 쌓여 있다. 그 책의 위치가 구름의 *좌향같이 자주 변하였다. 책상 위에 펴 있는 두터운 책의 활자가 아물아물하게 검고 각테안경 속에 담은 동무의 열정이 시꺼멓게 빛났다. 열정에 빛나는 그 눈. 바다 같은 매력을 가지고 항상 학수의 마음을 끄는 것은 그 눈이었다. 깊고 광채 있고 믿음직한 그 눈이었다. 학교에 안 가도 좋고 눈에 뜨이게 하는 일 없이 그는 두 눈의 열정을 모아 날마다 독서에 열중하는 것이 일과였다.

그가 서울을 쫓겨 고향으로 내려온 지 거의 반년이 넘는다. 근 사 년 동안 어떤 사립학교에서 공부하다가 작년 가을에 휴교사건으로 학교를 쫓겨난 후 즉시 고향으로 내려온 것이다. 학교를 쫓겨났다고 결코 실망하는 빛 없이 도리어 싱싱한 기운에 넘쳐 그는 고향을 찾아왔다. 부끄러워하는 대신에 그에게는 엄연한 자랑의 티조차 있었다. 그 부끄러워하지 않고 겁내는 법 없는 파들파들한 기운에 학수들은 처음에 적잖이 놀랐다. 그들의 어둡고 우울한 마음에 비겨 볼 때 용걸이의 그 파들파들한 기운과 광채는 얼마나 부러운 것이던가. 같은 마을에서 같은 어린 시절을 보낸 그들을 이렇게 다른 두 길로 나누어 놓은 것은 용걸이가 고향을 떠난 사 년 동안의 시간이었다. 사 년 동안에 용걸이는 서울서 무엇을 배우고 무엇을 하고 그의 굳은 신념은 무엇에서 나왔던가를 학수는 문오와 같이 그의 집에 자주 드나드는 동안에 듣고 짐작하고 배워 왔다. 마을에서는 용걸이를 위험시하고 갖가지의 소문을 내었

좌향
묏자리나 집터 따위의
등진 방위에서 정면으
로 바라보이는 방향.

으나 그는 모든 것을 모르는 체하고 싱싱한 열정으로 공부에 열중하였다. 그 늠름한 태도가 또한 학수들의 마음을 끌고 잡아 흔들었다.

"요사이 번민이 심하지?"

용걸이는 학수의 사정을 대강 알고 그의 괴로움을 짐작할 수 있었다.

"아니 오늘 잔칫날 아닌가?"

다시 생각하고 용걸이는 검은 눈에 광채를 더하여 *숭굴숭굴 웃었다.

학수에게 아무 대답이 없으니 용걸이는 웃음을 수습하고 어조를 변하였다.

"그러나 그런 개인적 번민은 누구에게나 한두 가지씩은 다 있는 것이네."

이어서,

"가지가지의 번민을 거치는 동안에 차차 사람이 되지."

경험 많은 노인과 같이 목소리가 침착하고 무겁다.

성공하지 못한 용걸이의 과거의 연애사건을 학수도 잘 알고 있다. 근 일 년을 넘은 연애가 상대자의 의사와 그 집안의 반대로 깨어지고 말았다. 물론 그들의 반대의 이유가 용걸이의 가난에 있다는 것은 말하지 않아도 확실한 것이었다. 용걸이의 번민은 지금의 학수의 그것과 같이 컸었고 그의 생각에 큰 변동이 생긴 것도 이때부터었다. 그는 이를 갈고 독서에 열중하였다. 그러는 동안에 배척받은 열정을 정신적으로 바칠 다른 큰 것을 발견하였던 것이다.

"개인적 번민보다도 우리에게는 전 인류적 더 큰 번민이 있지 않은가."

드디어 이렇게 말하게까지 된 것이다.

"그러기 때문에 나도 오늘에는 개인적 번민을 청산하고 새로 솟는

숭굴숭굴
얼굴 생김새가 귀염성 있고 너그럽게 생긴 모양.

위대한 열정을 얻었단 말이네."

하고 학수는 해변에서 느낀 감격이 사라질까를 두려워하는 듯이 흥분한 어조로 그 하루를 해변에서 지낸 이야기와 하이네 시에서 얻은 위대한 감격을 이야기하였다.

"하, 그렇게 훌륭한 시가 있던가—읽은 지 오래여서 하이네도 이제는 다 잊어버렸군."

하이네의 시를 듣고 용걸이도 새삼스럽게 감탄하였다.

참나무

"백두산 꼭대기에서 제일 큰 참나무 한 대 잡아 뽑아다 이 가슴의 열정으로 시뻘겋게 달궈 가지고 어두운 하늘에 줄기차게 써볼까. 짓밟힌 ×××이여 나는 너를 사랑하노라!고."

'백두산'의 구절이 조금 편벽된 것 같다고는 하면서도 용걸이는 학수가 고친 이 시의 구절을 두 번 세 번 감동된 목소리로 읊었다.

"용걸이 있나?"

이때에 귀 익은 목소리가 나며 문이 펄떡 열렸다.

들어온 것은 성안의 현규였다.

"현균가?"

학수는 그의 출현을 예측하지 않았기 때문에 오래간만의 그를 반갑게 바라보고 있다.

"공부 잘하나."

현규는 한껏 이렇게 대꾸하면서 학수를 보았다. 그만큼 그들의 관계와 교섭은 그다지 친밀한 것이 못 되었다. 그가 들어왔기 때문에 학수와 용걸이의 회화가 중턱에서 끊어졌고 또 학수가 있기 때문에 용걸이와 현규의 사이도 어울리지 아니하고 서먹서먹한 것 같았다.

현규—그도 역시 용걸이와 같은 경우에 있었다. 학교를 중도에서 폐한 후로부터는 용걸이와 같은 길을 걷게 되었던 것이다. 두 사람은 자주 만났다. 그러나 그것은 결코 사람들의 눈에 역력히 뜨이지 않게 교묘하게 하였다. 용걸이는 학수를 만나 보는 것과는 또 다른 의도와 내용으로 현규와 만나는 것 같았다.

오늘 밤에도 그 무슨 일로 미리 약속하고 현규가 찾아온 것이 확실하리라 생각하고 학수는 그만 자리를 일어섰다.

"그러면 이번에는 이것을 가지고 가서 읽어 보게."

나가는 학수에게 용걸이는 두어 권의 작은 책자를 *시렁에서 뽑아 주었다.

그것을 가지고 학수는 집을 나갔다.

기울어지는 반달이 흐릿하게 빛났다.

좁은 방에서 으슥하게 만나는 두 사람의 청년—그 뜻깊은 풍경을 학수는 믿음직하게 마음속에 그렸다.

무슨 새인지, 으슥한 밤중에 숲속에서 우는 새소리를 들으면서 희미한 밤길을 *더끔더끔 걸었다.

이튿날 학수는 수업료 미납으로 정학 처분 중에 있는 줄을 번연히 알면서도 오후부터 학교에 나갔다. 그날 학우회 총회가 있는 것을 안 까닭이다. 학우회에는 기어이 출석할 생각이었다. 예산 편성 등으로 기난힌 그들에 식섭 이해관계가 큰 총회를 철모르는 어린 동무들에게 맡겨 망치고 싶지 않았던 것이다.

실습을 폐하고 총회는 오후부터 즉시 시작되었다. 사월에 열어야 할 총회가 일이 바쁜 까닭에 변칙적으로 오월에 들어가는 수가 많았다.

새로 선 강당은 요란하게 불어 올랐다. 학생들은 하루 동안 실습이

시렁
물건을 얹어 놓기 위해 방이나 마루 벽에 두 개의 긴 나무를 가로질러 선반처럼 만든 것.

더끔더끔
어떤 것에 조금씩 자꾸 더하는 모양.

없어진 그 사실만으로 벌써 흥분하고 기뻐하였다.

천장과 벽과 바닥의 새 재목 빛에 해가 비쳐 들어와 누렇게 반사하였다. 그 속에 수많은 얼굴이 떡잎같이 누르칙칙하게 빛났다. 재목 냄새와 땀 냄새에 강당 안은 금시에 기가 막혔다. 발 벗은 학생이 많았다. 가끔 양말을 신은 사람이 있어도 다 떨어져 발허리만에 걸치고 있는 형편의 것이었다. 냄새가 몹시 났다. 맨발에는 개기름과 땀이 지르르 흘러 무더운 냄새가 파도같이 화끈화끈 넘쳐 밀려왔다.

여러 번 창을 열고 공기를 갈면서 회가 진행되었다.

교장의 사회가 끝난 후에 즉시 각부 예산 편성 결정으로 들어갔다. 학교에서 작성한 예산안 초안을 앞에 놓고 와글와글 떠들기 시작하였다. 부마다 각각 자기의 부를 지키고 한 푼의 예산도 양보하지 않았다. 떠들고 뒤끓으며 별것 아니요 벌떼의 싸움이었다. 하다못해 공책 한번 쥐어 본 적 없는 아무 부에도 속하지 않는 중간층의 학생들은 이 부에도 저 부에도 붙지 못하고 중간에서 유동하였다. 두 시간 동안이 지나도 각부의 예산은 결정되지 못하였다.

뒷줄 벤치 위에 숨어 앉은 학수는 무더운 화기에 정신이 얼떨떨하였다. 지지할 만한 또렷한 한 부에 속하지 않은 그는 한마디도 입을 열지 아니하고 싸우는 꼴들을 냉정히 바라보고 있을 뿐이었다. 생각으로는 운동의 각부보다도 변론부, 음악부, 학예부 등을 지지하고 싶었으나 예산 편성이 끝난 후 열을 토하고 ××지 않으면 안 될 더 중대한 가지가지의 조목을 위하여 그는 열정의 낭비를 피하고 입을 꾹 다물었다. 해마다 문제되는 스포츠 원정비의 적립을 철저히 반대할 일……(원문 탈락)……

이것이 제일 중요한 조목이었다. 다음에 '학우회 기본금과 입회금의 적립 반대, 가족 실습의 수입 이익은 가족에게 분배할 일……' 등등의 일반 학생의 이익을 위하여 싸워 뺏지 않으면 안 될 여러 가지 조목이 그의 가슴속에 뱅 돌고 있었다.

거의 네 시간이 지났을 때에야 겨우 예산이 이럭저럭 결정되고 선수 원정비 시비에 들어갔다.

서울과의 거리가 먼 까닭에 스포츠, 더욱이 정구와 축구의 원정에는 막대한 비용이 들었다. 빈약한 학우회비만으로는 도저히 지출할 수 없는 까닭에 기왕에는 기부금 등으로 이럭저럭 *미봉하여 왔으나, 금년 부터는 매월 학우회비를 특별히 더하여 원정비로 채우려는 설이 학교 당국에서부터 일어났다. 이 제의를 총회에 걸어 그 시비를 결정하자는 것이었다.

교장의 설명이 있은 후 즉시 운동부장인 ××이가 직원 좌석에서 일어섰다. 개인 개인의 산만한 운동보다도 규율 있는 단체적 스포츠가 필요함을 그는 역설하고 그럼으로써 원정비 적립을 지지하라는 일장의 설화를 하였다.

학생들의 의견도 나기 전에 미리 뭇 의견의 방향을 결정하려는 그 심사가 괘씸하여서 학수는 벌떡 자리에서 일어서서 첫소리를 쳤다.

"지금의 학우회비로서 지출할 수 없다면 원정은 그만두자. 우리들의 처지로 새로이 회비를 더 내서까지 원정을 갈 필요가 있는가?"

회장이 물 뿌린 듯이 고요하다.

어린 학생들은 대개 어떻게 하는 것이 옳을지를 몰라 갈팡질팡하는 때가 많다. 그것을 잘 아는 학수는 절실한 인상으로 그들을 바른 방향으로 인도하겠다고 그 자리에 선 채 말을 이었다.

"지금의 수업료도 과한 가난한 농군의 자식인 우리들에게는 다만 이

미봉
일의 빈 구석이나 잘못된 것을 임시변통으로 이리저리 주선하여 꾸며 댐.

이십 전이 결코 적은 돈이 아니다. 지금의 수업료조차 못 내서 쩔쩔매면서 이 위에 또 더 바칠 여유가 있는가. 철없는 *맹동은 모두들 삼가자!"

그가 앉기가 바쁘게 다른 학년의 축구선수가 한 사람 일어서서 잘 돌아가지 않는 혀로 원정의 필요를 말한 후, 기왕에 원정 가서 얻어 온 우승기—그것을 영구히 학교의 것으로 만들 작정이니 원정을 후원하라고 거의 애걸하다시피 하였다.

우승기—이것이 철모르는 눈을 어둡히고 이끄는 것임을 문득 느끼고 학수는 한층 목소리를 높였다.

"그렇게 말하는 너부터 잘 생각해 보아라. 한 사람의 선수를, 한 사

맹동
망동. 원칙과 주견이 없이 맹목적으로 행동함.

람의 영웅을 내기 위하여 이 많은 사람이 마음에도 없는 희생을 당하여야 옳단 말이냐. 한 사람의 선수가 우리에게 무엇을 가져왔나, 우승기? 아무 잇속 없는 한 폭의 허수아비에 지나지 못한다. 학교의 명예? 대체 무엇 하는 것이냐. 그 따위 명예가 우리에게 무슨 이익을 갖다 주었나. 우승기, 명예…… 일종의 허영에 지나지 못하는 것이다. 동무들아, 선수 원정을 반대하자! 원정비 적립을 반대하자!"

"옳다!"

"원정비 반대다!"

동의의 소리가 이 구석 저 구석에서 일어났다.

××이의 얼굴이 붉어지고 직원석이 수물수물 움직였다.

하급생 좌석에서 어린 학생이 일어서서 *수물거리는 시선과 주의를 일신에 모았다. 등 뒤에 커다란 조각을 댄 양복을 입은 그는 이마에 빠지지 흐르는 땀을 씻으면서 가느다란 목소리를 내었다.

"실습, 그것이 우리에게는 훌륭한 운동이다. 이 외에 무슨 운동이 더 필요한가. 알맞은 체육이면 그만이지 우리에게 그 이상의 기술과 재주는 필요하지 않다. 가난한 우리는 너무도 건강하기 때문에 배가 고픈 데 이 위에 더 운동까지 해서 배를 곯릴 것이 있는가?"

허리춤에서 수건을 뽑아서 땀을 씻고 한참 *무주무주 하다가 걸어앉았다. 그 희극적 효과에 웃음소리가 왁 터져 나왔다. 수물거리는 당 안을 정리하려고 힉수는 나시 자리를 일어서서 목소리를 더한층 높였다.

"옳다……(원문 30자 탈락)…… 괴로워하는 집안사람들을 이 위에 더 괴롭힐 용기가 있는가. 수업료가 며칠 늦으면 담임선생이 불러들여 학교를 그만두라고 은근히 퇴학을 권유할 때, ……(원문 25자 탈락)…… 우리는 우리들의 처지를 생각하여야 한다."

같은 형편과 생활에서 나온 절실한 실감이 동무들의 가슴을 뒤집어 흔들었다.

"그렇다."

"원정비 적립을 그만두자."

찬동의 소리가 강당을 들어 갈 듯이 요란히 울렸다.

"학수, 학수!"

요란한 가운데에서 별안간 날카로운 고함이 들렸다. 직원 좌석이 어지럽게 동요하고 그 속에서 ××이의 성낸 얼굴이 학수를 무섭게 노렸다.

"학수, 너는 당장에 퇴장하여라. 수업료도 안 내고 가만히 와서 총회에 출석할 권리가 없다."

······(원문 200행 탈락)······

그는 아무 일도 안 일어났던 듯이 시치미를 떼고 천연스럽게 집으로 돌아갔다. *정주에서 어머니가 뛰어나왔다.

"학수야."

끄스른 얼굴과 심상치 않은 목소리에 학수는 황당한 어머니를 보았다.

"학수야, 금옥이가······."

어머니가 달려와서 그의 옷자락을 붙들었다.

"금옥이가······."

어머니의 눈에 그렁그렁하는 눈물을 보고 학수는 놀라서,

"금옥이가 어떻게 했단 말예요?"

"······떠났단다."

"예?"

정주
부엌과 안방 사이에 벽이 없이 부뚜막에 방바닥을 잇달아 꾸민 부엌.

"바다에 빠져서."

"금옥이가 죽었단 말예요? 금옥이가……."

"대체 어떻게 된 노릇이냐. 혼인날 종일 네 이름만 부르더니 밤중에 신방을 도망해 나갔단다."

"그래 지금 어디 있어요? 지금 어디."

"금옥이네 집안 식구들은 지금 모두 바다에 몰려가 있다. 아까 포구 사람이 달려와서 시체를 건졌다고 전했단다. 지금 모두 해변에 몰려가 있다."

포구

"바다…… 금옥이."

학수는 엉겁결에 허둥지둥 뛰어나갔다. 바다로 향하여 오 리나 되는 길을 줄달음쳤다.

며칠 전에 학수가 사랑을 잊으려고 하이네를 읽으며 하루를 보낸 바로 그 자리를 금옥이는 마지막의 장소로 골랐던 것이다. 가지가지의 추억을 가진 그곳을 특별히 고른 그 애처로운 마음을 학수는 더한층 슬피 여겼다.

*물녘에는 통곡 소리가 흘렀다. 집안사람들은 시체를 둘러싸고 가슴을 뜯으며 어지럽게 울었다.

물녘
물가.

얼굴을 가리운 시체—보기에도 참혹한 것이었다. 사람의 몸이 아니고 물통이었다. 입에서는 샘솟듯 물이 흘러나왔다. 혼인날 입은 새 복색 그대로였다. 바다에서 올린 지 얼마 안 되는지 전신에서 물이 지어서 흘렀다. 그 자리만 모래가 축축이 젖어 있다.

미칠 듯한 심사였다.

학수는 달려들어 그 자리에 푹 쓰러졌다. 수건을 벗기고 얼굴을 보았다. 물에 씻기운 연지의 자리가 이지러진 얼굴에 불그스레하게 퍼져 있다. *흡뜬 흰 눈이 원망하는 듯이 학수를 보았다.

"금옥이……."

얼굴이 돌같이 차다.

"왜 이리 빨리 갔소."

가슴이 터질 듯이 더워지며 눈물이 솟았다.

"학수, 어쩌자고 이럭해 놓았소."

금옥이의 어머니가 원망하는 듯이 학수를 보며 들고 있던 한 장의 사진을 주었다.

"학수의 사진을 품고 죽을 줄이야 꿈에나 생각했겠소."

받아 보니 언제인가 박아 준 그의 사진이었다. 학수 대신에 영혼 없는 사진을 품고 간 것이다.

겉장을 벗기니 물에 젖어 피어난 글씨가 흐릿하게 읽혔다.

학수, 나는 가오. 태산같이 막힌 골짜기에서 나는 제일 쉬운 이 길을 취하였소. 당신에게만 정을 바친 채 맑은 몸으로 나는 가오. 혼자 간다고 결코 당신을 원망하지 않으리다. 공부 잘해서 가난한 집안을 구하시오.

"결국 내가 못난 탓이지…… 그러나 이렇게 쉽게 갈 줄이야 몰랐소."

학수는 시체를 무릎 위에 얹고 차디찬 얼굴을 어루만졌다.

"금옥아, 학수 왔다. 금옥아, 눈을 떠라."

어머니는 마주 앉아서 찬 수족을 만지면서 몸을 전후로 요동하며 울었다.

"학수, 생사람을 잡았으니 어쩌잔 말이오. 그러면 그렇다고 혼인 전에 진작 말이나 해 주었더면 좋지 않았겠소? 금옥이가 갔으니 어떻게 하면 좋소."

통곡하는 소리가 학수의 뼛속을 *살근살근 갈아 내는 듯하였다.

"집으로 데리고 갑시다."

학수는 눈물을 수습하고 일어났다.

"금옥아, 이 꼴을 하고 집으로 다시 들어오려고 나갔더냐?"

금옥이의 아버지가 시체를 일으켰다.

"내가 업지요."

들것에 메우기가 너무도 가엾어서 학수는 시체를 등에 업었다.

돌같이 무거웠다. 중량밖에는 아무 감각이 없는 무감동한 육체였다. 똑똑 떨어지는 물이 모래 위와 길 위에 줄을 그었다.

조그만 행렬이 길 위에 뻗쳤다.

어두워 가는 벌판에 통곡 소리가 처량히 울렸다.

짧은 그의 생애가 너무도 기구하여서 학수는 금옥이의 옆을 떠나지 않고 그를 지켰다.

피어오르는 향불의 향기— 일전에 능금밭에서 마지막으로 만났을 때 맡은 달밤의 향기와 너무도 뼈저린 대조였다.

촛불에 녹은 초가 눈물과 같이 흘러 내렸다.

……(원문 6회 치 탈락)……

금옥이의 장삿날이 왔다.

진한 안개가 잔뜩 끼어 외로이 가는 어린 혼과도 같이 슬픈 날이었다.

너무도 짧은 장사의 행렬이었다. 빨리 간 그의 청춘과도 같이 너무

상여 나가는 모습

도 짧은 시집에서는 배반하고 나간 그의 혼을 끝까지 돌보지 아니하였고 장례는 전부 친가에서 서둘러 하였다.

상여 뒤에는 바로 학수가 서고 그 뒤에 집안사람들이 따라 섰다.

짧은 행렬이 건듯하면 안개 속에 사라지려 하였다. 외로운 영혼을 남몰래 *고이 장사 지내 버리려는 듯이.

고이
온전하게 고스란히.

요령

산모롱이
산모퉁이의 휘어 들어
간 곳.

앞에서 울리는 요령 소리조차 안개 속에 마디마디 사라져 버렸다.

학수의 속눈썹에도 안개가 진하게 맺혀 눈물과 함께 흘러 내렸다.

어린 초목의 잎이 요령 소리에 떨리는 듯이 안개 속에서 가늘게 흔들렸다.

*산모롱이를 돌아 행렬은 산골짜기로 들어갔다.

묘지까지 이르렀을 때에 상여는 슬픔과 안개에 푹 젖었다.

주검을 묻는 것이 첫 경험인 학수에게는 그것이 너무도 끔찍한 짓같이 생각되어 뼈를 긁어내는 듯도 한 느낌이었다.

젖은 흙 속에 살이 묻어지는 것이다. 사람의 의식(儀式)으로 이보다 더 참혹한 것이 있는가. 퍼붓는 눈물이 흙을 적시었다.

'너도 같이 가거라.'

학수는 지니고 왔던 하이네 시집을—해변에서 금옥이를 생각하며 읽던 그 시집을 금옥이의 관 위에 같이 던졌다. 금옥이를 보내는 마지막 선물로 그의 관 위에 뿌려 줄 꽃 대신으로 생전에 같이 읽던 노래를 던져 주었다. 그것은 동시에 그의 슬픈 과거를 영영 장사 지내 버리는

셈도 되었다. 그는
장사 지내는 하이네 시
집 속에서 '백두산 꼭대기에서
제일 큰 참나무 한 대 뽑아'의 위대한
열정을 얻은 것과 같이 금옥이의 죽음
에서도 슬픔만이 온 것이 아니라 말할 수
없는 일종의 힘이 솟아 나왔다.

　'그대의 혼을 지키면서 나는 나의 힘이 진할 때까지 일하고
싸워 보겠다.'

　시집과 관이 흙 속에 완전히 사라졌을 때에 학수는 그 위에 다시 흙
을 뿌리며 피의 눈물과 말의 슬픔으로 그 조그만 묘를 다졌다.

　어느덧 황혼이 짙이 안개가 더 깊었다.

　'나도 떠나겠다.'

　어느 때까지 울어도 슬픔은 새로워질 뿐이지 한이 없었다.

　학수는 시에서 얻은 열정과 죽음에서 얻은 힘을 가지고 묘 앞을 떠
났다.

그러나 뒷걸음질하여 마을길로 돌아서지 아니하고 고개를 향하여 앞으로 앞으로 걸음을 떼어놓았다.

"어디로 가오?"

금옥이네 식구들이 물었다.

"고개 너머 먼 곳으로 가겠소."

"먼 곳이라니."

"이곳에서 무엇을 바라고 살겠소?"

대답하고 학수는 속으로 혼자 중얼거렸다.

"용걸이가 걸은 길을 밟도록 먼 곳에 가서 길을 닦겠소이다."

그들과 작별하고 학수는 고개로 향하였다.

고개 너머 정거장에서 기차를 타고 어디로든지 향할 작정이었다.

'어디로? 너무도 막연하다. 그러나 항상 막연한 데서 일은 열리고 시작되는 것이 아닌가. 막연한 모험과 비약…… 이것이 없이 큰일을 할 수 있는가.'

고개 위에 올라서니 거리가 내려다보이고 그 속에 정거장이 짐작되었다.

'아버지는? 집안사람은?'

고향을 이별하는 마지막 순간에 그에게는 여러 가지의 생각이 한꺼번에 솟아올랐다.

'내가 학교를 충실히 다닌다고 아버지와 집안을 근본적으로 건질 수 있을까? 차라리 이제 가서 장래의 큰 길을 닦는 것만 같지 못하다.'

중얼거리며 주먹을 지그시 쥐었다.

'아버지여, 금옥이여, 문우들이여, 고향이여…… 다 잘 있으오. 더 장한 얼굴로 다시 만날 날이 있으오리.'

눈물을 뿌리고 학수는 고향을 등졌다. 한 걸음 두 걸음 고개를 걸어 내려가는 그의 마음속에서는 결심이 한층 더 새로워질 뿐이었다.

『이효석 전집』, 창미사, 1983.

오리온과
능금(林檎)

1

나오미가 입회한 지는 두 주일밖에 안 되었고, 따라서 그가 연구회에 출석하기는 단 두 번임에 불구하고 어느덧 그의 태도가 전연 예측치 아니하였던 방향으로 흐름을 알았을 때에 나는 놀라지 않을 수 없었다. 사람의 감정의 움직임이란 예측하기 어려운 것이지만 짧은 시간에 그가 나에게 대하여 그러한 정서를 품게 되었다는 것은 도무지 뜻밖의 일이었음을 나는 놀라는 한편 현혹한 느낌을 마지않았던 것이다.

하기는 나오미가 S의 소개로 입회하게 된 첫날부터 벌써 나는 그에게서 동지라는 느낌보다도 여자라는 느낌을 더 많이 받았다. 그것은 나오미가 현재 어떤 백화점의 여점원이요, 따라서 몸치장이 다소 사치한 까닭이라는 것보다도 대체로 그의 육체와 용모의 인상이 너무도 연하고 사치한 까닭이었다. 몸이 몹시 가늘고 입이 가볍고 눈의 표정이 너무도 풍부하였다. 그의 먼촌 아저씨가 과거에 있어서 한 사람의 굳건한 ××으로서 현재 *영어의 몸이 되어 있다는 소식도 S를 통하여 가끔 들은 나였건마는 그러한 나의 지식과 나오미의 인상과의 사이에는 한 점의 부합의 연상도 없고 물에 뜬 기름 모양으로 서로 동떨어진 것이었다. 그것은 마치 같은 가지에 붉은 꽃과 푸른 꽃의 이 전연 색다른 두 송이의 꽃이 천연스럽게 맺히는 것과도 같은 격이었다. 그러나 연약한 인상이라고 그의 미래를 약속하지 못하는 법은 없을 것이다.

그러므로 진실한 회원이요 믿음직한 동지인 S가 그를 소개하였을

영어(囹圄)
감옥.

때에 우리는 그의 입회를 승낙하기에 조금도 인색하지 않았던 것이다.

그러나 차차 그를 만나게 될수록 동지라는 느낌은 사라져 가고 여자라는 느낌이 그에게서 받는 느낌의 거의 전부였다.

한편 나에게 대한 그의 태도와 행동은 심히 암시적이었다. 내가 그것을 깨닫게 된 것은 물론 다음과 같은 일이 있은 후로부터였지만.

나오미가 입회한 후 두 번째 연구회에 출석하던 날이었다. 오륙인되는 회원들이 S의 여공임을 비롯하여 학생 점원 등 층층을 망라한 관계상 자연 모이는 시간이 엄수되지 못하였고 또 독일어의 번역과 대조하여 읽고 토의하여 가던 '××××'에 어려운 대문이 많았던 까닭에 분량이 많이 나가지 못하는 데다가 회를 마치고 나면 모두 피곤하여지는 까닭에 될 수 있는 대로 초저녁에 모여서 밤이 깊기 전에 파하는 것이 일쑤였다. 그날 밤도 일찍이 파하고 S의 집을 나오니 집에의 방향이 같은 관계상 나는 또 나오미와 동행이 되었다.

"어떻소, 우리들의 기분을 대강은 이해할 만하게 되었소?"

회원들 가운데에서 피를 달리한 사람은 나오미 한 사람뿐이므로 낯익지 않은 그룹 속에 들어와서 거북한 부조화와 고독을 느끼지 않는가를 염려하여 오던 나는 어두운 골목을 걸어 나오면서 그의 생각도 들어 보고 또 그를 위로도 할 겸 이런 말을 던졌다.

"이해하고 말고요. 그리고 저는 이 분위기를 대단히 좋아해요. 저를 맞아 주는 동무들의 심정도 좋고 선생님께 대하여서는 더구나 친밀한 느낌을 더 많이 품게 되었어요."

"그렇다면 다행이외다. 혈족에 대한 그릇된 편견으로 인하여 잘못을 범하는 예가 아직도 간간이 있으니까요."

"깨달음이 부족한 까닭이겠지요. 어떻든 저는 우리 회합에서 한 점의 거북한 부자유도 느끼지 않아요. 마음이 이렇게 즐겁고 좋아요."

진실로 즐거운 듯이 나오미는 몸을 가늘게 요동하며 목소리를 내서 웃었다.

미묘하게 움직이는 그의 시선을 옆얼굴에 인식하면서 골목을 벗어 나오니 네거리에 나섰다.

늘 하는 버릇으로 모퉁이 서점에 들러 신간을 한 바퀴 살펴본 후 다시 서점을 나올 그때까지 나오미의 미소는 꺼지지 않았다.

서점 옆 과일점 앞을 지날 때에 나오미는 그 미소를 정면으로 나에게 던지면서 복잡한 표정으로 나를 쳐다보며 제의하였다.

능금

"능금[林檎]이 먹고 싶어요!"

"능금이?"

그로서는 의외의 제의인 까닭에 나는 반문하면서 그를 바라보았다.

"신선한 능금 한 입 베어 먹었으면!"

나오미는 마치 나 자신이 한 개의 능금인 것같이 과일점의 능금 대신에 나를 똑바로 쳐다보며 바싹 나에게로 붙었다.

나는 은전 몇 닢을 던져 주고받은 능금 봉지를 나오미에게 쥐어 주었다.

걸으면서 나오미는 밝은 거리를 꺼리는 법 없이 새빨간 능금을 껍질째 버적버적 먹었다.

"대단하군요."

"어때요, 행길에서 능금—*프롤레타리아답지 않아요?"

나오미의 하아얀 이빨이 웃음을 띠우며 능금 속에 빛났다.

"금욕은 프롤레타리아의 도덕이 아니에요. 솔직한 감정을 정직하게 표현하는 것이 프롤레타리아가 아닐까요?"

프롤레타리아

프롤레타리아트. 원래 로마 제국 당시 군에 입대시킬 자신들의 아들 이외에 부(富)를 소유하지 못한 이들을 비하하는 뜻으로 사용되었으나, 그 후 카를 마르크스가 사회학적인 용어로 도입하였디. 마르크스에 의하면 프롤레타리아란 '자기 자신의 생산 수단을 갖고 있지 않아서 살기 위해 부득이 자신의 노동력을 판매해야 하는 현대 임금 노동자' 또는 이런 노동자 계급을 프롤레타리아트라고 부른다.

그러나 밝은 밤거리에서 아름다운 여자가 능금을 버적버적 먹는 풍경은 프롤레타리아답다느니보다는 차라리 한 폭의 아름다운 모던 풍경이었다. 그만큼 아름다운 나오미의 자태에는 프롤레타리아다운 점은 한 점도 없으며, 미래에도 그가 얼마나한 정도의 프롤레타리아 투사가 될까도 자못 의문이었다. 너무도 아름답고 사치하고 모던한 나오미였다.

　　"능금 좋아하세요?"

사갈의 '천국에서 쫓겨
나는 아담과 이브'

　　"싫어하는 사람이 어디 있겠소."

　　"모두 아담의 아들이요, 이브의 딸이니까요. 자, 그럼 한 개 잡수세요."

　　나오미는 여전히 미소하면서 능금 한 개를 나의 손에 쥐어 주었다.

　　"그렇지요. 조상 때부터 좋아하던 능금과 우리는 인연을 끊을 수는 없어요. 능금은 누구나 좋아하던 것이고 또 영원히 좋은 것이겠지요. 공간과 시간을 초월하여 높게 빛나는 능금이지요. 마치 저 하늘의 오리온과도 같이 빛나는 것이에요."

　　"능금의 철학."

　　"이라고 해도 좋지요. 그러니까 프롤레타리아 투사에게라고 결코 능금이 금단의 과일이 아니겠지요. 밥을 먹지 않으면 안 되는 투사가 능금을 먹지 말라는 법이 어디 있어요."

　　나오미의 암시가 나에게는 노골적 고백으로 들렸다. 그러므로 나는 예민하게 나의 방패를 내들지 않을 수 없었다.

　　"그것이 진리임은 사실이나 문제는 가치와 효과에 있을 것이오. 그리고 또 우리에게는 일정한 체계와 절제가 있어야겠지요. 아무리 아름

다운 능금이기로 *난식을 하여서 그
것이 도리어 계급적 사업에 해를 끼치게 된다면
그것은 값없는 짓이 아니겠소?"

난식
음식을 함부로 먹음.

2

　이런 일이 있은 후로부터는 나는 웬일인지 항상 나오미와 능금을 연
상하게 되어서 그를 생각할 때에나 만날 때에는 반드시 먼저 능금의

연상이 머릿속을 스치게 되었다. 그렇게 하여 때로는 그가 마치 능금의 화신같이 생각되는 때도 있었다. 물론 다음과 같은 일이 있은 후로부터는 그런 인상은 더욱 두터워 갔다.

두 주일 가량 후이었을까, 오랫동안 생각 중에 있던 어떤 행동에 있어서의 다른 어떤 회와의 합류 문제가 돌연한 결정을 지었던 까닭에 그 뜻을 회원들에게 급히 알려야 할 필요상 나는 그 보고를 가지고 회원의 집을 일일이 방문하지 않으면 안 되었다. 그날 저녁때 마지막으로 찾은 것이 나오미였다. 직접 그의 숙소가 아니요, 그의 일터인 백화점으로 찾은 까닭에 그 자리에서 그에게 장황한 소식도 말할 수 없는 터이므로 진열되어 있는 화장품 사이로 간단한 보고만을 몇 마디 입재게 전하여 줄 따름이었다.

그러나 낯선 손님도 아니요, 그렇다고 동지도 아니요, 마치 정다운 애인을 대하는 듯이 귀여운 미소를 띠며 귀를 바싹 대고 나의 보고를 고요히 듣고 섰던 나오미는 나의 말이 끝나자 은근한 눈짓을 하고 그 자리를 떠나면서 나에게 그의 뒤를 따르기를 청하였다. 영문을 모르는 나는 의아하면서도 시침을 떼고 그의 뒤를 따라 같이 올라가는 승강기를 탔다. 위층에서 승강기를 버린 나오미는 *층층대를 올라가 옥상 정원에까지 나섰을 때에 다시 은근한 한편 구석 철 난간으로 나를 인도하였다.

층층대
계단.

"무슨 일요?"

심상치 않은 일이 있은 것같이 예측되었기에 그곳까지 이르자 나는 조급하게 물었다.

"선생님께 드릴 것이 있어서요."

철 난간에 피곤한 몸을 의지하여 흐트러진 머리카락을 쓸어 올리는 나오미는 조금도 조급한 기색도 없이 천천히 대답하면서 나를 듬짓이 바라보았다.

"무엇이란 말요?"

"무엇인 듯해요?"

"글쎄……."

그러나 나오미는 거기서 곧 대답은 하지 않고 피곤한 듯한 손짓으로 이지러진 옷자락과 모양을 고치면서 탄식하였다.

"하루에 열 시간 이상의 노동을 하려니까 피곤해서 못 배기겠어요."

"그러니까 부르짖게 되지요."

"십 시간 이상 노동 절대 반대—그러나 지내보니까 이 속에는 한 사람도 똑똑한 아이가 없어요. 결국 이런 곳의 조직의 필요성은 아직 제 시기에 이르지 못한 것 같애요."

"그것은 그렇다고 해두고 지금 나에게 줄 것이 대체 무엇이란 말요?"

"참, 드릴 것을 드려야지요."

하면서 나오미는 새까만 원피스 주머니 속에 손을 넣었다.

"일전에 제가 선생님께 능금을 받았지요. 그러니까 저도 능금을 드려야지요."

바른손에는 한 개의 새빨간 능금이 들려 있었다.

"능금."

"왜 실망하세요? 능금같이 귀한 것이 세상에 또 있을까요?"

동의를 구하려는 듯이 나오미는 나를 반듯이 바라보았다.

"저곳을 내려다보세요. 번잡한 거리에서 헤매고 꾸물거리는 저 많은 사람들의 찾는 것이 결국 무엇일까요. 한 그릇의 밥과 한 개의 능금이 아닌가요. 번잡한 이 거리의 *부감도(俯瞰圖)는 아름다운 능금의 탐색

부감도(俯瞰圖)
조감도. 높은 곳에서 내려다본 상태의 그림이나 지도.

도(探索圖)인 것 같애요."

하면서 나오미는 거리로 향한 몸을 엇비슷이 틀면서 손에 든 능금을 높이 쳐들었다. 두어 오리 흐트러진 머리카락과 옆얼굴의 윤곽과 부드러운 다리와 손에 든 능금에 찬란한 석양이 반사되어 완연 그의 전신에서 황금빛 햇발이 발사되는 듯도 하여 그의 자태는 마치 능금을 든 이브와도 같이 성스럽고 그림같이 보였다.

"능금을 받으세요."

원피스를 떨쳐입은 모던 이브는 단 한 개의 능금을 나의 앞에 내밀었다. 그의 자태와 행동에 너무도 현혹하여 묵묵히 서 있으려니 그는 어떻게 생각하였던지 한 개의 능금을 두 손 사이에 넣고 힘을 썼다.

"코카서스 지방에서는 결혼할 때에 한 개의 능금을 두 쪽을 내어서 신랑 신부가 그 자리에서 한 쪽씩 먹는다지요."

하면서 나오미는 두 쪽으로 낸 능금의 한 쪽을 나의 손에 쥐어 주고 나머지 한 쪽을 그의 입으로 가져갔다.

철 난간에 의지하여 곁눈으로 저물어 가는 거리의 부감도를 내려다보며 반쪽의 능금을 먹는 나오미의 자태는 아까의 성스러운 그림과는 정반대로 속되고 평범한 지상적(地上的) 풍경으로밖에는 보이지 않았다.

3

"그래 나오미는 어떻게 생각하오?"

"*코론타이 자신 말예요?"

"보다도 *왓시릿사에 대해서 말요."

"가지가지의 붉은 사랑을 맺어 가는 왓시릿사의 가슴속에는 물론 든든한 이지의 조종도 있었겠지만 보다도 뛰는 피와 감정에 순종함이 더 많았겠지요. 이런 점에 있어서 저도 왓시릿사를 좋아하고 찬미할 수 있어요."

"사업 제일, 연애 제이, 어디까지든지 이 신조를 굽히지 않고 나간 것이 용감하지 않소?"

"그러나 사업 제일이라는 것은 결국 왓시릿사에게는 한 개의 방패와 이유에 지나지 못하는 것이 아닐까요. 한 사람의 사나이로부터 다른 사나이에게 옮아갈 때 거기에는 사업이라는 아름다운 표면의 간판보다도 먼저 일의적인 좋고 싫다는 감정의 시킴이 있을 것이 아닌가요? 결국 근본에 있어서는 감정 제일, 사업 제이일 것예요. 사랑은, 그것이 장난이 아니고 사랑인 이상 도저히 사업을 통하여서만은 들 수 없는 것이요, 무엇보다도 먼저 피차의 시각(視覺)을 통해서 드는 것이니까요."

"그렇다고 왓시릿사의 행동을 갖다가 곧 감정 제일, 사업 제이로 판단하는 것은 좀 심하지 않소?"

"그것이 솔직한 판단이지요. 그렇게 판단하지 않고는 왓시릿사의 행동을 이해하기는 어려울 거예요. 그리고 왓시릿사 자신의 본심으로 실상은 그런 판단을 받는 것이 본의가 아닐까요. 결국 왓시릿사는 능금을 대단히 좋아하였고 그 좋아하는 감정을 솔직하게 표현하였다고 할 수 있지요. 다만 그는 심히 약고 영리한 까닭에 그것을 표현함에 사업이라는 방패를 써서 교묘하게 그 자신을 *캄플라지하고 그의 체면을 보존하려고 하였을 뿐이지요."

감격된 구변으로 인하여 상기된 나오미의 얼굴은 책상 위의 촛불을

캄플라지
camouflage, 불리하거나 부끄러운 것을 드러나지 아니하도록 의도적으로 꾸미는 일.

받아 더한층 타는 듯이 보였다. 진한 눈썹 밑에 열정을 그득히 담은 눈동자는 마치 동물과 같이 교교한 광채를 던지고 불빛에 물든 머리카락은 그 주위에 열정의 윤곽을 뚜렷이 발산하고 있지 않은가!

"결국 능금이구려."

"그러믄요. 능금이 아니고는 모든 것을 설명할 수 없지요."

"아, 능금—"

나는 나 자신의 의견과 판단도 있었지만 그것을 장황하게 말하기를 피하고 그 이야기에는 그만 끝을 맺어 버리려고 이렇게 짧은 탄식을 하면서 거짓 하품을 하려 할 때에 문득 나의 팔의 시계가 눈에 띄었다.

"시간이 훨씬 넘었는데 웬일일까?"

"글쎄요, 아마 공장에 무슨 변이 있나 보군요."

"다른 회원들은 웬일일꼬?"

연구회의 시작될 시간이 넘었고 또 그곳이 S의 방임에 불구하고 회원인 나오미와 나 두 사람이 먼저 와서 기다리고 있는 지도 이미 오래이고 코론타이의 화제가 끝났을 그때까지도 S 자신은 새로에 다른 회원들의 자태가 아직 한 사람도 안 보임이 이상하여서 나는 궁금한 한편 초조한 마음을 금할 수 없었다.

"공장의 기세가 농후하여졌다더니 기어코 폭발되었나 보군요."

"글쎄, S는 그래서 늦는 것 같은데……."

나는 초조한 한편 또 무료도 하여서 중얼거리며 S가 펴놓고 간 책상 위의 『로사』 전기에 무심코 시선을 던지고 무의미하게 훑어 내려갔다.

"능금이라니 말이지, *로사도……."

같이 쓸려 역시 로사의 전기 위에 시선을 던진 나오미는 이렇게 화제를 돌리며 말을 이었다.

로사 룩셈부르크
(1871~1919)
독일의 여성혁명가. 러시아 혁명투쟁에 가담하였으며, 베를린 사회민주당학회 등지에서 활동하며 대중혁명을 선동했다. 『자본축적론』, 『러시아 혁명』 등의 저서가 있다.

"그가 본국에 돌아올 때에 사업을 위한 정책상 하는 수 없이 기묘한 연극을 하여 뜻에 없는 능금을 딴 일이 있었지만 그것도 실상은 속의 속을 캐어 보면 전연 뜻에 없는 능금은 아니었겠지요. 적어도 저는 그렇게 생각하고 싶어요."

나오미의 말에 끌려 새삼스럽게 나는 그와 같이 시선을 책상 위편 벽에 걸린 로사의 초상으로 — 전기를 끊기우고 할 수 없이 희미한 촛불 속에 뚜렷이 어린 가난한 방 안과 그 속에서 로사를 말하고 있는 젊은 여자를 듬짓이 내려다보고 있는 로사의 초상으로 — 무심코 던지지 않을 수 없었다.

그러자 웬일인지 돌연히! 의외에도 로사의 초상이 우리들의 시선을 거부하는 듯이 걸렸던 그 자리를 떠나서 별안간 책상 위에 떨어졌던 것이다.

순간, 책상 모서리에 부딪친 초상화판의 유리가 바싹 부서지고 같은 순간에 화판 밑에 깔린 촛불이 쓰러지며 방안은 어둠 속에 잠겨 버렸다.

"에그머니!"

돌연히 놀란 나오미는 반사적으로 나에게 붙었다.

'그에게 대하여 공연히 불손한 언사를 희롱한 것을 노여워함이 아닌가.'

돌연한 변에 뜨끔하여서 이렇게 직각적으로 느끼며 어찌할 바를 몰라 잠시 잠자코 있던 나는 그러나 더 놀라운 것을 당하였다. 별안간 목덜미와 얼굴 위에 의외의 따뜻하고 부드러운 촉감을 받았던 것이다. 피의 향기가 나의 전신을 후끈하게 둘러쌌다.

다음 순간 목덜미의 부드럽던 촉감은 든든한 압박감으로 변하고 얼굴에는 전면 뜨거운 피를 끼얹는 듯한 화끈한 김과 향기가 숨차게 흘러오고, 입술에는 타는 입술이 와서 맞닿았다.

그리고 물론 동시에 다음과 같은 떨리는 나오미의 애원하는 목소리가 후둑이는 그의 염통의 고동과 함께 구절구절 찢기면서 나의 귀를 스쳤던 것이다.

"안아 주세요! 저를 힘껏 힘껏 안아 주세요."

『성화』, 삼문사, 1939.

돈(豚)

옛 성 모롱이 버드나무 까치둥우리 위에 푸르둥한 하늘이 얕게 드리웠다. 토끼우리에서는 하아얀 양토끼가 고슴도치 모양으로 까칠하게 웅크리고 있다. 능금나무 가지를 간들간들 흔들면서 벌판을 불어오는 바닷바람이 채 녹지 않은 눈 속에 덮인 종묘장(種苗場) 보리밭에 휩쓸려 도야지 우리에 모질게 부딪친다.

우리 밖 네 귀의 말뚝 안에 얽어 매인 암퇘지는 바람을 맞으면서 유난히 소리를 친다. 말뚝을 싸고도는 종묘장 *씨돈(種豚)은 시뻘건 입에 거품을 품으면서 말뚝의 뒤로 돌아 그 위에 덥석 앞다리를 걸었다. 시꺼면 바위 밑에 눌린 자라 모양인 암퇘지는 날카로운 비명을 울리며 전신을 요동한다. 미끄러진 씨돈은 게걸떡거리며 다시 말뚝을 싸고돈다. 앞뒤 우리에서 응하는 도야지들 고함에 오후의 종묘장 안은 떠들썩한다.

반시간이 넘어도 여의치 않았다. 둘러싸고 보던 사람들도 흥이 식어서 주춤주춤 움직인다. 여러 번째 말뚝 위에 덮쳤을 때에 육중한 힘에 말뚝이 와싹 무지러지면서 그 바람에 밑에 깔렸던 도야지는 말뚝의 테두리로 벗어져서 뛰어나갔다.

"어려서 안 되겠군."

종묘장 기수가 껄껄 웃는다.

"황소 앞에 암탉 같으니 쟁그러워서 볼 수 있나."

"겁을 먹고 달아나는데."

농부는 날쌔게 우리 옆을 돌아 뛰어가는 도야지의 앞을 막았다.

"달포 전에 한번 왔다 갔으나 씨가 붙지 않아서 또 끌고 왔는데요."

식이는 겸연쩍어서 얼굴이 붉어졌다.

"아무리 짐승이기로 저렇게 어리구야 씨가 붙을 수 있나."

씨돈(種豚)
종돈. 씨돼지.

농부의 말에 식이는 다시 얼굴을 붉혔다.

"빌어먹을 놈의 짐승."

무안도 무안이려니와 귀치않게 구는 짐승에 식이는 화를 버럭 내면서 농부의 부축을 하여 달아나는 도야지의 뒤를 쫓는다. 고무신이 진창에 빠지고 바지춤이 흘러내린다.

도야지의 허리를 맨 바를 붙들었을 때에 그는 홧김에 바를 뒤로 잡아낚으며 기운껏 매질한다. 어린 짐승은 바들바들 뛰면서 비명을 울린다. 농가 일 년의 생명선— 좀 있으면 나올 제 일기 세금과 첫여름 감자가 나올 때까지의 가족의 양식의 예산의 부담을 맡은 어린 짐승에 대한 측은한 뉘우침이 나중에는 필연코 나련마는 종묘장 사람들 숲에서의 무안을 못 이겨 식이의 흔드는 매는 자연 가련한 짐승 위에 잦게 내렸다.

돼지

"그만 갖다 매시오."

말뚝을 고쳐 든든히 박고 난 농부는 식이에게 손짓한다.

겁과 불안에 떨며 허둥거리는 짐승을 이번에는 한결 더 든든히 말뚝 안에 우겨 넣고 나뭇대를 가로질러 배까지 떠받쳐 올려 꼼짝 요동하지 못하게 탐탁하게 얽어매었다.

털몸을 근실근실 부딪치며 그의 곁을 *궁싯궁싯 굼도는 씨돈은 미처 식이의 손이 떨어지기도 전에 화차와도 같이 말뚝 위를 엄습한다. 시뻘건 입이 욕심에 목메어서 *풀무같이 요란히 울린다. 깔린 암돈은 목이 찢어져라 날카롭게 고함친다.

둘러선 좌중은 일제히 웃음소리를 멈추고 일시 농담조차 잊은 듯하다.

문득 분이의 자태가 눈앞에 떠오른다. 식이는 말뚝에서 시선을 돌려 딴전을 보았다.

'분이 고것 지금엔 어디 가 있는구.'

제이기분은 새려 일기분 세금조차 밀려오는 농가의 형편에 도야지보다 나은 부업이 없었다. 한 마리를 일 년 동안 충실히 기르면 세금도 세금이려니와 잔돈푼의 가용돈은 훌륭히 우러나왔다. 이 도야지의 *공용을 잘 아는 식이다. 푼푼이 모은 돈으로 마을 사람들의 본을 받아 종묘장에서 가제 난 양도야지 한 *자웅을 사온 것이 지난 여름이었다. 기름이 자르르 흐르는 새까만 자웅을 식이는 사람보다도 더 귀히여겨 가제 사왔던 무렵에는 우리에 넣기가 아까워 그의 방 한구석에 짚을 펴고 그 위에 재우기까지 하던 것이 젖이 그리워서인지 한 달도 못 돼서 수놈이 죽었다. 나머지의 암놈을 식이는 애지중지하여 단 한 벌의 그의 밥그릇에 물을 받아 먹이기까지 하였다. 물도 먹지 않고 꿀꿀 앓을 때에는 그는 나무하러 가는 것도 그만두고 종일 짐승의 시중을 들었다. 여섯 달을 기르니 겨우 암퇘지 티가 났다. 달포 전에 식이는 첫 시험으로 십 리가 넘는 읍내 종묘장까지 끌고 왔었다. 피돈 오십 전이나 내서 씨를 받은 것이 종시 붙지 않았다. 식이는 화가 났다. 때마침 정을 두고 지내던 이웃집 분이가 어디론지 도망을 갔다. 식이는 속이 상해서 며칠 동안 일이 손에 잡히지 않았다. 늘 뾰로통해서 쌀쌀하게 대꾸하더니 그 고운 살을 한 번도 허락하지 않고 늙은 아비를 혼자 둔 채 기어코 도망을 가버렸구나 생각하니 분이가 괘씸하였다. 그러나 속 깊은 박초시의 일이니 자기 딸 *조처에 무슨 꿍꿍이수작을 대었는지 도무지 모를 노릇이었다. 청진으로 갔느니 서울로 갔느니 며칠 전에 박초시에게 돈 십 원이 왔느니 소문은 갈피갈피였으

공용
공효. 공을 들인 보람이나 효과.

자웅(雌雄)
암수.

조처
제기된 문제나 일을 잘 정돈하여 처치함.

나 하나도 종잡을 수 없었다. 이래저래 상할 대로 속이 상했다. 능금꽃 같은 두 볼을 잘강잘강 씹어 먹고 싶던 분이인 만큼 식이는 오늘까지 솟아오르는 *심화를 억제할 수 없었다.

"다 됐군."

딴전만 보고 섰던 식이는 농부의 목소리에 그쪽을 보았다. 씨돝은 만족한 듯이 여전히 꿀꿀 짖으면서 그곳을 떠나지 않고 빙빙 돈다.

파장 후의 광경이건만 분이의 그림자가 눈앞에 어른거리는 식이는 몹시도 겸연쩍었다. 잠자코 섰는 까칠한 암퇘지와 분이의 자태가 서로 얽혀서 그의 머릿속에 추근하게 떠올랐다. 음란한 잡담과 허리 꺾는 웃음소리에 얼굴이 더한층 붉어졌다. 환영을 떨쳐 버리려고 애쓰면서 식이는 얽어매었던 돼지를 풀기 시작하였다. 농부는 여전히 게걸떡거리며 어른어른 싸도는 욕심 많은 씨돝을 몰아 우리 속에 가두었다.

"이번에는 틀림없겠지."

장부에 이름을 올리고 오십 전을 치러 주고 종묘장을 나오니 오후의 해가 느지막하였다.

능금밭 건너편 양옥 관사의 지붕이 흐린 석양에 푸르둥둥 하게 빛난다. 옛 성 어귀에는 드나드는 장꾼의 그림자가 어른어른한다. 성안에서 한 채의 버스가 나오더니 폭 넓은 *이등 도로를 요란히 달려온다. 돼지를 몰고 길 왼편 가로 피한 식이는 퍼뜩 지나는 버스 안을 흘끗 살펴본다. 분이를 잃은 후로부터는 그는 달아나는 버스 안까지 조심스럽게 살피게 되었다. 일전에 나남에서 버스 차장 시험이 있었다더니 그런 데로나 뽑혀 들어가지 않았을까? 분이의 간 길을 이렇게도 상상하여 보았기 때문이다.

'장이나 한 바퀴 돌아올까?'

심화
마음속에서 북받쳐 나는 화.

이등도로
지방도.

돈 **77**

북문 어귀 성 밑 돌 틈에 돼지를 매놓고 식이는 성을 들어가 남문 거리로 향하였다.

분이가 없는 이제, 장꾼의 눈을 피하여 으슥한 가게 앞에 가서 겸연쩍은 태도로 매화분을 살 필요도 없어진 식이는 석유 한 병과 마른 명태 몇 마리를 사들고 장판을 오르락내리락하였다. 한 동리 사람의 그림자도 눈에 띄지 않기에 그는 곧게 성 밖으로 나와 마을로 향하였다.

어기적거리며 도야지의 걸음이 올 때만큼 재지 못하였다. 그러나 이제 매질할 용기는 없었다.

철로를 끼고 올라가 정거장 앞을 지나 오촌포 행길에 나서니 장 보고 돌아가는 사람의 그림자가 드문드문 보인다. 산모롱이가 바닷바람을 막아 아늑한 저녁 빛이 행길 위를 덮었다. 먼 산 위에는 전기의 고가선이 솟고 산밑을 물줄기가 돌아내렸다. 온천 가는 넓은 도로가 철로와 나란히 누워서 남쪽으로 줄기차게 뻗쳤다. 저물어 가는 강산 속

에 아득하게 뻗친 이 두 줄의 길이 새삼스럽게 식이의 마음을 끌었다. 걸어가는 그의 등 뒤에서는 산모롱이를 돌아오는 기차 소리가 아련히 들린다. 별안간 식이에게는 이상한 생각이 들었다.

'이 길로 아무 데로나 달아날까.'

장에 가서 돼지를 팔면 *노자가 되겠지, 차타고 노자 자라는 곳까지 달아나면 그곳에 곧 분이가 있지 않을까. 어디서 들었는지 공장에 들어가기가 분이의 소원이더니, 그곳에서 여직공 노릇 하는 분이와 만나 나도 노동자가 되어 같이 살면 오죽 재미있을까. 공장에서 버는 돈을 달마다 고향에 부치면 아버지도 더 고생하실 것 없겠지. 돼지를 방에서 기르지 않아도 좋고 세금 못 냈다고 면소 서기들한테 밥솥을 뺏길 염려도 없을 터이지. 농사같이 초라한 업이 세상에 또 있을지. 아무리 부지런히 일해도 못살기는 일반이니…… 분이 있는 곳이 어디인가…… 돼지를 팔면 얼마나 받을까. 암돼지 양도야지…….

"앗!"

날카로운 소리에 번쩍 정신이 깨었다.

찬바람이 휙 앞을 스치고 불시에 일신이 딴 세상에 뜬 것 같았다. 눈 보이지 않고, 귀 들리지 않고— 잠시간 전신이 죽고 감각이 없어졌다. 캄캄하던 눈앞이 차차 밝아지며 *거물거물 움직이는 것이 보이고 귀가 뚫리며 요란한 음향이 전신을 쓸어 없앨 듯이 우렁차게 들렸다— 우레 소리가…… 바닷소리가…… 바퀴 소리가……. 별안간 눈앞이 환해지더니 열차의 마지막 바퀴가 쏜살같이 눈앞을 달아났다.

"앗, 기차!"

다 지나간 이제 식이는 정신이 아찔하며 몸이 부르르 떨린다.

진땀이 나는 대신 소름이 쪽 돈다. 전신이 불시에 빈 듯이 거뿐하

노자(路資)
먼 길을 떠나 오가는 데 드는 비용.

거물거물
멀리 있는 물체가 보일 듯 말 듯 희미하게 움직이는 모양.

다. 글자대로 전신은 비었다. 한쪽 팔에 들었던 석유병도 명태 마리도 간 곳이 없고 바른손으로 이끌던 도야지도 종적이 없다.

"아, 도야지!"

"도야지구 무어구 미친놈이지, 어디라구 후미키리(건널목)를 막 건너."

따귀를 철썩 맞고 바라보니 철로 망보는 사람이 성난 얼굴로 그를 노리고 섰다.

"도야지는 어찌 됐단 말이오."

"어젯밤 꿈 잘 꾸었지. 네 몸 안치인 것이 다행이다."

"아니 그럼 도야지가 치었단 말요."

"다음부터 차에 주의해!"

독하게 쏘아붙이면서 철로 망꾼은 식이의 팔을 잡아 나꿔 후미키리 밖으로 끌어냈다.

"아 도야지가 치였다니 두 번이나 종묘장에 가서 씨받은 내 도야지 암퇘지 양도야지……."

엉겁결에 외치면서 훑어보았으나 피 한 방울 찾아볼 수 없다. 흔적조차 없다―기차가 달롱 들고 간 것 같아서 아득한 철로 위를 바라보았으나 기차는 벌써 그림자조차 없다.

"한방에서 잠재우고, 한 그릇에 물 먹여서 기른 도야지, 불쌍한 도야지……."

정신이 아찔하고 일신이 허전하여서 식이는 금시에 그 자리에 푹 쓰러질 것도 같았다.

『해바라기』, 학예사, 1939.

성화(聖畵)

1

스스로 비웃으면서도 어린아이의 장난과도 같은 그 기괴한 습관을 나는 버리지 못하였다. 꿈을 빚어내기에 그것은 확실히 놀라운 발명이었던 까닭이다. 두 개의 렌즈를 통하여 들어오는 갈매빛 거리는 앙상한 생활의 바다가 아니요, 아름다운 꿈의 세상이었다.

쌍안경

그 세상을 바라보고 있는 동안만은 귀찮은 현실도 나의 등 뒤에 멀다. 생각하기에 따라서는 굳이 도망하여야 할 현실도 아니겠지만 나는 모르는 결에 그 방법을 즐기게 되었다.

갈매빛
검은 빛깔이 돌 정도로 짙은 초록빛. 흔히 멀리 보이는 아득한 산빛이 이런 빛깔을 띤다.

비밀은 간단하다. 쌍안경 렌즈에 *갈매빛 채색을 베푼 것이다. 나의 생활의 거의 반은 이 쌍안경과 같이 있다. 우두커니 앉아 궁리에 잠기지 않으면 렌즈를 거리로 향하는 것이 이층에서 보내는 시간의 전부였다. 그 쌍안경의 마술이 뜻밖에 놀라운 발견을 하게 된 것을 생각하면 그 기괴한 습관을 한결같이 비웃을 수만도 없다.

'유례가 아닌가.'

거리 위를 대중없이 거닐던 렌즈의 방향을 문득 한 곳에 박고 나는 시선의 주의를 집중시켰다. 그러나 비치는 것은 안정된 정물이 아니요, 움직이는 *물화인 까닭에 인물의 걸음을 따라 핀트가 틀어지고 동그란 화폭이 이지러진다. 나사를 풀었다 감았다 하면서 초점을 맞추기가 유난스럽게 힘들다.

물화
사람의 변화.

'유례일까.'

손가락이 가늘게 떨린다. 눈이 아프고 숨이 막히는 것은 전신이 극도로 긴장된 까닭일까. 한 사람의 인물의 정체를 판정하기에 사실 나는 우스꽝스러우리만치 있는 노력을 다하였다. 행길의 거리가 줄어듦을 따라 흐렸던 렌즈가 차차 개어지더니 초점이 바로 박혀 마침 인물의 모양이 또렷이 솟아올랐다. 듬직한 고기를 낚았을 때와 같은 감동에 마음이 뛰놀았다. 오똑한 얼굴 검소한 차림 찌그러진 구두가 한걸음 한걸음 눈 속으로 뛰어 들어온다. 렌즈의 장난으로 전신이 갈매빛이라고는 할지라도 그것은 꿈속의 인물이 아니요, 어김없는 현실의 인물이다.

"유례!"

두 치 눈앞의 유례를 나는 급작스럽게 정답게 불렀다. 그러나 눈 아래 검은 점까지 보이는 지경이면서도 실상인즉 먼 거리에 반가운 목소리가 통할 리 없음을 속 간지럽게 여겨 나는 쌍안경을 그 자리에 던지고 이층을 뛰어 내려갔다. 천리 밖에서 온 반가운 손님을 맞이하는 듯한 감격이었다.

가게는 며칠 닫히고 있는 중이라 아래층 홀이 광 속같이 어둡게 비어 있는 것도 요행이었다. 뒷문을 차고 골목을 나가 큰 행길 모퉁이에서 손쉽게 유례를 찾아낼 수 있었다.

"옳게 맞혔군."

인사를 한다는 것이 됩데 이런 딴소리를 하면서 앞을 막고 섰을 때 유례는 주춤하고 나를 바라보더니 비로소 표정의 긴장이 풀렸다.

"언제 나오셨소? 보석이 된다는 소식은 들었으나."

"선생이 나와서 뵈는 첫 분예요. 그러나 노상에서 이렇게 뵙게 되긴 우연인데요."

"유례를 어떻게 발견한 줄 아시우. 망원경으로 거리를 샅샅이 들췄다면 웃으실까."

필요 이상의 이런 말까지를 전할 제는 나의 마음은 확실히 즐겁게 뜬 모양이었다.

"가시는 방향은?"

"또렷한 것이 없어요. 어쩐지 정신이 얼떨떨해서 지향이 잡히지 않는군요. 그러나 하긴 누구보다도 먼저 선생을 찾을 생각은 했지만. 만나는 사람이 많으면 자연 수다스럽고 귀찮을 뿐이니까요. 무엇보다도 먼저 몸을 푹 휴양해야겠어요."

"마침이군요. 가게로 가십시다."

주저하지 않고 선뜻 발을 떼어놓는 것이 반가웠다. 유례와 나란히 서서 걸으면서 비로소 나는 그에게 물어야 할 가장 중요한 말을 잊은 것을 깨달았다.

"건수 무사한가요?"

"별일 없는 모양예요."

질문도 간단은 하였으나 유례 자신도 짧게 대답할 뿐이지 같이 들어 갔던 남편의 소식을 장황히 전하지는 않았다. 통달치 못한 까닭일까, 필요치 않다고 생각한 까닭일까?

"몸이 튼튼한 편이니 고생만 안 되면 다행이죠."

쓸데없는 소리를 하면서 유례를 볼 수밖에는 없었다. 피곤—이라는 것보다는 주림의 빛이 유례의 전신을 폭 쌌다. 먹을 것, 입을 것, 얼굴은 기름에 주렸고 발에는 구두가 필요하다. 윤택이 없고 굽이 닳아빠진 헌 구두가 나의 신경을 유심히도 어지럽혔다.

가게에 이르렀을 때 나는 그를 이층으로 인도하고 피로의 포도주 대신에 아침에 온 우유를 제일 큰 잔에 가득 따라서 권하였다. 그에게는 축배보다도 먼저 이것—영양이 필요하다고 느낀 까닭이다.

바에 올 만한 계급은 산이나 바다에 피서를 떠났는지 가게가 한산하기 짝이 없으므로 여름 한 *고패를 문을 닫기로 하였다. 그것을 기회로 보라는 듯이 란야는 함손을 데리고 해수욕을 내뺀 지 여러 날이 되었다. 실상인즉 가게까지 닫은 것은 요사이 생활이 어지간히 문란하여 온 란야에게 대한 꾸지람이요 경계인 셈이었으나 란야는 도리어 담차게도 그 기회를 이용한 것이다. 거리의 *룸펜이요 불량자인 함손의 어느 구석에 쓸모가 있느냐고 물으면, 돈 없고 일 없는 *궁측스런 꼴이 알 수 없이 마음을 당긴다고 대답하는 란야였다. 가난을 싫어하는 란야에게 궁측스런 꼴이 마음에 들 리는 만무하나 극도로 유물적이요 감각적인 란야의 경우이니 아마도 눈에 띄지 않는 그 어느 곳에 그를 끄는 요소가 있으리라고 짐작된다. 용돈이 떨어지면 나에게서 졸라다가 모르는 곳에서 함손과 같이 낭비하여 버리는 눈치까지 알면서도 나는 두 사람의 관계에 한마디도 입을 넣지 못하는 마음이었다. 일없이 거리에서 건들거리는 란야를 끌어다가 가게를 연 지 일 년이 넘는 동안에 나는 그에게서 받을 것은 받았고, 그역 나에게 줄 것을 다 준 후이라 두 사람의 마음이 어느덧 늘어지고 심드렁하여진 관계도 있기는 있겠지만, 나는 벌써 란야의 처신에 대하여서는 천치같이 되어서 드러내 놓고 질투라는 것을 느끼지 못하리만치 속이 누그러진 모양이다. 그러기에 그의 마음의 자유를 맑같이 놓아 주는 것은 반드시 나의 *계염에 끓는 마음을 부처 같은 참을성으로 누른 연후의 일은 아니었다. 함손과 지내는 동안의 그의 시간은 나의 알 바 아니요, 나의 방으로 돌아왔을 때의 그를 나는 천연스럽게 받아들일 수 있었다. 이런 태도가 란야의 *탕일한 마음을 더욱 기르게 되었는지는 모르나 그는 확실히 두 사람과의 생활을 각각 칼로 벤 듯이 쪼개어 생활하는 놀라운 기술을 가

고패
깃대 따위의 높은 곳에 기나 물건을 달아 오르내리게 하는 작은 바퀴나 고리.

룸펜
Lumpen. 부랑자나 실업자.

궁측스럽다
일이 잘 안 풀리다.

계염
부러워하며 시샘하여 탐내는 마음.

탕일하다
방탕하여 절제가 없다.

졌다. 란야들이 내뺀 뒤의 시간을 나는 이층에 앉아 쌍안경과 씨름하면 그만이었다. 쌍안경에 지치면 맞은편 벽에 걸린 한 폭의 성화를 하염없이 바라보는 법도 있다.

호프만의 그 성화(聖畵)는 언제부터인지도 모르게 은연히 나의 마음을 끌게 되었다. 크브로의 청년에게 딴 세상을 가르치는 기독의 손길이 나에게는 무한한 유혹이었다. 청년 대신에 나 자신을 그 자리에 세워 보면 그 유혹은 한층 더하였다. 기독의 말을 이해치 못하고 무거운 번민을 품은 채 하염없이 가버린 청년과는 달라 나는 나 자신의 뜻으로 기독을 이해할 수 있고 나 자신의 '아직도 한 가지 부족한 인생'을 느낄 수 있었다.

그러한 요구는 란야와의 현세적 생활의 피곤에서 결과 되었음에 틀림없는 것이니, 나의 마음속에는 *이역 어느 때부터인지도 모르게 란야와 대차적으로 유례의 자태가 우연히 떠오르기 시작한 것이다. 욕심과 피부의 감각밖에 없는 란야에게서 떠나 근대적 이지의 덩어리와도 같은 유례에게로 생각은 말같이 달렸다. 그러나 그렇다고 기독의 손길

이역
이 역시. 이 또한.

이 가르치는 세상이 나에게 있어서 유례들의 행동의 세상을 의미하는 것은 아니었다. 하기는 그들의 행동의 세상이라는 것도 나에게는 그다지 먼 것이 아니고 종이 한 장의 벽이 놓였을 뿐이었다. 그만큼 나는 그들을 이해하고 동감할 수는 있었으나 끝내 그것을 행동으로 옮길 수는 없었다. 행동에는 용기가 필요하고 용기는 생각이 편벽된 때 솟는 것이다. 인류가 쌓아 온 전 지식의 이해는 나에게서 온전히 용기를 뺏어 버렸다. 따라서 유례들의 행동을 물끄러미 바라볼 뿐이요, 그들의 세상은 여전히 종이 한 장 건너편의 것이었다. 그런고로 유례는 나에게는 유물적 행동의 대상이 아니고 일종의 정신적 우상으로 비치었다. 유례를 데리고 행동의 세상을 떠나 더 높은 세상으로 들어감이 나에게 있어서는 바로 그 성화의 의미였다. 그 길은 하나밖에 없다. 유례와 함께 현실 세상을 떠남이다. 생각이 여기에 이르러 '낙타가 바늘구멍으로' 나가기보다도 어려운 그 길을 생각할 때 몸에 소름이 쪽 끼치면서도 한편 마음은 즐거웠다.

이때부터 나는 일종의 예감을 가지고 한결같이 유례를 기다리기 시작하였다. 유례가 많은 동무들과 함께 들어간 지는 거의 반년이 넘었다. 들어가는 마지막까지도 길은 다르면서도 나는 그를 은밀히 보호하였고 두 사람 사이에는 최대한도의 우정이 흘렀다. 가지가지의 기억을 되풀이하면서 나는 이층에 혼자 앉아 호프만의 그림을 바라보며 쌍안경으로 유례를 찾은 셈이다. 그러므로 이날의 해후는 몹시도 암시적이요 기쁜 것이었다.

받은 우유를 다 마시고 난 유례는 어머니의 젖꼭지에서 떨어진 어린아이와 같이 적이 얼굴이 빛났다.

"더 드릴까."

"욕심쟁이로 아시나 봐요."

"차입할 동무도 없었을 텐데 *벌충으로 실컷."

"한 잔이면 그만이지요."

"한 잔의 젖으로 해결되는 인생."

나는 유례의 *겸양의 얼굴을 엿보면서 다음 말을 잇기까지에는 한참이나 걸렸다.

"현대의 이상은 기껏 그뿐일까."

역시 한참이나 있다가 유례는,

"더 무엇이 있단 말예요?"

"*유물의 싸움이 전부라면 인생은 너무도 가엾지 않을까?"

유례의 눈은 별같이 맑아 보인다.

"영혼을 말씀하시고자 하는 셈이지요."

"반동으로 몰릴까."

"적어도 오늘의 문제는 아닐 거예요."

"그럼 내일의."

"죽은 후에나 있거나 말거나."

농이겠지만 유례의 답변에 나는 뭉클하여 '죽은 후에나'의 뜻이 머릿속에 아롱아롱 어른거렸다. 그것은 또한 유례에게 대한 나의 생각의 종점인 까닭이다.

나는 극히 자연스럽게 벽 위의 그림으로 시선을 옮겼다. 마치 유혹을 받은 듯이 유례의 눈도 나의 시선을 따랐다.

"기독이 가르치는 세상을 알게 되었다면 나를 비웃으려우?"

"그 세상으로 들어가시고 싶단 말예요?"

벌충
손실이나 모자라는 것을 보태어 채움.

겸양
겸손한 태도로 남에게 양보하거나 사양함.

유물(唯物)
물질을 제1차적·근본적인 실재로 생각하고, 마음이나 정신을 부차적인 것으로 보는 입장.

"동무만 있다면."

나는 여기서도 나의 속뜻을 얼마간 노골적으로 표시한 셈이었다.

"무엇을 즐겨 그 좁은 문으로 들어가겠어요."

"즐겨서가 아니라 참고 들어가야지요."

"참을 필요가 있을까요?"

유례의 뜻과 나의 뜻의 핀트가 꼭 들어맞지 않음이 슬펐다. 차라리 그가 딴소리를 꺼내는 것이 나에게는 그 자리에 도움이 되었다.

"지금 제게는 기독의 그림보다도 이것이 더 긴할 법해요."

하고 책상 위의 그림책을 집어 든 것이다. 불란서에서 오는 모드의 잡지였다. 파리 남녀의 가지가지의 *양자가 사치한 채색에 싸여 페이지마다 꽃피었다. 유례는 누그러진 표정으로 장을 번겨 갔다.

양자
양태, 모양새.

"옳은 말이오. 유례에게는 지금 무엇보다도 생활이 필요하오. 반년 동안 잃었던 생활을 한꺼번에 가장 풍부하게 빼앗아야 할 것이오. 생활의 테두리가 *만월같이 꽉 찼을 때 내 말한 뜻이 알려지리다."

단숨에 내지껄이고 나는 유례가 들치는 책장을 넘겨다보며,

만월
보름달.

"어느 맵시, 어느 감이 마음에 드는지 말해 보시우. 우선 옷을 장만합시다. 다음엔 구두를 갈고."

재촉하는 듯한 어조에 유례는 어안이 벙벙한 모양이었다.

"뼈부터 *궁골로 생겼는지 평생 가난이 비위에 맞아요. 생활이 찼다간 짜장 딴생각이 들게요?"

진정으로 들을 필요 없는 나는 그 말을 무시하고 뒤미처,

궁골
뼛속까지 가난하고 어렵다.

"두말 말고 생활을 설계합시다."

하고 마치 건축을 설계하려는 고명한 기사와도 같이 책상 위의 종이와 연필을 집어 들었다.

"갖은 진미를 먹어야 할 것. 음악을 풍성히 들어야 할 것. 좋은 그림을 보아야 할 것. 영화를 적당히 감상해야 할 것. 몸을 충분히 휴양해야 할 것."

지껄이는 한편 번호를 따라 조목조목 내려 적고는 얼마간 자신 있는 눈초리로 유례를 바라보았다.

"보시오. 다 건강한 것이지 하나나 불건전한 조목이 있소?"

"뜻은 감사하오나 과분한 사치는 동무에게 죄예요."

"쓸데없는 겸손이지, 많은 동무 중에서 한 사람이라도 회복되고 충실하여지면 반가운 일이 아니겠소? 죄니 양심이니 하는 것이야말로 도리어 일종의 장식물이 아니오? 오는 대로 받아들이는 것이 더 인간적인가 하오. 인간을 떠나 무엇이 있소?"

나는 도리어 내 일류의 역설로 장황하게 그를 꾸짖는 것이었다. 그가 잠자코 있음을 보고 마지막으로 못을 박는 듯이 나 자신의 결론으로 그를 휘이고야 말았다.

"의견을 버리고 내 설계대로만 좇으시오. 불과 얼마 안 가 온전한 몸을 만들어 드릴게."

2

들어간 후로 숙소가 어지러워진 까닭에 우선 알맞은 셋집을 골라 옮기도록 한 후에 시절에 맞도록 외양을 정돈시키니 유례는 신부와도 같은 초초한 인상을 주었다. 새 구두의 감상을 그는 처음으로 요트를 탄 것 같다고 표현하였다. 외모가—형식이—정리되니 마음도 적이 조화되어 유례는 차차 나의 계획에 순응되어 가는 모양이었다. 순응이라기보다는 거의 짐승 같은 탐욕을 가지고 주렸던 생활을 *암팡지게 먹으려는 듯도 한 탐탁한 열정이 보였다고 함이 옳을는지 모른다.

"거리에서 가장 생활적인 곳이 어딜까요?"

그의 이러한 질문도 극히 자연스럽게 들렸다.

"가장 생활적……"

*다따가의 물음에는 나도 문득 막히지 않을 수 없었다.

"노래 듣고 춤추고…… 거리낌 없이 마음껏 천치같이 즐거워할 수 있는……."

"그럴듯한 청이오."

그러나 카페로 인도할 수도 없는 터이므로 문득 호텔이 있음을 생각한 것은 나로서는 지당한 처지였다.

오후가 늦어 우리는 거리에서 하나인 호텔을 찾았다. 검은 드레스를 입은 유례는 호텔의 문을 들어서자 소년같이 흥분하여 다변이었다. 행여나 동무들의 눈에라도 뜨일까 하여 일부러 뒷골목을 돌아온 그건마는 문을 들어서서부터는 거리낄 것도 없고 어색하지도 않은 늘 드나드는 인종같이 익숙하고 천연스런 걸음임에 나는 얼마간 놀라기까지 하였다. 사치한 카펫도 부드러운 그의 발밑에서는 만날 임자를 만난 듯이 아깝지 않게 밟혔다.

하루 동안의 그 속의 생활을 온전히 즐기기 위하여 각각 방까지 정하고는 그 안의 설비를 이용함이 마치 일류의 손님같이 손익었다. 식당에는 사람들이 웬만큼 빈 데를 깐보아서 내려갔으나 그래도 유례는 남은 사람들의 시선을 알뜰히 끌었다. 천연스럽게 앉았으면서도 처음

일제시대의 대표적인 호텔의 하나인 '반도 호텔'

암팡지다
몸은 작아도 힘차고 다부지다.

다따가
난데없이 갑자기.

받는 찬란한 만찬의 식탁에 *적이 현혹한 모양이었다.

"무슨 고긴 줄 아시우?"

나는 농담 삼아 접시의 고기로 그를 떠보았다.

"닭고기요."

"천만에, 칠면조외다."

유례는 오도깝스럽게―가 아니라 침착하게 눈알을 굴렸다.

"이 술은?"

"백포도준가요?"

"하긴 샴페인도 백포도주 같기는 하지요."

"샴페인이란 말예요?"

납작한 유리잔을 어색하게 입술에 대었다. 처음 받는 진미에 유례는 도리어 대담하여져서 등대하고 섰는 보이의 눈치도 무시하고 마음대로 거동하였다.

"팔자 없는 곳에 한몫 드려니 왜 이리도 편편치 못해요. 어차피 귀인이 아닌 바에야 되고 말고 하지요."

식도를 함부로 쓰고 냅킨으로 입까지 훔쳤다.

식후 식당을 나가 정원을 거닐 때에는 옴츠렸던 사지가 활짝 펴져 자유로운 자세로 돌아갔다. 정원의 규모를 말하고 화단 꽃을 칭찬하는 나긋나긋한 양자는 익숙한 부인의 그것이었다. 지붕 밑을 떠나 하늘 아래로 나갈 때 유례의 거동은 한결 자유로워지는 것 같다.

그러나 소풍을 마치고 다시 안으로 들어가 로비에 앉았을 때에는 수많은 시선이 어지럽게 흐르는 속임에도 유례의 자태는 의젓하고 부드러웠다. 음악이 이미 시작되었고 남녀는 한 패, 두 패씩 겨르고 나서기 시작하였다.

탱고의 리듬이 마음을 달뜨게 간질렀다. 겨른 짝들은 물고기같이 미끄럽고 풍선같이 가볍고 바다 위에 뒤뚱거리는 요트의 무리다. 휩쓸리고 싶은 유혹을 느끼면서도 초보의 스텝도 못 밟는 유례와는 겨를 수도 없는 까닭에 나는 하는 수 없이 소파에 들어붙어 '벽의 꽃' 노릇을 할 수밖에 없었다.

"움직이는 꽃밭이라고 할까요."

춤추는 무리를 유례는 이렇게 비유하고 곧 뒤를 이어 비평적으로,

"그러나 그뿐예요. 꽃이란 아름다울 뿐이지 속이 있어서는 안 되니

까요."

"그 꽃이 되기를 원하지 않으려우."

"천치가 되란 말이지요."

"오늘 밤은 천치같이 생활을 탐험하러 온 터가 아니오? 맑은 정신으로야 생활에 취할 수 있소?"

"도저히 취할 수야 있나요. 이런 곳이 비위에 맞을 리 없어요."

음악이 끝나고 새 곡조의 반주가 시작되었을 때 낯모를 사나이가 와서 유례에게 춤의 상대자 되기를 청하였다. 유례는 거절하고 뒤미처 자리를 일어섰다. 그 결에 나도 같이 일어나 로비를 나갔다. 역시 사람의 숲을 떠나 넓은 천장 밑으로 나가는 편이 자유롭고 거북하지 않은 것 같다. 어두운 정원을 유례와 같이 나 역 해방된 느낌으로 거닐 수가 있었다.

"유례의 당장의 원이 무엇이오?"

돌연한 질문에 유례는 의아하여 반문하였다.

"무슨 뜻예요?"

"가령 지금 눈앞에 한 덩이의 횡재가 있다면 그것으로 무엇을 하시겠소?"

"샘 속 벌레에게 바다를 말씀하시는 셈예요."

"횡재란 있으려면 있는 것이니까."

"가난한 사람들을 모아 놓고 그 위에 뿌릴 수도 없고—어떻게 했으면 좋을까요."

"농담이 아니오. 알다시피 내게 얼마간의 사유재산이 있지 않소? 가게까지 홀 두드려 팔면 상당한 액일 것이나 지금의 내게는 벌써 필요치 않은 것이오. 생활에 소용된다면 나는 즐겨 그것을 유례에게 제공

할 작정이오."

이어서 나는 오래전부터의 원이던 해외여행의 계획을 버렸다는 것, 이 거리에서 족히 모든 생활을 꿈으로 살았다는 것, 가령 파리에 간댔자 꺼진 열정을 다시 불붙일 신통한 것이 없으리라는 것, 결국 나는 생활에 피곤하였다는 것을 대충 이야기하였다.

"가방 속에 가득 든 지전을 가지고 항구의 호텔 한 간 방에 있는 신세…… 이것이 현대인의 최대의 원이라고 하나 그것이 꿈만큼 생각될 젠 확실히 나는 생활할 힘을 잃은 것 같소. 아무것도 다 집어치우고 산속에 널집이나 한 간 짓고 가락나무와 백양나무를 심고 그 속에서 염소나 한 마리 길러 보았으면 하는 소극적 원이 있을 뿐이오. 염소는 종이를 좋아하니 지리한 소설책이나 한 장 뜯어 먹이면서 날을 지우고 싶소."

파리의 상징인 '에펠탑'

"왜 그렇게까지 생각하여요……. 피곤하신 것은 란야 때문일까요?"

란야를 드는 것은 유례로서는 당연하다고 할까. 그러나,

"란야를 통하여 여자란 여자는 죄다 안 셈이나 그렇다고 란야쯤이 전폭의 이유는 아닐 거요. 앞으로 올 생활의 전 내용을 지금에 있어서 벌써 전 육체를 가지고 짐작할 수 있는 까닭에 미래라는 것은 내게 아무 매력도 흥미도 일으키지 못하는 거요……. 하긴 란야와의 사이도 쉬이 청산하여야 하겠고 이어서 가게도 그만두어야겠는데 그렇게 되면 자연 생활도 갈아야 될 터이니 과분의 재산은 필요치 않은 것이오."

"그렇다고 제가 그것을 받을 무슨 값이 있어요? 너무도 *과만한 뜻을."

과만하다
분수에 넘치다.

"유례 이외에 그 뜻을 이을 만한 사람은 없으니 말요."

그러는 동안에 정원을 여러 차례나 왔다 갔다 하면서도 결국 아무 결정도 해결도 없이 그대로 각각 방으로 돌아갔다. 야단스럽게 생활하러 왔으면서도 너무도 고요한 그림이었다. 나는 일부러 불을 끄고 창에 의지하여 하염없이 밤거리를 내려다보았다. 멀리 불란서 교회의 뾰족 지붕이 어둠 속에 *우렷이 나타나고 그 위에 검은 십자가가 그럴 듯이 짐작되었다.

보고 있는 동안에 차차 윤곽이 선명하여지자 문득 호프만의 그림이 머릿속에 떠올랐다. 다시 십자가가 눈에 보이더니 그것이 볼 동안에 커지며 삽시간에 눈앞까지 육박하여 온다. 무서운 착각에 나는 날쌔게 외면하여 버렸다. 앞에 놓인 길은 피할 수 없는 십자가의 길 같다.

지난날 란야와 같이 같은 방에서 같이 유숙할 때와는 얼마나한 차이인가. 그때에는 다만 생각 없는 열정만이 있었다. 그러던 것이 지금에는 나는 여기서 별안간 유례를 생각하고 밤 인사를 보내러 이웃 방까지 갔다. 그러나 유례의 자태는 어느덧 사라졌던 것이다.

우렷하다
우련하다. 형태가 약간 나타나 보일 정도로 희미하다.

3

이튿날 그의 숙소에서 유례를 발견하였다. 아무 일도 없었던 듯한 천연스런 태도와 웃음으로 나를 맞이하였다.

"그런 법이 있소?"

"용서하세요. 그렇게 할 수밖에 없었어요. 주무시는 것도 같기에 깨울 수도 없고 혼자 도망했지요."

"무엇 때문에 그렇게까지 조급히 군단 말요."

"어쩐지 죄 되는 것 같았어요."

나는 문득 입을 다물었다. 그의 '죄'의 뜻이 짐작되었기 때문이다. 건수의 의식이 응당 그를 지배하고 있을 것을 나는 깜짝 잊고 있었음을 깨달았다.

"무얼 그리 심각하게 생각하고 계셔요."

침묵을 거북히 여겨 유례는 웃음소리를 냈다.

"호텔은 제게 당치 않은 곳이에요. 로비는 사람을 *주럽만 들게 하고 금빛 벽은 이유 없이 사람을 압박하는걸요. 거리에서는 얼마든지 생활도 즐겨 할 수 있으나 호텔이란 이 세상에서 갈 마지막 곳 같아요."

주럽
피로하여 고단한 증세.

"당초에 제의는 왜 했소?"

"그 대신 호텔 외의 생활이라면 어디든지 설계대로 좋겠어요. 분부라면 어디든지 가지요. 자 거리로 나가실까요."

확실히 미안은 해 하는 태도나 유례는 몸을 가볍게 쓰면서 마음도 역 가벼운 눈치였다. 핸드백을 들고 사뿐히 일어섰다.

거리에 나가 백화점에 들렀을 때, 그의 소위 '대중적'인 그곳 식당에서는 호텔 식당에서와 같은 거북한 예절을 무시할 수 있었으므로 유례는 한결 누그러진 태도였다. 접시의 고기를 가리켜,

일제시대에 대표적인 백화점의 하나인 '미쓰 코시'(좌)

"이것이야 칠면조 아닌 틀림없는 닭고기겠지요."

하고 농을 거는 그였다.

"더한층 떨어져 오리 고긴지도 모르지."

"고기에도 사람만큼 계급이 있군요."

유례는 식도를 함부로 쓰고 냅킨으로 입까지 훔쳤다. 그러나 그것은

호텔에서 한 것과 같은 꾸며낸 대담한 태도가 아니고 극히 자연스럽게 주위에 어울리는 것이었다.

학생이 전람회를 구경하는 것과도 같이 공들게 우리는 백화점의 층층을 세밀히 보아 내려갔다. 그 동안의 시민의 생활 경향을 자세히 살펴보자는 유례의 청으로였다. 소시민을 비평하는 것보다는 그 속에 휩쓸려 사는 편이 유례의 축난 건강에는 더 *자양이 되리라고 나는 생각은 하였으나.

복작거리는 지하층에 내려갔을 때에 유례는 별안간 발을 멈추고 나를 돌아보았다.

"무슨 향기예요?"

나도 그 자리에 서서 그가 발견한 향기를 감식하려 하였다.

"거리에서 맡은 향기는 아니에요."

"향수 냄샐까, 화장 냄샐까."

"그런 사람 냄새가 아니에요."

"그럼 꽃 냄새."

"솔잎 냄새 같기도 하고 나무진 냄새 같기도 한데요."

"옳지."

말을 듣고 생각을 하니 그제야 겨우 짐작되었다.

"알았소. 오존 냄새요."

나는 나의 판단이 틀리지 않음을 단언하고 큰 백화점에는 거게 *오존 발생기를 장치하였다는 것을 설명하였다.

"오존 — 어쩐지 금시에 속이 시원해지는 것 같아요."

"당연하지요. 사람 냄새가 아니요, 거리 냄새가 아니요, 산이나 바다 냄새니까."

자양
몸의 영양을 좋게 함.

오존(ozone)
상온에서는 약간 청색을 띠는 기체이나, 액체가 될 때는 흑청색, 고체가 될 때는 암자색을 띤다. 특이한 냄새가 나며, 공기 속에 0.0002 부피 %만 존재해도 냄새를 감지할 수 있다.

"실컷 맡았으면 몸이 당장에 회복될 것 같아요."

"옳게 말했소. 산이나 바다로 갑시다. 응당 가야 할 곳을 미처 생각지 못했소그려."

그 자리에서 그 시간에 여행을 결정하고 그 길로 여행에 들 것을 준비하러 층 위로 올라갔다. 새로이 커다란 트렁크를 두 개 장만하고 옷벌과 일용품을 될 수 있는 대로 풍부하게 갖추었다. 아직 떠나지도 않은 여행의 감동에서 나는 오래간만에 생활의 활기를 얻어 마음이 짝없이 유쾌하였다.

떠날 시간과 목적지를 결정한 후 유례를 보내고 혼자 가게로 돌아와 이층에서 여행에 필요한 물건을 더 생각하고 있을 때 별안간의 손님이었다. 문을 익숙하게 열고 성큼 뛰어 들어온 것은 오랫동안 없던 란야였다.

"바다가 독하긴 하군. 인도 병정같이 새까맣게 탔을 젠."

"첫인사가 그것뿐예요?"

란야는 불만한 듯이 모자를 벗어 던지고 방 가운데 우뚝 섰다.

"사슴같이 기운차구."

"더 형용해 보세요."

짜장 사슴같이 껑충 달려들어 란야는 나의 목을 얼싸안았다.

"성인인가요. 돌부천가요. 놀고 들어와도 이렇게 천연스러울 제."

목에 감긴 그의 팔을 풀어 슬며시 물리치며 나는,

"때려 달란 말인가."

하고 여전히 표정을 이지러뜨리지는 않았다.

"도리어 그편이 낫지요. 노염도 없고 *게염도 없는 것보다는. 그렇게 천치같이 천연스러우면 퉁길 힘조차 없어져요."

게염
부러워하며 시샘하여
탐내는 마음.

"게염이라니, 게염은 애정의 표시인데 그 꼴에 여전히 내게 애정을 요구한단 말인가?"

"이젠 그런 권리도 없단 말예요. 그럼 차라리 내쫓지요. 왜 문지방을 넘게 해요."

"맘대로 나갈 게지."

소리는 쳤으나 짜장 나는 천치나 아닐까 하는 생각도 들지 않음은 아니었다.

"옳지, 나가라고 했지요."

란야는 입술을 비쭉하고 영화 속에서와 같이 어깨를 으쓱하였다.

"정말예요. 또 한 번 말해 봐요."

성큼 달려들어 무릎 위에 올라앉더니 야살스럽게 나의 턱을 쥐어흔들었다.

아닌 때
때 아닌 때.

"*아닌 때 짐은 웬 짐예요."

나는 아무 감동도 주지 않는 그의 몸을 굳이 밀어 떨어뜨리려고도 하지 않고 눈은 딴전을 보았다.

"바다에 가려고."

"철 지난 바다로 가시는 법도 있나요. 사람도 없는 파돗소리만 있는……."

"그래야 해수욕복을 입지 않거든."

"오라! 해수욕복을 싫어하시는 성미지요. 월계나무 잎새 대신에 호박 잎새나 잔뜩 뜯어 가시지요. 아담같이 앞을 가리게. 호박 잎새는 잔 가시가 있어서 조심 안 하시면 살이 아플걸요."

오도깝스럽게 깔깔 웃고 목덜미를 더운 입으로 물었다. 이 미치광스런 애정의 표현에도 나는 돌같이 동하지 않는다. 란야는 나의 다리를 꼬집으며 건강한 전신으로 육박한다.

"이브는 누구예요? 대세요."

거의 여자의 본능적 신경으로 그것을 알아챈 것 같다.

"내게 무엇을 속이세요. 일언일동이 역력히 설명하는 것을.
나를 돌려놓고 결국 갑절의 재미를 보셨으니 하긴
큰소리도 할 만하였다. 사람 없는 가을 해변에
한 쌍이 서면 옛날의 낙원같이 즐겁겠지요."

"……."

"들으니 유례도 나왔다지요. 탄 자리에 다
시 불이 붙으면 좀체 끌 수 없을걸요."

"……."

"왜 뜨끔은 하세요. 유례라면 돌에도
감정이 통하는 모양인가요."

"웬 소리요. 대중없이 함부로."

나는 금시에 정색하고 란야를 밀쳐
버렸다.

"유례와의 사이를 오해하지 마
시오."

유례에게 대한 미안한 답변을
겸하여 나는 나의 입장을 설명하
려는 듯이 목소리를 높였다.

"돌부처도 노여하시네. 서쪽에서 해가
뜬 것같이 어울리지 않아요. 차라리 가만히 계시
지 황급하게 구시면 더 수상치 않아요?"

조롱이 끝나기 전에 나의 손은 란야의 볼을 갈기고 있었다.

란야의 마지막 마디가 이상하게도 마음속에 젖어들며 나는 곧 나의 경솔한 거동을 뉘우쳤다. 그의 말마따나 도리어 그에게 수상한 느낌을 주었을 것을 생각하면 부끄럽기도 하였다. '돌부처'의 낯짝에다 제 손으로 흙을 끼얹은 셈임을 생각하면 치가 떨렸다.

순간 상기되었던 란야의 얼굴빛이 즉시 풀어지고 아무 대거리도 없이 온순하고 침착한 태도로 돌아간 것도 나에게는 도리어 심히 겸연쩍은 노릇이었다. 그의 목소리조차 부드럽다.

"말이 과했다면 용서하세요. 유례에게 대한 제 인식만 고치면 그만 아녜요. 모든 것을 옛 동지에게 대한 존경으로 돌려보내면 그뿐 아녜요. 어서 여행이나 즐겁게 하세요. 바다생활이나 재미있게 하고 돌아오세요."

란야가 이렇게 풀어지면 풀어질수록 나는 더욱 겸연쩍고 나의 흥분의 이유가 어디 있었던 지를 이해하기 어려웠다. 차라리 그의 화제가 빗나가 피차의 주의가 다른 방향으로 흐름이 원이었다. 그러기 때문에 다음과 같은 그의 제의는 나를 괴롭히는 것이 아니요 도리어 누그럽혀 주는 효과가 있었다.

"유례의 말이라면 놀라셔도 제 말이라면 놀라시지 않으니, 어디 얼마나 냉정하신가 볼까요."

"또 무슨 장난을 하려고."

"오래간만에 돌아와도 놀라지 않으며 짜증을 내도 놀라지 않으며 목을 물어도 놀라지 않으셔. 어떻게 하면 놀라신단 말예요."

"어떻게든지 놀라게 해보구려."

란야는 문득 새로 그와는 다른 문제를 꺼내는 듯이 어조를 갈아 침착하게 말줄을 풀었다.

"사나이가 있어요. *항산도 없고 할 일도 없는 거리의 가난뱅이. 설마 금덩이가 우러날까 하고 바란 것은 아니었으나 *풍신이 아까워 발에 채이는 돌멩이를 줍는 셈치고 주워 올렸지요. 튼튼만 한 줄 믿었더니 차차 알고 보니 초라한 신세에 병까지 폭 씌었어요. 어차피 거리의 죄겠지만 이상하게도 그런 신세이므로 마음이 더욱 쏠림은 무슨 까닭인지요. 회복되어야 할 바다에서는 도리어 피를 게웠어요. 기쁨의 바다가 아니요 우울의 바다였어요. 병세는 날로 더한 것 같고 가난은 물같이 새어들고…… 기구한 인연을 어쩌면 좋아요."

"옛날이야기로 들어야 옳소? 란야의 현실로 들어야 옳겠소?"

장황한 그의 이야기에 나는 얼마간 현혹한 느낌이 없지 않았다.

란야의 어조는 확실히 애원하는 듯도 한 부드러운 것이었다.

"처분대로 하셔요."

"이야기라면 차라리 소설책을 읽는 편이 낫지."

"소설가 아닌 제가 재미있게 이야기할 수야 있나요. 이 무미한 이야기를 어떻게 전개시켰으면 좋겠어요?"

나는 더 농담을 계속할 수도 없어 진담으로 돌아가며,

"함손이 그런 졸장부인 줄은 몰랐구려. 불량스런 거리의 갱으로만 여겼더니 듣고 나니 병든 이야기의 주인공이란 말요. 가련한 약질의 지골로."

동정의 어조일지언정 물론 모욕의 어조는 아니었다. 한참이나 있다가 란야는,

"아까 어떻게든지 놀라게 해보라고 말씀하셨지요. 지금 이 자리에 문뜩 함손이 나타난다면 놀라시겠어요."

항산(恒産)
살아갈 수 있는 일정한 재산이나 생업.

풍신
풍채. 사람의 겉모양.

"놀라기보다도 진저리가 나겠소. 아예 그런 연극은 꾸미지 마시오. 해쓱한 병든 얼굴을 굳이 내게 보일 필요가 있소?"

손을 들어 굳게 사절하고 나는 말을 이었다.

"해결의 길은 한 가지밖에 없잖우. 내겐 그 이야기 속에 참례할 권리도 의무도 없으나 될 수만 있다면 좋게 처리하는 것이 국외자로서도 기꺼운 일임에는 틀림없으니까."

하면서 책상 서랍을 열고 여럿 되는 예금통장 중에서 하나를 들춰냈다. 내용을 살펴볼 필요조차 없으므로 그대로 란야에게 내밀었다.

"한 반년 동안의 요양비는 될 거요. 될 수 있는 대로 한적한 곳에 가서 회복에 힘쓰도록 함이 좋을 것이오."

그것을 바란 것이면서도 란야는 한참 동안이나 넋을 잃은 것같이 서 있을 뿐이었다.

"어떻게 하면 감사의 뜻을 나타낼 수 있을까요."

천치같이 우두커니 서서 손을 가늘게 떨면서 이윽고 눈썹 끝에 눈물이 맺히며―이것이 그의, 나에게 대한 감사의 표현이었다.

나는 문득 란야에게서 '운명의 여자'를 본 듯하였다. 이어서 곧 나 자신이 더한층 운명적임을 깨달았다. 란야가 함손을 받들듯이 나는 그 란야 자신과 아울러 유례까지를 섬기는 셈이 아니었던가. 실로 마음속에는 유례의 그림자가 있으므로 나는 란야에게 대하여 그와 같은 너그러운 태도를 가질 수 있게 되었음을 깨닫고 가슴은 부끄럽게 수물거렸다. 그러나 백지장같이 해쓱한 함손의 꼴을 목전에 보지 않고 지낸 것은 다행이었다고 마음 한편으로는 은근히 기뻐도 하였다.

4

란야의 일건을 처리하고 난 나는 무거운 짐이나 벗어 놓은 듯싶었다. 몸이 개운하여 날개가 돋친 것 같다. 유례와의 여행도 즐겁게 기대되었다. 란야가 함손과 고요한 생활을 시작할 것과 같이 나는 유례와 고요한 생활을─하고 생각하다 문득 엄격한 반성으로 돌아가며 나와 유례와의 사이는 물론 함손과 란야의 사이와는 의미가 근본적으로 다르며 앞으로 올 생활도 그 양식이 스스로 같지 않다는 것을 마음속에 밝히고 설명하려고 애쓰는 것이었다.

란야는 예금통장을 가진 채 어디론지 사라져 버렸다. 눈앞에 보이지 않는 란야와 함손과의 생활은 나에게는 말하자면 제목만을 알고 내용은 펴보지 않은 야릇한 이야기책인 셈인 고로 그들의 간 자취와 있을 곳도 나에게는 안개 속인 것이며 알아볼 필요조차 없는 것이다. 나는 나대로 혼자 뒤떨어져 가게를 닫치고 행장을 들고 집을 나오면 그만이었다. 가게 문은 자물쇠로 잠근 위에 군데군데 못까지 박고 휴업의 간판을 내걸었다. ·다시 돌아오지 않을 폐가와 같이도 보였다. 꿈의 보금자리인 이층과도 나를 무한히 유혹한 호프만의 성화와도 영영 하직일 듯한 느낌이 났다. 알 수 없는 흰 줄기의 감상이 유연히 가슴속에 솟는 것이었다. 슬픈 탓인지 기쁜 탓인지도 모르게 발꿈치는 땅에 들어붙어 무거웠다.

일부러 유례의 집을 찾아 첫걸음부터 동행이 되었다. 새 생활에 대한 감동으로 유례는 빛나는 아침을 맞이한 아내와 같이 부드러운 표정이었다. 간 지 얼마 안 되는 새 구두도 벌써 발에 꼭 맞아 조금도 어색함 없이 그 체모에 어울렸다. 새 구두의 경우와 마찬가지로 나와의 사이도 어느덧 익숙하여져서 티끌만큼도 겸연하고 서투른 점이 없었다. 거리에서의 그의 자태는 구름같이 가볍게 보였다.

경성역

창파
넓고 큰 바다의 맑고 푸른 물결.

건듯하다
걸핏하다

여행의 목적지로 동해안의 먼 곳을 고른 데는 별다른 이유가 없었다. 될 수 있는 대로 서울을 멀리하고 싶었고 차 속의 시간을 지루하지 않을 정도에서 길게 가지고자 하였고 끝으로 아름다운 동해의 *창파와 그 부근의 고요한 피서지를 그 어느 곳보다도 사랑한 까닭이었다. 물론 유례의 의견도 그와 일치되어 별다른 제의가 없었다. 기차 속의 시간을 될 수 있는 대로 즐겁게 하기 위하여 일부러 오후 차를 골랐다. 차 속은 상당히 복잡하였으나 *건듯하면 가라앉으려는 마음에는 그편이 도리어 도움이 되었다. 기실 평범한 사람들의 얼굴이 모두 각각 그 무슨 비밀을 품은 것같이 나에게는 신비롭게만 보였다.

거의 일주야가 걸리는 여행에 지칠까를 두려워하여 많은 시간을 식당차에서 보냈다. 나는 흰 식탁 위에 트럼프 쪽을 펴놓고 의미 없이 하트의 여왕을 고르려고 애썼다. 알맞게 흔들리는 차 안의 기분은 마치 기선의 선실과도 같으며—여객기의 객실도 그러려니 짐작된다. 차라리 기선을 타고 멀리 바다를 건너거나 그렇지 않으면 여객기에 올라 첩첩한 산맥을 넘어 대륙을 내뺐으면 하는 공상도 들었으나 혼자라면 몰라도 유례와는 하릴없는 노릇이었다.

고원지대에 들어서 높은 영에 걸린 것은 황혼에 가까운 때였다. 영은 얼마든지 길고 차는 돼서 기운이 부치는 모양이었다. 창 밖에 새풀이 손에 잡힐 듯이 흔들린다. 나는 씨근거리는 기차와 호흡을 맞추며 눈은 한결같이 밖을 바라보며 그 무엇을 찾았다. 이윽고 차는 기적 소리와 함께 그곳에 다다랐다. 나는 감동의 어조로 유례의 주의를 끌었다.

"보시오. 여기가 *분수령!"

차는 산맥의 최고 지점을 지나는 중이었다. 그러나 유례는 나의 새삼스런 주의와 은근한 속뜻을 알 바 없어 평범한 표정을 지녔을 뿐이었다.

"이 분수령이 또한 내 생활의 분수령이 될는지도 모르오. 이곳을 넘는 때 나는 서울과 지금까지의 생활과 영영 작별하는 셈일 듯하니 말이오."

"왜요. 무슨 말씀예요."

하기는 유례가 내 뜻을 알 리는 없었다. 나 자신 나의 결심의 정도를 확실히 잡지 못한 형편이 아니었던가. 나는 '그것'을 이미 확적히 마음속에 작정하였는지 못 하였는지 마음은 갈팡질팡하여 안개 속같이 아리송할 따름이었다.

"해발 팔백 미터!"

유례의 주의에 나도 분수령의 표식을 내다보았다. 하아얀 기둥이 삽시간에 눈앞을 지나갔다. 순간 이상하게도 그것은 나에게 한 폭의 환영을 번개같이 가져왔다. 바다 위에 솟은 팔백 미터의 간드러진 기둥 꼭대기에서 일직선으로 바다에 떨어지는 나 자신의 꼴이 퍼뜩 눈을 스친 것이다. 이 돌연한 어지러운 환영에 나는 주물뜨려 놀라며 전신에 소름이 쪽 돋는 것이었다.

잠 안 오는 밤을 침대차에서 *고시랑거리다가 날이 밝자 뛰어내려 세수를 마치는 길로 식당차에 들어갔다. 거기서 나는 우연히 꼭두새벽부터 예측지도 못한 광경에 부딪쳤다. 마치 그 광경을 보러 그렇게 일

분수령
분수계가 되는 산마루나 산맥. 어떤 사물이나 사태가 발전하는 전환점을 비유하는 말.

고시랑거리다
못마땅하여 군소리를 좀스럽게 자꾸 하다.

찍이 그곳에 들어간 것과도 같았다. 두 사람의 보이가 무슨 까닭으로
인지 식탁 위에 진을 치고 맹렬한 육박전에 열중되어 있는 중이었다.

식탁 위에 깔린 보이는 부치는 기운에 꼼짝달싹 못 하고 적수의 공
격에 몸을 맡기다시피 하고 높은 고함을 치는 법도 없이 약한 목소리
로 어르고 있을 뿐이었다. 내가 들어가자 두 사람이 문득 싸움을 중지
하고 깔렸던 편도 날쌔게 몸을 일으켜 아무 일도 없었던 듯이 어슬어
슬 몸을 움직였다. 불같은 분을 품은 욕지거리일 터임에도 불구하고
두 사람의 건네는 말은 은근한 회화같이 부드럽고 입은 저고리같이도
하아얀 얼굴에는 이렇듯한 노기를 찾아볼 수는 없었다. 그 싸움 가운
데에서 이상한 것은 그것을 방관하고 섰는 다른 한 사람의 보이였다.
그는 한편에 가담하는 법도 만류하는 법도 없이 냉정하게 그러나 부드
러운 낮으로 동료의 싸움을 바라만 보고 있었다. 모든 것이 부드럽게
보이면서도 기실 *눅진한 공기가 흘렀다. 이상스런 한 폭의 그림이었
다. 그 평화스럽고도 격렬한 싸움은 나에게는 우연히도 진한 암시였
다. 여행의 목적지에 도착한 날 새벽부터 목격하게 된 그 괴이한 인연
을 나는 결코 유쾌히 여기지 않으며 식당을 닫혔다.

목적지에 도착하자 우리는 바다도 멀지 않고 산도 가까운 온천거리
에 행장을 내렸다. 개울로 향한 여관 이층에 각각 방을 잡고 산속의 생
활이 시작되면서부터 나의 마음속에는 식당에서 목격한 것과 같은 진
득한 싸움이 일어나게 되었다.

"저는 지금 꿈속 사람인 셈예요."

유례는 짐을 정리하고 나서 말하였다.

"꿈속 아니고는 이러한 행동을 할 리 없어요. 정신없이 짐을 싸가지
고 기차를 타고 이런 곳에 내려 이런 방에까지 들게 된 것이 모두 꿈예

눅진하다
물기가 약간 있어 눅눅
하고 끈끈하다.

요. 무슨 까닭에 무엇 하러 왔는지를 도무지 분간할 수 없군요. 이 꿈이 깨일 때 저는 얼마나 부끄러워하고 뉘우치게 되는지 몰라요."

유례가 이런 반성에 잠길 때 나는 또한 나 자신의 생각과 괴롬 속에 잠겼다. 두 가지의 마음이 두 사람의 보이같이 평화스럽게 은근히 싸우는 것이었다.

울적한 심사를 뿌리칠 겸 나는 유례를 꾀여 즉시 산속으로 산보를 떠났다.

산속은 드문드문 별장이 선 외국 사람들의 피서촌이었다. 초행인 유례에게 나는 그 마을에 관한 여러 가지 지식을 이야기하면서 걸었다. 유례는 적지 않은 흥미를 가지고 캐물으므로 나에게는 그것이 한 큰 도움이 되었다. 여름이 지난 까닭에 피서객들은 거반 하얼빈이나 상해로 가버린 뒤이므로 마음이 쓸쓸하였으나 그 한적한 맛이 첫 가을의 정취로는 도리어 맞는 것이었다. 나는 언덕을 올라가 행여나 주인이 있을까 생각하면서 비행기식 저택을 기웃거렸다. 별장의 주인 콜니에프 씨와 면목이 있는 까닭이었다. 아직 도회로 돌아가지 않은 콜씨는 다행히 뜰 안을 거닐고 있었다. 나는 그 중년의 노인과 반갑게 인사하고 유례와 함께 뜰 안에 들어감을 얻었다. 어디서인지 뒤미처 젊은 부인이 나타나 친절하게 맞이하여 앞장을 서서 응접실로 베란다로 후원으로 안내하면서 새삼스럽게 집의 규모를 자랑하는 것이었다.

꽃 없는 온실 앞에 이르렀을 때 부인은 문득 유례를 가리키며 '레이디'냐고 나에게 물었다. 너무도 당돌하고 급스러운 질문인 까닭에 나는 두 사람의 사이를 장황하게 설명할 수도 없어 그렇다고도 그렇지 않다고도 대답할 겨를이 없이 웃어만 보였다. 부인 자신이 어떻게 짐작하였는지는 모르나 유례는 나의 그 태도를 별로 불쾌히 여기는 빛도

디알리아

없이 나와 같이 픽 웃을 뿐이었다. 그러는 동안에 콜씨는 두 송이의 달리아를 꺾어다 나와 유례의 옷자락에 꽂아 주었다. 꽃밭에서 해바라기 씨를 정신없이 까먹는 콜씨의 막내딸인 어린 소녀조차 우리를 유심히 바라보는 것이다.

"주인에 비겨서 부인이 너무도 젊어요."

비행기관을 나와 다시 언덕을 내려오면서 유례가 이렇게 의아해 할 때 나는 기다렸던 듯이 마침 설명하려던 터요 하고 부부의 비밀을 귀띔하여 주었다.

"하얼빈서 얻은 제이 부인이라나요."

"오라, 그러니까 벽지에다 별장을 꾸며 놓고 여름 한철을 와서 숨어 있는 셈이죠."

산속은 시절에 대하여 한결 예민한 듯하다. 가을을 잡아들었을 뿐이나 나뭇잎들은 물들기 시작하였고 마을길은 쓸쓸하게 하얗게 뻗쳐 있다. 길 위에도 나무 사이에도 별장 베란다에도 피서객 남녀의 그림자는 벌써 흔하게 눈에 뜨이지 아니한다. 그들은 한여름 동안 기르고 익힌 꿈을 싸가지고 푸른 능금이 익으려 할 때 손을 마주 잡고 하얼빈으로 상해로 달아난 것이다.

붉은 푸른 흰 지붕의 빈 별장들은 알을 까가지고 달아난 뒤의 새둥우리요, 머루넝쿨과 다래넝쿨 아래 정자는 끝난 이야기의 쓸쓸한 배경이다. 조그만 극장 닫힌 문간에는 가을 청결검사 종이 표지가 싸늘하게 붙었고 홀 안에는 울리지 않는 피아노가 거멓게 들여다보인다. 벽 위의 그림이 칙칙하고 무대에 장치한 질그릇의 독들이 앙상하다. 운동장 구석의 먼지 앉은 벤치에도 때 묻은 그네 줄에도 *지천으로 버려진 초콜릿 종이에도 사라진 꿈의 찌꺼기가 고요하게 때 묻었을 뿐이다. 한 잎 두 잎 떨어지는 낙엽은 이야기의 부스러기와도 같다.

지천(至賤)
매우 흔함.

남이 꿈을 깐 뒷자리를 하염없이 거닐기란 웬일인지 이야기를 잃은 초라한 거지같은 느낌이 문득 든 까닭에 쇠를 잠근 별장 앞을 지나기도 먼지 앉은 벤치에 걸어앉기도 멋쩍어 우리는 양코스키 씨의 터 안으로 발을 옮겨 놓았다. 꿀을 치는 벌 떼, 풀 먹는 소들, 뛰노는 사슴들—쓸쓸

사슴

한 마을 속에서 그곳만은 생활이 무르녹아 있는 듯하다. 그러나 기운찬 사슴 떼를 바라보고 있는 동안에 별안간 란야의 자태가 머릿속에 떠올랐다. 필요치 않은 환영을 떨쳐 버리려고 애쓰며 나는 즉시 그곳을 떠나 골짝 아래 식당으로 유례를 이끌었다.

산에서 짠 우유와 꿀과 머루잼과—사치하지는 못할망정 산골 식당의 점심으로는 신선한 풍미였다. 개울물 소리에 벽에 꽂힌 새풀과 단풍 잎새가 떨린다. 휑뎅그레한 긴 식탁 맞은편 구석에 앉아 이쪽을 연해 바라보는 한 쌍의 남녀, 그들이 아마도 피서지의 마지막 한 쌍일 듯

싶다. 쉴 새 없이 소곤거리는 품이 이날 밤으로 떠나자는 마지막 의론이 아닐까. 단발한 동그란 얼굴에 붉은 입술을 재게 놀리는 여자—란야와 흡사한 종류의 인상을 주는 여자이다. 나는 여기서도 또 필요 없는 란야의 그림자에 마음을 어지럽힐 까닭이 없으므로 웬만큼 앉았다 자리를 일어섰다.

바위억설을 지나 험한 개울 위에 어마어마하게 높게 걸린 널다리에 이르렀을 때 나는 문득 아찔하였다. 누굿누굿 휘는 다리 아래 수십 길 되는 곳에 새파란 물이 거품을 품기며 바위 사이로 용트림하여 흐르고 있음을 보려니 별안간 기차로 분수령을 넘을 때에 본 환영이 생생하게 눈을 스친 까닭이다. 바다 위에 솟은 팔백 미터의 간드러진 기둥 꼭대기에서 일직선으로 떨어지는 나 자신의 꼴이 바로 그 다리 위에서 떨어지는 꼴로 변하였던 것이다. 순간 나는 주춤하여 몸을 끌고 새삼스럽게 유례를 보았다. 다리가 휘는 바람에 유례도 겁을 먹고 나를 붙들었다. 나의 마음은 순식간에 다시 풀리며 즉시 겁을 먹은 어리석음을 뉘우치고 도리어 그 무엇을 결심하기에 넉넉한 마음의 여유조차 가질 수 있었다. 다리는 나에게 정다운 유혹이 아니었던가. 나는 순간의 어색한 공기를 풀기 위하여 다리에 관한 한 가지의 이야기를 유례에게 들려주었다.

지난해 여름, 다리 아래 소에서 목욕하던 피서객 중의 한 여자가 다리 위에서 물에 잠기려 하다가 잘못 떨어져 목숨을 버려 지금에는 낯선 땅 무덤 속에 붉은 십자가와 함께 잠자고 있다는—나에게는 무한한 흥미를 주는 그 이야기가, 그러나 유례에게는 *그닷한 감동을 주지 못하는 듯하였다.

"실족해서 떨어졌다면 그다지 로맨틱할 것이 있어요?"

"어떻게 돼서 떨어졌든지 간에 떨어진 그 사실이 내게는 유혹이오. 얼굴도 모르는 그 여자가 물속에서 나를 부르는 듯도 하오."

"왜 그렇게 말씀하세요."

유례는 흔들리는 다리 위에서 문득 나에게 전신을 쏠리고 둥그런 눈망울로 나를 똑바로 쳐다보는 것이었다. 그의 얼굴이 나의 얼굴 앞에 불과 몇 치의 거리로 가까이 있다.

밤은 괴로웠다. 이웃방의 유례가 의식의 전부를 차지하여 좀체 잠이 들지 않았다. 그러나 생활의 설계를 실천함이 유례를 그곳까지 이끈 목적임을 반성하고 이튿날 아침은 일찍이 일어나 그의 소원인 바다로 떠났다.

차로 한 시간이 걸렸다. 누구나가 다 하는 것같이 해수욕복을 입고 그 모래 위에 뒹굴기도 멋쩍어 궁벽한 곳을 찾아 등대를 구경하기로 하였다. 그것은 확실히 신기한 생각이었다. 등대에는 통속소설의 세상과는 다른 아름다운 시가 있으려니 짐작된 까닭이다. 유례는 즐거운 기대에 차 속에서 유쾌하게 회화하였다.

등대

먼지와 해어 냄새의 항구를 지나 고개를 넘은 높은 산기슭에 등대가 있다. 파란 산, 푸른 바다의 짙은 배경 속에 뜬 하아얀 집들은 호수 위에 뿌려진 조개껍질이다. 일면으로 깔린 조약돌, 우윳빛 *뻰끼, 조촐한 화단—모두가 종이 위에 채색된 수채화의 인상이지 흙덩이 위에 선 현실의 풍경은 아니다. 바다로 깎아내린 산등에 솟은 등대는 꿈속의 탑. 속세를 떠난 그 아름다운 그림 속에서는 사람의 거동조차 *유장하고 넉넉하다. 우리의 청을 승낙하고 등대 안으로 길을 인도하는 젊은 당직 간수의 걸음은 게걸음같이 느렸다. 아직도

뻰끼
페인트.

유장하다
급하지 않고 넉넉하다.

세상에는 그렇게 아름다운 곳이 남아 있었던가 하는 감격을 못 이기면서 한 조각의 풍경도 놓치지 않겠다는 면밀한 주의로 길 구석구석을 살피며 간수의 뒤를 따랐다.

일등선실과도 같은 등대의 탑 안은 어두컴컴하고 탑 꼭대기 등불까지에는 두 층으로 나누인 긴 층대가 섰다. 이십 해리를 비취는 사만 팔천 촉광의 위대한 백열등—그것은 땅 위의 태양이다. 그 태양으로 오르는 층대는 마치 천당으로 통하는 길과도 같이 좁고 험하여 겨우 한 사람만이 통하게 되었다. 길은 *외통이요 오를 사람은 둘이다. 층대 어귀에 서서 (나는 유례에게) 길을 사양하였다.

유례는 서슴지 아니하고 앞장을 서서 층대에 발을 걸었다. 나는 무심히 뒤미처 그의 뒤를 따랐다. 올라 보니 층대는 사다리같이 곧고 좁아 유례와 나는 거의 일직선 위에 서게 되었다. 다시 말하면 유례는 나의 목말을 타고 두 어깨 위에 올라선 셈과도 같았다. 유례의 발은 바로 나의 코앞에 있고 난간을 붙든 두 팔에는 치맛자락이 치렁거리는 지경이었다. 층대의 철판이 턱에 부딪히므로 나는 하는 수 없이 얼굴을 위로 쳐들 수밖에는 없었다. 그것은 극히 자연스러운 무심중의 행사였으나 나는 다시 급스럽게 얼굴을 내려뜨렸다. 그러다가 철판에 턱을 호되게 찧고 도로 떠 받들리울 수밖에는 없었다. 별안간 태양을 마주 본 듯이 눈이 부셨던 까닭이다. 골이 어지럽고 현기증이 났다. 무심중에 보게 된 유례의 몸이 사만 팔천 촉광 이상의 광채를 가지고 나의 눈을 둘러 빼었던 것이다. 지상의 태양은 오만 촉광의 등대가 아니고 참으로 유례의 육체였던 것이다. 탑 꼭대기에까지 올라가 찬란하게 타는 프리즘의 백열등은 본체만체하고 탑문을 박차고 나왔을 때 나는 허둥거리는 몸을 위태롭게 철 난간에 부딪혀 버렸다. 수십 길 되는 난간

외통
집 구조 따위가 외줄로 된 것.

아래는 물감 덩어리를 풀어 놓은 듯이 도지는 푸른 바다다. 그러나 나의 몸이 떨리고 다리가 허전거리는 것은 그 바다가 무서워서가 아니요 층대에서 받은 무서운 감동으로 인함이었다.

유례의 몸이 떨림은 발아래가 무시무시한 까닭일까. 난간에 의지한 몸을 부르르 떨더니 별안간 나의 곁에 쏠려 전신을 던져 왔다.

품안에 날아든 새를 붙드는 셈으로 나는 유례를 두 팔에 안았다. 몸이 허공에 뜬 것같이 떨린다. 유례의 얼굴이, 눈이, 입이, 나의 얼굴 밑에 가깝다. 번개같이 더운 입이 유례의 이마를 스쳤다. 바다가 고요하고 하늘이 높다. 그대로 한 몸이 되어 난간을 뛰어넘어 단숨에 바다 속으로—그것이 단 하나의 길이건만 오래간만에 유례의 몸을 안은 그 자리에서 나의 머릿속은 순간 꺼진 필름장같이 부옇게 비었을 뿐이었다.

오래간만에 유례의 몸을—오래간만에—꺼진 필름장같이 비었던 머릿속은 문득 환해지며 다시 그림이 연속되는 필름장같이 지난 기억의 한 폭이 비쳐지기 시작하였다.

유례에게는 아직 건수가 없고 나에게는 란야가 안 생겼을 때였다. 나는 학교를 마쳤을 뿐 아직도 생애의 지향이 서지 못한 채 셋방에 뒹굴며 하는 일 없이 나날을 지냈다. 학교에서 받은 철학의 체계도 인생의 향방을 결정하여 주지는 못하였다. 해골을 모아 짜놓은 빈 탑과도 같은 쓸모없는 철학의 많은 노트를 모조리 뜯어 불살라 버리고 굳이 활기를 찾으려고 생활의 앞길을 노렸으나 헛수고였다. 가령 직업으로 말하더라도 나의 마음을 당기는 직업은 하나도 없었고 그렇다고 가지고 있는 과만한 재산을 쓸 길도, 그것을 바치고 싶은 방허도 없었다. 그런 나의 무위의 성격을 비웃는 듯이 유례는 그 자신의 굳센 신념의 목표로 향하여 활기 있는 행동의 열정을 모조리 쏟는 것이었다.

마침 유례는 그를 길러 준 여학교의 파업을 지도할 임무를 띠고 주야로 분주할 무렵이었다. 기어코 파업은 불성공으로 단결은 깨뜨려지고 희생자를 내기 시작하자 이윽고 등 뒤의 주동이 주목되었다. 벌써 구체적 인물이 판정되어 지칭을 받게 됨을 알았을 때, 유례는 하는 수 없이 거리의 눈을 피하여 이쪽저쪽 몸을 옮길 수밖에 없었다.

"마저마저 걸릴 듯한 형세예요."

금붕어

신변에 가까운 그물 기슭을 피하는 물고기와도 같은 민첩한 자세로 나의 방에 뛰어든 것은 늦은 저녁 때였다. 긴장된 때의 눈방울이란 공기같이 차고 전신에는 탄력이 넘쳤다. 방향 잃은 물고기를 나는 방 속에 가두었다. 방 안에서는 유리 항아리 안의 금붕어같이 연하고 부드러운 자세였다.

신변의 위험은 감쪽같이 잊어버리고 아무 일도 없었던 것같이 밤늦도록 제각각 책장을 넘겼다. 무미한 파업의 경과 보고를 듣기도 괴로운 일일 듯하여 나는 유례에게 책을 권하고 읽던 소설책을 펴든 것이었다. 그러나 유례 자신의 마음속은 알 바 없어도 나는 모처럼 숨었던 유례를 옆에 놓고 마음 속에는 아무 파도도 없는 듯이 천연스럽게 독서에만 열중하고 있을 수가 없었다. 당시 나에게는 달리 애정의 대상되는 여자가 (란야가 아니라) 있었다고는 하였으나 의식의 그 어느 구석에 유례의 자태도 늘 떠나지 아니하고 맴돌고 있었던 까닭이다. 그것이 곧 애욕을 의미하였던지 않았던지는 알 바 없다.

책에 지쳤던지 자정을 넘었을 때에는 유례는 한 구석에 그대로 쓰러져 쉽게 잠이 들었다. 이불을 걸쳐 주고 나는 내 자리에 누웠으나 눈은 말똥말똥해지고 정신은 더욱 맑아 갈 뿐이었다. 등불이 지나쳐 밝은 죄도 있었겠으나 그렇다고 불을 끌 수도 없었다. 하는 수 없이 이불을 푹 쓰고 고시랑거리다 어느 결엔지 약간 잠이 든 모양이었으나 그것은 짧고 어지러운 잠이어서 다시 눈이 뜨였을 때에는 골이 무겁고 관자놀이가 후둑후둑 뛰었다. 잠드는 약이라도 먹어 볼까 하고 일어나 책상 서랍을 들칠 때 애써 안 보려고 하던 유례 쪽으로 자연 눈이 가는 것을 어찌할 수 없었다.

목석이 아닌 바에 사람을 옆에 두고 그렇게 곤하게 잠들 수 있을까. 유례는 이불을 차고 무례하게 아랫몸을 드러내 놓고 얼굴을 불그레 물들이고 단잠에 폭 빠져 있지 않은가. 방 안에는 나밖에는 꺼릴 눈은 하나도 없었으나 그래도 그의 벗은 몸을 덮어 주려고 가까이 가 이불을 끌어올리다 나는 힘을 잃고 그 자리에 푹 주저앉아 버렸다. 정신없이 유례에게 몸을 부딪쳤다. 얼굴이 맞닿았다. 방 안이 어지럽게 핑핑 돌았다.

"웬일이세요. 이럴 법 있나요."

깜짝 놀라 유례는 눈을 떴다. 그러나 짜증을 내며 불시에 나의 뺨을 치는 법도 없이 애써 나의 몸을 밀쳐 버리려고도 하지 않았다.

"이미 사랑하는 사람이 계시지 않어요."

다른 말도 많을 터인데 하필 이러한 말을 함은 무슨 뜻인지를 알 수 없었다. 겸양의 말일까. 연애의 공덕을 지키자는 뜻일까. 사랑하는 사람이 없었다면 모든 것을 나에게 바칠 수 있다

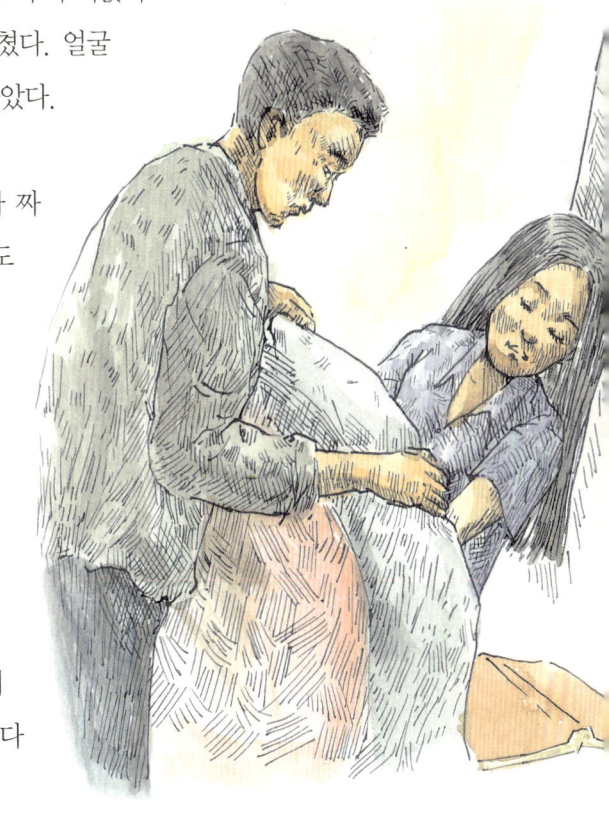

는 의미일까. 나는 금시에 냉정한 반성으로 돌아가며 덥던 몸이 순간에 식어 버리고 나의 꼴이 몹시 겸연쩍음을 느꼈다.

유례의 몸은 별안간에 따뜻한 피를 잃고 마치 신성한 그림같이, 엄숙한 * '터부' 같이, 싸늘하게 보여 더 다치기 어려운 것이었다. 그러므로 내가 불같이 유례를 훔치려고 한 것은 사랑이었던지 그렇지 않으면 단순한 짐승의 욕심이었던지를 모르고 말았다.

터부(taboo)
특정 집단에서 어떤 말이나 행동을 금하거나 꺼리는 것.

불꽃

그 밤과 이 밤과는 퍽도 다르다. 바다에서 등대에서 돌아온 밤 한결같이 타오르는 열정의 불꽃은 도저히 끌 바 없었다. 그 밤에 시작된 열정은 이 밤에 맹렬히 살아나 곱절의 세력으로 불붙는 것이었다. 타는 몸을 어쩌는 수 없어 나는 잠자리를 일어나 아닌 때 목욕실로 내려갔다. 그러나 뜨거운 온수는 도리어 몸을 덥힐지언정 마음을 식히지는 못하였다. 바로 창 밖 기슭에는 한 포기의 느릅나무인지 느티나무인지의 아름드리 고목이 우거져 가뜩이나 어두운 창을 칙칙한 검은 그림자로 압박하고 있다. 허물없는 그 고목까지도 깨끗하게 나의 답답한 마음을 뒤덮는 결과밖에는 되지 않았다. 이웃간 여탕에서는 *이역 아닌 밤중에 목욕하는 사람이 있는 눈치였다. *그역 잠 안 오는 사람임에 틀림없다. 유례나 아닐까 생각하며 고요히 철벅거리는 물소리를 들으면서 나는 욕실을 나가 잠옷을 걸쳤다.

이역
이 또한.

그역
그 또한.

일단 방으로 돌아갔으나 마치 유령에게나 홀린 것같이 발은 허둥허둥 되돌아 정신없이 옆방으로 향하였다. 아무렇게 되거나 마지막 결단을 내자는 심판이었는지 모른다.

그러나 유례는 방에 없었다. 유례 대신에 텅 빈 방에서 날쌔게 나는 무엇을 보았던가. 유례의 존재를 대변하는 듯도 한 한 장의 편지가 책상 위에서 나의 시선을 끌었다. 넓은 책상 위에 꼭 한 장 놓인 흰 봉투의 오똑한 편지가.

달려들어 그 편지를 집은 결과 멀리 떨어져 있는 건수에게로 보내는 유례의 편지임을 알고 순간에 그것을 꾸짓꾸짓 꾸겨 손아귀에 훔쳐 쥔 것은 삽시간의 거의 미치광이의 거동같이 황망한 것이었다. 편지를 다시 펴서 떨리는 손으로 죽죽 찢어 내용이 사라져 버린 의미 없는 종잇조각을 뭉크려 쥐었을 때 복도에 발소리가 나며 유례가 들어왔다.

여탕에서 목욕하던 사람은 역시 유례였다. 잠옷의 앞을 되고 말고 두 손으로 여며 쥐고 수건을 어깨에 걸치고 들어오는 유례를 향하여 나는 다짜고짜로 찢어 쥔 편지의 뭉치를 뿌렸다. 유례는 영문을 몰라 그 자리에 주춤 섰다.

확실히 바른 정신을 잃은 착란된 꿈 속의 거동이었다. 이어 나는 불같이 유례에게 달려들어 부서져라 그의 몸을 안고 얼굴을 찾았다. 유례는 순간에 모든 것을 이해한 것이었다. 굳이 발버둥치며 나의 몸을 밀쳐 버리지는 않았다. 침착하게 입술을 허락하였다. 나는 욕심쟁이같이 언제까지든지 얼굴을 떼려고 하지 않았다. 입술은 솟는 피같이 더웠다.

나는 이 밤같이 건수에게 질투를 느낀 적은 없다. 불붙는 *게염, 용솟음치는 미움—원시인이 던지는 창살과도 같은 날카로운 감정이 건수를 쏘았다. 그 무서운 질투로 말미암아 나는 비로소 내가 유례를 사랑하고 있음을 깨달았다. 오랫동안 유례에게로 기울어 맴돌던 갈피갈피의 감정—그것은 모두 사랑의 감정이었던 것이다. 장구한 마음의 방황은 그 사랑의 확증을 얻으려고 싸운 시험 과정임을 알 수 있었다. 실로 오래간만의 발견이었다. 그러나 한 발견도 그 자리에 무슨 결과

게염
부러워하며 시샘하여 탐내는 마음.

를 가져올 수 있던가. 아무 열매도 맺을 수 없었다. 때가 늦었고 모든 형편이 너무도 뒤틀려진 것이다.

이윽고 유례는 얼굴을 돌리며 나의 몸을 밀쳤다. 무엇을 더 요구할 수 있었던가. 그 이상 더 사랑의 증거를 주고 사랑의 표시를 빼앗을 수 있던가. 그의 몸을 놓치지 않으려고 벅서는 나의 팔을 물리치고 유례는 방 가운데 주저앉으며 팔로 얼굴을 가리어 버렸다.

"더 괴롭게 하지 마세요. 제 처지를 생각해 주세요."

금방 울 듯한 목소리였다.

더 손을 댈 수도 없어 나는 산란한 정신을 부둥켜안고 방을 뛰어나가 뜰에 내려섰다. 허둥지둥 골짝을 내려가 개울가 돌밭에 섰다. 방에 돌아가지 못할 운명을 잘 아는 나는 어두운 밤 돌 위에서 밤을 새울 수밖에는 없었다.

긴 꿈이라도 꾼 것 같다. 어찌 되어 그 개울가에 섰으며 그 전에는 무슨 일이 일어났던지가 머릿속에 까맣고 아득하다. 당금 서 있는 곳이 서울이 아니며 방 안이 아니며 틀림없는 개울가인가. 그것은 무슨 까닭인가 하는 갈피갈피의 착각이 마음 속을 구름같이 휘저어 놓았다.

어느 맘 때나 되었는지 나는 문득 등 뒤의 울음소리를 들은 듯하여 돌아섰다. 어둠 속에 유례가 서서 느끼고 있는 것이었다. 나는 가까이 가서 어깨에 손을 얹었다.

"알고 보니 때가 너무 늦었었소. 달을 보러 나왔을 젠 이미 새벽이 가까웠구려. 좀더 일즉이 마음의 의향을 종잡았던들……."

짜장 새벽이 가까웠는지 밤기운이 몸에 차다.

5

길은 하나밖에 없었다. 기어코 마지막으로 그 길이 왔음을 깨닫고 나의 마음은 설레는 법 없이 도리어 침착하였다.

무위의 생애에 끝으로 하나 남은 희망은 유례였으나 그것을 알게 된 순간이 곧 또한 유례를 떠나야 할 순간임은 확실히 저주된 인생인 것이다. 저주된 인생을 떠남이 나에게는 차라리 구원이다. 동시에 그것은 영원히 유례를 차지하는 수단도 된다.

그러나 그 길은 반드시 새삼스럽게 작정된 길도 아니다. 평소부터 늘 예감하여 오던—호프만의 그림을 보기 시작한 때부터 마음속에 *우렷이 짐작되고 유례와 같이 기차로 분수령을 넘을 때에 웬만치 작정된—말하자면 마음속에 익숙한 길이었다. 그것이 이 밤에 마침내 유례에게 대한 감정의 성질이 확정되자 동시에 결정적으로 작정되었을 뿐이다. 해발 팔백 미터의 기둥 꼭대기에서 일직선으로 바다로 떨어지던 어지럽던 환영이 절실한 현실의 요구로 변하여 눈앞에 나타났을 뿐이다.

유례의 몸을 옆에 가까이 두고도 그것이 터부인 까닭에 다치지 못하고 있는 것은 기쁜 것이 아니라면 슬픈 것이어야 할 것을 마음은 눈도 깜짝 안 하고 무감동하게 침착함은 대체 무슨 까닭이었을까.

간밤의 기억도 다 잊어버린 듯이 나는 무심히 행장을 정리하였다. 실상은 그럴 필요도 없었겠으나 일이 난 후에 어지럽게 널려 있을 꼴이란 상상하기도 을씨년스러운 까닭에 그런 주밀한 마음씨를 아끼지 않았다. 트렁크 속에 넣을 것을 다 수습한 후에 서울에 있는 가게의 처

우렷하다
눈 앞에 보이거나 떠오르는 모양 따위가 좀 희미한 가운데 은근하면서도 뚜렷하다.

리와 예금통장의 처치를 부탁하는, 유례에게 보내는 편지를 써서 그속에 넣고 주인에게는 은밀히 유례가 머무르고 있을 동안까지의 숙박료를 넉넉하게 치러 주고는 낮쯤 되었을 때 유례를 이끌고 여관을 나갔다.

가을 하늘이 유리조각같이 단단해 보인다. 바로 산기슭의 푸른 한 폭은 때리면 깨뜨러질 것같이 맑다. 산허리의 단풍이 날이 새롭게 물들었고 그것이 고기비늘 같은 조각구름과 아름답게 조화되었다. 이런 자연의 풍물을 한 폭 한 폭 감상할 만한 마음의 여유조차 잊었던 모양이다. 유례와의 마지막 산보의 한걸음 한걸음을 아깝게 여기면서 피서촌으로 향하였다.

한 줄기의 곧은 하아얀 마을길은 들어갈수록 낙엽이 어지럽다. 백양나무, 아카시아, 다래넝쿨의 낙엽이 한층 민첩하고 빠른 것 같다. 머루송이가 군데군데 떨어진 길바닥에 병든 나무 잎새가 한잎 두잎 펀득펀득 날아 떨어졌다. 문득 *베를렌의 「샹송 도톤」의 구절이 가슴속에 흘렀다. 들리지 않는 비올롱의 멜로디가 확실히 나의 걸음의 반주로 뼈를 아프게 긁는 것이다. 낙엽과 나─나와 낙엽! 두 번째 들어간 산 식당의 마지막 오찬─그것은 최후의 만찬과도 같이 검소한 것이었다. 빵과 포도주─포도주를 대신하는 꿀은 그다지 달지도 않았으나 그렇다고 쓰지도 않았다.

식당을 나가 기어코 다다를 곳에 마지막 목적지에 서게 되었다. 깊은 *소 위에 어마어마하게 걸린 높은 널다리 위에 다시 선 것이다. 다리가 출렁거리고 물이 나뭇잎 같은 것은 전과 일반이다. 다른 것은 나의 마음뿐이다.

"좁은 문이 지금의 내게는 탄탄대로로 보이는구려."

**폴 베를렌느
(1844~1896)**
프랑스의 상징주의 시인으로, 인간의 내면을 부드러운 감수성으로 표현하였다.

소
연못.

나의 목적을 예료한 듯이 끝까지 나의 거동을 세밀히 관찰하던 유례는 그 한마디에 나의 마음을 간파한 눈치였으나 놀라는 표정을 하였을 뿐 *다따가 말은 못 이었다.

나는 그가 못 미치는 동안에 꾀바르게 혼자 떨어져 어느덧 다리의 거의 복판까지 걸어가 섰다.

"내내 건투하시오. 현실의 유례에게는 내 손이 닿지 않으니 유례를 마음대로 가질 수 있는 세상으로 가려는 거요……. 외국 여자의 본을 받아 붉은 십자가를 세울 필요도 없소."

농으로 보이려고 될 수 있는 대로 웃으면서 난간의 쇠줄을 잡고 널판 기슭에 나섰다. 벌써 일순도 주저할 필요는 없었다.

"참으세요. 기다리세요."

유례가 황겁히 외치면서 뛰어올 때에는 나는 벌써 발을 빗디디고 잡았던 쇠줄을 놓은 뒤였다.

얼굴이 뜨고 오금이 근실거리는 극히 짧은 순간 문득 눈앞에는 푸른 물 대신에 유례, 건수, 란야 세 사람의 모양이 회오리바람같이 휩쓸려 뱅돌다가 다음 순간 탈싹 부서져 버렸다.

몸이 찢어지는 것 같고 어깨가 쑤욱 솟는 것 같고―의식은 거기서 끊어졌다.

이야기는 끝났어야 할 것이나 질긴 목숨이 소생된 까닭에 더 계속된다. 소에 빠진 채 바위에 몸을 부딪치거나 영영 솟지 않거나 하였던들 그만이었을 것을 공교롭게도 혹은 공칙하게도 몸은 길이로 살촉같이 물속에 잠겼다가 깊은 타격도 상처도 받지 않고 다시 쑤욱 솟으면서 물 위에 떠올랐던 것이다. 물론 그 당장의 감각이라든가 의식이라든가

다따가
난데없이 갑자기.

는 전혀 기억 속에는 없었고 다시 눈이 뜨였을 때는 여관방 복판에 누워 있는 자신을 발견하였을 뿐이었다.

의사가 막 다녀간 뒤였다. 새 요 위에 누운 나의 주위에는 시중드는 하녀들의 오락가락하는 그림자가 어지럽고 알콜 냄새 약 냄새가 코에 맡혔다. 팔에는 주사를 맞은 뒷자리가 여러 군데요 머리와 다리에는 붕대가 친친 감겨 있었다. 무거운 환자의 병실같이 화로에는 숯불이 이글이글하고 주전자에서는 김이 무럭무럭 오르며 천장에는 여러 폭의 축인 수건이 걸려 있다. 물론 그 모든 어수선한 사이로 무엇보다 먼저 유례의 자태가 눈에 뜨인 것은 두말할 것 없다.

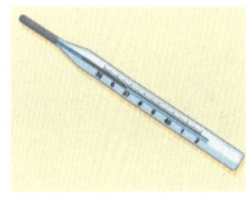
체온계

문득 눈을 뜨고 두리번거리기 시작하였을 때 유례는 선뜻 머리맡에 다가앉으며 나의 겨드랑 밑에서 체온계를 뽑았다. 들여다보더니 금시에 긴장되었던 얼굴이 풀리며 기껍게 나를 바라보면서 체온계를 흔들어 수은을 내린다.

"됐어요. 평온에 가까워 왔어요."

되지 않아야 할 것이 된 것은―없어야 할 목숨이 붙여진 것은 나에게는 뼈저린 비꼬움이었다. 이루지 못한 비극은 희극보다도 더 우스꽝스러운 것이다. 미치광이 같은 주제를, 광대 같은 꼴을 유례의 앞에 드러내 놓기가 겸연하고 부끄러웠다. 물론 차라리 물속에 고스란히 꺼져 버렸더면 얼마나 다행이었을까. 다시 살아났댔자 거사 이전의 그 감정, 그 형편의 연장 이외에 아무것도 오지는 않을 것을.

"평온에 가깝다는 것이 나를 축복하는 말이오? 그놈의 체온계를 분질러 버렸으면."

"안정하세요. 흥분은 금물예요."

유례는 침착하게 목소리를 부드럽혀 나의 감정을 문지르고 가라앉히려 애쓰는 눈치였다.

"허수아비는 논 가운데나 세우지, 산송장은 무엇에 쓴단 말요."

말도 끝나기 전에 나의 비웃음의 태도를 경계하는 듯이 유례는,

"생명을 멸시함은 사랑을 성취하는 도리가 아닐 거예요. 길이 좁다면 참으면서 정성껏 걸어감에 값이 있지 않을까요."

"무슨 값이란 말요."

반문하면서도 언제인가 호텔방에서 바라본, 밤 교회당의 검은 십자가가 짜장 앞길에 놓였음을 문득 깨달았다. 무덤 앞에 세울 십자가가 죽은 후의 운명을 대신하여 생전의 앞길을 가로막은 것이다.

"반가운 소식 전해 드릴까요."

무거운 침묵을 깨뜨리며 유례는 어조를 갈았다.

"놀라실까요……. 란야가 맞은편 여관에 와 있어요."

별로 놀라지 않고 천연스럽게 듣노라니 유례는 어저께 변이 일어났을 때 우연히 거리에서 란야를 만났다는 것, 같이 여관까지 달려와 누구보다도 많이 나의 시중을 들었다는 것, 얼마 안 있으면 찾아올 법하다는 것을 이야기하였다.

말하는 그의 표정을 살필 필요도 없었으나 극히 천연스럽고 사실 반가운 듯도 한 말씨였다. 친한 동무의 소식을 말하는 그런 어조였다. 반드시 발악을 하는 것도 같지 않은 의젓한 태도였다. 그러나 그것이 물론 나에게는 슬픈 일이어서는 안 된다. 잠자코 들었다.

얼마 안 되어 정말 란야가 왔다. 세 사람의 태도는 서로 아무 속임도 없는 듯 능청맞은 것이었다.

차라리 눈앞에 유례를 보지 말게 되기를 원하였다. 안타까운 *회한은 더 많이 눈으로부터 들어오는 까닭이다.

회한
뉘우치고 한탄함.

이 원을 풀어 주려는 듯이 또는 꼴 보라는 듯이 일도 공교롭게 되었다.

저녁 무렵은 되어 유례는 신문을 얻어 들고 얼마간 *급스럽게 들어왔다.

"한걸음 먼저 떠나야겠어요."

이유를 말하는 대신에 신문을 내밀며 한 곳을 가리켰다.

떨릴 것도 없고 놀랄 것도 없다.

건수가 중병으로 말미암아 보석으로 출옥하였다는 소식이 보도되어 있다.

급스럽다
보기에 급한 데가 있다.

그것이 힘든 노력이었는지는 모르겠으나 나는 냉정한 이성을 잃지는 않았다.

"가구 말구. 얼른 떠나시오."

부드러운 충고라느니보다도 침착한 선언이었다.

"꿈을 깨고 현실로 행동으로 돌아갈 때요. 꿈……. 잠깐 동안의 꿈으로 생각하고 발을 돌리면 그만이니까."

"노여워하세요?"

"권리가 있나."

"왜 웃는 낯으로 못 보내 주세요."

"울 필요가 없는 것같이 웃을 필요도 없잖우."

정말 울 것이 없었던가. 나는 뜨거운 눈을 꾸욱 감았다.

"필요가 없는 것을 왜……"

유례는 나의 젖은 눈을 본 것이다. 눈물을 책망하려는 것이다.

"티가 들어도 눈물은 나고 하품을 해도 눈물은 나는 법이니까."

주책없는 눈물의 핑계는 이렇게밖에는 댈 수 없다. 거북스런 마음에 눈을 뜰 수도 없어 감은 채 느끼는 마음을 꾹 누르고 있으려니 유례의 손가락이 눈을 훔치는 모양이었다. 나는 무거운 목소리를 힘껏 자아냈다.

"가시오. 눈을 감고 있는 동안에 내 곁을 떠나시오."

목소리가 사라진 뒤까지도 여음이 마음 속에 길게 울려 마치 체조교사의 호령 같은 목소리가 아니었던가 하는 쓸데없는 착각이 일어나는 것이었다.

유례가 가버린 뒤는 가을벌레 소리가 문득 그쳤을 때와 같은 정서였다. 쓸쓸은 하나 평온하다. 아마도 마지막 작별이었겠건만 마음은 설레지 않았다. 건수에게 안부의 말이라도 한마디 전하였더라면 하는 여유조차 생겼다.

유례를 대신하는 듯이 란야는 나의 옆을 떠나지 않았다. 하녀들과 함께 나의 시중을 들기에 정성을 다하였다. 나에게 보이지 않는 곳에서 유례와의 사이에 어떤 교섭과 거래가 있었는지는 모르겠으나 유례와 나와의 그 동안의 여러 가지의 과정을 아는지 모르는지, 알고도 깨달았는지 천연스럽고 의젓한 태도였다. 마치 온종일 집을 잊어버리고 밖에서 놀던 아이가 시침을 떼고 천연스럽게 집을 찾아 들어온 때와도 같다.

"역시 사람을 잘못 봤어요. 속았어요……. 함손은 천생의 부랑자예요. 주제넘게 그를 기르려고 한 것이 불찰이었지요. 가난뱅이 주제에 무서운 *돈후안인 것을."

돈후안
중세 때 민간 전설에 나오는 바람둥이 귀족으로 엽색 행각 끝에 처형 당한 것으로 전해진다.

함손에게는 다시 새 짝이 생겼다는 것, 정양차로 피서지까지 동행하였다가 그대로 갈라졌다는 것을 이야기하였다. 나에게는 아무 필요 없는 소식이었으나 그것을 실토하려는 란야의 속뜻은 짐작된다. 구태여,

"어떻게 하란 말요."

하고 물을 필요도 없기는 하였다.

"뻔질뻔질하다고 책하시겠죠."

날렵하던 그 기개는 간곳없고 거북스럽고 겸연쩍은 란야의 태도였다.

다시 나에게로 돌아오자는 것이다.

물론 나에게는 그 뜻이 이제 와서는 아무 감격도 정서도 가져오지는 못하였다. 란야는 벌써 나에게는 향기를 잃은 고깃덩이요, 김빠진 한 잔의 술이었다. 등 뒤에 질질 끌릴 무거운 짐을 느낄 뿐이었다.

"생활의 요구에는 얼마든지 응할 수 있으나 쓸모없는 열정은 천당으

로나 날려 보냄이 어떻소."

　말이 가혹하였을까.

　"저를 죽이자는 셈이죠."

　란야는 짧게 외치고 나의 가슴 위에 푹 꼬꾸라졌다. 두 어깨가 움쭐
움쭐 파도치기 시작하였다.

　그러나 나는 가슴 위에 사람을 느끼는 대신에 물건을 느꼈다. 숨이
가빠 쳐들려고 하니 맥이 없다.

　"*됩데 사람을 죽이자는 셈인가."

　뼈저린 비꼬움임에도 시침을 떼고 어여쁜 흰 말은 얼굴을 들려고도
하지 않았다. 몸을 얼싸안은 두 팔은 말다리같이 탄력이 있다.

　온천의 밤은 의미 없이 저물어 갔다―마치 이 이야기와도 같이 고
요하게.

됩데
'도리어'의 강원 방언.

　　　　　　　　　『성화』, 삼문사, 1939.

수탉

을손은 요사이 울적한 마음에 닭 시중도 게을리 하게 되었
다. 그 알뜰히 기르던 닭들이 도무지 눈에도 들지 않으며 마
음을 당기지 못하였다. 모이는 새로에 뜰 앞을 어른거리는 꼴
을 보면 나뭇개비를 집어 들게 되었다. 치우지 않은 우리 속
은 지저분하기 짝 없다.

수탉

두 마리를 팔면 한 달 수업료가 된다. 우리 안의 수효가 차차 줄어짐
이 그다지 애틋한 것은 아니었다. 도리어 제때 가질 운명을 못 가지고
우리 안을 헤매는 한 달 동안의 운명을 벗어난 두 마리의 꼴이 눈에 거
슬렸다. 학교에 안 가는 그 한 달 수업료가 늘려진 것이다.

그 두 마리 중에서도 못난 한 마리의 수탉—가장 초라한 꼴이었다.
허울이 변변치 못한 위에 이웃집 닭과 싸우면 *판판이 졌다. 물어뜯긴
맨드라미에는 언제 보아도 피가 새로이 흘러 있다. *거적눈인데다 한
쪽 다리를 전다. 죽지의 깃이 가지런하지 못하고 꼬리조차 짧았다. 어
떤 때는 암탉에게까지 쫓겼다. 수탉 구실을 못 하는 수탉이 보기에도
민망하였으나 요사이 와서는 민망한 정도를 넘어 보기 싫은 것이었다.
더구나 한 달의 운명을 우리 안에 더 붙이게 된 것이 을손에게는 밉살
스럽고 흉측스럽게 보일 뿐이었다.

판판이
판마다 번번이.

거적눈
윗눈시울이 축 처진 눈.

학교에 못 가는 마음이 몹시 답답하였다.

능금을 따고 낙원을 쫓기운 것은 전설이나, 능금을 따다 학원
을 쫓기운 것은 현실이다.

율칙
규율. 규칙.

농장의 능금은 금단의 과실이었다.

을손들은 그 *율칙을 어긴 것이다.

동무들의 꾐에 빠졌다느니보다도 을손 자신 능금의 유혹에 빠
졌던 것이다. 능금은 사치한 욕망이 아니다. 필요한 식욕이었다.

능금

당번은 다섯 명이었다. 누에를 다 올린 후라 별로 할 일 없이 한가하였던 것이 일을 저지른 시초일는지 모른다. 잡담으로 자정이 되기를 기다렸다가 일제히 방을 나가 어둠 속에 몸을 감추고 과수원의 철망을 넘었다.

먹다 남은 것을 아궁이 속에 넣은 것은 감쪽같았으나 마지막 한 개를 방구석 뽕잎 속에 간직한 것이 실책이었다.

이튿날 아침 과수원 속의 발자취가 문제되었을 때 공교롭게도 뽕잎 속의 그 한 개가 발견되었다.

수색의 길은 빤하다. 간밤의 다섯 명의 당번이 차례로 반 담임 앞에 불리게 되었다.

굳게 언약을 해 놓고서도 어느 때나 마찬가지로 그 어디로부터인지 교묘하게 부서진다. 약한 한 사람의 동무의 입에서 기어이 실토가 된 모양이었다. 한 사람씩 거듭 불려 들어갔다.

두 번째 호출이 시작되었을 때 을손은 괴상한 곳에 있었다.

몸이 무거워 그곳에 들어간 것이 아니라 얼마 동안의 귀찮은 시간을 피하려 일부러 그곳을 고른 것이었다.

한 사람이 들어가 간신히 웅크리고 앉았을 만한 네모진 그 좁은 공간―거북스럽기는 하여도 가장 마음 편한 곳도 그곳이었다. 그곳에 앉았으면 마치 바닷물 속에 잠겨 있는 것과도 같이 몸이 거뿐한 까닭이다.

밖 운동장에서는 동무들의 지껄이는 소리, 웃음소리, 닫는 소리에 섞여 공 구르는 가벼운 소리가 쉴 새 없이 흘러와 몸은 그 즐거운 소리를 타고 뜬 것 같다.

을손은 현재 취조를 받고 있을 당번의 동무들과 자신의 형편조차 잊어버리고 유유히 주머니 속에서 담배를 한 개 집어내서 불을 붙였다. 실상인즉 담배도 능금과 같이 금단의 것이었으나 율칙을 어김은 인류의 조상이 끼쳐 준 아름다운 공덕이다. 더구나 그곳에서 한 모금 피우기란 무상의 기쁨이라고 을손은 생각하는 것이었다.

이것도 그곳의 특이한 풍속으로 벽에는 옷을 입지 않을 때의 남녀의 원시적 자태가 유치한 필치로 낙서되어 있다. 간단한 선 서투른 그림이면서도 그것은 일종의 기쁨이었다.

을손도 알 수 없는 유혹을 받아 주머니 속에서 무딘 연필을 찾아 향기로운 연기를 길게 뿜으면서 상상을 기울여 그림을 그리기 시작하였다.

능금을 먹은 위에 담배를 피우며 낙서를 하며— 위반을 거듭하는 동안에 을손은 문득 학교가 싫은 생각이 불현듯이 들었다—가령 학교에서 능금 딴 제자를 문초한 교사가 일단 집에 돌아갔을 때 이웃집 밭의 능금을 딴 어린 아들을 무슨 방법으로 처벌할 것이며 그 자신 능금을 따던 소년시대를 추억할 때 어떤 감상과 반성이 생길 것인가. 또 혹은 학교에서 절제의 미덕을 가르치는 교사 자신이 불의의 정욕에 빠졌을 때 그 경우는 어떻게 설명하여야 옳을 것인가—마치 십계명을 설교하는 목사 자신이 간음의 죄에 신음하는 것과도 흡사한 그 경우를.

가깝게 생각하여 특수한 과학과 기술을 배워야 그것을 이용할 자신의 농토조차 없는 형편이 아닌가.

변변치 못하다. 초라하다. 잗다란 보수를 바라 이 굴욕을 받는 것보다는 차라리 좁고 거북한 굴레를 벗어나 아무 데로나 넓은 세상으로 뛰고 싶다.

을손의 생각은 고삐를 놓은 말같이 그칠 바를 몰랐다.

아마도 오래된 듯하다.

하학(下學)
학교에서 그날 수업을
마침.

*하학 종소리가 어지럽게 울렸다.

이튿날 아버지는 단벌의 나들이 두루마기를 입고 학교에 불리었다.
무기정학의 처분이었다.

아버지는 어안이 벙벙한 모양이었다 — 정든 아들을 매질할 수도 없
었으므로.

을손은 우리 안의 닭을 모조리 훌 두드려 팔아 가지고 내빼고 싶은
생각이 불같이 났으나 그것도 할 수 없어 빈손으로 집을 떠났다.

이웃 고을을 헤매다가 사흘 만에 다시 집으로 돌아왔다.

밭일도 거들 맥없어 며칠은 천치같이 보낼 수밖에 없었다.

우리 안의 닭의 무리가 눈에 나 보였다. 가운데에서도 못난 수탉의
꼴은 한층 초라하다. 고추장에 밥을 비벼 먹여도 이웃집 닭에게 지는
가련한 신세가 보기에도 안타까웠다.

못난 수탉, 내 꼴이 아닌가 — 을손은 화가 버럭 났다.

한가한 판이라 복녀와는 자주 만날 수는 있는 처지였으나 겸연쩍은 마음에 도리어 주저되었다.

　을손의 처분을 복녀는 확실히 좋게 여기지는 않는 눈치였다.

　복녀는 의지의 여자였다. 반 년 동안의 원잠종 제조소의 견습생 강습을 마친 터이라, 오는 봄부터는 면의 *잠업 지도생으로 나갈 처지였다. 건듯하면 게을리 되는 을손의 공부를 권하여 주고 매질하여 주는 복녀였다. 학교를 마치면 맞들고 벌자는 언약이었으나 을손의 이번 실수가 복녀를 실망시킨 것은 확실하였다. 무능한 사내—복녀에게 이같이 의미 없는 것은 없었다.

　하룻저녁 복녀를 찾았을 때 을손에게는 모든 것이 확적히 알렸다.

　나온 것은 복녀가 아니요 복녀의 어머니였다.

　"앞으론 출입도 피차에 잦지 못하게 될 것을 생각하니 섭섭하기 그지없네."

　뜻을 몰라 우두커니 서 있으려니 복녀의 어머니는 말을 이었다.

　"기어이 알맞은 사람을 하나 구해 봤네."

　천근같은 무쇠가 등골을 내리쳤다.

　"조합에 얌전한 사람이 있다기에 더 캐지도 않고 작정하여 버렸어."

　복녀는 찾아볼 생각도 못 하고 을손은 허전허전 뛰어나왔다.

　'복녀의 뜻일까, 춘향모의 짓일까.'
　물을 필요도 없었다.
　눈앞이 어둡고 천지가 헐어지는 것 같았다.

잠업
양잠업. 누에를 치는 사업.

밤송이

복교(復校)
복학.

공칙하다
일이 공교롭게 잘못
되다.

며칠 동안은 눈에 아무것도 어리지 않았다.

앙상한 밤송이 같은 현실.

한 달이 넘어도 학교에서는 *복교의 통지도 없다.

저녁때였다.

닭이 우리 안에 들어 각각 잠자리를 차지하였을 때 마을 갔던 수탉이 어슬어슬 돌아왔다.

또 싸운 모양이었다.

찢어진 맨드라미에는 피가 생생하고 퉁겨진 죽지의 깃이 거꾸로 뻗쳤다.

다리를 저는 것은 일반이나 걸어오는 방향이 단정치 못하다. 자세히 보니 눈이 한 쪽 찌그러진 것이었다. 감긴 눈으로 피가 흘러 털을 물들였다.

참혹한 꼴이었다.

측은한 생각은 금시에 미움의 감정으로 변하였다. 을손은 불같은 화가 버럭 났다.

'그 꼴을 하고 살아서는 무엇 해.'

살기를 띤 손이 부르르 떨렸다. 손에 잡히는 것을 되고 말고 닭에게 던졌다.

*공칙하게도 명중되어 순간 다리를 뻗고 푸득거리는 꼴에서 을손은 시선을 피해 버렸다.

끊었다 이었다 하는 가엾은 비명이 을손의 오장을 뒤흔들어 놓는 듯하였다.

『이효석 전집』, 창미사, 1983.

분녀

1

우리도 없는 농장에 아닌 때 웬일인가들 의아하게 여기고 있는 동안에 집채 같은 도야지는 헛간 앞을 지나 *묘포 밭으로 달아 온다. 산도야지 같기도 하고 *마바리 같기도 하여 보통 도야지는 아닌 데다가 뒤미처 난데없는 호개 한 마리가 거위영장같이 껑충대고 쫓아오니 도야지는 불심지가 올라 갈팡질팡 밭 위로 우거든다. 풀 뽑던 동무들은 간담이 써늘하여 꽁무니가 빠져라 산지사방으로 달아난다. 허구 많은 지향 다 두고 도야지는 굳이 이쪽을 겨누고 *욱박아 오는 것이다. 분녀는 기겁을 하고 도망을 하나 아무리 애써도 발이 재게 떨어지지 않는다. 신이 빠지고 허리가 휘는데 엎친 데 덮치기로 공칙히 앞에는 넓은 토벽이 막혀 꼼짝 부득이다. 옆으로 빗 빼려고 하는 서슬에 도야지는 앞으로 왈칵 덮친다. 손가락 하나 놀릴 여유도 없다. 육중한 바위 밑에서 금시에 육신이 터지고 사지가 떨어지는 것 같다. 팔을 꼼짝달싹할 수 없고 고함을 치려야 입이 움직이지 않는다.

분녀(粉女)는 질색하여 눈을 떴다.

허리가 뻐근하며 몸이 *통세난다.

문득 짜장 놀라서 엉겁결에 소리를 치나 소리는 나오지 않는다. 무엇인지 틀어 막히우고 수건으로 자갈을 물려 있지 않은가. 손을 쓰려 하나 눌리었고 다리도 허리도 머리도 전신이 무거운 도야지 밑에 있는 것이다. 몸에 칼이 돋치기 전에는 이 몸도 적을 물리칠 수 없지 않은가.

어둠 속에서도 *경풍할 변괴에 부끄러운 생각이 났다. 어머니 앞에서도 보인 법 없는 몸뚱이를 하고 옷으로 덮으려 하나 생각뿐이다. 어

묘포(苗圃)
모밭. 묘목을 기르는 밭.

마바리
짐을 실은 말.

욱박다
'윽박다'의 방언. 울러 대어 몹시 억누르다.

통세(痛勢)
통증. 상처나 병의 아픈 증세.

경풍(痙風)
풍으로 인해 갑자기 의식을 잃고 경련하는 병증. 주로 어린이에게만 나타난다.

138 이효석

머니는, 하고 가까스로 고개를 돌리니 윗목에 누웠고 그 너머로 동생의 코고는 소리가 들린다. 같은 방에 세 사람씩이나 산 넋이 있으면서도 날도적을 들게 하다니 멀건 등신들이라고 원망할 수도 없는 것은 된 낮일에 노그라져서 함빡 단잠에 취하여 있는 것이다. 발로 차서 어머니를 깨우고도 싶으나 발이 닿기에는 동이 떴다. *삼경이 넘었을까, 밤은 막막하다. 열린 문으로는 바람 한 숨 없고 방 안이나 문 밖이 일반으로 까마득하다. 먼 하늘에는 별똥 하나 안 흐른다.

삼경
밤 열한 시에서 새벽
한 시 사이.

"원망할 것 없다. 둘만 알고 있으면 그만야. 내가 누구든―아무에게나 다 마찬가진걸."

더운 날숨이 이마를 덮는다. 부스럭부스럭하더니 저고리 고름을 올

가미지어 매어 주는 눈치다.

간단하고 감쪽같다. 도적은 흔적 없이 '훔칠 것'을 훔치고 늠실하고 나가 버렸다.

몸이 풀리자 분녀는 뛰어 일어나 겨우 입 봉창을 빼기는 하였으나 파장 후에 소리를 치기도 *객쩍다.

대체 웬 녀석인가. 뛰어나가 살폈으나 간곳없다. 목소리로 생각해 보아도 알 바 없고 맺혀진 옷고름을 만져 보는 건 뜻 없다. 하늘이 새까맣다. 그 새까만 하늘이 부끄럽고 디딘 땅이 부끄럽고 어두운 밤을 대하기조차 겸연스럽다.

몸이 *무시근하다. 우물에서 물을 두어 드레 퍼 올려 얼굴을 씻고 방에 들어가 등잔에 불을 켰다. 어둠 속에서 비밀을 가진 방 안은 밝을 때엔 천연스럽다. 땅 그 어느 한구석이 무지러 떨어졌을 것 같다. 하늘 의 별 한 개가 없어졌을 것 같다. 몸뚱이가 한구석 뭉척 이지러진 것 같다. 반쪽 거울을 찾아 들고 얼굴을 비추어 보았다. 코며 입이며 볼이 며가 상하지 않고 제대로 있는 것이 도리어 신기하게 여겨졌다. 어차 피 와야 할 것이겠지만 그것이 너무도 벼락으로 급작스레 어처구니없 게 온 것이 분녀에게는 알 수 없이 겸연스러웠다.

등잔

얼굴과 몸을 어루만지며 어머니의 잠든 양을 물끄러미 바라보려니 별안간 소름이 치며 가슴이 떨린다. 무서운 생각이 선뜻 들며 어머니 를 깨우고 싶다. 그러나 곤한 눈을 멀뚱하게 뜨고 상기된 눈방울로 이 쪽을 바라보는 것을 보면 분녀는 딴소리밖엔 못 하였다.

"새까맣게 흐린 품이 천둥하고 비 올 것 같으우."

묘포 감독 박추의 짓일까. *데설데설하며 *엄부렁한 품이 아무 짓인 들 못 할 것 같지 않다. 계집아이들 틈에 끼여 인부로 오는 명준의 짓

일까. 눈질이 *영매스러운 것이 보통 아이는 아니나 워낙 집안이 *억
판인 까닭에 일껏 들어간 중등학교도 중도에서 퇴학하고 묘포 인부로
오는 것이 가엾긴 하다. 그러나 그리고 터놓고 을러댔다고 하면 응낙
할 수 있었을까. 군청 급사 섭춘이나 아닐까. 행길에서도 소락소락 말
을 거는 쥐알 봉수. 그 *초라니라면 치가 떨려 어떻게 하나.

　잠을 설쳐 버린 분녀는 *고시랑고시랑 생각에 밤을 샜다. 이튿날은
공교로이 궂은 까닭에 비를 *칭탈하고 일을 쉬고 다음날 비로소 묘포
로 나갔다. 같은 생각이 머릿속에 뱅돌아 사람을 만나기가 여간 겸연쩍
지 않다. 사람마다 기연미연 혐의를 걸어 보기란 *면난스런 일이었다.

　하늘이 제대로 개고 땅이 이지러지지 않은 것이 차라리 *시쁘스럽
다. 천지는 사람의 일신의 괴변 쯤은 익지 않은 과실이 벌레에게 긁히
운 것만큼도 대수롭게 여기지 않은 모양이다. 하긴 다행이지 몸의 변
고가 일일이 하늘에 비치어진다면 기분이, 순야, 옥녀, 모든 동무들에
게 그것이 알려질 것이요 그들의 내정도 역시 속 뽑히울 것이다. 이런
생각이 들자 별안간 그들은 대체 성할까 하는 의심이 불현듯이 솟아오
르며 천연스러운 얼굴들이 능청스럽게 엿보였다.

　박추와 명준에게만은 속내를 들킨 것 같아서 고개가 바로 쳐들리지
않았다. 다시 살펴도 *가잠나룻이 듬성한 검센 박추, 거드름부리는 들
대밑. 이 녀석한테 당하였다면 이 몸을 어쩌노. 잠자코 풀 뽑는 무죽한
명준이, 새침한 몸집 어느 구석에 그런 부락부락한 힘이 들어 있을꼬.
사람은 외양으론 알 수 없다. 마치 그것이 명준이요 적어도 명준이었
으면 하는 듯이 이렇게 생각은 하나 면상과 눈치로는 그가 근지 누가
근지 도무지 *거니챌 수 없다. 이러다가는 평생 그 사람을 모르고 지내
지나 않을까.

영매(英邁)스럽다
영리하고 비범한 데가
있다.

억판
매우 가난한 처지.

초라니
하회 별신굿의 등장인
물 중 하나. 양반의 하
인으로 가볍고 방정맞
은 성격을 가지고 있다.

고시랑고시랑하다
불안한 마음으로 몸을
자꾸 뒤척이다.

칭탈
무엇 때문이라고 핑계
를 댐.

면난스럽다
남을 대할 때에 무안하
거나 부끄러워서 낯이
붉어지다.

시쁘다
마음에 차지 아니하여
시들하다.

가잠나룻
짧고 성글게 난 구레
나룻.

거니채다
어떤 일의 상황이나 분
위기를 짐작하여 눈치
를 채다.

맡은 이랑의 풀을 뽑고 난 명준은 감독의 분부로 이깔 포기에 뿌릴 약재를 풀어 *무자위로 치기 시작하였다. 한 손으로 물을 뿜으며 다른 손으로 물줄기를 흔들다가 고무줄이 빗나가는 서슬에 푸른 약물이 옥녀의 낯짝을 쏘았다. 옥녀는 기겁을 하여 농인 줄만 알고 저 녀석 얼뜨기같이 해가지고 요새 무슨 곡절이 있어 하고 쏘아붙인다. 명준은 픽 웃으며 마침 손이 빈 분녀에게 고무줄을 쥐어 주고 뿌려 주기를 청하였다. 두 사람이 자연스럽게 한 무자위로 협력하게 되자 옥녀는 더 말이 없었다.

통의 것을 다 쳤을 때 다시 물을 길을 양으로 분녀는 명준의 뒤를 따라 도랑으로 내려갔다. 도랑은 풀이 가리어 밭에서 보이지는 않는다. 명준은 손가락으로 물탕을 치며 낯이 부드럽다.

"일하기 싫지 않니."

대번에 농조로,

"너 어떤 놈에게로 시집가련. 박추한테라도."

"미친 것 *다따가."

"시집 갔니, 안 갔니."

관자놀이가 금시에 빨개진 것을 민망히 여겨 곧 뒤를 이었다.

"평생 시집 안 갈 테냐."

"망할 녀석."

"난 이 고장에서 없어지겠다. 살 재미없어. 계집애들 틈에 끼여 일하기도 낯 없다. 일한대야 부모를 살릴 수 없고 잡단 세금도 못 물어 드잡이를 당하는 판이 아니냐. 이까짓 고향 고맙잖어. 만주로 가겠다. 돌아다니며 금광이나 얻어 보련다. 엄청난 소리지. 그러나 사람의 운수를 알 수 있니.”

“정말 가겠니.”

“안 가고 무슨 수 있니. 이까짓 쭉쟁이 땅 파야 소용 있나. 거기도 하늘 밑이니 사람이 살지 설마 짐승만 살겠니.”

물을 나르고 다시 도랑으로 내려왔을 때 명준은 다따가 분녀의 팔을 잡았다.

“금덩이를 지고 올 때까지 나를 기다려 주련.”

눈앞에 찰락거리는 명준의 옷고름이 새삼스럽게 눈에 뜨이자 분녀는 번개같이 정신이 번쩍 들었다. 끝을 훌쳐맨 고름이 같은 꼴의 제 옷고름과 함께 나란히 드리운 것이다.

“네 짓이었구나.”

분녀는 짧게 외치고 고개를 떨어뜨렸다.

“언제까지든지 나를 기다리고 있으련?”

박추의 소리가 나자 두 사람은 날쌔게 떨어져 밭으로 갔다. 분녀는 눈앞이 아찔하며 별안간 현기증이 났다.

그 뿐 명준은 다시 묘포밭에 나타나지 않았다. 다음 날도 다음 날도, 며칠 후에 짜장 만주로 내뺐다는 소문이 들렸다. 분녀는 마음이 아득하고 산란하여 일을 쉬는 날이 많았다.

2

분녀는 그렇게 눈떴다.

인생의 고패를 겪은 지 이태에 몸은 활짝 피어 지난 비밀의 자취도 어스레하다. 껍질에 새긴 글자가 나무가 자람을 따라 어느 결엔지 형적이 사라진 격이다.

이제 아닌 때 별안간 *불풍나게 두 번째 경험을 당하려고 하는 자리에 문득 옛 생각이 떠오르지 않을 수 없었다. 흐르는 향기같이 불시에 전신을 휩싼다. 피가 끓으며 세상이 무섭고 가슴이 두근거리며 손가락이 떨린다. 물동이를 깨뜨린 때와도 같이 겁이 목줄을 조인다.

물동이를 인 여인

대체 어떻게 하여서 또 이 지경에 이르렀나 생각하면 눈앞이 막막하다.

거리에 자주 삐쭉거린 것이 잘못일까. 만갑이에게는 어찌 되어 이렇게 허름하게 보였을까. 돈도 없으면서 가게에 들어가서 이것 저것 탐내는 것부터 틀렸다. 집안이 들구날 판에 든벌의 옷도 *과남한데 단오빔은 다 무엇인가. 돈 있는 사람들의 단오놀이지 가난한 멀떠구니의 아랑곳인가. 이곳 질숙 저곳 기웃 하며 만져 보고 물어 보고 눈을 까고 한숨 쉬고 하는 동안에 엉큼한 딴군에게 온전히 깐보이고 감잡히었다. 만갑이는 가게에 사람이 빈 때를 가늠보아 미처 겨를 사이도 없게 몸째 덜렁 떠받들어 뒷방에 넣고 안으로 문을 잠근 것이다.

부락스러운 꼴이 사내란 모두 꿈에서 본 도야지요 엉큼한 날도적이다. 훔친 뒤에는 심드렁하다.

"가지고 싶은 것 말해 봐—무엇이든지 소용되는 대로 줄게."

"욕을 주어도 분수가 있지. 사람을 어떻게 알고 이 수작이야."

분녀는 새삼스럽게 짜증을 내며 보기 좋게 볼을 올려붙였다. 엄청난 짓을 당하면서 심상한 낯을 지닐 수도 없고 그렇게라도 할 수밖엔 없었다.

"미워 그랬나."

"몰라, 녀석."

쏘아붙이고는 팔로 눈을 받치고 다따가 울기 시작하였다. 사실 눈물도 나왔다. 첫 번에는 *겁결에 울기란 생각도 안 나던 것이 지금엔 눈물이 솟는 것이다. 그 무엇을 잃은 것 같다. 다시 찾을 수 없을 것 같다. 안타까운 생각에 몸이 떨린다.

"울긴 왜, 사람은 다 그런 것이야. 단오에 들 것 한 벌 갖추어 줄게."

머리를 만지다 어깨를 지긋거리면서,

"*삽삽하게만 굴면야 이 가게라도 반 노나 줄걸."

가게에 인기척이 나는 까닭에 분녀는 문득 울음을 그쳤다. 부르다 주인의 대답이 없으니 사람은 나가 버렸다. 만갑이는 급작스럽게 말을 이었다.

단오 풍경 (신윤복)

"여편네가 중풍으로 마저마저 거꾸러져 가는 판이니 그렇게만 된다면야 나는 분녀를 새로 맞어다 가게를 맡길 작정인데 뜻이 어떤가?"

울면서도 분녀는 은연중 귀를 솔깃하고 있었다.

"잘 생각해 볼 일이야."

듬짓이 눌러 놓고 만갑이는 한 걸음 먼저 방을 나갔다. 손님을 보내기가 비쁘게 방문을 뻬꼼이 열고 불리냈다.

"이것 넣어 둬."

소매 속에다 무엇인지를 틀어넣어 주는 것이다. 분녀는 어안이 벙벙하였다.

집에 돌아와 소매 갈피를 헤치니 지전 한 장이 떨어졌다. *항용 보던 것보다는 훨씬 넓고 푸르다. 과람한 것을 앞에 놓고 분녀는 적이 마음이 누근하였다. 군청 관사에 아침저녁으로 식모로 가서 버는 한 달 월급보다 많다. 월급이라야 단돈 사 원으로는 한 달 요의 보탬도 못 된다. 화세로 얼어 부치는 몇 *뙈기의 밭을 그래도 어머니와 동생이 드세게 극성으로 가꾸는 덕에 제철 제철의 곡식이 요를 도우니 말이지, 그것도 없다면야 분녀의 월급으로는 코에 바를 나위도 없을 것이다. 왼곳에 가 있는 오빠가 좀더 온전하다면 집안이 그처럼도 군색지는 않으련만 엉망인 집안에 사람조차 망나니여서 이웃 고을 목탄조합에 가 있어 또박또박 월급생애를 하면서도 한 푼 이렇다는 법 없었다. 제 처신이나 똑바로 하였으면 걱정이나 없으련만 과당하게 건들거리다 기어코 거덜나고야 말았다. 늦게 배운 *오입에 수입을 *탕갈하다 나중에 공급에까지 손찌검을 한 것이다. 탄로되었을 때에는 오백 소수나 감춰 낸 뒤였다. 즉시 그 고을 경찰에 구금되었다가 검사국으로 넘어간 것은 물론이거니와 신분 보증을 선 종가에 배상액을 빗발같이 청구하므로 종가에서는 펏질 뛰어들어 야기를 부리는 것이다. 집안은 망조를 만난 듯이 스산하고 을씨년스럽다.

불의의 수입을 앞에 놓고 분녀는 엄청나고 대견하였다. 어떻게 했으면 옳을까. 집안일에 보태자니 빚 없고 혼자 일에 쓰자니 끔찍하고 불안스럽다. 대체 집안사람들에게는 출처를 어떻게 말하면 좋을까. 관사에

뙈기
경계를 지어 놓은 논밭의 구획.

오입
남자가 노는 계집과 여자가 음란한 사내와 색에 방탕하게 놀아나는 짓.

탕갈
재물이 남김없이 다 없어짐.

서 얻어내 왔다고 해서 곧이 들을까. 가난에 과만은 도리어 무서운 일이다.

왈칵 겁도 났다. 술집 계집이나 하는 짓이 아닌가. 집안사람도 집안사람이려니와 명준에게 상구에게 들 낯이 있는가. 설사 만주에는 가 있다 하더라도 첫 몸을 준 명준이가 아닌가. 그야말로 불시에 금덩이나 짊어지고 오면 어떻게 되노.

그러나 명준이보다도 당장 날마다 만나게 되는 상구에게 대하여서는 어떻게 한단 말인가. 확실히 그를 깔보고 오기는 했다. 그렇기 때문에 벌써 피차에 정을 두고 지낸 지 반년이 넘는데도 몸 하나 까딱 다치지 못하게 하여 왔다.

그 역 몸은 다칠 염도 하지 않았다. 그러나 그는 *깔중보일 *인금인가. 명준이같이 역시 눈질이 보통 재물은 아니다. 학교도 같은 학교나 명준이같이 중도에서 폐학할 처지도 아니요, 그것을 마치고는 서울 가서 웃학교를 치를 생각이라니 그렇게만 된다면야 취직도 한층 높아 고을 학교만을 졸업하고 삼종 훈도로 나가거나 조합 견습생으로 뽑히는 것과는 격이 다르다. 다만 세월이 너무 장구한 것이 지리하다. 지금 학교를 마치재도 이태 웃학교까지 필함은 어느 천년일까. 그때까지에는 집안은 창이 날 것이다. 몸까지 허락하면 일이 됩데 틀어질 것 같아서 언약만 하여 놓고 손가락 하나 까딱 못 하게 한 짓이다. 상구 역시 그것을 원하지 않았고 공부에 유난스럽게 힘을 들이는 모양이다. 그러는 동안에 이 꼴이 되고 말았다.

*허랑한 몸으로 상구를 어찌 대하노. 그렇다고 그를 당장에 단념할 신세도 못 되고, 진 죄를 쏟아 놓고 울고 뛸 수는 더욱 없는 것이다.

생각과 겁과 부끄럼에 분녀는 정신이 섞갈린다.

깔중보이다
남에게 업신여김을 당하다.

인금
사람의 가치나 인격적인 됨됨이.

허랑하다
언행이나 상황 따위가 허황하고 착실하지 못하다.

3

면대
마주 대함.

학교가 바쁜 지 여러 날이나 상구를 만날 수 없다. 눈 앞에 *면대하지 않으니 겁도 차차 으스러지고 도리어 마음은 허랑하게만 든다.

실상은 다음날로라도 곧 가려 하였으나 겸연쩍은 마음에 그럴 수도 없어 며칠은 번겼다. 그날 부랴부랴 그곳을 나오느라고 만갑이 가게에 물건을 잊어 둔 것이다. 물건도 물건 공칙히 손에 걸치는 옷가지인 까닭에 안 찾을 수도 없고 밤이 이슥하기를 기다려 분녀는 조심스러이 거리로 나갔다.

행길에는 사람들이 듬성듬성하다. 전과는 달라 한결 조물거리는 마음에 사방을 엿보며 가게로 들어가자 기다리고 있던 듯이 만갑이는 성큼 뛰어나온다.

"올 사람도 없을 듯하군."

밀창을 드르렁드르렁 밀고 휘장을 치고 가게를 닫는 것이다.

"곧 갈 텐데."

"눈어림만 했더니 맞을까."

골방문을 냉큼 열더니 만갑이는 상자를 집어낸다. 덮개를 여니 뾰족한 구두. 새까만 광채에 분녀는 눈이 어립다.

팔을 나꾸어 쪽마루로 이끈다.

반갑기보다도 무섭다.

'그까짓 구두쯤.'

강잉하다
억지로 참다. 또는 마지못하여 그대로 하다.

불 하나를 끄니 가게 안은 어둑스레하다.

만갑이는 마루에 걸터앉자 *강잉히 팔을 잡아끈다. 뿌리치고 빼다가 전봇대 모서리에서 붙들렸다.

"손가락 겨냥 좀 해볼까."

*우격으로 끌리운다.

우격
억지로 우김.

마루에 이르기 전에 만갑이는 날쌔게 남은 등불을 마저 죽여 버렸다.

어두운 속에서 분녀는 씨름꾼같이 왈칵 쓰러졌다. 더운 날숨이 목덜미를 엄습한다. 굵은 바로 얽어 매인 것같이 몸이 가쁘다.

'미친 것.'

즐겨서 들어온 것은 아니나 굳이 거역할 것이 없는 것은 몸이 떨리기는 하나 거듭하는 동안에 마음이 한결 유하여진 것이다. 무엇보다도 어둠에는 눈이 없는 까닭에 부끄러운 생각이 덜하다.

별안간 밀창을 흔드는 인기척에 달팽이같이 몸이 움츠러들었다. 시침을 떼려던 만갑이는 요란한 소리에 잠자코 있을 수 없어 소리를 친다.

"천수냐."

하는 수 없이 문을 여니 천수가,

"야단났어요."

어느 결엔지 들어와서,

"병환이 더해서 댁에서 곧 들어 오시라구요."

"더하다니."

"풍이 나시 사람을 몰라뵈요."

"곧 갈게, 어서 들어가."

천수가 약빠르게 불을 켜는 바람에 분녀는 별수 없이 어지러운 꼴을 등불 아래 드러냈다. 움츠러들며 외면하였으나 천수의 눈이 등에 와 붙은 것 같다.

"녀석 방정맞게."

만갑이의 호통에보다도 천수는 분녀의 꼴에 더 놀랐다.

이튿날 상구가 왔다.

임시 시험이라고는 *칭탈하나 오월도 잡아들지 않았는데 모를 소리였다. 어떻든 그를 만나기는 퍽도 오래간만이다. 거의 하루 건너로 찾아오던 것이 문득 끊어지더니 마침 두 *장도막을 넘긴 것이다. 하기는 전 모양 그 모양 지닌 책보도 전의 것대로였다. 다만 얼굴이 좀 그을었고 눈망울이 그 무슨 먼 생각에 멀뚱하다. 필연코 곡절이 있으련만— 그것을 꼬싯꼬싯 묻기에 분녀는 *심고를 하며 상구의 말과 눈치가 될 수 있는 대로 자기의 일신의 변화 위에 떨어지지 않도록 발뺌을 하느라고 애를 썼다. 속으로는 상구한테서 정이 벌써 이렇게도 떴나 하고 궁리 다른 제 심정을 아프고 민망하게도 여겼다. 거짓 없는 상구의 입을 쳐다보기도 죄만스럽다.

"시골학교 재미 적다. 서울로나 갈까 생각하는 중이다."

새삼스런 소리에 분녀는 의아한 생각이 나서,

"아무 델 가면 시험 없나? 뚱딴지같이 다따가 서울은 왜."

"조사가 심해서 책도 맘대로 읽을 수 없어. 책권이나 뺏겼다. 서울 가면 책도 소원대로 읽을 거, 동무도 흔할 거."

"책 책 하니 학교 책이나 보면 됐지 밤낮 무슨 책이야."

책보를 끌러 활짝 헤치니 교과서 아닌 몇 권의 책이 굴러 나왔다. 영어책도 아니요 수학책도 아니요 그렇다고 소설책도 아닌 불그칙칙한 껍질의 두꺼운 책들이다. 분녀는 전부터도 약간은 상구가 그러스름한 책을 읽고 있는 것과 그것이 무슨 속인가를 짐작하여 행여나 하는 의심을 품고 오기는 왔다.

칭탈
무엇 때문이라고 핑계를 댐.

장도막
한 장날로부터 다음 장날 사이의 동안을 세는 단위.

심고
깊이 생각함.

"집에 두면 귀찮겠기에 몇 권 추려 가져왔다. 소용될 때까지 간직했다 주렴."

"주제넘게 엉큼한 수작 하다 망할 장본인야. 까딱하다 건수, 윤패 꼴 되려구."

"함부로 지껄이지 말아. 쥐뿔도 모르거든."

상구는 눈을 부르댔다.

"너 요새 수상하더라. 태도가 틀렸지."

소리를 치며 책을 *냉큼 들어 분녀의 볼을 갈긴다.

"어떻게 알고 그런 주제넘은 대꾸야."

돌리는 얼굴을 또 한 번 갈기다가 문득 고름 끝에 옭아매인 반지를 보았다.

"웬 것야."

잡아채이니 고름이 떨어진다. 상구는 금시에 눈이 찢어져 올라가며 불이라도 토할 듯 무섭게 외친다.

"어느 놈팽이를 웃어 붙였니. 개차반. *천보."

머리채가 휘어잡혔다. 볼이 얼얼하고 이빨이 솟는 듯하나 분녀는 아무 대답 없다. 모처럼의 기회에 차라리 죽지가 꺾이게 실컷 맞고 싶다. 미안한 심사가 약간이라도 풀려질 것 같다.

"숫제 그 손으로 죽어주었으면."

실토였다. 눈물이 솟는다.

"큰 것 죽이지 네까짓 것 죽이러 생겨났겠."

*결착을 내려는 듯이 몸째 차 박지르고 상구는 훌쩍 나가 버렸다.

어쩐지 마지막 일만 같아 분녀는 불현듯이 설워지며 공연히 그를 설 굿친 것을 뉘우쳤다.

냉큼
머뭇거리지 않고 단번에 빨리.

천보
비천하고 누추한 본새나 버릇.

결착
완전하게 결말이 지어짐.

저녁때 밭에서 돌아오기가 바쁘게 어머니는 황당하게 설렌다.

"들었니. 상구 말이다."

부녀의 얼굴에는 아직도 눈물 자국이 *부숙부숙한 채로다.

부숙부숙
부석부석.

"요새 더러 만나 봤니. 이상한 눈치 보이지 않든―들어갔단다."

"네, 언제요."

분녀는 눈이 번쩍 뜨인다.

망간
음력 보름께.

"*망간 거리에서 소문 듣고 오는 길이다. 윤패, 건수 들과 한 줄에 달릴 모양이다. 사람 일 모르겠다."

"낮 쯤 와서 책까지 두고 갔는데요."

"낌새 채고 하직차로 왔었나 보다. 멀건 소소리패들과 휩쓸려 지내 더니 아마도 그간 음특한 짓을 꾸민 게야."

"눈치가 이상은 하였으나 그렇게까지 되다니요."

사실 분녀는 거기까지는 어림하지 못하였다. 아까 상구와 끝내 말다 툼까지 하다 그의 심사를 설긋치게 된 것도 실상은 그의 말이 전과는 달라 수상하게 나온 까닭이었다.

아시당초
애당초.

초라니
하회 별신굿 탈놀이에 등장하는 하인으로, 가볍고 방정맞은 성격을 지닌다.

"녀석들의 언걸 입었거나 그렇지 않으면 철모르고 덤볐거나 한 게 야. 사람은 겉볼 안이 아니구먼. 이 일을 어쩌노."

어머니로서는 공연한 걱정이었다.

"웃학교는 *아시당초 틀렸지. *초라니 같은 것. 사람 잘못 가렸어."

슬그머니 딸을 바라본다. 분녀의 얼굴은 안온 한 것도 같고 아득한 것도 같다.

"사람과 생각이 다른 거야 하는 수 없지요."

"넌 어떻게 생각하느냐 말이다. 분하지 않

으냐."

"분하긴요."

먼숙한 얼굴을 은연중 바라보며 어머니는 은근한 목소리로,

"너희들 그간 아무 일 없었니."

분녀는 부끄러운 뜻에 화끈 얼굴이 달며 *착살스런 어머니의 눈초리에서 외면하여 버렸다.

"있었다면 탈이다."

*수삽스러운 생각에 어머니가 자리를 뜬 것이 얼마나 시원한지 알 수 없다. 어머니에게 대하여서보다도 애매한 상구에게 대하여 더 부끄럽다. 일신이 별안간 더럽고 께끔하다.

어쩐지 어심아하여 밤이 늦었을 때 분녀는 골목을 나갔다. 남문거리에 가서 한 모퉁이에 서기만 하면 웬만한 그날 소식은 거의 귀에 들려온다. 행길 복판 게시판 옆에 두런두런 모여서들 지껄지껄하는 속에서 분녀는 영락없이 상구의 소문을 가달가달 훔쳐 낼 수 있었다.

건수가 괴수였다. 모여서 글 읽는 패를 모으려다가 들킨 것이다. 학교에서는 상구 외에도 두 사람, 거리에서는 건수와 윤패네 세 사람. 상구는 건수에게서 책을 빌렸을 뿐이나 집을 속속들이도 수색당하고 학교에서는 나오는 대로 퇴학을 맞을 것이다.

상구도 이제는 앞길이 글렀구니 생각하면서 분녀는 발을 돌렸다. 이렇게 될 것을 *예료하고 그를 숨기고 *허랑하게 처신을 하여 온 것 같아 면목 없고 언짢다.

집에 돌아오니 상구의 두고 간 책이 유난스럽게 눈에 띤다. 그립기보다도 도리어 책망하는 원혼같이 보여서 쓸어 들고 아궁 앞으로 내려갔다.

착살스럽다
하는 짓이나 말이 잘고 다라운 데가 있다.

수삽스럽다
수줍고 부끄러운 데가 있다.

예료하다
예측하다.

허랑하다
언행이 허황하고 착실하지 못하다.

'차라리 태워 버리는 것이 글거리가 남잖아 피차에 낫지.'

불을 그어 대니 속장부터 부싯부싯 타기 시작한다. 먹과 종이 냄새
가 나며 두꺼운 책이 삽시간에 불덩이가 된다. 어두운 부엌 안이 불길
에 환하다. 상구와는 영영 작별 같다. 악착한 것 같아 분녀는 눈앞이
어질어질하다.

4

날이 지남을 따라 무겁던 마음도 차차 홀가분하여지고 상구에게 대하여 확실히 심드렁하게 된 것을 분녀는 매정한 탓일까 하고도 생각하였다. 굴레를 벗은 것같이 일신이 개운하다. 매일 곳 없으며 책할 사람 없다고 느끼는 동안에 마음이 활짝 열려 엉뚱한 딴사람으로 변한 것 같다.

어느 날 저녁 느직하게 도야지물을 주고 우리에 의지하여 하염없이 들여다보고 있을 때 문득 은근한 목소리에 주물트리고 돌아서니 삽짝문 어귀에 사람의 꼴이 어뜩한다. 홀태 양복을 입고 철 잃은 *맥고를 쓴 것이 갈데없는 만갑이다. 혹시 집안사람에게라도 들키면 하고 밖으로 손짓하며 뛰어갔다.

맥고
맥고모자

"동문밖까지 와줄 텐가. 성밑에 기다리고 있을게."

만갑은 외면하여 돌아서며 다짜고짜로 부탁이다.

"의논할 일이 있어. 안 오면 낭패야."

대답할 여지도 없게 다짐하고는 얼굴도 똑똑히 보이지 않고 사람의 눈을 피하는 듯이 휙 가버린다. 어둠 속에 달아나는 꼴이 어럼칙하다. 약빠른 꼴이 믿음직은 하니 너무도 급작스러워서 분녀는 미신하게 뒷모양을 바라본다. 여편네 병이 위중한가.

방에 돌아와 망설이다가 *행티가 이상한 까닭에 담보를 내서 가보기로 하였다. 물론 그에게는 그만큼 마음이 익은 까닭도 있었다.

행티
행짜를 부리는 버릇.

동문을 나서니 들판이 까마아득하고 늪이 우중충하다. 오 리 밖 바다가 보이는지 마는지 달 없는 그믐밤이 금시에 사람을 호릴 듯하다.

둔덕
'언덕'의 방언.

길 없는 *둔덕으로 들어서 성곽 밑으로 다가서기가 섬뜩하고 께끔하다. 여우에게 홀리는 것은 이런 밤일까. 여우보다는 사람에게 홀리는 것이 그래도 낫겠지 하는 생각에 문득 성벽에 납작 붙은 만갑을 발견하였을 때에는 차라리 반가웠다.

사내는 성큼 뛰어와 날쌔게 몸을 끌었다. 무서운 판에 분녀는 뿌듯한 힘이 믿음직하여 애써 겨루려고도 하지 않고 두 팔에 몸을 맡겨 버렸다.

"분녀."

이름을 부를 뿐 다른 말도 없이 급작스레 허리를 죄더니 부락스럽게 밀친다.

"다짜고짜로 개처럼 무어야, 원."

게정거리다
불평을 품은 말과 행동을 자꾸하다.

분녀는 세 부득 쓰러지면서 *게정거리나 *어기찬 얼굴이 입을 덮는다. 팔이 떨리며 몸짓이 어색하다.

어기하다
한번 마음먹은 뜻을 굽히지 아니하고, 성질이 매우 굳세다.

"말이 소용 있나."

목소리에 분녀는 웅긋하였다.

"녀석 누구야."

소리를 지르나 입이 막히운다.

"만갑인 줄만 알았니. 어수룩하다."

각다귀
남의 것을 뜯어먹고 사는 사람을 비유적으로 이르는 말.

"못된 것. *각다귀."

손으로 뺨을 하나 올려 쳤을 뿐 즉시 눌리어 꼼짝할 수도 없다.

"듣지 않을 듯해서 감쪽같이 만갑이로 변해 보았다. 계집을 속이기란 *여반장이야. 맥고 쓰고 홀태 양복만 입으면 그만이니."

여반장
손바닥을 뒤집는 것 같다는 뜻으로, 일이 매우 쉬움을 이르는 말.

천수도 사내라 당할 수 없이 빠세다.

"딴은 만갑이와 좋긴 좋구나. 여기까지 나오는 것 보니. 녀석도 여편

네는 마저마저 거꾸러지는데 말 아니야. 물건을 낚시삼아 거리의 계집
애들 다 망쳐 놓으니."

　천수의 *심청은 생각할수록 괘씸하였으나 지난 후에야 자취조차 없
으니 *하릴없는 노릇이다. 마음 속에 담고 있을 뿐 호소할 곳도 없으며
물론 말할 곳도 없다. 그러나 이상하게도 날을 지날수록 괘씸한 마음
은 차차 스러져 갔다.

　어차피 기구하게 시작된 팔자였다. 명준이 때나 천수 때나 누구인
줄도 모르고 *강박으로 몸을 맡겼다. 당초에 몸을 뜯고 울고 하였으나
지금 와 보면 명준이나 천수나 만갑이까지도―다 같다. 기운도 욕심
도 감동도 사내란 사내는 다 일반이다. 마치 코가 하나요 팔이 둘인 것
같이 뛰어나지 못한 사내도 나은 사내도 없고 몸을 가지고만 아는 한
정에서는 그 누구가 굳이 싫은 것도 무서운 것도 없다. 명준에게 준 몸
을 만갑에게 못 줄 것 없고 만갑에게 허락한 것을 천수에게 거절할 것
이 없다.

　다만 부끄러울 뿐이다. 벗은 몸을 본능적으로 가리게 되는 것과 같
은 심정으로 그것은 여자의 한 투다.

　문만 들어서면 세상의 사내는 다 정답다. 천수를 굳이 괘씸히 여길
것 없다.

　분녀는 이렇세까지 생각하게 되있다. 마음이 허랑하여졌디고 할까.
확실히 새 세상을 알기 시작한 후로 심정이 활짝 열리기는 열렸다. 아
무리 마음 속을 노려보아도 이렇게밖엔 생각할 수 없다. 천수를 안 된
놈이라고만 칭원할 수 없다.

　정신이 산란하여 몸이 노곤하다. 살림은 나아지는 법 없고 일반인데
다가 어느 날 또 발등에 불이 떨어졌다. 이웃 고을 재판소에서 검사국

심청
마음보.

하릴없다
달리 방도가 없다.

강박
남의 뜻을 무리하게 내
리누르거나 자기 뜻을
억지로 따르게 함.

참량하다
참작하다. 감안하다.

으로 넘어갔던 오빠의 재판이 열리는 것이다. 조합 당사자들에게 호출이 왔을 것은 물론이나 경찰에서 *참량하여 집에도 통지가 왔다. 들어간 후로는 꼴을 본 지도 하도 오랜 까닭에 어머니만이라도 참례하여 징역으로 넘어가기 전에 단 눈보기만이라도 하였으면 하나 재판을 내일같이 앞두고 기차로 불과 몇 시간이 안 걸리는 곳인데도 골육을 보러 갈 노자가 없는 것이다. 어머니는 딸을, 딸은 어머니를 쳐다만 보며 종일 동안 궁싯거릴 뿐이었다.

생각다 못해 분녀는 밤늦게 거리로 나갔다. 만갑이밖엔 생각나는 것이 없다. 통사정하면 물론 되기는 될 것이다. 말하기가 심히 거북하여서 주저될 뿐이다.

"만갑이 보러 왔니? 온천으로 놀러 갔다."

위인이 없다면 말도 할 수 없기에 얼빠진 것같이 우두커니 섰노라니 천수는 민망한 듯이 덜미를 친다.

"요전 일 노엽니?"

뒤를 이어,

"무슨 일인지 내게 말하렴. 났으니 말이지 만갑이에게 말해도 소용없을 줄이나 알아라. 네게서 벌써 맘 뜬 지 오래야. 요새는 남돗집 월선이와 좋아 지내는 모양이더라. 여편네 병은 내일 내일 하는데."

분녀는 불시에 뒤통수를 얻어맞은 것 같다. 눈앞이 아득하다.

"가게라도 반 떼어 주겠다고 꼬이지 않든? 여편네가 죽으면 후실로 들여 가게를 맡기겠다고 하지 않든? 누구에게든지 하는 소리. 그게 수란다."

기둥을 잃은 것 같다. 몸이 떨린다. 그를 장래까지 믿었던 것은 아니나 너무도 간특스럽게 속힌 셈이다.

"만갑이처럼 능청스럽지는 못하나 네게 무엇을 속이겠니. 무슨 일이든 말하렴. 내 힘엔 부친단 말이냐?"

"아무것도 아니다."

"어떻게 생각할지 모르나 돈이라면 여기 잔돈푼이나 있다. 어떻게 여기지 말고 소용되는 대로 쓰려무나."

천수는 지갑을 내서 통째로 손에 쥐어 준다. 분녀는 알 수 없이 눈물이 솟는다. 예측도 못 한 정미에 가슴이 듬뿍해서 도리어 슬프다.

5

용수
죄수의 얼굴을 보지 못하도록 머리에 씌우는 둥근 통 같은 기구.

어머니는 재판소에 갔다 온 날부터 심화가 나서 누웠다 일어났다 하였다. 훌렁바지를 입고 *용수를 쓴 오빠의 꼴이 눈앞에 어른거려 잠을 못 이루는 눈치다. 눈물이 마를 새 없고 눈시울이 부어서 벌갰었다. 몇 해 징역이나 될까. 판결이 궁금하다기보다 무섭다. 엄정한 재판장의 모양이 눈에 삼삼하다. 종가에서는 발조차 일절 끊었다.

스산한 속에도 단오가 가까워 온다.

서리 앞 장내에서는 매년같이 시민운동회가 성대하게 열린다는 바람에 거리 사람들은 설렌다. 일 년에 한 번 오는 이 반가운 명절 때문에 사람들은 사는 보람이 있는 듯하다. 씨름이 있고 그네가 있고 활이 있고 자전거 경주가 있다. 사람들은 *철시하고 새 옷 입고 장대로 밀릴 것이다.

구한말의 씨름 장면

철시
시장, 가게 따위가 문을 닫고 영업을 하지 않음.

분녀는 정황은 못 되었으나 그대로 명절이 은근히 기다려진다. 제사 지낼 떡은 못 빚을지라도 만갑에게서 갖추어 얻은 것으로 이럭저럭 몸치장은 될 것이다. 무엇보다도 올에는 그네를 뛰어 상에 들 가망이 있는 것이다.

"자전거 경주에 또 나가 보겠다."

천수가 뽐내는 것을 들으면 분녀도 마음이 뛰놀았다.

"을손이를 지울 만하냐?"

"올에야 설마 짓구땡이지 어디 갈랴구. 우승기 타들고 거리를 돌게 되면 나와 살겠니?"

"밤낮 살 공론이야."

이렇게 말한 것이 실상에 당일에는 어찌 된 일인지 도무지 신명이 나지 않았다.

못을 박은 듯이 빽빽이 선 사람 틈으로 자전거 경주를 들여다보고 있노라니 앞장서서 달아나던 천수는 꽁무니를 쫓는 을손과 마주 스치더니 급작스런 모서리를 돌 때 기어코 왈칵 쓰러져 일어나는 동안에는 벌써 맨 뒤에 떨어져 버렸다. 을손의 간악한 계교에 얼입히웠다고 *북새를 놓았으나 을손이 벌써 일등을 한 뒤라 공론이 천수에게 이롭지 못하였다. 조마조마 들여다보던 분녀는 낙심이 되어 차례가 와 그네에 올랐을 때에도 마음이 허전허전하였다.

나조차 마저 실패하면 어쩌노 생각하며 애써 힘을 주어 솟구기 시작하였다.

희뚝거리던 설개도 차차 편편하여지고 두 손아귀의 바도 힘차고 탐탁하게 활같이 휘었다 펴졌다 한다. 그네와 몸이 알맞게 어울려 빨리 닫는 수레를 탄 것같이 유쾌하다. 나갈 때에는 눈앞이 휘연하고 치맛

북새
많은 사람이 야단스럽게 부산을 떨며 법석이는 일.

자락이 *너볏이 나부낀다. 다리 밑에 *울며줄며
선 사람들의 수천의 눈방울이 몸을 따라 왔다 갔다 한
다. 하늘에 오를 것 같고 땅을 차지한 것도 같다. 땅 위의
걱정은 어디로 날아간 듯싶다.

　바에 달린 줄이 휘엿이 뻗쳐 방울이 딸랑
울릴 때도 얼마 남지 않은 것 같다.
아래에서는 연방 추스르는 말
과 힘을 메기는 고함이 들린
다. 몸은 펴질 대로 펴지고
일등도 머지않다.

　그때였다. 들어왔다 마지막
힘을 불끈 내어 강물같이 후렷
이 솟아나갈 때 벌판으로 달리
는 눈동자 속에 문득 맞은편 수
풀 속의 요절할 한 점의 광경
이 들어왔다. 순간 눈이 새까
매지고 허리가 휘친 꺾이며
힘이 푹 스러지는 것이었다.

　'왕가일까.'

　추측하며 재차 솟구며 나
가 내려다보니 움직이지도
않고 그대로 서 있는 꼴이 개

너볏하다
몸가짐이나 행동이 번
듯하고 의젓하다.

울며줄며
울레줄레. 크고 작은
사람들이 앞서거니 뒤
서거니 뒤따르거나 늘
어선 모양.

울 옆 수풀 그늘 아래 완연하다. 그 불측한 녀석은 참다못해 그 자리에
선 것이 아니요, 확실히 일부러 그 꼴을 하고 서서 이쪽을 정신없이 쳐

다보는 것이다. 아마도 오랫동안 그 목적으로 그 짓을 하고 섰던 것이 요행 주의를 끌어 눈에 뜨인 것이리라. 거리에서 *드팀전을 하고 있는 중국인 왕가인 것이다.

'음칙한 것.'

그네

속으로는 혀를 차면서도 이상하게도 한눈이 팔려 분녀는 노리는 동안에 팽팽하게 당기던 기운이 왈싹 줄어들며 그네가 줄기 시작하였다. 허리가 꺾이고 다리가 허전하여지더니 다시 힘을 주려야 줄 수 없다. 팔이 떨려 바가 휘친거리고 발에 맥이 풀려 설개가 위태스럽다. 벌써 자세가 빗나가고 몸과 그네가 틀리기 시작하였다. 거의 방울이 마저마저 울리려 하던 폿줄이 옴츠려들게만 되니 그네는 마지막이요 일등은 날아갔다. 분녀는 아홉 숨음의 공을 한 숨음의 실책으로 단망할 수밖엔 없었다. 줄 아래 사람들은 공중의 비밀은 알 바 없어 혹은 탄식하고 혹은 소리치며 다만 분녀의 못 미치는 재주를 아까워하는 것이다.

이렇게 된 바에야 하고 분녀는 줄어드는 그네 위에서 담대스럽게 녀석을 노려서 물리치려고 하였다. 그러나 이상한 것은 노리는 동안에 그를 물리치기는커녕 이쪽의 자세가 어지러워질 뿐이다. 오금에 맥이 빠지고 나부끼는 치마폭이 부끄럽다.

일종의 유혹이었다. 천여 명 사람 속에서 왕가의 그 꼴을 보고 있는 것은 분녀뿐이다. 말하자면 두 사람은 많은 *총중의 눈을 교묘하게 피하여 비밀히 만나고 있는 셈도 된다. 왕가의 간특스런 손짓과 마주치는 분녀의 시선은 말없는 대화인 셈이다. 분녀는 부끄러운 생각에 얼굴이 붉어졌다.

줄에서 내렸을 때까지도 좀체 흥분이 사라지지 않았다.

좀 상에는 들었으나 상보다도 기괴한 생각에 몸이 무덥다.

이 괴변을 누구에게 말하면 좋은가. 혼자만 알고 있는 것이 옳을까 생각하며 천수를 찾았으나 많은 눈 속에서 *소락소락 말을 붙일 수도 없어서 집으로 돌아와서야 겨우 기회를 잡았으나 천수는 홧김에 술이 거나하게 취하여 있다.

"개울가로 나올련. 요절할 이야기 들려줄게."

"분해 못 견디겠다. 을손이 녀석."

분녀는 혼자 먼저 나갔으나 시납시납 거닐어도 천수의 나오는 꼴이 보이지 않았다. 분김에 을손과 맞붙어 싸우지나 않는가.

양버들 숲을 서성거리는 동안에 어두워졌다. 개울까지 나갔다 다시 수풀께로 돌아오면서 할 일 없이 왕가의 생각에 잠겨 본다―초라한 꼴로 거리에 온 지 오륙 년이나 될까. 처음에는 *마병장사를 하던 것이 차차 늘어 지금에는 드팀전으로도 제일 크다. 실속으로는 거리에서 첫째 부자라는 소리도 있으나 아직도 엄지락 총각의 신세를 면하지 못하여 가끔 술집에 가서는 지전을 물 쓰듯 뿌린다고 한다. 중국 사람은 왜 장가가 늦을까. 여편네가 귀한 탓일까.

수풀 그늘 속으로 들어가려던 분녀는 기겁을 하고 머물렀다. 제 소리의 범이 있는 것이다. 왕가는 마치 그를 기다리고 있던 것같이 벙글벙글 웃으며 앞에 막아신다. 하기는 낮에 섰던 비로 그 자리이긴 히다. 도깨비에게 홀린 것도 같다.

쭈뼛 솟았던 머리끝이 가라앉기도 전에 몸이 왕가의 팔 안에 있다. 입을 벌리기에는 너무도 어처구니없고 삽시간이라 겨를 틈도 없다.

'평생이 이다지도 기구할까.'

소락소락
말이나 행동이 요량 없이 경솔한 모양.

마병
오래된 헌 물건.

분녀는 혼자 앉았을 때 스스로 일신이 돌려 보였다.

수풀 속에서 왕가에게 결박을 당하였을 때 악을 다하여 걸었다면 걸지 못하였을까. 가령 팔을 물어뜯는다든지 돌을 집어 얼굴을 찧는다든지 하였으면 당장을 모면할 수는 있지 않았던가. 그럼에도 그는 그것을 할 수 없었고 이상한 감동에 몸이 주저 들자 기운도 의사도 사라져 버려 그 뿐이었다.

마치 당시에는 함빡 술에라도 취하였던 것싶다.

천수를 대할 꼴도 없다. 하기는 만갑과의 사이를 아는 그가 왕가와의 사이인들 굳이 나무랄 이치도 없기는 하다. 천수는 만갑에게서 그를 빼앗았고 차례로 왕가에게 빼앗긴 셈이다. 몸이란 나루에서 나루로 멋대로 흘러가는 한 척의 배 같다. 하기는 만약 그날 저녁 약속한 천수가 어김없이 개울가로 나와 주었더면 그렇게 신세가 빗나가지는 않았을 것이다. 천수를 한할까, 왕가를 원망할까.

분녀는 길게 한숨지으며 생각에 눈이 흐리멍덩하다. 천수를 한할 바도 못 되거니와 왕가를 미워할 수도 없는 것이다.

생각하기도 부끄러운 일이나 사실 왕가는 특별한 인간이었다. 사내 이상의 것이라고 할까. 그로 말미암아 분녀는 완전히 눈을 뜨게 된 것이다.

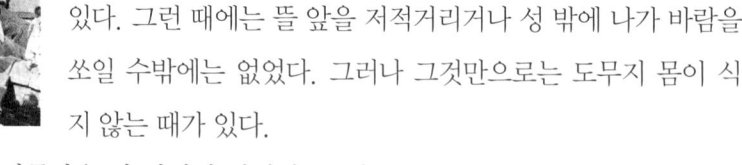

왕가를 보는 눈이 전과는 갑자기 달라져서 은근히 그가 그리운 날이 있었다. 피가 수물거려 몸이 덥고 골이 띵할 때조차 있다. 그런 때에는 뜰 앞을 저적거리거나 성 밖에 나가 바람을 쏘일 수밖에는 없었다. 그러나 그것만으로는 도무지 몸이 식지 않는 때가 있다.

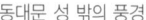
동대문 성 밖의 풍경

하룻밤은 성 밖까지 나갔다. 돌아오는 길에 거리를 거쳤다. 눈치를 보아 왕가와 만날 수가 있지나 않을까 하는 속심도 없는 바 아니었다.

두근거리는 마음에 남문을 지날 때 돌연히 천수를 만났다. 조바심하는 탓으로 태도가 드러나 보였는지 천수는 어둠 속으로 소매를 이끌더니 첫 마디에 싫은 소리였다.

"요새 꼴이 틀렸군."

영문을 몰라 맞장구를 쳤다.

"꼴이 틀렸다니 눈이 뒤집혔단 말이냐."

"눈도 뒤집혔는지 모르지."

"무슨 소리냐."

"요새 환장할 지경이지."

"또 술 취했구나. 을손이한테 지더니 밤낮 술이야."

"어물쩍하게 딴소리 그만둬."

쏘더니 목소리를 갈아,

"사람이 그렇게 헤프면 못쓴다. 아무리 너기로서니 천덕구니가 되면 마지막이야."

"무엇 말이냐?"

"그래도 시침을 떼니? 왕가와의 짓 말야."

분녀는 뜨끔하여 입이 막혀 버렸다.

"수풀 속에서 본 사람이 있어. 하늘은 속여도 사람의 눈은 못 속인다."

따귀를 붙인다. 분녀는 주춤하며 자세가 휘었다.

"다시 그러면 왕가를 찔러라도 눕힐 테야. 치가 떨려 못살겠다."

한참이나 잠자코 섰던 분녀는 겨우 입을 열었다.

"너 옷섶이 얼마나 넓으냐? 내가 네게 매였단 말이냐. 왕가와 너와 못하고 나은 것이 무엇 있니?"

6

그 후로 천수와의 사이가 뜬 것은 물론이거니와 분녀에게는 여러 가지 궁리가 많아서 얼마간 거리와 일절 발을 끊었다. 아침저녁으로 관사에 다니는 것도 일부러 궁벽한 딴 길을 골랐다. 관사에서 일하는 이외의 여가는 전부 집에서 보냈다.

빈 집을 지키며 울밑 콩 포기도 가꾸고 우물물을 길어 몸도 핏질 씻고 하는 동안에 열이 식어지고 마음도 차차 잡혔다. 몸이 깨끗하고 정신이 맑은데다 뜰 앞의 조촐한 화초 포기를 바라보고 있으면 지난 일이 꿈결같이밖에는 생각나지 않는다. 그 무슨 무더운 대병이나 치르고 난 것같이 몸이 거뿐하다. 모든 것이 지나간 꿈이었다면 차라리 다행이겠다고 생각해 보면 머리채를 땋아 내린 몸으로 엄청난 짓을 한 것이 새삼스럽게 뉘우쳐진다. 명준, 만갑, 천수, 왕가. 머릿속에 차례로 떠오르는 환영을 힘써 지워 버리려고 애쓰면서 날을 보냈다.

그러나 사람의 마음처럼 조화 많은 것은 없는 듯하다. 언제까지든지 찬 우물물을 끼얹어 식히고 얼리울 수는 없었다. 견물생심으로 다시 분녀의 마음을 움직이게 한 변괴가 생겼다. 망측스런 꼴이 눈에 불을 붙여 놓았다.

여름의 관사는 까딱하면 개망신처가 되기 쉽다. 문이란 문, 창이란 창은 죄다 열어젖히고 대신에 얇은 발이 치이면 방 안의 변이 새기 맞춤이다. 문이란 벽 속의 비밀을 귀띔하는 입이다. 그 안에 사는 임자가 밤과 낮조차 구별할 주책이 없을 때에 벽은 즐겨 망신 주기를 좋아하는 것 같다.

그날 저녁 무렵은 유난히도 무더웠다. 더우면 사람들은 해변에서나 집 안에서나 옷 벗기를 즐겨 한다. 분녀는 이역 유난스럽게도 일찍이 부엌일을 마치고는 목욕물을 가늠 보러 목욕간으로 들어갔다. 물줄을 틀어 더운 물을 맞추면서 한결같이 누구보다도 먼저 시원한 물 속에 잠겼으면 하는 불측한 생각뿐이었다. 그러나 대체 주인 양주는 이때껏 무엇을 하고 있나 하고 빈지 틈에 눈을 대었다. 이 괴망스러운 짓이 실수였는지도 모른다. 빈지 틈으로는 맞은편 건넌방이 또렷이 보인다. 분녀는 하는 수 없이 방 안의 행사를 일일이 보지 않을 수 없었다.

도마뱀

거의 숨을 죽였다. 피가 솟아 얼굴이 화끈 단다. 목구멍이 이따금 울린다. 전신의 신경을 살려 두 손을 펴고 도마뱀같이 빈지 위에 납작 붙었다.

수돗물이 쏟아질 대로 쏟아져 목욕통이 넘쳐나는 것도 잊어버리고 분녀는 어느 때까지나 정신없이 *빈지에 붙어 앉았다. 더운 김에 서리어서인지 눈에 불이 붙어서인지 몸이 불덩이같이 덥다.

날이 지나도 흥분이 쉽사리 사라지지 않는다.

'그런 세상도 있구나.'

거기에 비하면 지금까지 겪은 세상은 너무도 단순하고 아무것도 아닌—방 안의 세상이 아니요 문 밖 세상 같은 생각이 든다. 가지가지의 경험을 죄진 것같이 여기던 무거운 생각도 어느 결엔지 개어지고 도리어 자연스럽고 그 위에 그 무엇이 부족하였다는 느낌조차 들었다.

관사의 광경은 확실히 커다란 꼬임이었다. 일시 잠자던 것이 다시 깨어나 이번에는 더 큰 힘으로 움직이기 시작하였다. 아무리 우물물을 퍼서 몸에 퍼부어도 쓸데없다. 한시도 침착하게 앉아 있을 수 없이 육

빈지
널빈지, 한 짝씩 끼웠
다 떼었다 할 수 있게
만든 문.

신장대
무당이 신장(神將)을
내릴 때에 쓰는 막대기
나 나뭇가지.

신이 마치 *신장대 모양으로 설레는 것이다.

만약 그날로 돌연히 상구가 눈앞에 나타나지 않았더면 분녀는 어떻게 일신을 정리하였을까.

요술과도 같이 뜻밖에 상구가 찾아왔다. 들어간 지 거의 달포 만이다. 얼굴은 *부숭부숭 부었으나 어느 틈엔지 머리까지 깎은 후라 일신은 단정하다. 짜장 반가운 판에 분녀는 조금 수다스럽게 소리를 걸었다.

부숭부숭
잘 말라서 물기가 없고
부드러운 모양.

"고생했구나."

"맞았다! 동무들이 가엾다."

상구는 전과는 사람이 변한 것같이 속도 열리고 말도 *걱실걱실 잘 받는 것이 분녀에게는 알 수 없이 반갑다.

걱실걱실
성질이 너그러워 말
과 행동이 시원스러
운 모양.

"몸이 부은 것 같구나. 거북하지 않으냐."

"넌 내 생각 안 했니."

다짜고짜로 몸을 끌어당긴다. 분녀는 굳이 몸을 빼지 않았다.

"이번같이 그리운 때 없다."

"별안간 싸늘한 것 같구나."

핑계 겸 일어서서 분녀는 방문을 닫았다.

상구에게 대한 지금까지의 불만도 뉘우침도 다 잊어버리고 상구의 하는 대로 몸을 맡겼다. 누구보다도 지금에는 상구가 가장 그리운 것이다. 지난 날도 앞날도 없고 불붙는 몸에는 지금이 있을 뿐이다. 상구의 입술이 꽃같이 곱다.

다음날 관사에 나갔을 때에 분녀는 천연스런 양주의 얼굴을 속으로 우습게 여기는 한편 천연스런 자신의 꼴을 한층 더 사특하게 여겼다.

그날 밤도 상구가 오기는 왔으나 간밤같이 기쁜 낯으로가 아니었다. 밤늦게 오면서도 그는 전과 같이 노여운 태도였다. 퉁명스런 목소리였다.

"너를 잘못 알았다."

발을 구르며,

"네까짓 것한테 첫 몸을 준 것이 아까워."

이어,

"짐승 같은 것, 너를 또 찾은 내가 잘못이었지. 그렇게까지 된 줄이
야 알았니."

기어코 볼을 갈긴다.

"소문 다 들었다."

"……."

"굳이 일일이 이름 들 것도 없겠지. 어떻든 난 쉬 떠나겠다."

7

상구는 말대로 가버렸다. 차라리 실컷 얻어나 맞았더면 시원할 것을
더 말도 못 들어 보고 이튿날로 사라졌으니 하릴없다. 서울일까. 사람
이란 눈앞에만 안 보이게 되면 왜 이리도 그리운가.

그러나 싱구의 실종보다도 더 큰 변이 생기고야 말았다. 마을 갔던
어머니는 화급한 성질에 펄펄 뛰어들더니 손에 몽둥이를 집어 들었다.

"분녀야, 정말이냐."

분녀에게는 곡절이 번개같이 짐작되었다. 금시에 몸이 솟는 것 같더
니 넋 없는 몸뚱이가 허공을 나는 것 같다.

"허구한 곳 다 두고 하필 종가에 가서 이 끔찍한 소문을 듣다니 무슨

망신이냐."

올 때가 왔구나 느끼며 숨을 죽였다.

"일일이 대봐라, 행실머릴. 이 자리에서."

첫 매가 내렸다.

"만갑이, 천수, 또 누구냐, 대라. 치가 떨려 견딜 수 있나. 몸치장이 수상하더니 기어코 이 꼴이야."

물매
몰매.

*물매가 내리기 시작하였다. 분녀는 소같이 잠자코만 있다가 견딜 수 없어서 매를 쥔 팔을 붙들었다. 어머니는 더욱 노여워할 뿐이다.

"이 고장에 살 수 없다. 차라리 죽어라."

모진 매에 등줄기가 주저내리는 것 같다. 종아리에서는 피가 튄다. 분녀는 하는 수 없이 매를 벗어나서 집을 뛰어나왔다. 목소리는 나지 않고 눈물 만이 바짓바짓 솟는다.

바다에라도 빠질까. 목이라도 맬까. 성문을 나서 환장할 듯한 심사에 정신없이 벌판을 달렸다. 큰 길을 닫기도 부끄러워 옆길로 들었다. 허전거리다가 밭두덕에 쓰러졌다. 굳이 다시 일어날 맥도 없이 그 자리에 코를 박고 밤 되기를 기다렸다. 바다에까지 나가기도 귀찮아 풀 포기에 쓰러진 채 밤을 새웠다.

초막
풀이나 짚으로 지붕을 이어 조그마하게 지은 막집.

다음날도 집에 들어가지 않고 그렇다고 갈 곳도 없어 사람 눈에 안 띄게 종일이나 벌판을 헤매다가 밭 속 초막 안에서 잤다. 그런 지 나흘 만에 벌판으로 찾아 헤매는 식구의 눈에 띄어 하는 수 없이 집으로 끌려갔다. 어머니는 때리는 대신에 눈물을 흘렸다.

큰 일이나 치르고 난 것 같다. 몸도 가다듬고 마음도 죄어졌다. 딴 사람으로라도 태어난 것 같다. 관사에서 떨어진 후로는 들에 나가 밭일을 거들었다. 거리를 모르게 되고 밭과 친하였다.

　여름이 짙어지자 벌써 가을 기색이었다. 들에는 곡식 냄새에 섞여 들깨 향기가 넘쳤다. 들깨 향기는 그윽한 먼 생각을 가져온다.

　분녀는 날마다 들깨 향기에 젖어서 집에 돌아왔다. 그런 하룻날 돌연히 낯선 청년이 찾아왔다.

　"날 모르겠어?"

　아무리 뜯어보아도 알 듯 알 듯하면서 생각이 미처 들지 않는다.

　"명준이야."

　듣고 보니 틀림없다. 반갑다. 삼 년 만인가.

　"만주 갔다 오는 길야. 나도 변했지만 분녀도 무던히는 달라졌군."

　"금광은 찾았누."

　"금광 대신에 사람 놈이나 때려
죽였지."

명준은 빙그레 웃는다. 고생을 하였으련만 그다지 축나지도 않았다. 도리어 몸이 얼마간 인 것 같다.

"고향은 그저 그 모양이군."

분녀는 변화 많은 그의 일신 위에 말이 뻗칠까 봐 날쌔게 말꼬리를 돌렸다.

"어떻게 할 작정인구."

"밭떼기나 얻어 갈아 볼까. 수틀리면 또 내빼구."

말투가 허황하면서도 듬직하다. 생각하면 명준은 첫 사람이었다. 귀찮은 금덩이를 가져오지 않은 것이 차라리 개운하다. 허락만 한다면 그와 나 마음 잡고 평생을 같이 하여 볼까 하고 분녀는 생각하여 보았다.

『성화』, 삼문사, 1939.

들

꽃다지, 길경이, 나생이, 딸장이, 먼둘네, 솔구장이, 쇠민장이, 길오장이, 달래, 무릇, 시금초, 씀바구, 돌나물, 비름, 능쟁이.

들은 온통 초록 전에 덮여 벌써 한 조각의 흙빛도 찾아볼 수 없다. 초록의 바다.

초록은 흙빛보다 찬란하고 눈빛보다 복잡하다. 눈이 보얗게 깔렸을 때에는 흰빛과 능금나무의 자줏빛과 그림자의 옥색 빛밖에는 없어 단순하기 옷 벗은 여인의 나체와 같은 것이―봄은 옷 입고 치장한 여인이다.

들판

흙빛에서 초록으로―이 기막힌 신비에 다시 한 번 놀라 볼 필요가 없을까. 땅은 어디서 어느 때 그렇게 많은 물감을 먹었기에 봄이 되면 한꺼번에 그것을 이렇게 지천으로 뱉어 놓을까. 바닷물을 고래같이 들이켰던가. 하늘의 푸른 정기를 모르는 결에 함빡 마셔 두었던가. 그것을 빗물에 풀어 시절이 되면 땅 위로 솟쳐 보내는 것일까. 그러나 한 포기의 풀을 뽑아 볼 때 잎새만이 푸를 뿐이지 뿌리와 흙에는 아무 물들인 자취도 없음은 웬일일까. 시험관 속 붉은 물에 약품을 넣으면 그것이 금시에 새파랗게 변하는 비밀―그것과도 흡사하다. 이 우주의 비밀의 약품―그것은 결국 알 바 없을까. 한 톨의 보리알이 열 낱으로 나는 이치는 가르치는 이 있어도 그 보리알에서 푸른 잎이 돋는 조화의 동기는 옳게 말하는 이 없는 듯하다. 사람의 지혜란 결국 신비의 테두리를 뱅뱅 돌 뿐이요, 조화의 속의 속은 언제까지나 열리지 않는 *판도라의 상자일 듯싶다. 초록 풀에 덮인 땅 속의

판도라의 상자 (Pandora 箱子)
제우스가 모든 죄악과 재앙을 넣어 봉한 채로 판도라를 시켜 인간 세상으로 내려 보냈다는 상자. 판도라가, 열어 보지 말라는 제우스의 명령을 어기고 호기심 끝에 상자를 여는 바람에 인간의 모든 불행과 재앙이 그 속에서 쏟아져 나왔는데, 당황한 나머지 급히 닫아 '희망'만이 그 속에 남아 있게 되었다고 한다.

뜻은 초록 옷을 입은 여자의 마음과도 같이 엿볼 수 없는 저 건너 세상이다.

 얀들얀들 나부끼는 초목의 양자는 부드럽게 솟는 음악. 줄기는 굵고 잎은 연한 멜로디의 마디마디이다. 부피 있는 대궁은 나팔 소리요, 가는 가지는 거문고의 음률이라고도 할까. *알레그로가 지나고 *안단테에 들어갔을 때의 감동—그것이 봄의 걸음이다. 풀 위에 누워 있으면 은근한 음악의 율동에 끌려 마음이 너볏너볏 나부낀다.

 꽃다지, 질경이, 민들레…… 가지가지 풋나물을 뜯어 먹으면 몸이 초록으로 물들 것 같다. 물들어야 될 것 같다. 물들어야 옳을 것 같다. 물들지 않음이 거짓말이다. 물들지 않으면 안 될 것 같다.

 새가 지저귄다. 꾀꼬리일까.

 지평선이 아롱거린다.

 들은 내 세상이다.

알레그로(allegro)
악보에서, 빠르고 경쾌하게 연주하는 말.

안단테(andante)
악보에서, 느리게 연주하는 말.

2

 언제까시든시 푸른 하늘을 우러러보고 있으면 니중에는 현기증이 나며 눈이 둘러빠질 듯싶다. 두 눈을 뽑아서 푸른 물에 채웠다가 라무네병 속의 구슬같이 차진 놈을 다시 살
속에 박아 넣은 것과

민들레

노고초(할미꽃)

오랑캐꽃

도 같이 눈망울이 차고 어리어리하고 푸른 듯하다. 살과는 동떨어진 유리알이다. 그렇게도 하늘은 맑고 멀다. 눈이 아픈 것은 그 하늘을 발칙하게도 오랫동안 우러러본 벌인 듯싶다. 확실히 마음이 죄송스럽다. 반나절 동안 두려움 없이 하늘을 똑바로 쳐다볼 수 있는 사람이란 세상에서도 가장 착한 사람이거나 그렇지 않으면 가장 용기 있는 악한이어야 할 것이다. 그렇게도 푸른 하늘은 거룩하다.

눈을 돌리면 눈물이 푹 쏟아진다. 벌판이 새파랗게 물들어 눈앞에 아물아물한다. 이런 때에는 웬일인지 구름 한 점도 없다. 곁에는 한 묶음의 꽃이 있다. 오랑캐꽃, 고들뱅이, 노고초, 새고사리, 가처무릇, 대게, 맛탈, 차치광이. 나는 그것을 섞어 틀어 꽃다발을 겯기 시작한다. 각색 꽃 판과 꽃술이 무릎 위에 지천으로 떨어진다. 그것은 헤어지는 석류 알보다도 많다.

나는 들이 언제부터 이렇게 좋아졌는지를 모른다. 지금에는 한 그릇의 밥, 한 권의 책과 똑같은 지위를 마음 속에 차지하게 되었다. 책에서 읽은 이론도 아니요, 얻어들은 이치도 아니요, 몇 해 동안 하는 일 없이 들과 벗하고 지내는 동안에 이유 없이 그것은 살림 속에 푹 젖었던 것이다. 어릴 때에 동무들과 벌판을 헤매며 찔레를 꺾으러 가시덤불 속에 들어가고 소똥버섯을 따다 화로 속에 굽고, 메를 캐러 밭이랑을 들치며 골로 말을 만들어 끌고 다니노라고 집에서보다도 들에서 더 많이 날을 지우던—그때가 다시 부활하여 돌아온 셈이다. 사람은 들과 떼려야 뗄 수 없는 인연에 있는 것 같다.

자연과 벗하게 됨은 생활에서의 퇴각을 의미하는 것일까. 식물적 애정은 반드시 동물적 열정이 진한 곳에 오는 것일까. 학교를 쫓기어 서울을 물러오게 된 까닭으로 자연을 사랑하게 된 것일까. 그러나 동무들과 골방에서 만나고 눈을 기여 거리를 돌아치다 붙들리고 뛰다 잡히고 쫓기고—하였을 때의 열정이나 지금에 들을 사랑하는 열정이나 일반이다. 지금의 이 기쁨은 그때의 그 기쁨과도 흡사한 것이다. 신념에 목숨을 바치는 영웅이라고 인간 이상이 아닐 것과 같이 들을 사랑하는 졸부라고 인간 이하는 아닐 것이다. 아직도 굳은 신념을 가지면서 지난 날에 보던 책들을 들척거리다가도 문득 정신을 놓고 의미 없이 하늘을 우러러 보는 때가 많다.

"학보, 이제는 고향이 마음에 붙는 모양이지."

마을 사람들은 조롱도 아니요 치사도 아닌 이런 말을 던지게 되었고, 동구 밖에서 만나는 이웃집 머슴은 인사 대신에 흔히,

"해동지 늪에 붕어 떼 많던가."

고기사냥 갈 궁리를 하거나 그렇지 않으면,

"십리정 보리 고개 숙었던가."

하고 곡식의 소식을 묻게 되었다.

마을 사람들보다도 내가 더 들과 친하고 곡식의 소식을 잘 알게 된 증거이다.

나는 책을 외듯이 벌판의 구석구석을 샅샅이 외고 있다.

마음 속에는 들의 지도가 세밀히 박혀 있고 사철의 변화가 표같이 적혀 있다. 나는 들사람이요 들은 내 것과도 같다.

어느 논두덩의 청대콩이 가장 진미이며 어느 이랑의 감자가 제일 굵다는 것을 알 수 있다. 새발고사리가 많이 피어 있는 진펄과 종달새 뜨는 보리밭을 짐작할 수 있다. 남대천 어느 모퉁이를 돌 때 가장 고기가

종달새가 있는 밀밭
(고흐)

흔하다는 것도 알게 되었다. 개리, 쇠리, 불거지가 덕실덕실 끓는 여울과 미여기, 뚜구뱅이가 잠겨 있는 웅덩이와 쏘가리 꺽지가 누워 있는 바위 밑과—매재와 고들매기를 잡으려면 철교께서도 몇 마장을 더 올라가야 한다는 것과 쇠치네와 기름종개를 뜨려면 얼마나 벌판을 나가야 될 것을 안다. 물 건너 귀룽나무 수풀과 방치골 으름덩굴 있는 곳을 아는 것은 아마도 나 뿐일 듯싶다.

일갓집
일가가 되는 집.

학교를 퇴학 맞고 처음으로 도회를 쫓겨 내려왔을 때에 첫 걸음으로 찾은 곳은 *일갓집도 아니요, 동무집도 아니요, 실로 이 들이었다. 강가의 사시나무가 제대로 있고 버들 숲 둔덕의 잔디가 헐리지 않았으며 과수원의 모습이 그대로 남은 것을 보았을 때의 기쁨이란 형언할 수 없이 큰 것이었다. 고향을 그리워하는 마음이란 곧 산천을 사랑하고 벌판을 반가워하는 심정이 아닐까. 이런 자연의 풍물을 내놓고야 고향의 그림자가 어디에 알뜰히 남아 있는가. 헐리어 가는 초가지붕에 남아 있단 말인가. 고향을 꾸미는 것은 사람이면서도 그리운 것은 더 많이 들과 시냇물이다.

3

시절은 만물을 허랑하게 만드는 듯하다.
짐승은 드러내놓고 모든 것을 들의 품 속에 맡긴다.
새풀 숲에서 새 둥우리를 발견한 것을 나는 알 수 없이 기쁘게 여겼다. 거룩한 것을—아름다운 것을—찾은 느낌이다. 집과 가족들을 송두리째 안심하고 땅에 맡기는 마음씨가 거룩하다. 풀과 깃을 모아 두툼하게 결은 둥우리 안에는 아직 까지 않은 알이 너덧 알 들어 있다. 아롱아롱 줄이 선 풋대추만큼씩 한 새알. 막 뛰어나려는 생명을 침착하게 간직하고 있는 얇은 껍질—금시에 딸깍 두 조각으로 깨뜨려질 모태—창조의 보금자리!

새둥지

그 고요한 보금자리가 행여나 놀라고 어지럽혀질까를 두려워하여 둥우리 기슭에 손가락 하나 대기조차 주저되어 나는 다만 한참 동안이나 물끄러미 바라보고 섰다가 풀포기를 제대로 덮어놓고 감쪽같이 발을 옮겨 놓았다. 금시에 알이 쪼개지며 생명이 돋아날 듯싶다. 등 뒤에서 새가 푸드득 날아 뜰 것 같다. 적막을 깨뜨리고 하늘과 들을 놀래며 푸드득 날았다! 생각에 마음이 즐겁다.

그렇게 늦게 까는 것이 무슨 새일까. 청새일까. 덤불지일까. 고요하게 뛰노는 기쁜 마음을 걷잡을 수 없어 목소리를 내서 노래라도 부를까 느끼며 둑 아래로 발을 옮겨 놓으려다 문득 주춤하고 서버렸다.

맹랑한 것이 눈에 뜨인 까닭이다. 껄껄 웃고 싶은 것을 참고 풀 위에 주저앉았다. 그 웃고 싶은 마음은 노래라도 부르고 싶던 마음의 연장인지도 모른다. 다시 말하면 그 맹랑한 풍경이 나의 마음을 걸고 노엽히거나 모욕한 것이 아니요, 도리어 아까와 똑같은 기쁨을 자아내게 한 것이다. 일반으로 창조의 기쁨을 보여 준 것이다.

개울녘 풀밭에서 한 자웅의 개가 장난치고 있는 것이다. 하늘을 겁내지 않고 들을 부끄러워하지 않고 사람의 눈을 꺼리는 법 없이 자웅은 터놓고 마음의 자유를 표현할 뿐이다. 부끄러운 것은 도리어 이쪽이다. 나는 얼굴을 붉히면서 대중없이 오랫동안 그 요절할 광경을 바라보기가 몹시도 겸연쩍었다. 확실히 시절의 탓이다. 가령 추운 겨울 벌판에서 나는 그런 장난을 목격한 일이 없다. 역시 들이 푸를 때 새가 늦은 알을 깔 때 자웅도 농탕치는 것이다. 나는 그 광경을 성내서는 비웃어서는 안 되었다.

보고 있는 동안에 어디서부터인지 자웅에게로 돌멩이가 날아들었다. 킬킬킬킬 웃음소리가 나며 두 번째 것이 날았다. 가제나 몸이 떨어지지 않는 자웅은 그제야 겁을 먹고 흘금흘금 눈을 굴리며 어색한 걸음으로 주체스런 두 몸을 비틀거렸다. 나는 나 이외에 그 광경을 그때까지 은근히 바라보고 있던 또 한 사람이 부근에 숨어 있음을 비로소 알고 더 한층 부끄러운 생각이 와락 나며 숨도 크게 못 쉬고 인기척을 죽이고 잠자코만 있을 수밖에는 없었다.

호담스럽다
호기롭게 말하다.

세 번째 돌멩이가 날리더니 이윽고 *호담스런 웃음소리가 왈칵 터지며 아래 편 숲속에서 사람의 그림자가 덥석 뛰어나왔다. 빨래함지를 인 채 한 손으로는 연해 자웅을 쫓으면서 어깨를 떨며 웃음을 금할 수 없다는 자세였다.

그 돌연한 인물에 나는 놀랐다. 한편 엉겼던 마음이 풀리기도 하였다. 옥분이었다. 빨래를 하고 나자 그 광경이매 마음 속 은밀히 흠뻑 그것을 즐기고 난 뒤인 모양이었다. 그러나 나의 놀람보다도 옥분이가 문득 나를 보았을 때의 놀람—그것은 몇 곱절 더 큰 것이었다. 별안간 웃음을 뚝 그치고 주춤 서는 서슬에 머리에 이었던 함지가 왈칵 떨어질 판이었다. 얼굴의 표정이 삽시간에 검붉게 질려 굳어졌다. 눈알이 땅을 향하고 한편 손이 어쩔 줄 몰라 행주치마를 의미 없이 꼬깃거렸다.

궁착하다
곤란한 상태에 빠지다.

별안간 깊은 구렁이에 빠진 것과도 같은 그의 *궁착한 처지와 덴 마

음을 건져 주기 위하여 나는 마음에도 없는 목소리를 일부러 자아내어
관대한 웃음을 한바탕 웃으면서 그의 곁으로 내려갔다.

"빌어먹을 짐승들."

마음에도 없는 책망이었으나 옥분의 마음을 풀어 주자는 뜻이었다.

"득추 녀석 쯤이 너를 싫달 법 있니. 주제넘은 녀석!"

이어 다짜고짜로 그의 일신의 이야기를 집어낸 것은 그의 주의를 다
른 곳으로 돌리자는 생각이었다. 군청고원 득추는 일껀 옥분과 성혼이
된 것을 이제 와서 마다고 투정을 내고 다른 감을 구하였다. 옥분의 가
세가 빈한하여 들고날 판이므로 혼인한 뒤에 닥쳐올 여러 가지 귀치않
은 거래를 염려하여 파혼한 것이 확실하다. 득추의 그런 꾀바른 마음
씨를 나무라는 것은 나뿐이 아니었다. 마을 사람들은 *거개 고원의 불
신을 책하였다.

거개
거의 모두.

"배반을 당하고 분하지도 않으냐."

"모른다."

옥분은 도리어 짜증을 내며 발을 떼놓았다.

"그 녀석 한번 해내 줄까."

웬일인지 그에게로 쏠리는 동정을 금할 수 없다.

"쓸데없는 짓 할 것 있니."

동정의 눈치를 알면서도 시침을 떼는 옥분의 마음씨에는 말할 수 없이 그윽한 것이 있어 그것이 은연 중에 마음을 당긴다.

눈앞에 멀어지는 그의 민출한 자태가 가슴 속에 새겨진다. 검은 치마 폭 밑으로 드러난 불그레한 늠츳한 두 다리―자작나무보다도 더 아름다운 것―헐벗기 때문에 한결 빛나는 것, 세상에도 가지고 싶은 탐나는 것이다.

4

해당화

일요일인 까닭에 오래간만에 문수와 함께 둑 위에서 하루를 보낼 수 있었다. 날마다 거리의 학교에 가야 하는 그를 자주 붙들어 낼 수는 없다. 일요일이 없는 나에게도 일요일이 있는 것이다.

바다를 바라볼 수 있는 둑에 오르면 마음이 활짝 열리는 듯이 시원하다. 바닷바람이 아직 조금 차기는 하나 신선한 맛이다. 잔디밭에는 간간이 피지 않은 해당화 봉오리가 조촐하게 섞였으며 둑 맞은편에 군데군데 모여 선 백양나무 잎새가 햇빛에 반짝반짝 나부껴 은가루를 뿌린 것 같다.

문수는 빌려 갔던 몇 권의 책을 돌려주고 표해 두었던 몇 구절의 뜻을 질문하였다. 나는 그에게는 하루의 선배인 것이다. 돈독하게 뛰어주는 것이 즐거운 의무도 되었다.

'공부'가 끝난 다음 책을 덮어 두고 잡담에 들어갔을 때에 문수는 탄식하는 어조였다.

"학교가 점점 틀려 가는 모양이다."

구체적 실례를 가지가지 들고 나중에는 그 한 사람의 협착한 처지를 말하였다.

"책 읽는 것까지 들키었네. 자네 책도 뺏길 뻔했어."

짐작되었다.

"나와 사귀는 것이 불리하지 않은가."

"자네 걸은 길대로 되어 나가는 것이 뻔하지. 차라리 그편이 시원하겠네."

너무 궁박한 현실 이야기만도 멋없어 두 사람은 무릎을 툭 털고 일어서 기분을 가다듬고 노래를 불렀다. 아는 말 아는 곡조를 모조리 불렀다.

노래가 진하면 번갈아 서서 연설을 하였다. 눈앞에 수많은 대중을 가상하고 목소리를 다하여 부르짖어 본다. 바닷물이 수물거리나 어쩌나, 새들이 놀라서 넡어시나 어써나를 시험하려는 듯이도 높게 고함쳐 본다. 박수하는 사람은 수만의 대중 대신에 한 사람의 동무일 뿐이나 지껄이는 동안에 정신이 흥분되고 통쾌하여 간다. 훌륭한 공부 이외 단련이다.

협착한 땅 위에 그렇게 자유로운 벌판이 있음이 새삼스러운 놀람이다. 아무리 자유로운 말을 외쳐도 거기에서만은 '중지'를 당하는 법이 없으니까 말이다. 땅 위는 좁으면서도 넓은 셈인가.

둑은 속 풀리는 시원한 곳이며 문수와 보내는 하루는 언제든지 다시 없이 즐거운 날이다.

5

딸기

과수원 철망 너머로 엿보이는 철늦은 딸기─잎새 사이로 불긋불긋 돋아난 송이 굵은 양딸기─지날 때마다 건강한 식욕을 참을 수 없다.

더구나 달빛에 젖은 딸기의 양자란 마치 크림을 끼얹은 것과도 같아서 한층 부드럽게 빛난다.

탐나는 열매에 눈독을 보내며 철망을 넘기에 나는 반드시 가책과 반성으로 모질게 마음을 매질하지는 않았으며 그럴 필요도 없었다. 그것이 누구의 과수원이든 간에 철망을 넘는 것은 차라리 들사람의 일종의 성격이 아닐까.

들사람은 또한 한편 그것을 용납하고 묵인하는 아량도 가지고 있는 것이다. 나는 몇 해 동안에 완전히 이 *야취의 성격을 얻어 버린 것 같다.

야취(野趣)
자연의 아름다움에서 느끼는 흥취.

흐뭇한 송이를 정신없이 따서 입에 넣으면서도 철망 밖에서 다만 탐내고 보기만 할 때보다 한층 높은 감동을 느끼지 못하게 됨은 도리어 웬일일까. 입의 감동이 눈의 감동보다 떨어지는 탓일까. 생각만 할 때의 감동이 실상 당하였을 때의 감동보다 항용 더 나은 까닭일까. 나의 욕심을 만족시키기에는 불과 몇 송이의 딸기가 필요할 뿐이었다. 차라리 벌판에 지천으로 열려 언제든지 딸 수 있는 들딸기 편이 과수원 안의 양딸기보다 나음을 생각하며 나는 다시 철망을 넘었다.

멍석딸기, 중딸기, 장딸기, 나무딸기, 감대딸기, 곰딸기, 닷딸기, *배암딸기…….

멍석딸기

배암딸기
뱀딸기.

능금나무 그늘에 난데없는 사람의 그림자를 발견하자 황급히 뛰어넘다 철망에 걸려 나는 옷을 찢었다. 그러나 옷보다도 행여나 들키지나 않았나 하는 염려가 앞서 허둥허둥 풀 속을 뛰다가 또 공교롭게도 그가 옥분임을 알고 마음이 일시에 턱 놓았다. 그 역 딸기밭을 노리고 있던 터가 아닐까. 철망 기슭을 기웃거리며 능금나무 아래 몸을 간직하고 있지 않았던가.

언제인가 개천 둑에서 기묘하게 만난 후 두 번째의 공교로운 만남임을 이상하게 여기고 있는 동안에 마음이 퍽으나 헐하게 놓여졌다. 가까이 가서 시룽시룽 말을 건 것도 그리 어색하지 않고 자연스러웠다. 그 역시 스스러워하지 않고 수월하게 말을 받고 대답하고 하였다. 전날의 기묘한 만남이 확실히 두 사람의 마음을 방긋이 열어 놓은 것 같다.

"딸기 따줄까?"

"무서워!"

그의 떨리는 목소리가 왜 그리도 나의 마음을 끌었는지 모른다. 나는 떨리는 그의 팔을 붙들고 풀밭을 지나 버드나무 숲속으로 들어갔다. 그의 입술은 딸기보다도 더 붉다. 확실히 그는 딸기 이상의 유혹이었다.

"무서워."

"무섭긴."

하고 달래기는 하였으나 기실
딸기를 훔치러 철망을 넘을 때와 똑같이
가슴이 후둑후둑 떨림을 어쩌는 수 없었다. 버드나무 잎새 사이로 달
빛이 가늘게 새어들었다. 옥분은 굳이 거역하려고 하지 않았다.

양딸기 맛이 아니요, 확실히 들딸기 맛이었다. 멍석딸기 나무딸기의
신선한 감각에 마음은 흐뭇이 찼다.

아무리 야취의 습관에 젖었기로 철망 너머 딸기를 딸 때와 일반으로
아무 가책도 반성도 없었던가. 벌판서 장난치던 한 자웅의 짐승과 일
반이 아닌가. 그것이 바른가, 그래서 옳을까 하는 한 줄기의 곧은 생각
이 한결같이 뻗쳐오름을 억제할 수는 없었다. 결국 마지막 판단은 누
가 옳게 내릴 수 있을까.

6

며칠이 지나도 여전히 귀치 않은 생각이 머릿속에 뱅 돈다. 어수선한 마음을 활짝 씻어 버릴 양으로 아침부터 그물을 들고 집을 나섰다.

그물을 후릴 곳을 찾으면서 남대천 물줄기를 따라 올라간 것이 시적시적 걷는 동안에 어느덧 철교께서도 근 십 리를 올라가게 되었다. 아무 고기나 닥치는 대로 잡으려던 것이 그렇게 되고 보니 불현듯이 고들매기를 후려 볼 욕심이 솟았다. 고기사냥 중에서도 가장 운치 있고 흥 있는 고들매기 사냥에 나는 몇 번인지 성공한 일이 있어 그 *호젓한 멋을 잘 안다. 그중 많이 모여 있을 듯이 보이는 그럴듯한 여울을 점쳐 첫 그물을 던져 보기로 하였다.

산 속에 오목하게 둘러싸인 개울—물도 맑거니와 물소리도 맑다. 돌을 굴리는 여울 소리가 티끌 한 점 있을 리 없는 공기와 초목을 영롱하게 울린다. 물 속에 노는 고기는 산신령이나 아닐까.

옷을 활짝 벗어 붙이고 그물을 메고 물 속에 뛰어들었다. 넉넉히 목욕을 할 시절임에도 워낙 산골물이라 뼈에 차다. 마음이 한꺼번에 씻겨졌다느니보다도 도리어 얼어 붙을 지경이다. 며칠 내로 내려오던 어수선한 생각이 확실히 덜해지고 날아갔다고 할까. 그러나 그러면서도 마지막 한 가지 생각이 아직도 철사같이 가늘게 꿰뚫고 흐름을 속일 수는 없었다.

'사람의 사이란 그렇게 수월할까.'

옥분과의 그날 밤 인연이 어처구니없게 쉽사리 맺어진 것이 의심쩍은 것이었다. 아무 마음의 거래도 없던 것이 달빛과 딸기에 꼬임을 받

호젓하다
홀가분하여 쓸쓸하고
외롭다.

남대천
강원 강릉시에서 흘러
동해로 들어가는 강.

아 그때 그 자리에서 금방 응낙이 되다니. 항용 거기에 이르기까지의 두 사람의 마음의 교섭이란 이야기 속에서 읽을 때에는 기막히게 장황하고 지리한 것이었는데 그것이 그렇게 수월할 리 있을까. 들 복판에서는 수월한 법인가.

'책임 문제는 생기지 않는가?'

생각은 다시 솔솔 풀린다. 물이 찰수록 생각도 점점 차게만 들어간다.

물이 다리목을 넘게 되었을 때 그 쯤에서 한 훑기 던져 보려고 그물을 펴들고 물 속을 가늠해 보았다. 속물이 꽤 세어 다리를 훑친다. 물 때 낀 돌멩이가 몹시 미끄러워 마음대로 발을 디딜 수 없다. 누르칙칙한 물속이 적확히 보이지 않는다. 몇 걸음 아래 편은 바위요 바위 아래는 소가 되어 있다.

그물을 던질 때의 호흡이란 마치 활을 쏠 때의 그것과도 같이 미묘한 것이어서 일종의 통일된 정신과 긴장된 자세를 요구하는 것임을 나는 경험으로 잘 안다. 그러면서도 그때 자칫하여 기어이 실수를 하게 된 것은 필시 던지는 찰나까지도 통일되지 못한 마음이 어수선하고 정신이 까닥거렸음이 확실하다. 몸이 휘뚱 하고 휘더니 횡 하게 날아야 할 그물이 물 위에 떨어지자 어지럽게 흩어졌다. 발이 미끄러져 센 물결에 다리가 쓸리니까 그물은 손을 빠져 달아났다. 물 속에 넘어져 흐르는 몸을 아무리 버둥거려야 곧추 일으키는 장사 없었다. 생각하면 기가 막히나 별수 없이 몸은 흐를 대로 흐르고야 말았다.

바위에 부딪쳐 기어코 소에 빠졌다. 거품을 날리는 폭포 속에 송두리째 푹 잠겼다가 휘엿이 솟으면서 푸른 물속을 뱅 돌았다. 요행 헤엄의 습득이 약간 있던 까닭에 많은 고생 없이 허부적거리고 소를 벗어날 수는 있었다.

면상과 어깻죽지에 몇 군데 상처가 있었다. 피가 돋았다. 다리에는 군데군데 시퍼렇게 멍이 들어 있음을 보았다. 잃어버린 그물은 어느 줄기에 묻혀 흐르는지 알 바도 없거니와 찾을 용기도 없었다. 고들매기는 물론 한 마리도 손에 쥐어 보지 못하였다.

귀가 메이고 코에서는 켰던 물이 줄줄 흘렀다. 우연히 욕을 당하게 된 몸동아리를 훑어보며 나는 알 수 없는 부끄러움을 느꼈다. 별안간 옥분의 몸이—향기가 눈앞에 흘러왔다. 비밀을 가진 나의 몸이 다시 돌아 보이며 한동안 부끄러운 생각이 쉽게 꺼지지 않았다.

7

문수는 기어코 학교를 쫓겨났다. 기한 없는 정학처분이었으나 영영 몰려난 것과 같은 결과이다. 덕분에 나도 빌려 주었던 책권을 영영 뺏긴 셈이 되었다.

차라리 시원하다고 문수는 거드름 부렸으나 시원하지 않은 것은 그의 집안사람들이다. 들볶는 바람에 그는 집을 피하여 더 많이 나와 지내게 되었다. 원망의 물줄기는 나에게까지 튀어 왔다. 나는 애매하게 노 그를 타락시켜 놓은 안 된 놈으로 몰릴 수밖에는 없다.

별수 없이 나날을 들과 벗하게 되었다. 나는 좋은 들의 동무를 얻은 셈이다.

풀밭에 서면 경주를 하고 시냇가에 서면 납작한 돌을 집어 물 위에 수제비를 뜨기가 일쑤다. 돌을 힘껏 던져 그것이 물 위를 뛰어가는 뜀수를 세는 것이다. 하나 둘 셋 넷 다섯 여섯 일곱 여덟—이 최고 기록이다. 돌은 굴러갈수록 걸음이 좁아지고 빨라지다 나중에는 깜박 물속에 꺼진다. 기차가 차차 멀어지고 작아지다 산모퉁이에서 깜박 사라지는 것과도 같다. 재미있는 장난이다. 나는 몇 번이고 싫지 않게 돌을 집어 시험하는 것이었다.

팔이 축 처지게 되면 다시 기운을 내어 모래밭에 겨루고 서서 씨름을 한다. 힘이 비등하여 승패가 상반이다. 떠밀기도 하고 샅바씨름도 하고 잡아 나꾸기도 하고―다리걸이 딴죽치기―기술도 차차 늘어 가는 것 같다.

"세상에서 제일 장하고 제일 크고 제일 아름답고 제일 훌륭하고 제일 바른 것이 무엇이냐?"

되고 말고 수수께끼를 걸고,

"힘이다!"

라고 껄껄껄껄 웃으면 오장육부가 물에 헤운 듯이 시원한 것이다. 힘! 무슨 힘이든지 좋다. 씨름을 해가는 동안에 우리는 힘에 대한 인식을 한층 새롭혀 갔다. 조직의 힘도 장하거니와 그것을 꾸미는 한 사람의 힘이 크다면 더 한층 아름다운 것이 아닐까.

천렵
냇물에서 고기잡이하는 일.

족대
물고기를 잡는 기구의 하나.

족대로 고기잡는 모습

8

문수와 *천렵을 나섰다.

그물을 잃은 나는 하는 수 없이 *족대를 들고 쇠치네 사냥을 하러 시냇물을 훑어 내려갔다.

벌판에 냄비를 걸고 뜬 고기를 끓이고 밥을 지

었다.

먹을 것이 거의 준비되었을 때, 더운 판에 목욕을 들어갔다.

땀을 씻고 때를 밀고는 깊은 곳에 들어가 물장구와 가댁질이다. 어린아이 그대로의 순진한 마음이 방울방울 날리는 물방울과 함께 하늘을 휘덮었다가는 쏟아지는 것이다.

물가에 나와 얼굴을 씻고 물을 들일 때에 문수는 다따가,

"어깨의 상처가 웬일인가?"

하고 나의 어깨의 군데군데를 가리켰다.

나는 뜨끔하면서 그때까지 완전히 잊고 있던 고들매기 사냥과 거기에 관련된 옥분과의 일건이 생각났다.

어떻게 할까 망설이다가 그에게까지 기일 바 못 되어 기어코 고기잡이 이야기와 따라서 옥분과의 곡절을 은연중 귀띔하여 주게 되었다.

이상한 것은 그의 태도였다.

"명예의 부상일세그려."

놀리고는 걱실걱실 웃는 것이다. 웃다가 문득 그치더니,

"이왕 말이 났으니 나도 내 비밀을 게울 수밖에는 없게 되었네그려."

정색하고 말을 풀어냈다.

"옥분이―나도 그와는 남이 아니야."

어인이 벙벙한 니의 이께를 치며,

"생각하면 득추와 파혼된 후로부터는 달뜬 마음이 허랑해진 모양인데. 일종의 자포자기야. 죽일 놈은 득추지. 옥분의 형편이 가엾기는 해."

나에게는 이상한 감정이 솟아올랐다. 문수에게 대하여 노염과 질투를 느끼는 대신에―도리어 일종의 안심과 감사를 느끼는 것이었다. 괴롭던 책임이 모면된 것 같고 무거운 짐을 벗어 놓은 듯이도 감정이

가벼워지고 엉겼던 마음이 풀리는 것이다. 이것은 교활하고 악한 심보일까. 그러나 나를 단 한 사람으로 생각하지 않는 옥분의 허랑한 태도에 해결의 열쇠는 있다. 그의 태도가 마지막 책임을 져야 될 터이니까.

"왜 말이 없나? 거짓말로 알아듣나? 자네가 버드나무숲에서 만났다면 나는 풀밭에서 만났네."

여전히 잠자코만 있으면서 나는 속으로 한결같이 들의 성격과 마술과도 같은 자연의 매력이라는 것을 생각하였다.

얼마나 이야기가 장황하였던지 밥 타는 냄새가 코를 찔렀다.

9

무더운 날이 계속된다.

이런 때 마을은 더한층 지내기 어렵고 역시 들이 한결 낫다.

들판

낮은 낮으로 해두고 밤을―하룻밤을 온전히 들에서 보낸 적이 없다.

우리는 의논하고 하룻밤을 들에서 야영하기로 하였다.

들의 밤은 두려운 것일까―이런 의문도 있었기 때문이다.

이왕 의가 통한 후이니 이후로는 옥분이도 데려다가 세 사람이 일단의 '들의 아들'이 되었으면 하는 문수의 의견이었으나 나는 그것을 일종의 악취미라고 배척하였다. 과거의 피차의 정의는 정의로 하여 두고 단체생활에는 역시 두 사람이 적당하며 수효가 셋이면 어떤 경우에든지 반드시 기울고 불안정하다는 의견을 가지고 있기 때문이다. 그러나 그것도 결국 나의 야성이 철저치 못한 까닭이 아닐까.

어떻든 두 사람은 들 복판에서 해를 넘기고 어둡기를 기다리고 밤을 맞이하였다.

불을 피우고 이야기하였다.

이야기가 장황하기 때문에 불이 마저 스러질 때에는 마을의 등불도 벌써 다 꺼지고 개 짖는 소리도 수습된 뒤였다. 별만이 깜박거리고 바닷소리가 은은할 뿐이다.

어둠은 깊고 넓고 무한하다.

창조 이전의 혼돈의 세계는 이러하였을까.

무한의 적막—지구의 자전 공전의 소리도 들리지는 않는 것이다.

공포—두려움이란 어디서 오는 감정일까.

어둠에서도 적막에서도 오지는 않는다.

우리는 일부러 두려운 이야기, 무서운 이야기로 마음을 떠보았으나 이렇듯한 새삼스러운 공포의 감정이라는 것은 솟지 않았다.

위에는 하늘이요 아래는 풀이요—주위에 어둠이 있을 뿐이지 모두

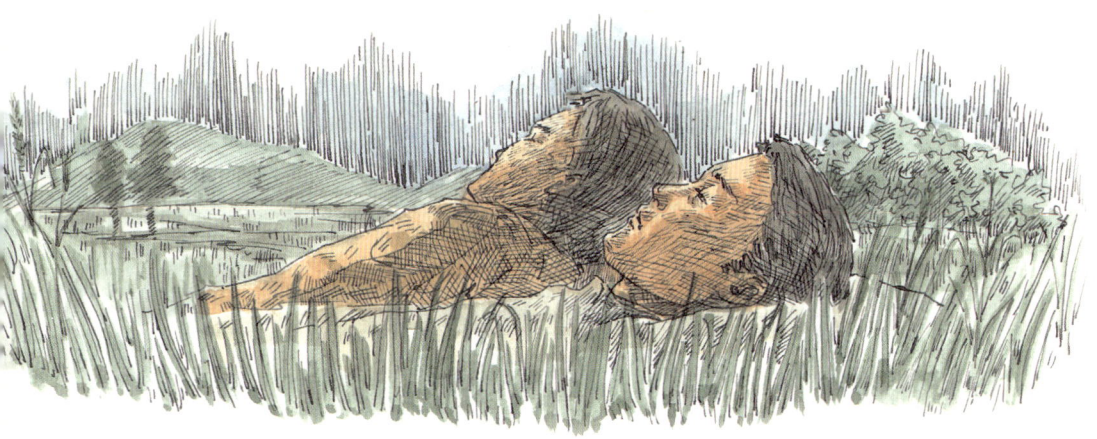

가 결국 낮 동안의 계속이요 연장이다. 몸에 소름이 돋는 법도 마음이 떨리는 법도 없다.

서로 눈만 말똥거리다가 피곤하여 어느 결엔지 잠이 들어 버렸다.

단잠을 깨었을 때는 아침 해가 높은 후였다.

야영의 밤은 시원하였을 뿐이요, 공포의 새는 결국 잡지 못하였다.

10

그러나 공포는 왔다.

그것은 들에서 온 것이 아니요 마을에서— 사람에게서 왔다.

공포를 만드는 것은 자연이 아니요 사람의 사회인 듯싶다.

문수가 돌연히 끌려간 것이다.

학교 사건의 뒤맺이인 듯하다.

이어 나도 들어가게 되었다.

나 혼자에 대하여 혹은 문수와 관련되어 여러 가지 질문을 받았다.

사흘 밤을 지우고 쉽게 나왔으나 문수는 소식이 없다. 오랠 것 같다.

여러 가지 재미있는 여름의 계획도 세웠으나 혼자서는 하릴없다.

가졌던 동무를 잃었을 때의 고독이란 큰 것이다.

들에서 무료히 지내는 날이 많다.

*심심파적으로 옥분을 데려올까도 생각되나 여러 가지로 *거리끼고 *주체스런 일이다. 깨끗한 것이 좋을 것 같다.

별수 없이 녀석이 하루라도 속히 나오기를 충심으로 바랄 뿐이다.

나오거든 풋콩을 실컷 구워 먹이고 기름종개를 많이 떠먹이고 씨름

심심파적
심심풀이.

거리끼다
일이나 행동 따위를 하는 데에 걸려서 방해가 되다.

주체스럽다
처리하기 어려울 만큼 짐스럽고 귀찮은 데가 있다.

해서 몸을 불려 줄 작정이다.

　들에는 도라지꽃이 피고 개나리꽃이 장하다.

　진펄의 새발고사리도 어느덧 활짝 피었다.

　해오라기가 가끔 조촐한 자태로 물가에 내린다.

　시절이 무르녹았다.

해오라기

『성화』, 삼문사, 1939.

메밀꽃
필 무렵

여름장이란 애시 당초에 글러서, 해는 아직 중천에 있건만 장판은 벌써 쓸쓸하고 더운 햇발이 벌려 놓은 전 휘장 밑으로 등줄기를 훅훅 볶는다. 마을 사람들은 거지반 돌아간 뒤요, 팔리지 못한 나무꾼패가 길거리에 궁싯거리고들 있으나 석유병이나 받고 고깃마리나 사면 족할 이 축들을 바라고 언제까지든지 버티고 있을 법은 없다. 춥춥스럽게 날아드는 파리 떼도 장난꾼 각다귀들도 귀치않다. *얼금뱅이요 왼손잡이인 드팀전의 허생원은 기어코 동업의 조선달을 낚아 보았다.

얼금뱅이
얼굴이 얼금얼금 얽은 사람을 낮잡아 이르는 말.

"그만 걷을까?"

"잘 생각했네. 봉평 장에서 한 번이나 흐붓하게 사본 일 있었을까. 내일 대화 장에서나 한몫 벌어야겠네."

"오늘 밤은 밤을 새서 걸어야 될 걸."

"달이 뜨럿다."

장터의 나무꾼들

절렁절렁 소리를 내며 조선달이 그날 산 돈을 따지는 것을 보고 허생원은 말뚝에서 넓은 휘장을 걷고 벌여 놓았던 물건을 거두기 시작하였다. 무명필과 주단 바리가 두 고리짝에 꼭 찼다. 멍석 위에는 천 조각이 어수선하게 남았다.

다른 축들도 벌써 거진 전들을 걷고 있었다. 약빠르게 떠나는 패도 있었다. 어물장수도 땜장이도 엿장수도 생강장수도 꼴들이 보이지 않았다. 내일은 진부와 대화에 장이 선다. 축들은 그 어느 쪽으로든지 밤을 새며 육칠십 리 밤길을 타박거리지 않으면 안 된다. 장판은 잔치 뒷마당같이 어수선하게 벌어지고 술집에서는 싸움이 터져 있었다. 주정꾼 욕지거리에 섞여 계집의 앙칼진 목소리가 찢어졌다. 장날 저녁은 정해 놓고 계집의 고함 소리로 시작되는 것이다.

"생원, 시침을 떼두 다 아네…… 충줏집 말야."

엿장수

계집 목소리로 문득 생각난 듯이 조선달은 비죽이 웃는다.

"화중지병이지. 면소패들을 적수로 하구야 대거리가 돼야 말이지."

"그렇지두 않을걸. 축들이 사족을 못 쓰는 것두 사실은 사실이나, 아무리 그렇다곤 해두 왜 그 동이 말일세, 감쪽같이 충줏집을 후린 눈치거든."

"무어 그 애숭이가? 물건 가지고 낚었나 부지. 착실한 녀석인 줄 알었더니."

"그 길만은 알 수 있나…… 궁리 말구 가보세나 그려. 내 한턱 씀세."

그다지 마음이 당기지 않는 것을 쫓아갔다. 허생원은 계집과는 연분이 멀었다. 얼금뱅이 상판을 쳐들고 대어설 숫기도 없었으나 계집 편에서 정을 보낸 적도 없었고, 쓸쓸하고 뒤틀린 반생이었다. 충줏집을 생각만 하여도 철없이 얼굴이 붉어지고 발밑이 떨리고 그 자리에 소스라쳐 버린다. 충줏집 문을 들어서 술좌석에서 짜장 동이를 만났을 때에는 어찌 된 서슬엔지 발끈 화가 나버렸다. 상 위에 붉은 얼굴을 쳐들고 제법 계집과 *농탕치는 것을 보고서야 견딜 수 없었던 것이다. 녀석이 제법 *난질꾼인데 꼴사납다. 머리에 피도 안 마른 녀석이 낮부터 술 처먹고 계집과 농탕이야. 장돌뱅이 망신만 시키고 돌아다니누나. 그 꼴에 우리들과 한몫 보자는 셈이지. 동이 앞에 막아서면서부터 책망이었다. 걱정두 팔자요 하는 듯이 빤히 쳐다보는 상기된 눈망울에 부딪칠 때, 결김에 따귀를 하나 갈겨 주지 않고는 배길 수 없었다. 동이도 화를 쓰고 팩하게 일어서기는 하였으나, 허생원은 조금도 동색하는 법 없이 마음먹은 대로는 다 지껄였다—어디서 주워 먹은 선머슴인지는 모르겠으나, 네게도 아비 어미 있겠지. 그 사나운 꼴 보면 맘 좋겠다. 장사란 탐탁하게 해야 되지, 계집이 다 무어야, 나가거라, 냉큼 꼴 치워.

농탕치다
남녀가 함께 음탕한 말과 난잡한 행동으로 놀아나다.

난질꾼
술과 여색에 빠져 방탕하게 놀기를 잘하는 사람.

그러나 한마디도 대거리하지 않고 하염없이 나가는 꼴을 보려니, 도리어 측은히 여겨졌다. 아직도 서름서름한 사인데 너무 과하지 않았을까 하고 마음이 섬뜩해졌다. 주제도 넘지, 같은 술손님이면서도 아무리 젊다고 자식 낳게 되는 것을 붙들고 치고 닦아세울 것은 무어야, 원. 충줏집은 입술을 쫑긋하고 술 붓는 솜씨도 거칠었으나, 젊은애들한테는 그것이 약이 된다나 하고 그 자리는 조선달이 얼버무려 넘겼다. 너 녀석한테 반했지? 애송이를 빨면 죄 된다.

한참 법석을 친 후이다. 담도 생긴 데다가 웬일인지 흠뻑 취해보고 싶은 생각도 있어서 허생원은 주는 술잔이면 거의 다 들이켰다. 거나해짐을 따라 계집 생각보다도 동이의 뒷일이 한결같이 궁금해졌다. 내 꼴에 계집을 가로채서는 어떡

봉평 가산공원에 복원된 충주집

각다귀
남의 것을 뜯어먹고 사는 사람을 비유적으로 이르는 말.

까스럽다
잔털 같은 것이 거칠게 일어나다.

개진개진
눈에 끈끈한 물기가 있는 모양.

할 작정이었누 하고 어리석은 꼬락서니를 모질게 책망하는 마음도 한 편에 있었다. 그러기 때문에 얼마나 지난 뒤인지 동이가 헐레벌떡거리며 황급히 부르러 왔을 때에는, 마시던 잔을 그 자리에 던지고 정신없이 허덕이며 충줏집을 뛰어나간 것이었다.

"생원 당나귀가 바를 끊구 야단이에요."

"*각다귀들 장난이지 필연코."

짐승도 짐승이려니와 동이의 마음씨가 가슴을 울렸다. 뒤를 따라 장판을 달음질하려니 거슴츠레한 눈이 뜨거워질 것 같다.

"부락스런 녀석들이라 어쩌는 수 있어야죠."

"나귀를 몹시 구는 녀석들은 그냥 두지는 않는걸."

반평생을 같이 지내 온 짐승이었다. 같은 주막에서 잠자고, 같은 달빛에 젖으면서 장에서 장으로 걸어 다니는 동안에 이십 년의 세월이 사람과 짐승을 함께 늙게 하였다. *까스러진 목 뒤 털은 주인의 머리털과도 같이 바스러지고, *개진개진 젖은 눈은 주인의 눈과 같이 눈꼽을 흘렸다. 몽당비처럼 짧게 쓸리운 꼬리는, 파리를 쫓으려고 기껏 휘저어 보아야 벌써 다리까지는 닿지 않았다. 닳아 없어진 굽을 몇 번이나 도려내고 새 철을 신겼는지 모른다. 굽은 벌써 더 자라나기는 틀렸고 닳아 버린 철 사이로는 피가 빼짓이 흘렀다. 냄새만 맡고도 주인을 분간하였다. 호소하는 목소리로 야단스럽게 울며 반겨한다.

어린아이를 달래듯이 목덜미를 어루만져 주니 나귀는 코를 벌름거리고 입을 투르르거렸다. 콧물이 튀었다. 허생원은 짐승 때문에 속도 무던히는 썩였다. 아이들의 장난이 심한 눈치여서 땀 배인 몸뚱어리가 부들부들 떨리고 좀체 흥분이 식지 않는 모양이었다. 굴레가 벗어지고 안장도 떨어졌다. 요 몹쓸 자식들, 하고 허생원은 호령을 하였으나 패들은 벌써 줄행랑을 논 뒤요 몇 남지 않은 아이들이 호령에 놀라 *비슬비슬 떨어졌다.

"우리들 장난이 아니우. 암놈을 보고 저 혼자 발광이지."

코흘리개 한 녀석이 멀리서 소리를 쳤다.

"고 녀석 말투가."

"김첨지 당나귀가 가버리니까 왼통 흙을 차고 거품을 흘리면서 미친 소같이 날뛰는 걸. 꼴이 우스워 우리는 보고만 있었다우. 배를 좀 보지."

아이는 *앵돌아진 투로 소리를 치며 깔깔 웃었다. 허생원은 모르는 결에 낯이 뜨거워졌다. 뭇 시선을 막으려고 그는 짐승의 배 앞을 가려 서지 않으면 안 되었다.

"늙은 주제에 암새를 내는 셈야, 저놈의 짐승이."

아이의 웃음소리에 허생원은 주춤하면서 기어코 견딜 수 없어 채찍을 들더니 아이를 쫓았다.

"쫓으려거든 쫓아 보지. 왼손잡이가 사람을 때려."

줄달음에 달아나는 각다귀에는 당하는 재주가 없었다. 왼손잡이는 아이 하나도 후릴 수 없다. 그만 채찍을 던졌다. 술기도 돌아 몸이 유난스럽게 화끈거렸다.

"그만 떠나세. 녀석들괴 어울리디기는 한이 없어. 장판의 각디귀들이란 어른보다도 더 무서운 것들인걸."

조선달과 동이는 각각 제 나귀에 안장을 얹고 짐을 싣기 시작하였다. 해가 꽤 많이 기울어진 모양이었다.

드팀전 장돌이를 시작한 지 이십 년이나 되어도 허생원은 봉평 장을

빼논 적은 드물었다. 충주 제천 등의 이웃 군에도 가고, 멀리 영남 지
방도 헤매이기는 하였으나 강릉 쯤에 물건 하러 가는 외에는 처음부터
끝까지 군내를 돌아다녔다. 닷새 만큼씩의 장날에는 달보다도 확실하
게 면에서 면으로 건너간다. 고향이 청주라고 자랑삼아 말하였으나 고
향에 돌보러 간 일도 있는 것 같지는 않았다. 장에서 장으로 가는 길의
아름다운 강산이 그대로 그에게는 그리운 고향이었다. 반날 동안이나
뚜벅뚜벅 걷고 장터 있는 마을에 거지반 가까웠을 때, 거친 나귀가 한
바탕 우렁차게 울면—더구나 그것이 저녁녘이어서 등불들이 어둠 속
에 깜박거릴 무렵이면 늘 당하는 것이건만 허생원은 변치 않고 언제든
지 가슴이 뛰놀았다.

　젊은 시절에는 알뜰하게 벌어 돈푼이나 모아 본 적도 있기는 있었으
나, 읍내에 백중이 열린 해 호탕스럽게 놀고 투전을 하여 사흘 동

안에 다 털어 버렸다. 나귀까지 팔게 된 판이었으나 애끓는 정분에 그것만은 이를 물고 단념하였다. 결국 도로아미타불로 장돌이를 다시 시작할 수밖에는 없었다. 짐승을 데리고 읍내를 도망해 나왔을 때에는 너를 팔지 않기 다행이었다고 길가에서 울면서 짐승의 등을 어루만졌던 것이었다. 빚을 지기 시작하니 재산을 모을 염은 당초에 틀리고 간신히 입에 풀칠을 하러 장에서 장으로 돌아다니게 되었다.

호탕스럽게 놀았다고는 하여도 계집 하나 후려 보지는 못하였다. 계집이란 좀 쌀쌀하고 매정한 것이었다. 평생 인연이 없는 것이라고 신세가 서글퍼졌다. 일신에 가까운 것이라고는 언제나 변함없는 한 필의 당나귀였다.

그렇다고는 하여도 꼭 한 번의 첫 일을 잊을 수는 없었다. 뒤에도 처음에도 없는 단 한 번의 괴이한 인연! 봉평에 다니기 시작한 젊은 시절의 일이었으나 그것을 생각할 적만은 그도 산보람을 느꼈다.

달밤이었으나 어떻게 해서 그렇게 됐는지 지금 생각해도 도무지 알 수는 없었다.

메밀꽃 핀 봉평 들판

허생원은 오늘 밤도 또 그 이야기를 끄집어내려는 것이다. 조선달은 친구가 된 이래 귀에 못이 박히도록 들어 왔다. 그렇다고 싫증을 낼 수도 없었으나 허생원은 시침을 떼고 되풀이할 대로는 되풀이하고야 말았다.

"달밤에는 그런 이야기가 격에 맞거든."

조선달 편을 바라는 보았으나 물론 미안해서가 아니라 달빛에 감동하여서였다. 이지러는 졌으나 보름을 가제 지난 달은 부드러운 빛을

흐붓이 흘리고 있다. 대화까지는 칠십 리의 밤길, 고개를 둘이나 넘고
개울을 하나 건너고 벌판과 산길을 걸어야 된다. 달은 지금 긴 산허리
에 걸려 있다. 밤중을 지난 무렵인지 죽은 듯이 고요한 속에서 짐승 같
은 달의 숨소리가 손에 잡힐 듯이 들리며, 콩포기와 옥수수 잎새가 한
층 달에 푸르게 젖었다. 산허리는 온통 모밀밭이어서 피기 시작한 꽃
이 소금을 뿌린 듯이 흐뭇한 달빛에 숨이 막힐 지경이다. 붉은 대궁이
향기같이 애잔하고 나귀들의 걸음도 시원하다. 길이 좁은 까닭에 세
사람은 나귀를 타고 외줄로 늘어섰다. 방울 소리가 시원스럽게 딸랑딸
랑 모밀밭께로 흘러간다. 앞장선 허생원의 이야기 소리는 꽁무니에 선

동이에게는 확적히는 안 들렸으나, 그는 그대로 개운한 제 멋에 적적하지는 않았다.

"장 선 꼭 이런 날 밤이었네. 객줏집 토방이란 무더워서 잠이 들어야지. 밤중은 돼서 혼자 일어나 개울가에 목욕하러 나갔지. 봉평은 지금이나 그제나 마찬가지나 보이는 곳마다 모밀밭이어서 개울가 어디 없이 하얀 꽃이야. 돌밭에 벗어도 좋을 것을, 달이 너무도 밝은 까닭에 옷을 벗으러 물레방앗간으로 들어가지 않았나. 이상한 일도 많지. 거기서 난데없는 성서방네 처녀와 마주쳤단 말이네. 봉평서야 제일가는 일색이었지."

물레방아

"팔자에 있었나 부지."

아무렴 하고 응답하면서 말머리를 아끼는 듯이 한참이나 담배를 빨 뿐이었다.

구수한 자줏빛 연기가 밤기운 속에 흘러서는 녹았다.

"날 기다린 것은 아니었으나 그렇다고 달리 기다리는 놈팽이가 있는 것두 아니었네. 처녀는 울고 있단 말야. 짐작은 대고 있었으나 성서방네는 한창 어려워서 들고날 판인 때였지. 한집안 일이니 딸에겐들 걱정이 없을 리 있겠나. 좋은 데만 있으면 시집도 보내련만 시집은 죽어도 싫다지…… 그러나 처녀란 울 때같이 정을 끄는 때가 있을까. 처음에는 놀라기도 한 눈치였으나 걱정 있을 때는 누그러지기도 쉬운 듯해서 이럭저럭 이야기가 되었네…… 생각하면 무섭고도 기막힌 밤이었어."

"제천인지로 줄행랑을 놓은 건 그 다음날이었나?"

"다음 장도막에는 벌써 온 집안이 사라진 뒤였네. 장판은 소문에 발

끈 뒤집혀 고작해야 술집에 팔려가기가 상수라고 처녀의 뒷공론이 자
자들 하단 말이야. 제천 장판을 몇 번이나 뒤졌겠나. 하나 처녀의 꼴은
꿩 궈 먹은 자리야. 첫날밤이 마지막 밤이었지. 그때부터 봉평이 마음
에 든 것이 반평생을 두고 다니게 되었네. 평생인들 잊을 수 있겠나."

"수 좋았지. 그렇게 신통한 일이란 쉽지 않어. 항용 못난 것 얻어 새
끼 낳고, 걱정 늘고 생각만 해두 진저리나지…… 그러나 늘그막바지까
지 장돌뱅이로 지내기도 힘 드는 노릇 아닌가? 난 가을까지만 하구 이
생애와두 하직하려네. 대화 쯤에 조그만 전방이나 하나 벌이구 식구들
을 부르겠어. 사시장철 뚜벅뚜벅 걷기란 여간이래야지."

"옛 처녀나 만나면 같이나 살까…… 난 거꾸러질 때까지 이 길 걷고
저 달 볼 테야."

산길을 벗어나니 큰길로 틔어졌다. 꽁무니의 동이도 앞으로 나서 나
귀들은 가로 늘어섰다.

달밤의 풍경 (효석문화관)

"총각두 젊겠다, 지금이 한창 시절이렷다. 충줏
집에서는 그만 실수를 해서 그 꼴이 되었으나 설
게 생각 말게."

"처 천만에요. 되려 부끄러워요. 계집이란 지금
웬 제격인가요. 자나깨나 어머니 생각뿐인데요."

허생원의 이야기로 실심해한 끝이라 동이의 어
조는 한풀 수그러진 것이었다.

"애비 에미란 말에 가슴이 터지는 것도 같았으나 제겐 아버지가 없
어요. 피붙이라고는 어머니 하나뿐인걸요."

"돌아가셨나?"

"당초부터 없어요."

"그런 법이 세상에."

생원과 선달이 야단스럽게 껄껄들 웃으니, 동이는 정색하고 우길 수밖에는 없었다.

"부끄러워서 말하지 않으려 했으나 정말예요. 제천 촌에서 달도 차지 않은 아이를 낳고 어머니는 집을 쫓겨났죠. 우스운 이야기나, 그러기 때문에 지금까지 아버지 얼굴도 본 적 없고, 있는 고장도 모르고 지내 와요."

고개가 앞에 놓인 까닭에 세 사람은 나귀를 내렸다. 둔덕은 험하고 입을 벌리기도 대견하여 이야기는 한동안 끊겼다. 나귀는 건듯하면 미끄러졌다. 허생원은 숨이 차 몇 번이고 다리를 쉬지 않으면 안 되었다. 고개를 넘을 때마다 나이가 알렸다. 동이 같은 젊은 축이 그지없이 부러웠다. 땀이 등을 한바탕 쪽 씻어 내렸다.

고개 너머는 바로 개울이었다. 장마에 흘러 버린 널다리가 아직도 걸리지 않은 채로 있는 까닭에 벗고 건너야 되었다. 고의를 벗어 띠로 등에 얽어매고 반 벌거숭이의 우스꽝스런 꼴로 물속에 뛰어들었다. 금방 땀을 흘린 뒤였으나 밤물은 뼈를 찔렀다.

"그래, 대체 기르긴 누가 기르구?"

"어머니는 하는 수 없이 의부를 얻어 가서 술장사를 시작했죠. 술이 고주래서 의부라고 전망나니예요 철들어서부터 맞기 시작한 것이 하룬들 편할 날 있었을까. 어머니는 말리다가 채고 맞고 칼부림을 당하곤 하니 집 꼴이 무어겠소. 열여덟 살 때 집을 뛰어나와서부터 이 짓이죠."

"총각 낫세론 심이 무던하다고 생각했더니 듣고 보니 딱한 신세로군."

물은 깊어 허리까지 찼다. 속 물살도 어지간히 센 데다가 발에 채는 돌멩이도 미끄러워 금시에 훌칠 듯하였다. 나귀와 조선달은 재빨리 거

의 건넜으나 동이는 허생원을 붙드느라고 두 사람은 훨씬 떨어졌다.

　"모친의 친정은 원래부터 제천이었던가?"

　"웬걸요, 시원스리 말은 안 해주나 봉평이라는 것만은 들었죠."

　"봉평? 그래 그 아비 성은 무엇인구?"

　"알 수 있나요. 도무지 듣지를 못했으니까."

　"그 그렇겠지."

하고 중얼거리며 흐려지는 눈을 까물까물하다가 허생원은 경망하게도

발을 빗디디었다. 앞으로 고꾸라지기가 바쁘게 몸째 풍덩 빠져 버렸

다. 허비적거릴수록 몸을 걷잡을 수 없어 동이가 소리를 치며 가까이 왔을 때에는 벌써 퍽으나 흘렀었다. 옷째 쫄짝 젖으니 물에 젖은 개보다도 참혹한 꼴이었다. 동이는 물 속에서 어른을 해깝게 업을 수 있었다. 젖었다고는 하여도 여윈 몸이라 장정 등에는 오히려 가벼웠다.

"이렇게까지 해서 안됐네. 내 오늘은 정신이 빠진 모양이야."

"염려하실 것 없어요."

"그래 모친은 아비를 찾지는 않는 눈치지?"

"늘 한번 만나고 싶다고는 하는데요."

"지금 어디 계신가?"

"의부와도 갈라져 제천에 있죠. 가을에는 봉평에 모셔 오려고 생각 중인데요. 이를 물고 벌면 이럭저럭 살아갈 수 있겠죠."

"아무렴, 기특한 생각이야. 가을이랬다?"

동이의 탐탁한 등허리가 뼈에 사무쳐 따뜻하다. 물을 다 건넜을 때에는 도리어 서글픈 생각에 좀더 업혔으면도 하였다.

"진종일 실수만 하니 웬일이오, 생원."

조선달은 바라보며 기어코 웃음이 터졌다.

"나귀야. 나귀 생각하다 실족을 했어. 말 안 했던가. 저 꼴에 제법 새끼를 얻었단 말이지. 읍내 강릉집 피마에게 말일세. 귀를 쫑긋 세우고 달랑달랑 뛰는 것이 나귀 새끼같이 귀여운 것이 있을까. 그것 보러 나는 일부러 읍내를 도는 때가 있다네."

"사람을 물에 빠치울 젠 딴은 대단한 나귀 새끼군."

허생원은 젖은 옷을 웬만큼 짜서 입었다. 이가 덜덜 갈리고 가슴이 떨리며 몹시도 추웠으나 마음은 알 수 없이 둥실둥실 가벼웠다.

"주막까지 부지런히들 가세나. 뜰에 불을 피우고 훗훗이 쉬어. 나귀에겐 더운 물을 끓여 주고. 내일 대화 장 보고는 제천이다."

"생원도 제천으로?"

"오래간만에 가보고 싶어. 동행하려나, 동이?"

나귀가 걷기 시작하였을 때 동이의 채찍은 왼손에 있었다. 오랫동안 아둑시니같이 눈이 어둡던 허생원도 요번만은 동이의 왼손잡이가 눈에 띄지 않을 수 없었다.

해깝다
가볍다. 무게가 크게
느껴지지 않다.

걸음도 *해깝고 방울 소리가 밤 벌판에 한층 청청하게 울렸다.

달이 어지간히 기울어졌다.

『조광』, 1936. 10.

성찬(聖餐)

세상에 거울같이 괴이하고 야릇한 것은 없다. 태곳적에 거울이라는 것이 아직 없고 고요한 저녁 강물 위에 자기의 그림자를 비추어 볼 수밖에 없었을 때에는 사람은 자기의 꼴과 원숭이의 꼴조차 구별할 수 없었을 것이며 따라서 사람 사이의 애정이라는 것도 어수룩하고 순박하였을 것이다. 거울이 생긴 때부터 사람은 원숭이와의 구별을 알았고 제 얼굴의 맵시와 흠을 보았고 부끄럼과 사랑을 깨닫게 되었으리라. 적어도 사랑의 감정이 복잡하게 분화되고 연애라는 것이 있게 된 것은 거울이 생긴 후부터라고 보배는 생각한다.

그는 언제인가 동물원에 갔을 때, 핸드백의 거울로 우리 안의 원숭이를 희롱해 본 적이 있었다. 거울에 비치인 제 꼴을 보고 짐승은 놀라고 흥분해서 한바탕 날뛰다가 나중에는 화를 내고 소리를 치고 독살을 피우며 우리 밖 사람에게로 달려드는 시늉을 하였다. 확실히 제 꼴과 사람의 모양과의 차이를 처음으로 발견한 때에 느낀 놀랍고 부끄럽고 괴이한 감정에서 온 것이라고 보배는 판단하였다. 같은 감정으로 사람도 처음으로 거울을 보았을 때에 느꼈을 것이며 참으로 번민과 사랑과 모든 정서는 거기서 생기는 자기의 얼굴의 인식에서 시작된 것이라고 생각하게 되었다.

거울 앞에 선 소녀 (피카소)

얼굴의 의식 없이 감정의 발로는 없으며 하루의 모든 생각과 생활은 참으로 얼굴의 생각에서부터 시작되는 것이다. 보배는 하루에도 수십 차례—일어날 때 잘 때 이외에 가게에 있을 때에도 틈틈이 거울을 보고 화장을 고치고 지금 와서는 그것이 생활의 한 중요한 부분이 되었다. 거울을 볼 때에 그 속에 자기의 얼굴만을 보는 것이 아니라 반드시 그 어느 다른 사람의 얼굴을 아울러 생각하였다. 두 얼굴을 비기는 곳에서 만족도 느끼고 불안도 오고 하였다. 가령 요사이는 거울을 대할 때에 으레 민자의 얼굴이 의식의 전부를 차지하였다. 흡사히 시몬느 시뭉 같은 둥글고 납작스름한 민자의 애숭이 얼굴을 생각하면서 그와는 반대되는 기름하고 엽렵한 자기의 얼굴이 대조적으로 솟아올라 그와의 사이에 가벼운 질투와 안타까운 초조와 신선한 야욕을 느끼게 되었다.

민자가 언니 언니 하면서 겉발림이 아니라 진정으로 언니 대접을 하는 것을 보배 역시 기뻐하고 충심으로 맞아들이면서도 마음 한편 구석에 이런 대립의 감정을 느끼게 되는 것을 그 자신 괴이히 여기기는 하였다. 이 대립의 감정은 물론 준보를 얼싸고 오는 것이었다. 가게의 위층은 빠아요 아래층은 *끽다부로 보배는 *빠아에 매었고 민자는 끽다부의 시중을 혼자 맡아 보았다.

준보는 빠아에보다도 끽다부에 오는 때가 많았다. 신문사의 일이란 그렇게 한가한 것인지 거의 번기는 날이 없으며 오후만 되면 어느 결엔지 아래층 소파에 와 앉아서 로버트 테일러 비슷한 기름한 얼굴을 청승맞게 괴이고 어느 때까지든지 머물러 한가한 시간을 보냈다. 친구가 있을 때면 친구의 탓으로나 밀 수 있지만 혼자 때에도 여전히 지루하게 눌러앉아 마치 애매한 시간과 씨름이라도 하자는 격이었다. 그렇게 천치같이 우두커니 앉았을 때의 의식의 대상이 민자임을 보배느 물론 안다.

하루는 보배가 늘 하는 버릇으로 신통한 손님도 없고 한 틈을 타서 아래층으로 살며시 내려가 보았을 때 그곳에도 손님 없는 횅뎅그레한 한 편 구석에 준보와 민자가 따로 앉아 속살거리고 있는 것을 발견하였다. 들어맞는 예감에 보배는 선뜻한 칼맛을 느꼈으나 한편 섬찟한

끽다
끽다(喫茶), 차를 마심.

빠아
바(bar).

생각을 금할 수 없었다. 천연스럽게 내려가서 한 자리에 다정스럽게 휩쓸리기는 하였으나 마음 속에 솟아오르는 피심지를 억잡을 수는 없었다. 민자와의 사이에 담을 의식하게 되고 준보에게 불현듯이 욕심을 느끼게 되었다면 이때부터였을 것이다.

그가 끼었으므로 말미암아 잠간 어색해지기는 하였으나 자리의 공기는 즉시 풀려서 세 사람은 단란한 회화 속으로 휩쓸려 들어갔다. 그만큼 준보와 보배의 사이도 서름서름한 처지는 아니었던 것이다. 그러나 이상한 것은, 보배는 전에도 준보에게 흥미를 느끼지 않은 바는 아니었으나 불시에 피할 수 없는 절대적 야욕을 느끼게 된 것은 실로 이 때부터였음이다.

인색하게 차만 마시러 오지 말고 더러는 위층에 술도 마시러 오라는 것이 그 자리의 한 마디 야유이기는 하였으나 의외의 자리에서 의외의 실토를 하게 된 것을 보배는 즉시 마음속에 반성하게 되었고 그런 반성을 부끄럽게 여기기도 하였다.

준보와 민자는 어울리고 알맞은 한 쌍이다. 될 대로 맡겨두고 천연스런 태도로 왜 옆에서 보고만 있을 수 없을까 하는 생각으로였다. 그러나 이런 생각에도 불구하고 마음은 반은 벌써 악마의 차지가 되어 있었다. 셋 가운데에서 하나는 언제든지 악마의 역할을 하는 수밖에는 없는 듯하였다.

거울은 짜장 괴이한 물건이다. 그것은 때때로 어처구니없는 신비로운 장난을 즐겨하는 것 같다. 몸에 소름이 돋치지 않고는 보배는 다음 기억을 되풀이 할 수 없었다. 그날 밤 잡지사 축들과 늦도록 진탕으로 놀다가 다들 보낸 후 보배가 거나한 김에 흥얼흥얼 콧노래를 부르면서 아래층 끽다부로 비틀비틀 내려갔을 때였다. 몇 사람의 손님이 이 자리 저 자리에 흩어져 앉았고 카운터 근처 구석에는 준보가 늘 오는 그 모양 그래도 눅진히 붙어서 옆에 앉은 민자와 말을 건네고 있었다. 휘적휘적 걸어가서 준보의 옆에 섰을 때에 보배는 문득 놀라 한참 동안이나 맞은 편을 노리고 섰었다. 창졸간에 그것이 꿈인지 현실인지를 의아하면서 장승같이 넋을 잃고 우두커니 서 있었다. 준보 곁에 난데없는 여자가 한 사람 나타나 이쪽을 호되게 노리고 있는 것이다.

거울 앞에 선 처녀
(피카소)

여자의 날카로운 시선이 보배의 일신을 *다구지게 쏘아 붙였다. 눈

다구지다
'다부지다'의 방언.

이 매섭고 상이 길어 흡사 안보오략 비슷한 인상을 주는 그 여인을 보배는 확실히 전에 그 어디서 보았던 듯도 하고 혹은 초면인 듯도 한 기괴한 감각에 현혹한 느낌을 마지못하고 서 있는 동안에 돌연히 또 이상한 발견을 하게 된 것은 준보와 여자와 민자의 세 사람을 우연히도 한 자리에 모으게 한 그 기괴한 한 폭의 그림 속에서 어울리는 짝은 준보와 민자가 아니라 준보와 그 낯 모르는 여자였던 것이다. 용모와 자세와 분위기가 두 사람에게 우연히도 빈틈없는 일치의 인상을 주었다. 이상한 발견에 놀라는 한편 보배도 그 짧은 순간 속에서도 돌연히 준보에게 모든 열정을 기울이고 있는 민자의 비극적 역할을 생각하고 그에게 대한 한줄기의 가엾은 생각이 유연히 솟는 것이었다.

가엾은 민자! 날도둑 같은 그 여인! 눈을 흡뜨며 주먹을 쥐려니 맞은 편의 그 여인도 보배와 똑같은 시늉을 한다. 어이가 없어 몸자세를 늦추고 시선을 옮길 때 여인은 다시 그것을 흉내내었다. 보배는 번개같이 정신이 깨었다. 망칙한 요술이었음을 깨닫고 몸에 소름이 돋았다. 맞은 편 벽에 걸린 커다란 채경의 요술이었던 것이다. 여인은 물론 보배 자신이었다. 취흥으로 거나한 바람에 거울의 요술에 감쪽같이 속아넘어갔던 것이다.

순식간에 그의 마음속에 일어났던 비밀을 두 사람에게 속 뽑히웠을까 두려워하며 겸연한 마음으로 준보 옆에 털썩 주저앉기는 하였으나 그 후까지도 이 괴이한 경험은 쉽사리 기억 속에서 사라지지 않고 사람이 아무리 취하였기로 거울에 비친 제 얼굴도 못 알아보는 법 있나 하고 한결같이 의심이 솟는 지경이었다. 몸에 소름을 돋치지 않고는 이 기억이 되풀이 할 수 없으며 동시에 보배에게는 한 큰 암시요 유혹이었다. 이 암시로 말미암아 그는 세 사람 가운데에서의 자기의 역할을 적확히 깨달았던 것이다.

이때부터 보배에게는 민자의 모든 것을 알고자 하는 욕망이 불현듯이 솟기 시작하였다. 합숙소에서는 쓰는 방이 다르므로 가까운 처지라고는 하여도 아무래도 사이가 떴다. 그럴수록 더 한층 민자의 가지가지의 거동에 보배의 눈이 날카롭게 갔다. 합숙소에는 목욕장의 설비가 없으므로 거의 사흘돌이로 거리의 목욕간에 가지 않으면 안 되었다. 보배는 그때마다 민자와의 행동의 기회를 엿보았다. 목욕통에서만은 사람은 피차에 감출 것이 없다. 사람 없는 조용한 아침 목욕물 속에 잠기면서 보배는 민첩한 눈으로 민자의 육체의 구석구석을 살필수 있었다. 젖꼭지가 살구꽃 봉오리같이 봉긋은 하

살구꽃 봉오리

나 아직도 젖가슴이 전체로 얄팍한 애잔한 애숭이의 육체이기는 하나 그러한 사람의 육체같이 사람의 눈을 속이는 것은 없다. 보배는 천연스런 웃음 결을 이용하여 은근한 속에서 민자의 속을 떠보았다.

"과실의 맛이란 첫 송이만큼 *자별스러운 건 없어."

장난삼아 물방울을 퉁기면서 목욕통 전에 나가 그의 옆에 앉았다.

"민자, 어디 손가락 좀 꼽아 봐."

그의 손을 다정스럽게 끌어다 쥐고,

"한 번? 두 번? 세 번?……"

하면서 그의 손가락을 꼽히려 하였다.

잠시 동안 멍하니 무슨 뜻인지를 모르고 하는 대로 손가락을 맡기고 있던 민자는 겨우 그 뜻을 깨닫고 부끄러운 생각에 얼굴을 화끈 붉히면서 달팽이같이 손을 움츠려뜨렸다.

자별스럽다
본디부터 남다르고 특별하다.

"망칙해라 언니두. 망녕 좀 작작 피우."

"부끄러울 것도 많다. 여자끼리 무슨 허물이야. 내 꼽아 볼까. 자 한 번 두 번…… (하하하하) 내게는 다섯 손가락쯤으로 당초에 부족한걸. ……별 사내가 다 있었지. 그러나 옛날에 배운 영어의 *단자와 같이 신기하게도 모조리 잊어버려지고 마음 속에 남은 것은 그래도 첫 사내야. 첫 사내와의 사이라는 것은 대개 어처구니없고 흐지부지하고─여자의 평생의 길은 거기서 작정되는 것인가봐. 나도 첫 사내만 세상을 버리지 않았다면 지금까지 밟아온 길과 처신머리가 좀 더 달랐을지도 모르나─허나 나는 결코 밟아온 반생의 길을 불측하게도 생각하지 않고 부끄럽게도 여기지는 않아. 그런 것도 한 가지 살아가는 형식이거니만 생각되거든. 괴벽스럽고 어지러운 생각인지도 모르나 나는 한 사람 한 사람의 사내를 대할 때에 마치 한 상 한 상의 잔칫상을 대하는 것 같이 준비된 성스러운 식탁을 대하는 것 같이 밖에는 생각되지 않았어. 식탁 위의 것이 아무리 귀한 진미였다 하더라도 시간이 지나면 그 맛의 기억이란 사라져 버리는 것. 그렇게 제 앞으로 차례진 식탁을 대할 때에 마음껏 제 차지를 즐기는 것이 떳떳한 수지. 는실녀라고 웃든지 말든지 내 생각과 태도는 이래. 자 민자, 내 앞에서 숨길 것이 무엇이고 부끄러울 것이 무어야."

장황하게 *내섬기며 보배는 민자를 어지러운 연기 속에 후려쌌다. 그러나 민자는 그 속에서 허비적거리는 법 없이 침착하게 자기의 태도를 잃어버리지는 않았다.

"언니의 생각은 잘 알았어두 저를 더 족치지는 마세요.─한 번두 없어요." 두 볼을 발갛게 물들이는 그의 표정에서 거짓말을 찾을 수는 없었다. 팔다리가 아직도 가늘고 허리목이 아직도 얇다.

단자
단어를 표시한 글자.

내섬기다
'내셍기다.' 계속해서 이리저리 이 말 저 말을 주워대다.

"그럼 준보와두―"

"미쳤네. *괴덕도 잠잠 부려요 좀."

부끄러운 판에 민자는 대야에 남은 물을 보배의 옆구리에 확 끼얹었다.

"아직 깨끗하다는 것이 현대에 있어서는 자랑두 아무 것도 아니야. 알맞은 때를 약바르게 붙들어야지. 고 때를 놓치면 사람의 마음이 아무리 굳다고 하더라도 병이 생기기 쉬운 법야. 기회라는 것은 늘 그 제일 알맞은 순간이라는 것이 있으니까."

"언니는 우리를 얕잡아 보시는 셈이죠. 이래 뵈어두 결혼할 때까지는 아무런 일이 있어두 순결을 지켜 볼 작정인데요." "결혼―흥, 결혼―나두 한 때는 그런 꿈두 꾸어본 적 있었지. 그러나 결국 다 공상이고 꿈이었지. 결혼―용감하고 원대한 포부야. 대담한 이상이야."

"올 안으로 신문사가 확장되면 지위도 높아질 터, 수입도 늘 터, 그 때면 결혼해가지고 조그만 집 한 채 장만하고."

"굉장한 계획이군. 어떻든 준보도 순진한 청년, 민자도 순진한 소녀. ―어지간히 순진들은해. 결혼의 축하로 물총이나 한 번 맞아보지."

보배는 껄껄 웃으며 대야의 물을 민자의 등줄기에 괴덕스럽게 쳐버리고 물 속으로 뛰어 들어가 물소같이 네 활개를 죽 폈다.

순결하고 애잔한 민자의 자태가 눈에 아프다. 둥근 턱과 짧은 코와 짧은 윗입술이 새삼스럽게 가엾게―측은하게 여겨졌다.

보배는 오래간만에 음악을 들을 때면 별안간 울고 싶어지는 적이 있다. 훌륭한 음악을 들을 때같이 세상이 아름답고 환상이 샘같이 솟아서 살아 있는 것이 고맙고 즐겁게 여겨지는 때는 없다. 이 생명의 감격

*괴덕
실없이 수선스럽고 번거롭게 행동하는 성미.

이 눈물을 솟게 하는 것이다. 그럴 때에는 옆에 있는 것이 그 누구이든지 간에 그것이 사람인 이상 보배는 그에게 인간적 동감을 느끼게 되고 부드러운 마음을 나누게 된다.

자리에는 준보와 그의 친구와 보배의 세 사람이 있을 뿐이었다. 오후의 빠아는 고요하고 황혼의 빛이 홀 안을 그윽하게 물들이고 있다. 보배는 교향악의 레코드를 뒤집어 걸고 친구가 잠깐 자리를 물러간 틈을 타서 준보에게로 가까이 갔다.

"민자와 결혼하신다죠?"

돌연한 질문에도 준보는 놀라는 법 없이 시선을 얕게 드리운 채로의 자세였다.

"이상주의라고 비웃고 싶단 말요?"

"비웃기는 해요. 너무도 용감해서 하는 말이죠. 한 사람과 결혼해서 검은 머리 파뿌리 될 때까지―용감한 생각이 아니고 무어에요. 한동안의 독신주의 사상은 헌신짝같이 버리셨나요?"

"사람은 어차피 한 가지의 구속은 받아야 하는 것이니 차라리 결혼해서 안타까운 구속에 살아보는 것도 한 가지의 흥미일 거요."

"그까짓 아침에 변했다 저녁에 고쳤다 하는 이치는 다 그만 두고―더 놀라운 것은 결혼 할 때까지의 진미로 민자를 아직 손가락 하나 다치지 않고 그대로 의젓이 두고 있다는 것."

"별 걱정을 다―"

준보는 어이가 없어 픽 웃으며 잔에 남은 술을 마저 들이켰다.

"―그런 건 어떻게 다 발려냈단 말요?"

"민자와 저는 한 몸이에요."

"언니 행세 잘한다."

"잘 하고 말고요. 민자에게 대한 당신의 사랑이 얼마나 큰가도 내 시험해 볼걸요."

"얼마든지."

"이 능청맞은 성인군자."

보배는 별안간 달려들어 괴덕스럽게 준보의 귓불을 끄들며 그의 이마에 입을 갖다 대려다가 마침 나갔던 친구가 들어오는 바람에 천연스럽게 그 자리를 떠나 의자 있는 편으로 물러갔다. 레코드의 교향악도 마침 끊어지고 보배는 음악의 세상에서 완전히 벗어나서 자기의 세상으로 돌아갔다.

무릇 사내라는 것을 보배는 말하자면 얼음장 같은 것으로 여겨왔다. 처음에는 가장 굳고 찬 듯이 보이니 징긋이 쥐고 녹이는 동안에 나중에는 형적조차 없이 손 안에서 사라져 버린다. 그의 반생의 경험 안에서 사내의 마음이 이 법칙을 벗어난 적은 없었다.

얼굴을 엄숙하게 가지고 시선을 곧게 지니는 것은 일종의 자세요, 한번 속마음을 뒤집어 본다면 음지에 돋아난 버섯같이 새빨갛게 찬란하게 독기를 피우고 있는 것이 사내의 정인 것이다. 준보의 경우 또한 보배에게는 벌써 수술대에 오른 개구리인 셈이었다. 자동차 속에서 민자와 보배 사이에 든 준보의 꼴은 사실 개구리의 그것같이 모든 감정을 마취당한 허수아비였는지 모른다.

가게의 공휴일임을 이용하여 준보는 민자와 보배들과 함께 하루의 *행락을 같이 한 후에 저녁 강변으로 자동차놀이를 떠났다. 고요한 강물을 바라보며 곧은 길을 줄기차게 내닫는 드라이브의 맛도 잊을 수 없는 것이어니와 꼭 끼어 앉은 세 사람의 체온에서 오는 따뜻한 맛이

행락
재미있게 놀고 즐겁게 지냄.

유난히도 몸에 사모치는 것이었다.

민자와 보배의 사이에 끼인 준보의 꼴은 *너볏이 다리를 뻗은 개구리의 모양이라고도 할까. 보배는 은근히 준보의 체온을 가늠보았다. 이렇게 빈틈없이 꼭 끼어 앉았을 때에도 민자와 자기에게 보내는 준보의 체온에 두텁고 엷은 차별이 있을까. 민자에게만 후하고 자기에게는 박할 수 있을까. 체온은 곧 애정이다. 준보의 애정이 그 밀접한 접촉에 있어서 역시 차별이 있으리라고는 생각할 수 없었다. 애정은 접촉의 거리에 비례하는 것이요 그 접촉되는 대상의 육체는 민자의 그것이라도 좋으며 보배의 그것이라도 좋고 그의 그 누구의 것이라도 좋을 것이다.

보배는 준보와 맞닿은 그의 한편 어깨에 은근히 힘을 주고 준보의 속을 뽑아 보려 하였다. 반응은 밀려오는 파도같이 더디기는 하였으나 거짓 없는 적확한 것이었다. 이윽고 몸이 출렁하여 그 반동으로 준보의 어깨가 힘차게 자기의 어깨 위로 육박해 온 것을 보배는 반드시 자

너볏하다
몸가짐이나 행동이 의젓하고 번듯하다.

동차의 바운드의 탓으로만 돌릴 필요는 없었다. 적어도 차의 탄력을 이용한 준보의 의지를 그 등 뒤에 발견하지 않으면 안 되었다. 그 의지는 보배가 같은 행동을 두 번 세 번 거듭하였을 때에 참으로 사람의 표정과 같이도 속임 없이 확적히 드러남을 그는 보았다.

남에게 들킬 바 없는 저 혼자의 스핑크스의 웃음을 띠우면서 그 행동을 거듭하는 동안에 보배에게는 문득 한 가지의 걱정이 일어났다. 자기와 같은 동작을 건너편 민자 역시 하고 있지 않을까. 거기에 대하여 준보 또한 같은 반응의 표시를 보이고 있지 않을까 하는 걱정이었다. 이 걱정은 보배를 돌연히 전에 없는 초조 속으로 끌어넣었다. 초조는 즉시 용감한 결심으로 변하였다. 주저하고 유여할 것 없이 한시라도 속히 다가온 기회를 민첩하게 잡자는 것이었다. 고요한 강변을 닫는 고요한 표정 속에 싸여서 속심 없는 개구리를 목표에 두고 앙칼진 결심이 한결같이 솟아올랐다.

스핑크스

그러나 기회는 도리어 너무도 일찍이 온 감이 있었다. 민자의 돌연한 신병으로서였다. 목욕 후의 부주의로 가벼운 감기가 온 것을 무릅쓰고 가게에 출입하는 동안에 병은 활짝 덧쳐서 마침내 눕게까지 되었다. 공교롭게도 그 사이에 준보들의 신문사의 조그만 회합이 있었다. 이차회를 빠아에서 하고 난 후 헤어들 지는 때 준보는 거나한 김에 드디어 보배의 차 속에 앉게 되었다. 물론 보배의 단독의 뜻만은 아니요 합의의 결과였으나 두 사람은 밤거리를 한바탕 돈 후 다시 술을 구하여 으슥한 요정 이층으로 올라갔다.

잔을 거듭하는 동안에 두 사람은 *곤드레만드레 취하였다. 취중에는 행동이 까딱하면 돌발적이 되고 기괴하게 흐르기 쉬운 것이나 잊어서는 안 될 것은 그런 기괴한 행동의 속심에는 언제든지 계획한 뜻이

곤드레만드레
술이나 잠에 몹시 취하여 정신을 차리지 못하고 몸을 못 가누는 모양.

준비되어 있음이다. 너무도 모든 것이 수월하게 뜻대로 되어 감이 보배에게는 도리어 싱거웠으나 사내의 마음이라는 것을 다시 한 번 벗겨 본 것 같아서 알 수 없는 기쁨과 모험의 흥분이 그의 열정을 한층 북돋았다.

간단하였다. 거기에 이르는 준비의 과정이 장황함에 비하여 결과는 어처구니없이 간단하였다. 말이 없었으며 그 필요가 없었다. 말이란 괴로워하고 두려워하고 구할 때에 필요한 것이다. 말은 오히려 결과 후에 왔다.

"능청맞은 성인군자."

보배는 이제는 마음이 한층 더 허랑하여서 말에도 꺼릴 것이 없었다.

"본색이 탄로났지. 이러구두 민자와 결혼하겠지."

"왜 못해."

준보는 뒤슬뒤슬 웃으며—두 사람의 태도는 그것이 있기 전과 똑같이 뻔질뻔질하고 천연스러운 것이었다. 시렁 위의 과일 한 개를 늠실 집어먹은 아이의 천연스런 태도였다.

"낯가죽도 두껍긴 해.—하긴 그것이 세상의 사내지만."

"내게 덕을 가르쳐 주고 그것을 됩데 허물잡자는 말인가?"

"허물은 왜? 마음이 이렇게 대견한데."

사실 보배는 잔치를 먹은 후의 만족과 흥분을 겪은 후의 안정을 느꼈다. 화학실에서 뜻대로의 실험을 마친 후의 화학자의 평화로운 만족이었다.

사람들은 흔히 세상에서 제일 좋은 것이 「새것」이라는 생각을 잊는다. 제일 아름답고 제일 빛나고 훌륭한 것은 새것이며 다른 많은 이유를 버리고라도 새것은 새것인 까닭에 빛난다는 것을 잊는 수가 많다.

새 옷, 새 신, 새 집, 새 세상―이 평범한 진리를 그것이 너무도 평범한 까닭에, 혹은 새것의 자극이 너무도 큰 까닭에 감히 엄두를 못 냄인지도 모른다. 낡을수록 좋은 것에 단 한 가지 포도주가 있음을 보배는 듣기는 하였으나 지하실에서 몇 세기를 묵혔다는 포도주를 마셔본 적이 없는 까닭에 그는 포도주 또한 새것이 좋다고 생각하였다. 새것, 새 진미 새 마음! 보배가 준보를 시험하였고 준보가 보배를 거쳐 다시 민자를 구함도 또한 이 새것의 진리에서 나왔음에 지나지 않는다. 새것을 구함이 악덕

포도주 저장소

이라면 묵은 것을 구함이 미덕인가 하고 보배는 반감적으로 느껴도 본다. 묵은 것을 버리고 새것을 구함은 혁명이다. 혁명에는 위대한 용기가 필요한 것이니 사람이 새것을 두려워함은 곧 이 용기를 두려워함이라고도 생각하여 보았다.

새것이 가져오는 감격과 흥분에는 물론 위험스럽고 두려운 것이 있기는 하다. 겉으로는 평화를 꾸미고 있으면서도 속으로 역시 일종의 안타깝고 두려운 것을 한결같이 느끼게 되는 이 밤의 경험이 보배에게 그것을 말하였다.

요정을 나와 자동차로 준보를 보내고 혼자 합숙으로 돌아왔을 때, 그 감정은 한결 크게 마음을 둘러쌌다. 만족의 감정은 그 뒤에 숨어버렸다. 민자의 방 앞을 지날 때에 그는 모르는 결에 주춤하였다. 어차피 민자에게는 진실을 말하여야 할 것이나 진실을 말함은 별을 따기보다도 어려운 노릇이요. 그렇다고 숨긴다는 것은 또 얼마나 괴로운 일인가를 또렷이 느끼게 되었다. 그러나 사람에게는 재주라는 것이 있으니 결국 재주와 기교로 속히 시간을 주름잡을 수밖에는 없지 않은가도 생각하며―한 때의 선수도 이 밤만은 우울한 번민자로 변할 수밖에는

없었다. 결국 아직도 나의 주의가 철저하지 못한 탓이 아닐까 반성하며 불을 끄고 늦은 잠자리에 누웠으나 가달가달의 뒤숭숭한 괴롬이 한결같이 솟을 뿐이었다.

「이효석 전집」, 창미사, 1983.

개살구

서울집을 항용 살구나뭇집이라고 부르는 것은 바로 집 뒤에 아름드
리 살구나무가 서 있는 까닭인데 오대조 전부터 내려온다는 그 인연 있
는 고목을 건사할 겸 지은 집이건만 결과로 보면 대대로 내려오는 무뚝
한 그 살구나무가 도리어 그 아래의 집을 아늑하게 막아주고 싸주는 셈

살구나무

살구

이 되었다. 동리에서 제일 먼저 꽃피는 것도 그 살구
나무여서 한참 제철이면 찬란한 꽃송이와 향기 속에
온통 집은 묻혀 무르녹는 꿈을 싸주는 듯도 하지만
잎이 피고 열매가 맺기 시작하면 집은 더 한층 그 속
에 묻혀 버려서 밖에서는 도저히 집안을 엿볼 수 없
는 형세가 되었다. 살구나뭇집이라고도 결국은 하늘
아래 집이니 그 속에 살림살이가 있을 것은 다 같은 이치나 그
살림살이가 어떠한 것이며 그 속에서는 허구헌 날 무엇이 일어
나는지 외따로 떨어진 그 집안의 소식을 호젓한 나무 아래 사정
을 동리 사람들이 알아낼 수는 없었다. 모든 것이 나무 속에 감
추어져서 하늘의 별조차도 나무 아래 지붕은 고사하고 나무를
뚫고 속사정을 엿볼 수는 없었다. 푸른 열매가 익어갈 때 참살구 아닌
그 개살구의 양은 보기만하여도 어금니에 군물이 돌았다. 집안의 살림
살이도 별수 없이 어금니에 군물 도는 개살구의 맛일는지도 모르나 그
러나 그 살구를 훔치러 사람들은 집 뒤를 기웃거리기 일쑤였다.

함석집
함석으로 지붕을 이
은 집.

　도시 *함석집이라고는 면내에서는 면소와 주재소 조합과 학교, 그
러고는 서울집이어서 사치하기로는 기와집 이상으로 보였다. 장거리
와 뒷마을과의 사이의 넓은 터전은 거의 다 김형태의 것이어서 그 한
복판에다 첩의 집을 세웠다한들 관계할 바 아니나 푸른 논 가운데 외
따로 우뚝 서 있는 까닭에 횟벽 함석지붕의 그 한 채가 유독 눈에 띄이

고 마음을 끌었다. 오대산에 채벌장이 들어서면서부터 박달나무의 시세가 한참 좋을 때에는 산에서 벤 나무토막을 우찻바리가 뒤를 이어 대관령을 넘었다. 강릉 주문진 항구에 부려만 놓으면 몇 척이든지 기선에 싣고는 철로공사가 있다는 이웃 항구로 실어 나르곤 하였다.

오대산 속에 산줄기나 가지고 있던 형태는 버리는 것인 줄만 알았던 아름드리 박달나무 덕택에 순시에 돈벼락을 맞게 되었다. 논 섬지기나 더 늘리게 된 것도 그 판이었고 살구나뭇집을 세운 것도 그때였다. 학교에 돈 백이나 기부하여 학무위원의 이름을 가졌고 조합의 신용을 얻어 아들 재수를 조합의 서기로 취직시킨 것도 물론 그 무렵이었다. 흰 횟벽의 집이 야청으로서 밖에는 소용이 없다고 생각하였던 동리 사람들은 그 깍은 듯이 아담한 집 격식에 눈을 굴렸다. 뜰 안에 라디오의 안테나가 들어서고 유성기의 노랫소리가 밤낮으로 흘러나오게 되었을 때에는 혀를 말았다. 박달나무가 가져온 개화의 턱찌끼에 사람들은 온통 혼을 뽑히었던 것이다. 뒷마을 기와집 큰댁과 앞마을 살구나뭇집 작은댁과의 사이를 한가하게 어슬렁어슬렁 거니는 형태의 양을 사람들은 전과는 다른 것으로 고쳐 보기 시작하였다.

꿈속 같은 호사스런 그 속에서도 가끔 변이 생겨 서울집은 두 번째 댁이었다. 첫댁은 집이 서기가 바쁘게 강릉서 데려온 지 해를 못 넘어 도망을 쳐버렸다. 동으로 대관령을 넘어서 강릉까지는 팔십 리의 길이었다. 아침에 그런 줄을 알고 뒤를 쫓는 대야 헛일이었으며 강릉에 친가가 있는 것이 아니라 온전히 뜬 사람이었던 까닭에 찾을 길이 막막하였다.

다른 사내가 있었다는 말을 듣기도 하여 형태는 영동을 단념해 버리고 이번에는 *앞대를 생각하게 되었다. 서으로 서울까지는 문재 전재

박달나무. 자작나뭇과의 낙엽 활엽 교목으로 재질이 단단하여 건축재와 가재가구재로 쓴다.

앞대
어떤 지방에서 남쪽 지방을 이르는 말.

를 넘고 원주, 여주를 지나 오백 리의 길이었다.

　이틀 동안이나 자동차에 흔들려서 첫 서울의 길을 밟은 지 거의 달포만에 꽃 같은 색씨를 데리고 첩첩한 산을 넘어 돌아왔다. 뜨물같이 허여 말쑥한 자그마하고 야물어진 서울 색씨를 앞대 물을 먹으면 인물조차 그렇거니만 생각하면서 사람들은 자동차에서 내리는 그를 울레줄레 둘러쌌다. 하기는 그만한 인물이 시골에까지 차례지게 되기까지에는 상당한 물재의 희생이 있었으니 형태는 그번 길에 속사리 *버덩의 일곱 마지기를 팔아 버렸던 것이다. 들고 나게 된 가호를 살려주고 그 값으로 외딸을 받아가지고 왔다는 소문이었다. 장안에서도 일색이었다는 서울집이 시골 와서 절색임은 물론

버덩
높고 평평하며 나무는 없이 풀만 우거진 거친 들.

이었고 마을 사람들은 마치 여자라는 것을 처음 보는 것과도 같이 탄복하고 수군들거렸다.

첫 번 강릉집의 경우도 있고 하여 형태는 단속이 무서웠다. 별수 없이 새장에 갇힌 새의 신세였다. 형태는 집안 재미에 마음을 잡고는 즐겨하던 투전판에도 섞이는 법 없이 육중한 몸을 유들유들하게 서울집에 박혀 있는 날이 많았다. 검은 판장으로 둘러친 울과 우거진 살구나무와는 굳은 성벽이어서 안에서도 짐작할 수 없으려니와 밖에서 엿볼 수도 없었다. 그러나 단속이 심하면 심할수록 갇혀 있는 사람의 마음은 더욱 허랑하게 밖으로 날아서 강릉집이 영 너머의 읍을 그리워하듯이 서울집 또한 첩첩한 산을 넘어 앞대를 그리워하는 심정은 일반이었다. 집에 든지 달포도 채 못 되어서 하룻밤은 형태가 황겁결에 도망이라고 외쳤던 까닭에 이웃 사람들은 호기심도 솟고 하여 일제히 퍼져 도망 간 서울집을 찾으러 들었다. 마치 그믐밤이어서 마을은 먹을 뿌린 듯이 어두운 데 각기 초롱에 불들을 켜 가지고 웬만한 곳은 샅샅이 헤매었다. 어두운 속 군데군데에서 초롱불이 반디불같이 움직이며 두런두런 말소리가 흘러왔다. 외줄 신작로를 동과 서으로 몇 마장씩 훑어보고는 닥치는 대로 마을 안을 온통 뒤졌다.

뒷마을서부터 차례차례로 산기슭 수수밭 과수원을 들리고 앞으로 니와 성황 숲에서는 느릅나무와 느티나무의 대두리를 샅샅이 살피고 거리를 사이로 아래위로 훑어보고는 냇가의 숲속과 물레방앗간을 뒤졌으나 종시 서울집의 자태는 보이지 않았다. 설레는 마음에 앞장을 서서 휘줄거리던 형태는 초롱을 던지고는 말도 없이 발을 돌렸다 뒤를 따르던 사람들도 입맛을 다시면서 풀린 맥에 초롱을 내저으며 자연 걸

수수밭

음이 느려졌다. 아무래도 서쪽으로 길을 들었을 것이 확실하니 날이 밝은 후 강릉서 오는 자동차로 뒤를 쫓는 것이 상수라고 공론들이었다. 강릉집 때 혼이 난 형태는 실망이 커서 그렇게라도 할 배짱으로 한시가 초조하였다. 담배들을 피우면서 웅얼웅얼 지껄이며 돌밭을 지나 물가에 이르렀을 때에 앞을 섰던 형태가 불시에 주춤하면서 걸음을 멈추고 어둠 속을 노렸다. 한 사람이 초롱불을 앞으로 휙 내밀었을 때 물 속에서는 철버덩 소리가 나며 싯허연 고래가 한 마리 급스럽게 숲속으로 뛰어 들어갔다.

어둠 속에서도 유난히 희고 퍼들퍼들한 몸뚱아리였다. 의외의 곳에서 그날 밤의 사냥에 성공하고 마을길을 더듬어 올 때 모두들 웃음에 허리를 꺾을 지경이었다. 도망했다고만 법석을 한 서울집은 좀체 나오기 어려운 기회를 타서 혼자 시냇가에 목물을 나왔던 것이다. 벌써 일년 전의 일이었으나 그 일이 있은 후로 형태는 서울집의 심중에 적이 안심되어 덮어 놓고 의심하지는 않게 되었다. 집안사람들의 출입도 잦지 못한 집안은 언제든지 고요하고 감감하여서 그 속에 무슨 일이 일어나며 변이 생기는지 알 도리가 없었다. 푸른 살구가 맺혀 그것이 누렇게 익어갈 때면 마을 사람들은 *드레드레 달린 그 개살구를 바라보고 모르는 결에 어금니에 군물을 돌리곤 할 뿐이었다.

드레드레
물건이 많이 매달려 있거나 늘어져 있는 모양.

가

들에 보리가 익고 살구도 완전히 누런 빛을 더하여갔다.
달무리가 있는 이튿날 아침 뒷마을 샘물터는 온통 발끈 뒤집혔다.

당초에 말을 낸 것은 맨 처음 물 이러 온 금녀였고 그의 말을 들은 것이 다음에 온 재천이었다. 재천이는 이어 온 춘실네에게 그것을 귀뜸하고 춘실네는 계사 옥분에게 전하고 옥분은 히히덕거리며 방앗집 새댁에게 있는 대로 털어버렸다. 간밤의 변사는 순식간에 입에서 입으로 온통 *번설되고야 말았다. 뒤를 이어 모여든 한 패는 물을 길어가지고는 냉큼 갈 줄을 모르고 물동이를 차례차례로 샘전에 놓은 채 어느 때까지나 눈길을 흘긋거리면서 뒤숭숭하게 수군거렸다. 한 번 말문이 터지면 좀체 수습하기 어려워서 있는 말 없는 말 주워섬기는 동안에 아침 시중이 늦어지는 줄도 모르고 횡설수설이었다. 새침데기이던 방앗집 새댁도 제법 말 주머니여서 뒤에 오는 축들을 붙들고 노는 꽁무니가 무겁게 어느 때까지나 말질이었다.

번설
떠들어 소문을 내는 것.

"세상에 그럴 법도 있을까. 집안이 언젠나 감감하길래 수상하다구는 노렸으나—하필 김서기일 줄야 누 알았을구. 환장이지 그럴 수가 있나. 무서워라."

두 동이째 물을 이러 온 금녀는 아직도 우물터가 와글와글 뒤끓는 것을 보고 별안간 무서운 생각이 들었다. 처음으로 말을 낸 경솔을 뉘우쳤으나 그러나 한 번 낸 말을 다시 입안으로 걷어 들일 수는 없는 노릇이었다. 청을 받는 대로 간밤의 변을 넣 번이고 산에 되풀이하는 수밖에는 없었다. 되풀이하는 동안에 하긴 마음은 대담하여가고 허랑하여졌다.

물동이를 인 여인의 모습

"아마도 무엇에 홀렸던 게지, 아무리 달이 밝기로서니 아닌 밤에 살구 생각은 왜 나겠수. 살구 도적 간 것이 끔찍한 것을 보게 된 시초니."

금녀가 하필 그 밤에 살구나뭇집 살구를 노린 것은 형태가 마침 며칠 전에 읍내로 면장 운동을 떠난 눈치를 알아챈 까닭이었다. 개궂은

그가 출타한 이상 집을 엿보기쯤은 어려운 노릇이 아니었다. 논길을
살며시 숨어들어 살구나무에 기어올라 우거진 가지 속에 몸을 감추기
는 여반장이었으나 교교하게 밝던 보름달이 공교롭게도 별안간 흐려
지면서 누리가 금시에 캄캄하여 간 것은 마치 무슨 조화나 붙은 것 같
았다. 알고 보니 그날 밤이 월식이어서 그때 마침 온통 어두워진 하늘
에서는 검은 개가 붉은 달을 집어 먹으려고 노리고 있는 중이었다. 모
든 것이 물 속에 빠진 듯이나 고요하고 어두운 가운데에서 길을 잃은
듯한 박쥐의 떼가 파닥파닥 날아들고 뒷산의 부엉이 소리가 다른 때보
다 한층 언짢게 들렸다.

월식

　　　멀리서 달을 보고 짖는 개의 소리가 마디마디 자지러지게 흘
러왔다. 지척을 분간할 수 없는 나뭇잎 속에서 불길한 생각에 몸
서리를 치면서 살구 생각도 없어지고 나뭇가지를 바싹 붙들었
다. 변이라도 일어날 듯한 흉한 밤이었다. 하늘의 개는 붉은 달
을 입에 넣고 게웠다 물었다 하다가 드디어 온전히 삼켜 버리고야 말
았다. 천지는 그대로 몽땅 땅속에 묻혀 버린 듯이 새까맣고 답답해졌
다. 부엉이 울음도 개 짖는 소리도 어느 결엔지 그쳐진 캄캄한 속에서
금녀는 무서운 김에 팔 위에 얼굴을 얹고 차라리 눈을 감아 버렸다. 눈
을 감으면 한결 귀가 밝아져서 어느 맘 때는 되었는지 이슥한 속에서
문득 웅얼웅얼하는 사람의 속삭임이 들렸다. 정신이 귀로만 쏠릴수록
말소리도 차차 확실해져서 바로 살구나무 아랫 편 서울집 뒤안에서 들
려오는 것인 줄을 알았다. 방안에는 등불이 켜지지 않았고 나무에 오
르자 월식이 시작된 까닭에 당초부터 그 아래에 사람이 있는 줄은 몰
랐던 것이다. 비록 얕기는 하여도 굵고 가는 한 쌍의 목소리가 남녀의
목소리임에는 틀림없었다. 여자의 목소리는 서울집의 것이라고 하고

남자의 목소리는 누구의 것일까. 부엌일 하는 점순이 외에는 남자의 출입이라고는 큰댁 식구들도 마음대로 못하게 하는 형편에 아닌 밤에 서울집과 수군거리는 사내는 누구일까 하고 금녀는 무서움도 잊어버리고 이번에는 솟아오르는 호기심에 정신을 바짝 차리고 어둠 속을 노리기는 하나 워낙 어두운 데다가 나뭇잎이 우거져서 좀체 분간하기 어려웠다. 무시무시하면서도 한편 온몸이 근실근실하여서 침을 삼키면서 달이 밝아지기를 조릿조릿 기다렸다. 이윽고 하늘개는 먹었던 달덩이를 옳게 삭이지 못하고 불덩이 채로 왈칵 게워 버리고야 말았다. 엉컸던 구름이 헤어지고 맑은 하늘이 그 사이로 솟기 시작하자 달았던 불덩어리도 어느 결엔지 온전한 보름달로 변하여 갔다. 하늘의 변화를 우러러보던 금녀는 어느 결엔지 환히 드러난 제 꼴에 놀라 움츠러들며 나무 아래를 날쌔게 나뭇잎 사이로 굽어보다가 별안간 기겁을 할 듯이 외면하여 버렸다.

수풀 속에서 뱀을 만났을 때의 거동이었다. 뒤안에 내놓은 평상 위에 뱀 아닌 남녀의 요염한 꼴을 보았기 때문이었다. 처녀인 금녀로서는 처음 보는 보아서는 안 될 숨은 광경이었다. 그러나 더 놀라운 것은 그 남녀가 서울집과 조합의 김서기 재수란 것이다. 서울집의 소문은 이러쿵저러쿵 기왕부터 있기는 있어서 이제는 벌써 *등하불명으로 모르는 부처님은 남편 형태뿐라는 소문은 소문이었으나 시내가 재수일 줄야 그 아무도 짐작하지 못한 바이며 그러기 때문에 금녀의 놀람은 컸다. 너무도 어처구니가 없어서 다시 한 번 무시무시 아래를 훔쳐보았으나 속일 수 없는 밝은 달은 사정이 없었다.

금녀는 그것을 발견한 자기 자신이 큰 죄나 진 것도 같아서 몸서리를 치면서 애비 아들의 기구한 인연을 무섭게 여겼다. 그들 둘이

등하불명(燈下不明)
등잔 밑이 어둡다는 뜻.

아는 외에는 하늘과 땅만이 알 남녀의 속 일을 귀신 아닌 금녀가 엿볼 줄이야 어찌 짐작인들 하였으랴. 하기는 그래도 달을 두려워함인지 뒤안이 훤히 밝아지자 남녀는 평상에서 내려와서 방안으로 급스럽게 들어가는 것이었으나 어지러운 그 뒤꼴들을 바라볼 때 금녀는 다시 새삼스럽게 무서워지며 하늘이 벼락을 내린다면 바로 이런 곳이 아닐까 하고 머리끝이 섬뜩 하여져서 살구 생각도 다 잊어버리고 부리나케 나무를 미끄러져 내려왔다. 논길을 빠져 집까지는 거의 단숨에 달렸다. 밤이 늦도록 잠 한숨 못 이루고 고시랑고시랑 컴컴한 벽을 바라볼 뿐 하늘과 땅만이 아는 속 일을 알았다는 두려움이 한결같이 가슴 속을 물결쳤다. 그러나 시원한 아침을 맞아 샘물터에서 동무를 만났을 때에는 엉켰던 마음도 적이 누그러져 허랑하게 그만 입을 열게 되었다. 하기는 그 끔찍한 괴변은 차라리 같이 알고 있는 것이 속편한 노릇이지 혼자 가슴 속에 담아 두기에는 너무도 무서운 것이었다. 혼자 가슴 속에 담아 두기에는 너무도 무서운 것이었다. 그날은 샘터도 별스러이 소란해서 아침물이 지나고는 조금 빤하더니 낮 쯤 해서 또 한바탕 들끓고야 말았다. 꽤 먼 마을 한 끝에서까지 길러 가는 샘이므로 모이는 인물들도 허다한 속에 대개 아침 인물이 한두 사람씩은 끼어 있었다.

"사내가 그른가 계집이 그른고—하긴 그런 일에 옳고 그른 편이 있겠소만 "

"터가 글렀어. 강릉집 때에두 어디 온전히 끝장이 났우. 오대를 내려온다는 그놈의 살구나무가 번번이 일을 치거든"

이렇게 수군거리는 패도 있었다.

"핏줄에서 난 도적이니 누구를 한하겠소만 면장 운동인가 무언가를 떠난 것이 불찰이지 버젓이 앉아 있는 최면장을 떼고 그 자리에 대신

들어앉으려니 그런 억지가 어디 있우. 박달나무 덕에 돈 벌고 땅 샀으면 그만이지 면장은 해 무엇 한단 말요. 과한 욕심 낸 죄로 하면야 싸지. 군수하고 단짝이라나. 이번 길에두 꿀 한 초롱과 버섯 말이나 가지고 간 모양인데 쉬이 군수가 갈린다는 소문이니까 갈리기 전에 한 몫 얻으려고 바싹 붙는 모양이야."

"애비보다도 자식이 못나고 불특한 탓이 아니오. 장가든 지 불과 몇 달단에 아내를 뚜드려 쫓더니 그 짓이란 말야. 춘천 가서 웃학교를 칠 년만에 마친 위인이니 제 구실을 할 수야 있겠소? 조합서기도 애비 덕에 간신히 얻어 한 것이 아니오."

"자식과 원수된 것을 알믄 형태는 대체 어떻게 할구."

샘물 등지에는 돌배나무 한 포기 서 있었다. 돌팔매를 던져 풋배를 와르르 떨어서는 뜻 없이 샘물 속에 집어 던지면서 번설들이었다.

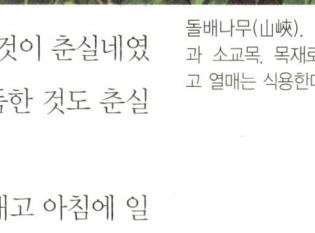

돌배나무(山梨). 장미과 소교목. 목재로 쓰고 열매는 식용한다.

"이 자리에서만 말이지 까닥 더 구설들 맙시다. 형태 귀에 들어갔단 큰일 날테니." 민망한 끝에 발설을 한 것이 춘실네였다. 그러나 저녁때도 되기 전에 또 점순에게 그것을 귀뜸한 것도 춘실네였다.

서울집 부엌데기로 있는 점순은 전날 밤을 집에서 지내고 아침에 일찍이 나가 진종일 집에서만 일한 까닭에 그 †괴변을 보지도 듣지도 못하였다. 다시 집으로 갔다가 저녁참을 대고 나올 때에 수수밭 모퉁이에서 춘실네를 만나 들으니 초문이었다. 재수는 전에 그에게도 한번 불측한 눈치를 보인 일이 있어서 그의 편성은 웬만큼 짐작은 하는 터였으나 역시 놀라지 않을 수 없었다. 서울집을 극진히 여기는 점순은 그의 변이 번설되는 것을 민망히는 여겼으나 변이 변인만큼 가만 있을

괴변
예상하지 못한 괴상한 재난이나 사고.

수도 없어 그 걸음으로 다시 집에 들어가 남편 만손에게 전하고 내친 걸음에 거리로 나가 가게 보는 태인에게도 살며시 띄어 주었다. 태인 과는 만손 몰래 정을 두고 지내는 사이였다.

태인은 가게에 모이는 사람들에게 한두 마디씩 지껄이게 되고 만손 은 그날 저녁 형태네 큰 사랑에 마을가서 모이는 농군들에게 말을 펴 놓게 되었다.

이렇게 하여 소문은 하루 동안에 재빠르게도 마을 안에 꽉 퍼지게 되었다. 이제는 벌써 당사자 두 사람과 출타한 형태만이 몰랐지 마을 사람은 모두—형태 큰댁까지도 사랑 농군에게서 들어 알게 되었다. 큰댁은 놀라기는 무척 놀랐으나 제 자식의 처신머리가 노여운 것보다 도 서울집의 빗나간 행동이 더 고소하게 생각되었다. 염라대왕에게 서 울집 속히 데려가기를 밤낮으로 비는 큰댁은 남편이 돌아와 어떻게 이 일을 조치할까에 모든 생각이 쏠리는 까닭이었다.

<h1 style="text-align:center">나</h1>

그날 밤은 열엿새 날 밤이어서 간밤같이 월식도 없고 조 금 늦게는 떴으나 달이 밝았다.

샘터 축들은 공연히 마음이 들떠서 달밤을 잠자코 지내기 어려운 속 에서 옥분은 드디어 실무죽한 금녀를 층층대서 끌어내고야 말았다. 하 룻밤 더 살구나무를 엿보자는 것이었다. 옥분은 금녀보다도 바라지고 앙도라져서 금녀가 모르는 세상을 벌써 재빠르게 엿본 뒤였다. 오대산 에서 강릉으로 *우차를 몰아 재목을 실어 나르는 박도령과는 달에 불

오대산 월정사. 강원도 평창군 진부면 소재. 신라 선덕여왕 때 자장 율사가 문수보살의 계 시로 창건했다고 전해 진다.

우차
소달구지.

과 몇 번 밖에는 만날 수 없어서 그가 장날 장거리까지 내려오거나 그렇지 못하면 옥분이 웃마을 월정거리까지 출가 전의 눈을 훔쳐 가지고 올라가지 않으면 안 되었다. 그런 때에는 대개 밭에 일하러 간다고 말하고 근하고 오릿길을 걸어 올라가 월정사에서 나오는 길과 신작로가 합하는 곳에서 박도령을 기다렸다가 조이밭머리나 개울가에 가서 묵은 회포를 이야기하곤 하였다. 나중에 어떻게 되리라는 계책도 서지 못한 채 다만 박도령에 인금만을 믿고 늘 두근거리는 마음에 위험한 눈을 훔치곤 하였다. 한 이태 더 모아서 돈 백이나 모이거든 강릉에 가서 살자고 빈번이 언약을 하고 우차를 몰고 대관령 쪽으로 느릿느릿 걸어가는 뒷모양을 바라볼 때 빈번이 가슴이 찌르르하였다. 거듭 만나는 동안에 남녀의 정이라는 것을 폭 안 옥분은 금녀와 달라서 남녀의 세상에 유달리 마음이 쏠렸다.

금녀와 둘이 뒷마을을 나와 밭길을 들어갔을 때 한참 밝아서 옥수수 수염과 피마주 대궁이 새빨갛게 달빛에 어리웠다. 논둑에서 기다리고 있는 점순을 만나더니 한 패가 되어서 지름길을 들어서 살금살금 살구 나무께로 향하였다. *사특한 마음으로가 아니다. 주인집 동정을 살펴서 잘 알고 있음이 부리우는 사람으로서 마땅한 일 같아서 점순은 저녁 시중이 끝나자 약조하였던 금녀들을 기다리러 논둑에 나와 앉았던 것이다.

사특(邪慝)하다
요사스럽고 간악하다.

말없는 나무는 간밤이나 그 밤이나 같은 태도 같은 표정이었다. 금녀는 같은 나무에 두 번 오르기 마음이 허락지 않아 혼자 나무 아래서에서 망을 보기로 하고 점순과 옥분을 올려 보냈다. 집에서는 유성기 소리가 쉴 새 없이 들리더니 판이 끝나도 정신없이 버려 두어 어느 때까지나 스르럭 스르럭 들렸다.

유성기

나무 위에서 내려다보이는 집안의 모양은 그 속에서 일할 때의 모양과는 퍽이나 달라서 점순은 모든 것을 신기한 것으로 굽어보았다. 평상 위에 유성기를 내놓고 금녀의 말과 틀림없이 서울집과 재수 단 둘이 앉아 달 밝은 밤이라 월식의 괴변은 없으나 정답게 수군거리고 있는 것도 신기하였으나 열어젖힌 문으로 들여다보이는 방안의 광경도 그 속에 있을 때와는 다르게 조촐하고 화려하게 보였다. 부러운 광경을 정신없이 내려다보는 동안에 점순은 이상하게도 다른 생각은 다 제쳐놓고 서울집 인물에 비겨 재수의 인금은 보잘 것 없고 그러므로 서울집을 훔친 재수는 호박을 딴 점이요, 서울집으로서는 아깝다는 그자리에 당찮은 생각이 불현듯이 솟기 시작하였다. 언제인지 한 번은 경대 위에 금반지를 훔친 일이 있어서 즉시로 발각되어 호되게 야단을 듣고 집을 쫓겨난 일이 있었으나 그런 변을 당하여도 점순은 서울집을 미워는커녕 더욱 어렵게 여기고 높이고 싶었다. 사내가 그에게 반하듯이 점순도 그에게 반한 셈이었다. 여자로 태어나 마을의 뭇 사내들이 탐내하는 그의 곁에서 지내게 되는 것을 다행으로 여겼다. 그러기에 한 번 쫓겨 나면서도 구구히 빌어 다시 그 자리로 들어간 것이었다. 삼신할머니가 구석구석 잔손질을 해서 묘하게 꾸며 세상에 보낸 것이 바로 서울집이라고 점순은 생각하였다.

손발이 동자같이 작고 살결이 물에 씻긴 차돌같이 희었다. 콧날이 봉긋이 솟은 아래로 작은 입을 열면 새하얀 잇줄이 구슬을 머금은 것 같이 은은히 빛났다. 점순이가 아무리 틈틈이 경대 속의 분을 훔쳐서 발라도 그의 살결을 본받을 수는 없었다. 검은 살결과 *걱실걱실한 *체대와 큰 수족을 늘 보이는 것이건만 그에게 보이기가 언제나 부끄러웠다. 열두 번 다시 태어난다고 하더라도 그의 몸맵시를 따를 수는 없을 것

걱실걱실하다
성질이 너그럽고 말과
행동이 시원시원하다.

체대
몸의 크기. 큰 몸집.

같았다. 뒤안에 물통을 들여다 놓고 그 속에서 목물을 할 때 그 희멀건 등줄기를 밀어 주노라면 점순은 그 고운 몸뚱이를 그대로 덥석 안아보고 싶은 충동이 솟곤 하였다. 여름 한 때 새끼손가락 손톱에 봉숭아물이나 들이게 되면 누에 같은 손가락 끝에 익은 꽈리 알을 띄운 것도 같아서 말할 수 없이 귀여운 감동을 자아내는 것이었다. 그 서울집이 재수 따위의 손안에서 허름하게 놀고 있음을 내려다보노라니 점순은 아까운 생각만 들었다. 즉시로 뛰어 내려가 그 자리를 휘저어 놓고도 싶었다. 어느 때까지나 그대로 버려두기 부당한 속히 한 바탕 북새를 일으켜 사이를 갈라놓고 싶은 생각이 불현듯이 솟기 시작하였다. 그대로 살며 덮어만 둔다면 어느 때까지나 애매한 형태에까지 알려지지 않을 것이 한 되었다. 재수에게 대한 샘이 아니라 참으로 서울집에 대한 샘이었다.

꽈리. 가짓과의 여러해살이풀. 여름에 노란 꽃을 틔우고 둥근 모양의 열매를 맺는다.

그러나 점순이 그렇게 오래 걱정하지 않아도 좋은 것은 간밤 이상의 괴변이 금시에 눈 아래 장면 위에 일어난 것이다. 세상에는 기묘한 일이 간단히 생기는 까닭인지 혹은 그 불측한 장면을 오래도록 허락하지 않으려는 뜻인지 참으로 뜻하지 않은 어처구니없는 일이 일어난 것이다. 그렇게라도 되지 않으면 형태에게 그 숨은 곡절을 알릴 길이 없었던 탓일까. 읍내에 갔던 형태가 별안간 나타난 것이다.

집을 떠난 지 여러 날 되기는 하나 하필 그 밤에 돌아오게 된 것은 귀신이 알린 탓이라고 밖에는 생각할 수 없었다. 하기는 어느 날 어느 때 그 자리에 당장 돌아올는지도 모르면서 유하게 정을 통하고 있는 남녀가 어리석은지도 모른다. 정에 빠진 남녀는 어리석어지는 법일까.

닫다 만 방문에서 불쑥 솟아 뒤안 툇마루에 나선 것이 형태임을 알았을 때 옥분은 기겁을 하고 점순에게로 몸을 쏠렸다. 나뭇가지가 흔

들리며 살구가 후둑후둑 떨어
졌으나 나무 위로 주의를 보내
기에는 뒤안의 형세는 너무
도 급박하였다.

평상 위에 서로 기대앉았
던 남녀는 화다닥 자세를 바로
잡으면서 물결같이 갈라졌다 그 황급
한 거동 앞에 가로 막아선 형태의 육중한 몸은 마
치 꿈 속의 무서운 가위 같아서 그 가위에 눌린 것이 별수 없이 두 사람
의 꼴이었다. 움츠러들었을 뿐, 쩍 소리도 없는 데다가 형태 또한 바위
같이 잠자코만 서서 한참 동안 자리는 고요할 뿐이었다. 검은 구름을
첩첩이 품은 채 천둥을 기다리는 무서운 순간이었다.

"대체 누구냐?"

지나쳐 상기된 판에 형태는 말조차 어리석었다. 하기는 재수가 아들임을 일순간 잊어버렸던지도 모른다.

"무엇들을 하고 있어?"

육중한 체대가 움직였을 때 서울집은 허둥허둥 평상에서 내려서 신을 신었다. 방으로 뛰어 들어가려고 툇마루 앞에 이르렀을 때 말도 없이 형태의 손에 머리쪽을 쥐였다. 새발의 피였다. 한번 거세게 휘나꾸는 바람에 보잘 것 없이 폴싹 땅에 쓰러지고 말았다.

형태의 손질을 아는 점순은 아찔하며 그 자리로 기를 눌리우고 말았다. 그 밤으로 무슨 변이 일어날지를 헤아릴 수 없는 판에 나무 위에서 유유하게 주인집 변사를 내려다보기가 무서웠다. 한시가 바쁘게 옥분을 붙들어 먼저 내려 보내고 뒤이어 미끄러져라 하고 급스럽게 나무를 타고 내려섰다. 뒤안에서는 주고받는 말소리가 차차 똑똑해지고 금시에 큰 북새가 시작될 눈치였다. 간밤의 변괴보다는 확실히 더 놀라운 변고에 혼을 뽑히운 셋은 웬일인지 그 밤의 책임이 자기들에게도 있는 것 같아서 다시 돌아올 염도 못하고 꽁무니가 빠져라 논길을 뛰어 나갔다.

이튿날 아침 소문은 도리어 뒷마을에서부터 났다. 새벽쯤 해서 점순이 서울집으로 일을 하러 집을 나섰을 때 길거리에서 춘실네에게 긴밤에 소식을 듣게 되었다. 재수는 당장에서 물푸레 나뭇가지로 *물매를 얻어맞아 피를 흘리고 그 자리에 까무라쳐 쓰러진 것을 농군이 업어다가 뒷마을 집에 갖다 눕힌 채 아침까지 정신을 못 차리고 있다는 것이다. 전신이 부풀어 올라서 모습까지 변한 것을 큰댁은 걱정하여 울며불며 일변 약을 지어다가 다린다 푸닥거리 준비를 한다 집안은 야단이

물매
몰매.

라는 것이었다.

궁금해서 두근거리는 마음에 점순은 부리나케 앞마을로 뛰어 나가 닫힌 채로의 서울집 대문을 열고 들어섰을 때 집안은 빈 듯이 고요하였다. 겁이 덜컥 나서 마루에 뛰어 올라 옷걸이 놓인 방문을 열었을 때 *예료대로 놀라운 꼴이었다. 이불을 쓰고 누운 서울집을 벌써 운명이나 하지 않았나 하고 급히 이불을 벗겼을 때 살아 있는 증거로 눈을 뜨기는 하였으나 입에는 수건으로 자갈을 메웠고 볼에는 불에 데인 흔적이 끔찍하였다. 몸을 *움짓움짓은 하면서도 일어나지 못하는 것은 굵은 바로 수족을 얽어 매인 까닭이었다. 바를 풀고 자갈을 빼었을 때 서울집은 소생한 듯이 간신히 일어나 앉았다. 흩어진 머리와 상기된 눈과 어지러운 자태가 중병이나 치르고 일어난 병자 모양이었다. 이지러져 변모된 얼굴을 볼 때 점순은 눈물이 핑 돌았다.

"죄를 졌기로서니 이럴 법이 있나? 사람이 아니라 짐승이지."

이를 부드득 가는 서울집의 눈에도 눈물이 그렁그렁 어리었다. 구슬 같은 그 고운 얼굴이 뻘겋게 데어서 살뜰하던 모습은 찾을 수도 없었다.

"사지를 결박하고 입을 틀어 막구 인두로 얼굴과 다리를 지지네나 그려. 아무리 시골놈이기루서 그런 악착한 것 본 적이 있나. 제나 내나 사람은 매일반 마음은 다 각각이지 인두를 달군대야 사람의 마음이야 어찌 휘일 수 있겠나. 이런 두메에 애초부터 자청하구 올 사람은 누군가. 산 설구 물 설구 인정조차 다른 데 게다가 허구한 날 안에만 갇혀 한 걸음 길밖에도 못 나가게 하니 전중이 생활인들 게서 더 할까. 피 가진 사람으로서 어찌 고향인들 안 그립구 사람인들 안 아쉽겠나. 갇힌 새두 하늘을 그리워 할랴니 내가 그런지 놈이 약한지 뉘 알

예료
예측.

움짓움짓
움찔움찔. 놀라서 몸을 자꾸 움츠리는 모양.

인두
바느질할 때 불에 달구어 천의 구김살을 눌러 펴거나 솔기를 꺾어 누르는데 쓰는 기구.

려만 내 이 봉변을 당하구 가만 있을 줄 아나. 당장에 주재소에 고소를 하구 징역을 시키구야 말겠네. 그날이 나두 이곳을 벗는 날이야. 생각할수록 분하구 원통하구……"

입술을 꼬옥 무니 이슬 같은 눈물이 방울방울 솟아 상한 두 볼 위로 흘러 내렸다. 점순도 덩달아 눈물이 솟으며 *무도한 형태의 행실을 속으로 한없이 노여워하고 미워하였다. 만약 사내라면 그 놈을 다구지게 해내고 싶은 생각도 들었고 간밤에 달려들어 말리지도 못하고 변이 일어난 줄을 알면서도 그 자리를 피해간 비겁한 행동을 그지없이 뉘우치기로 하였다. 반드시 태인과 남편 만손의 사이에 든 자신의 처지를 생각하여서가 아니라 참으로 마음 속으로부터 서울집의 처지를 측은히 여겨서였다. 그러나 위로할 말을 몰라 다만 콧물을 들이키면서 일상 쥐어보고 싶던 서울집의 고운 손을 큰 손아귀에 징긋이 쥐어 볼 뿐이었다.

다

형태는 부락스러운 고집에 겉으로는 부드러운 낯을 지니나 속으로는 심화가 솟아올라 그 어느 때나 술기에 눈일을 붉게 물들이고는 장거리에서 진종일을 보내곤 하였다. 옆 사람들의 수군거리는 눈치와 소문을 유하게 깔아 버리고는 배포 유하게 거들거렸다. 화풀이로 면장 운동에 마음을 돌리는 수밖에는 없어서 술집에서 장구장을 데리고 궁리와 책동에 해가는 줄을 몰랐다. 장구장은 기왕에 구장으로 있다가 최면장이 들어서자 떨어진 축이어서 형태가 면장을 하게 되면 다시 구장으로 들어앉자는 것이 그의 원이었고 두 사람이 공모하는 뜻도 거기에 있었다.

원래 면장 운동은 가제 시작된 것이 아니라 벌써 오래 전부터의 형태의 책모하여 오는 바였다. 박달나무로 하여 돈을 벌게 되자 마을에서 상당히 낯이 높아진 것이 그 원을 품게 한 근본 원인이었고 면장이 되면 웃마을과 뒷마을에 있는 소유의 전답에 유리하도록 마을 사람들의 부역을 내서 길과 도랑을 고쳐 내겠다는 것이 둘째 희망이었다. 그러나 그보다도 더 절실한 원인은 최면장에 대한 감정이었으니 전에 역군을 다녔던 형태가 *지벌이 앝다고 최면장에게서 은근히 멸시를 받고 있는 것과 아들 재수가 최면장의 아들 학구보다 재물이 훨씬 떨어지는 것을 불쾌히 여기는 편협심에서 오는 것이었다. 부전자전으로 자기가 글을 탐탁하게 못 배운 까닭으로 자식도 그렇게 둔재인가 하여 *뒷치송할 재산은 있는 데도 불구하고 재수가 단지 재수가 부실한 탓으로 춘천 고등 보통학교도 칠 년만에야 간신히 마치고 나오게 된 것을 형태는 부끄러워하고 한 되게 여겼다. 한편 최면장의 아들 학구는 재수와 동갑으로 한 해에 보통학교를 마쳤으나 서울 가서 웃학교를 마치고는 전문학교까지 들어가게 되었다. 선비와 역군의 집안의 차이를 실제로 눈앞에 보는 것 같아서 형태로서는 마음이 괴로웠다. 최면장은 어려운 가운데에서 자식 하나만을 바라고 그에게 정성을 다 바쳤다. 몇 마지기 안 되는 땅까지 팔아 버렸고 그 위에 눈총을 맞아가면서도 면장의 자리를 *녹진히 보존해가는 것은 온전히 자식 때문이었다. 학구가 학교를 졸업할 때까지는 아무런 일이 있어도 그 자리를 비벼나갈 생각이었다. 그런 점으로서 형태와는 드러나게 대립이 되어도 하는 수 없는 노릇이었다. 그러나 그뿐이 아니었다. 참으로 무서운 최면장의 비밀을 형태는 손에 움

지벌
지체와 문벌.

뒷치송하다
치송하다. 행장을 차려 보내다.

녹진하다
누긋하고 끈끈하다.

246 이효석

켜쥐고 있었다. 학비의 보충을 위하여 회계원과 짜고 여러 번째 장부를 고치고 공금에 손을 댄 것이었다. 면장 운동에 뜻을 둔 때부터 형태는 면장의 흠을 모조리 찾아내려고 하던 판에 회계원을 감쪽같이 매수하여 그에게서 공금 횡령의 비밀을 샅샅이 들추어내던 것이다. 그런 눈치를 알아채었는지 어쨌는지 최면장은 모든 것을 모르는 체 다만 학구가 학교를 마칠 때까지를 목표로 *시치미를 떼는 것이었으나 형태는 형태로서 네 속을 다 뽑아 쥐고 있다는 듯한 거만한 배짱으로 모든 수단이 다 틀리면 그 뽑아 쥔 비밀을 마지막 술책으로 쓰리라고 음특하게 벼르고 있었다. 하기는 그는 벌써 최면장이 좀체 물러앉지 않을 줄을 짐작하고 이번 읍내 길에서도 군수에게 공금의 비밀을 약간 귀띔하고 온 터였다. 군수는 기회를 보아서 내막을 철저히 조사시켜 폭로시킨 후 적당한 조치를 하겠다고 언약하였다. 군수를 그만큼까지 후리기에는 상당히 물재도 들었으니 이

시치미
매의 임자를 밝히기 위해 주소를 적어 매 꽁지 위의 털 속에 매어 두는 네모진 뿔. 짐짓 알고도 모르는 체하거나, 하고도 안 한 체하는 태도.

번 길만 하여도 꿀과 버섯의 선사뿐이 아니라 실상은 논 한 자리까지 남몰래 팔았던 것이다. 군수의 일상 원이 일등 명기를 앞에 놓고 은주전자 은잔으로 맑은 국화주를 마시는 운치였다. 일등 명기야 형태의 수완으로도 어쩌는 수 없는 것이었으나 은주전자 은잔쯤은 그의 힘으로 족히 자라는 것이어서 이번 기회에 수백 금을 들여 실속 있는 한 쌍을 갖추어 준 것이었다.

　군수가 사양치 않은 것은 물론이며 그렇게 여러 번째 미끼를 흐뭇이 들여 놓고 이제는 다만 속한 결과를 기다리게만 되었다. 평생 원을 풀 수만 있다면 그 모든 미끼의 희생쯤은 그에게는 보잘것없이 허름한 것이었다. 군수의 인품을 믿고 있는 것만큼 조만간 뜻대로의 결과가 올 것이 확실은 하였으나 될 수 있는 대로 그것이 속하였으면 하고 마음

은 늘 초조하였다. 더구나 가정의 변이 생긴 후로는 어떠한 희생을 내서라도 기어이 뜻을 이루어야만 세상 사람들의 조롱과 웃음의 몇 분의 하나라도 *설치가 될 것이요, 지금까지 애써 온 보람도 있을 것이며 맺힌 마음의 짐도 넌지시 풀어 부끄러운 집안의 변괴도 잊어버릴 수 있으리라고 생각되어 더욱 초조하였다. 술집에 자리를 잡고 허구한 날 거나하여서 충혈된 눈을 험상궂게 굴리곤 하였다.

설치
설욕. 부끄러움을 씻음.

장날 저녁이었다. 형태는 영월네 골방에서 장구장과 잔을 거듭하다가 마침내 최면장을 부르러 사람을 보냈다. 주석을 이용하여 마음을 떠보고 싸움을 거는 것이 요사이의 형세여서 장날과 평일도 헤아리지 않았다. 실상은 요사이 장구장을 통하여 혹은 직접으로 그의 비밀을 한두 사람씩에게 차차 *전포시키는 중이었다. 민심을 소란케 하여 그를 배반케 하자는 생각이었다.

전포
전파.

최면장은 굳이 안 올 리가 없었으며 불과 두어 번 잔이 돌았을 때 형태는 차차 말을 풀어내기 시작하였다.

　"정사에 얼마나 골몰한가. 덕택에 난 이렇게 술 잘 먹구 돈 잘 쓰고 태평하게 지내네만……"

　"학구 공부 잘하나. 들으니 한다하는 사상가라지. 최씨 집안에야 인물이구 말구. 그러나 쓸데없는 걱정 같지만 주의니 무어니 할 때 단단히 단속하지 않으면 까딱하다 큰일 나리. 푸른 시절에는 물들기도 쉽구 저지르기도 쉬운 법이요 더구나 이게 무서운 시절 아닌가. 어련하겠나만 사귀는 동무 주의하라고 신신당부해 두게."

　비꼬는 말인지 동정하는 말인지 속뜻을 알 수 없어 최면장은 대답할 바를 몰랐다. 장구장과의 틈에 끼어 얼뻥뻥할 뿐이었다.

　"다 아는 형편에 뒷치송하기 얼마나 어렵겠소만 면장 이건 다 귓속 말인데 사정두 딱하게는 되었소."

　은근한 말눈치에 어안이 벙벙하여 있을 때 장구장은 입을 가까이 가져오며 짜장 귓속말로 무서운 것을 지껄였다.

　"미안한 말 같지만 사직을 하려거든 지금이 차라리 적당한 시기인가 하오. 더 끌다가는 큰 봉변할 것 같으니 말이오."

　면장은 뜨끔도 하였거니와 별안간 홍두깨같이 불쑥 내미는 불쾌한 말투에 관자놀이에 피가 바짝 솟아오르며 봄이 화끈 달았다.

　"무슨 소리오?"

　단 한 마디 짧게 퉁명스럽게 나갔다.

　"노여워할 것이 아닌 것이 지금은 벌써 공연의 비밀이 되었소. 거리의 사람 뿐이 아니라 멀리 읍내에까지두 알려져서 면내에서 모모하는 사람들 사이에는 공론이 자자한 판이오."

홍두깨
다듬이질할 때에 쓰는 단단한 나무로 만든 도구.

"대체 무슨 소리란 말요?"

면장은 모르는 결에 얼굴이 불끈 달며 언성이 높아졌다. 구장은 반대로 이번에는 목소리는 낮추었으나 그러나 다음 마디는 천근의 무게가 있는 것이었다.

"아마도 윤 회계원의 입에서 말이 난 모양이요. 세상에서 누구를 믿겠소."

붉어졌던 면장의 낯은 금시에 새파랗게 질리며 입이 굳어지고 말문이 막혔다. 형태와 면장은 듬짓이 침묵하고 던진 말의 효과를 가늠보고 있는 듯이 눈길을 아래로 향하였다. 불쾌한 침묵이었으나 그러나 면장은 즉시 침착을 회복하고 낯빛을 바로 잡을 수 있었다. 설레지 않는 그의 어조는 막혔던 방안의 공기를 다시 풀어버렸다.

"그만하면 말뜻을 알겠네만 과히 염려들 할 것은 없네. 일이라는 것이 나구 보아야 옳고 그른 것을 시비할 수 있는 것이지 부질없이 소문에 사로잡힐 것은 아니야. 난 나로서 충분히 내 각오가 있으니 염려들은 말게."

밉살스러우리만큼 침착한 어조는 도리어 반감을 돋구었다. 형태의 말 속에는 확실히 은근한 뼈가 숨어 있었다.

"각오라니 무슨 각온지는 모르겠으나 일이 크게 되문 낭패가 아닌가. 들으니 읍에서는 군수두 쉬이 출장 와서 조사를 하리라는 소문인데 그렇게 되문 무슨 욕이 돌아올지 헤아릴 수가 있나. 일이 터지기 전에 취할 적당한 방책도 있지 않을까 해서 이르는 말이 아닌가."

마디마디 꼭꼭 박아대는 말에 면장은 화가 버럭 나서 드디어 고성대갈 호통을 하였다.

"이르는 말이구 무엇이구 다 그만 둬. 그 속 다 알고 그 흉계 뉘 모르

리. 군수를 끼고 *책동하는 줄두 다 안다. 내야 어떻게 되든 어디 할 대

루 해 봐라.”

“무엇을 믿고 큰 소린구. 해 보구 말구 나중에 뉘우치지나 말게.”

벌써 피차에 감출 것이 없어 속뜻과 싸움은 노골적으로 드러나게 되

었다.

“뉘우칠 것도 없구 겁날 것도 없다. 무슨 술책을 써서든지 뺏을 대루

뺏어 봐라.” 면장은 붉은 낯에 입술은 푸르면서 육신이 부르르 떨렸다.

‘이 사람 어둡기두 해라. 일이 벌써 어떻게 된 줄도 모르고 큰소리만

탕탕 하니.’

“고얀 것들. 이러자구 사람을 불러냈어? 같지 않은 것들.”

차려진 술잔을 밀쳐 버리고 면장은 성큼 자리를 일어섰다. 형태의

유들유들한 웃음소리가 터지자 참을 수 없는 노염에 술상을 발로 차버

리고 문 밖으로 뛰어 나갔다. 통쾌 하다는 듯이 계획은 거의 성사되었

다는 듯이 형태는 눈초리를 질리면서 주름잡고 구장을 바라보면서 한바

탕 *데설웃음을 쳤다.

면장 운동에는 차차 성공하여 가는 형태지만 속은 늘 심화가 나고

찌부둥 하여서 변괴가 있은 후로는 아직 한 번도 서울집에는 들어가지

않고 큰집이 아니면 거리에서 밤을 지내오는 것이었다. 은근히

기뻐하는 깃은 큰댁이이시 이들이 앓이누운 것을 보면 뼈가

아프기는 하였으나 그것을 한 기화삼아 한편 남편의 마음을

돌리기에 애쓰고 밖에 나가서는 일방 앓아누운 서울집의 치성

을 드리기가 날마다의 행사였다. 속히 일어나라는 치성이 아니

라 그대로 살며시 가 버리라는 치성이었다. 밤이 어둑어둑만 해지면

남편 몰래 *새옹에 *메를 짓고 맑은 물을 떠가지고는 뒷동산 고목나무

책동하다
좋지 아니한 일을 몰래
꾸미어 시행하다.

데설웃음
시원치 않게 웃는 웃음.

새옹
놋쇠로 만든 작은 솥.

메
제사 때 신위 앞에 놓
는 밥.

아래나 성황 숲이나 개울가에 나가서 염라대왕에게 손을 모으고 비는 것이었다. 산귀신 물귀신 불귀신 귀신의 이름을 모조리 외우며 치마 틈에 만들어 넣었던 손각시를 불에도 사르고 물에도 띄우고 땅에 묻고 하여 은근히 서울집의 앞길을 저주하였다. 원래 강릉집 때부터 치성을 즐겨하여 강릉집이 기어이 실족이 된 것은 온전히 *치성 덕이라고 생각하였다. 서울집이 오면서부터는 더욱 심하여서 어떤 때에는 오십 리나 되는 오대산에 가서 고산치성도 드렸고 내려오던 길에 월정사에 들러 연꽃 치성도 드렸다. 이번의 서울집의 변과도 재수의 허물로는 돌리지 않고 치성 덕으로 서울집에게로 내려진 천벌이라고 생각하였다. 내친걸음에 서울집을 영영 없애 달라는 것이 치성할 때마다의 절실한 원이었다. 형태로서는 치성은 질색이어서 큰댁의 우매한 꼴을 볼 때마다 한바탕 북새를 일으키고야 말았다. 재수가 자리에서 일어나자 하루 아침 가만히 도망을 간 것은 여름도 한참 짙었을 때 형태의 심중이 가지가지 일에 무덥게 지글지글 끓어오를 때였다. 한편 걱정되지 않는 바도 아니었으나 차라리 한 시름 놓은 것 같아서 시원도 했다. 신통치도 못한 조합 서기쯤 그만 두고 멀리 가 버림이 마을 사람들의 기억에서도 사라질 것이요, 차차 죄를 벗는 길도 될 것으로 생각되어서 차라리 한 시름 놓는 것 같았다. 다만 걱정되는 것은 불미한 생각을 일으키고 그 어느 구석에 가서 *자진이나 하지 않았을까 하는 것이었다. 그날 아침 집안은 요란하게 설레고 마을을 아래위로 훑으면서 헤매었다. 주재소에 수색원까지 내고 들끓었으나 그러나 그렇게까지 걱정할 것이 없는 것은 실상은 재수의 도망은 큰댁의 지시요 계책이었던 것이다. 그날 새벽 강에 나가 치성을 마친 큰댁은 아들을 속사리재 아래까지 불러내다 *등대하고 있다가 강릉서 넘어오는 첫 자동차에 태워서 앞

치성
있는 정성을 다함.

자진
자진(自盡). 자살.

등대(等待)
미리 준비하고 기다림.

대로 내보낸 것이었다. 거리에서 차를 타면 들키울 것을 염려하여 오리 길이나 미리 나와 있었던 것이다. 전대 속에 알뜰히 모아 두었던 근 백여 소수의 돈을 전대 채로 아들에게 주면서 마을에서 소문이 사라질 때까지 어디든지 구경 겸 어느 때까지든지 바람을 쏘이라는 당부를 거듭하면서 운전수가 재촉의 고동을 몇 번이나 울릴 때까지 찻전을 붙들고 서서 눈물겨운 목소리로 작별을 서러워하였다. 그러나 물론 집에 돌아와서는 그런 눈치는 까딱 보이지 않으며 집안사람에게 휩쓸려 도리어 아들의 간 곳을 걱정하는 모양을 보였다.

재수의 처치가 제물이 된 후로 패였던 형태의 마음 한 구석이 파묻힌 것은 사실이었으나 그렇게 되면 서울집의 존재가 머릿속에 더 한층 똑똑하게 떠올랐다. 그러나 그대로 어느 때까지 버려두는 수밖에 별다른 처리의 방책은 없었다. 한 번 흠이 든 것이니 시원히 버려볼까도 생각하였으나 도저히 할 수는 없는 노릇임을 깨달았다. 속사리 버덩의 일곱 마지기를 팔아 버린 것이 아까워서가 아니라 아무리 흠이 들었다고는 하더라도 아직도 그에게로 쏠리는 정을 끊어 버릴 수는 없었다. 정이란 마치 얼크러진 실뭉치 같아서 한 쪽을 끊어도 다른 쪽이 매이고 끊은 줄 알았던 줄이 다시 걸리고 하여서 하루아침에 칼로 베인 듯이 시원히 끊어 버릴 수는 노릇이었다. 포악스럽게는 굴었어도 아직도 서울집에 내한 정은 줄줄이 일크러져 그의 마음 길피에 주체스럽게 길리고 감기는 것이었다. 그 위에 세월이라는 것은 무서워서 처음에는 살인이라도 날 것 같던 것이 차차 분이 사라졌고 분욕에 치가 떨리고 몸이 화끈 달던 것이 지금은 그것도 차차 식어가서 그대로 가면 가을에 찬바람이 나돌 때까지에는 분도 풀리고 마음도 제대로 가라앉을 듯 같았고 일이 뜻대로 되어 면장으로나 들어앉게 되면 무서운 상처는 완전히 사라질 듯도 하였다. 다만 서울집의 마음이 자기의 마음 같이 가라앉고 회복될까 하는 것이 의심이었다. 한 때의 실책이었던지 그렇지 않으면 정이 벌어졌던 탓인지 그의 마음을 좀체 들여다 볼 수는 없었다. 늘 밖을 그리워하는 눈치를 보아서는 마음속이 심상치 않은 것도 같았기 때문이다. 집에 누운 채 얼굴과 다리의 상처에는 약국에서 가져온 고약을 바르고 일변 보약을 다려 먹도록 시키기만 하고 형태는 아직 한 번도 들여다보지는 않았으나 서울집에 대한 의혹이 생길 때에는 불현듯이 정이 불꽃같이 타오르며 그를 만나고 싶은 생각이 유연히 솟아올랐다. 그럴 때에는 면장 운동보다도 오히려 더 큰 열정이 그를 송두리째 사로잡으며 서울집을 잃는다면 그까짓 면장은 얻어해 무엇하나 하는 생각조차 들었다.

『이효석 전집』, 창미사, 1983.

장미
병들다

여실하다
사실과 꼭 같다.

일제시대의 본정통 풍경

쿡(cook)
요리사.

오돌지다
'오달지다'. 허술한 데
가 없이 야무지고 알
차다.

싸움이라는 것을 허다하게 보아 왔으나 그렇게도 짧고 어처구니없고—그러면서도 싸움의 진리를 *여실하게 드러낸 것은 드물었다. 받고 차고 찢고 고함치고 욕하고 발악하다가 나중에는 피차에 지쳐서 쓰러져 버리는—그런 싸움이 아니라 맞고 넘어지고 항복하고—그뿐이었다. 처음도 뒤도 없이 깨끗하고 선명하여서 마치 긴 이야기의 앞뒤를 잘라 버린 필름의 몇 토막과도 같이 신선한 인상을 주는 것이었다. 그 신선한 인상이 마치 영화관을 나와 그 길을 지나던 현보와 남죽 두 사람의 발을 문득 머무르게 하였는지도 모른다. 그러나 두 사람이 사람들 속에 한 몫 끼여 섰을 때에는 싸움은 벌써 끝물이었다.

영화관, 음식점, 카페, 매약점 등이 어수선하게 즐비하여 있는 뒷거리 저녁때, 바로 주렴을 드리운 식당 문 앞이었다. 그 식당의 *쿡으로 보이는 흰 옷에 흰 주발 모자를 얹은 두 사람의 싸움이었으나 한 사람은 육중한 장골이요, 한 사람은 까무잡잡한 약질이어서, 하기는 그 체질에 벌써 승패가 달렸던지도 모른다. 대체 무엇이 싸움의 원인이며 원한의 근거였는지는 모르나 하루아침에 문득 생긴 분김이 아니요, 오래 두고두고 엉겼던 불만의 화풀이임은 두 사람의 태도로써 족히 추측할 수 있었다. 말로 겨루다 못해 마지막 수단으로 주먹다짐에 맡기게 된 것임은 부락스런 두 사람의 주먹살에 나타났으니 약질의 살기를 띤 암팡진 공격에 한번 주춤하였던 장골은 곱절의 힘을 주먹에 다져 쥐고 그의 면상을 *오돌지게 욱박았다.

소리를 치며 뒤로 쓰러지는 바람에 문 앞에 세웠던 나무분이 넘어지며 분이 깨뜨러지고 노가지 나무가 솟아났다. 면상을 손으로 가리어 쥐고 비슬비슬 일어서서 달려들려 할 때 장골의 두 번째 주먹에 다시 무르게도 넘어지고 말았다. 땅 위에 문질러져서 얼굴은 두어 군데 검붉게 피가 배고 두 줄의 코피가 실오리 같은 가느다란 줄을 그으면서 흘렀다. 단번에 혼몽하게 지쳐서 쭉 늘어졌음에도 불구하고 약질은 간신히 몸을 세우고 다시 한 번 *개신개신 일어서서 장골에게 몸을 던지다가 장골이 날쌔게 몸을 피하는 바람에 걸어 보지도 못한 채 또 나가 쓰러지고 말았다. 한참이나 죽은 듯이 고요한 속에서 코만 흑흑 울리더니 마른 땅에는 금시에 피가 흘러 넓게 퍼지기 시작하였다.

"졌다!"

짧게 한마디—그러나 분한 듯이 외쳤으니 그것으로 싸움은 끝난 셈이었다.

"항복이냐?"

장골은 능실도 하지 않고 마치 그 벅찬 힘과 마음에 티끌만큼의 영향도 받지 않은 듯이 유들유들하게 적수를 내려다보았다.

"힘이 부쳐 그렇지, 그리 쉽게 항복이야 하겠나."

"뼈다구에 힘 좀 맺히거든 다시 덤비렴."

"아무렴, 그때까지 네 목숨 하나 살려 둔다."

의젓하고 유유하게 대꾸하면서 약질이 피투성이의 얼굴을 넌지시 쳐들었을 때 현보는 그 끔찍한 꼴에 소름이 끼쳐서 모르는 결에 남죽의 소매를 끌었다. 남죽도 현장에서 얼굴을 피하며 재촉을 기다릴 겨를 없이 급히 발을 돌렸다. 한참 동안 말이 없었다. 우연히 목도하게 된 그 돌연한 장면에서 받은 감격이 너무도 컸다.

강하고 약하고, 이기고 지고—이 두 길뿐. 지극히 간단하다. 강약이 부동으로 억센 장골 앞에서는 약질은 욕을 보고 그 자리에 폭삭 쓰러

개신개신
게으르거나 기운없이
행동하는 모양.

져 버리는 그 한 장의 싸움 속에서 우연히 시대를 들여다본 듯하여서
너무도 짙은 암시에 현보는 마음이 얼떨떨하였다. 흡사 약질같이 자기
도 호되게 얻어맞고 피를 흘리며 쓰러져 있는 듯도 한 실감이 전신을
저리게 흘렀다.

"영화의 한 토막과도 같이 아름답지 않아요? 슬프지 않
아요?"

일제시대의 대표적
극장인 '단성사'

역시 그 장면에서 받은 감동을 말하는 남죽의 눈에는 눈
물이 어리어 보였다. 아름답다는 것은 패한 편을 동정함일
까? 아름다운 까닭에 슬프고 슬프리만큼 아름다운 것 — 눈
물까지 흘리게 한 것은 별수 없이 그나 누구나가 처하여 있는 현대의
의식에서 온 것임을 생각하면서 현보는 남죽을 뒤세우고 거릿목 찻집
문을 밀었다.

차를 청해 마실 때까지도 현보와 남죽은 그 싸움의 감동이 좀체 사
라지지 않아서 피차에 별로 말도 없었다. 불쾌하다느니보다는 슬픈 인
상이었다. 슬픔으로 인하여 아름다운 것이었음을 남죽과 같이 현보도
느끼게 되었다. 그렇게까지 신경을 민첩하게 일으켜 세우게 된 것은
잠깐 보고 나온 영화 때문이었던지도 모른다.

영화관에는 마침 '목격자'가 걸려 있어서 우연히 보게 된 그 아름다
운 한 편이 장면장면 남죽을 울렸다.

전체로 슬픈 이야기였으나 가련한 주인공의 운명과 애잔한 여주인
공의 자태가 한층 마음을 찔렀다. 억울한 혐의로 아버지를 여읜 어린
자식을 데리고 늙은 어머니가 어둡고 처량한 저녁에 무덤 쪽을 바라보
는 장면과, 흐린 저녁때의 빈민가 다리 아래 장면과는 금시에 눈물을
솟게 하였다. 다리 아래 장면에서는 거지의 자동풍금 소리에 집집에서

뛰어나온 가난한 구민들이 그 슬픈 음악에 맞추어 춤을 추기 시작하였다. 요란한 소리를 듣고 순검이 달려와서 춤을 금하고 사람들을 *헤칠 때 억울한 혐의로 아버지를 재판한 늙은 검사는 양심의 가책을 조금이라도 덜려고 가난한 사람들을 위해 항의를 하나 용납되지 못하고 사람들은 하는 수 없이 비슬비슬 그 자리를 헤어진다. 그 웅성거리는 측은한 꼴들이 실감을 가지고 가슴을 죄었다. 어두운 속에서 남죽은 흐르는 눈물을 손수건으로 몇 번이고 훔쳐 냈다. 눈물로 부덕부덕한 얼굴을 가지고 거리에 나오자 당면하게 된 것이 싸움의 장면이었다. 여러 가지의 감동이 한데 합쳐서 새 눈물을 자아내게 한 것이다.

하기는 남죽들의 현재의 형편 그것이 벌써 눈물 이상의 것이기는 하다. 두 주일 이상을 겪고 가제 나온 것이 불과 며칠 전이었다. 남죽은 현재 초라한 꼴, 빈주머니에 고향에 돌아갈 능력도 없고 그렇다고 다른 도리도 없이 진퇴유곡의 처지에 있는 셈이었다. '목격자' 속의 주인공들보다 조금도 나을 것이 없었다. 현보와 막연히 하루를 지우려 영화구경을 나선 것도 또렷한 지향 없는 닥치는 대로의 길, 그 자리의 뜻이었다. 온전히 그날 그날의 떠도는 부평초요, 키 잃은 배요, 목표 없는 생활이었다.

극단 '문화좌'가 설립되자마자 와해된 것이 두 주일 전이었다. 지방 공언이라는 점에 중점을 두려고 일부러 서울을 떠나 지방의 도회로 내려와 기폭을 든 것이었으나 그것이 도리어 화되어 엄격한 수준에 걸린 것이었다.

인원을 짜고 각본을 선택하고 모든 준비를 마친 후 첫째 공연을 내려왔던 것이 그렇다할 이유 없이 의외에도 거슬리는 바 되어 한꺼번에 몰아가 버렸다. 거듭 돌아보아야 그럴 만한 원인은 없었고 다만 첩첩

헤치다
앞에 걸리는 것을 좌우로 물리치다.

한 시대의 구름의 탓임이 짐작될 뿐이었다.

각본을 맡은 현보는 고향이 바로 그곳인 탓으로인지 의외에도 속히 놓이게 되고 뒤를 이어 남죽 또한 수월하게 풀리게 되었으나 나머지 인원들은 자본을 댄 민삼, 연출을 맡은 인수, 배우인 학준, 그 외 몇몇 은 아직도 날이 먼 듯하였다.

먼저 나오기는 하였으나 현보와 남죽은 남은 동무들을 생각하고 또 한 가지 자신들의 신세를 돌아보고 우울하기 짝이 없었다. 하는 노릇 없이 허구한 날 거리를 헤매는 수밖에 없던 현보와 역시 별 목표 없이 유행가수를 지원해 보았다 배우로 돌아서 보았다 하던 남죽에게 극단 의 설립은 한 희망이요 자극이어서 별안간 보람 있는 길을 찾은 듯도 하여 마음이 뛰고 흥이 나는 것이 의외의 타격에 기를 꺾이우고 나니 도로 제자리에 주저앉은 셈이었다.

파랗게 우러러보이던 하늘이 조각조각 부서져 버리고 다시 어두운 구렁텅이로 밀려 빠진 격이었다.

현보의 창작 각본 「헐어진 무대」와 *오닐의 번역극 「고래」의 한 막이 상연 예정이어서 남죽은 그 두 각본의 여주인공의 역 할을 자기의 비위에 맞는 것으로 그지없이 사랑하였다. 예술적 흥분 외에 또 한 가지의 기쁨은 그런 줄 모르고 내려왔던 길에 구면인 현보를 칠 년 만에 뜻밖에 다시 만나게 된 것이었다. 이 기우는 현보에게도 물론 큰 놀람이자 기쁨이었다.

극단의 주목을 보게 된 민삼이 서울서 적어 내려 보낸 인원의 열 명 속에 여배우 혜련의 이름을 발견하고 현보는 자기 작품의 주연을 맡은 그 여배우가 대체 어떤 인물일꼬 하고 호기심이 일어났을 뿐, 무심히 덮어 두었던 것이 막상 일행이 내려와 처음으로 상면하게 되었을 때

유진 오닐(Eugene Gladstone O'Nell, 1888~1953)
미국 최고의 극작가. 퓰리처상과 노벨 문학 상을 수상함. 주요 저 서는 『지평선 너머』.

그가 바로 남죽임을 알고 어지간히 놀랐던 것이다.

혜련은 여배우로서의 예명이었다. 칠 년 전에 알고는 그 후 까딱 소식을 몰랐던 남죽은 그런 경우 그런 꼴로 우연히 만나게 될 줄야 피차에 짐작도 못 하였던 것이다.

지난날을 돌아보면서 그날 밤 둘은 끝없는 이야기와 추억에 잠겼다. 서울서 학교에 다닐 때 우연히 세죽 남죽 자매를 알게 된 것은 그들이 경영하여 가는 책점 대중원에 출입하게 된 때부터였다. 대중원은 세죽이 단독 경영하여 가는 것이었고 남죽은 당시 여학교에서 공부하는 몸으로 형의 가게에 기식하고 있는 셈이었다. 세죽의 남편이 사건으로 들어가기 전에 뒷일을 예료하고 가족들의 *호구지책으로 미리 벌인 것이 소규모의 책점 대중원이었다. 남편의 놓일 날을 몇 해고 간에 기다려 가면서 세죽은 적막한 홀몸으로 가게를 알뜰히 보면서 어린것과 동생 남죽의 시중을 지성껏 들어왔다.

남죽은 어린 나이에도 철이 들어서 가게에 벌여 놓은 진보적 서적을 모조리 읽은 나머지 마지막 학년 때에는 *오돌지게도 학교에 일어난 사건을 지도하다가 실패한 끝에 쫓겨나고 말았다. 학업을 이루지도 못한 채 고향에 내려갈 수도 없어 그 후로는 별수 없이 가게 일을 도울 뿐, 건둥건둥 날을 지우는 수밖에는 없었다.

소설을 닥치는 대로 읽어 대고 아름다운 목청을 놓이 노래를 불러 대곤 하였다. 목소리를 닦아서 나중에 음악가가 되어 볼까도 생각하고, 얼굴의 윤곽이 어글어글한 것을 자랑삼아 영화배우로 나갈까도 꿈꾸었다. 그 시기의 그를 꾸준히 관찰할 수 있는 기회를 가졌던 현보는 그 남다른 환경에서 자라 가는 늠출한 처녀의 자태 속에 물론 시대적 열정과 생장도 보았으나 더 많이 아름다운 감상과 애끓는 꿈을 엿보았던 것이다.

단발한 머리를 부수수 헤뜨리고 밋밋하고 건강한 육체로 고운 멜로디를 읊조릴 때에는 그의 몸 그대로가 구석구석에 아름다운 꿈을 함빡 머금은 흐뭇한 꽃이었다. 건강한, 그러나 상하기 쉬운 한 송이의 꽃이었다.

참으로 아담한 꽃을 보는 심사로 현보는 남죽을 보아 왔다.

그러나 현보가 학교를 마치고 서울을 떠날 때가 그들과의 접촉의 마지막이었으니 동경에 건너가 몇 해를 군 뒤 고향에 나와 일없이 지내게 된 전후 며칠 동안 다만 책점 대중원이 없어졌다는 소문을 풍편에 들었을 뿐이지, 그 뒤 그들이 고향인 관북으로 내려갔는지 어쨌는지, 남죽과 세죽의 소식은 생각해 보지도 못했고 미처 생각에 떠오르지도 않았다.

그만한 여유조차 없는 것은 다른 사람의 생각은커녕 자신의 생활이 눈앞에 가로막히게 되었고, 무엇보다도 현대인으로서의 자기 개인에 대한 생각이 줄을 찾기 어렵게 갈피갈피로 찢어졌다 갈라졌다 하여 뒤섞이는 까닭이었다. 칠 년 후에 우연히 만나고 보니 시대의 파도에 농락되어 꿈은 조각조각 사라지고 피차에 그 꼴이었다. 하기는 그나마 무대 배우로 나타난 남죽의 자태에 옛 꿈의 한 조각이 아직도 간당간당 달려 있는 셈인지도 모르나 아담하던 꽃은 벌써 좀먹기 시작한, 그 어디인지 휘줄그러진 한 송이임을 현보는 또렷이 느꼈다.

시간을 보고 찻집을 나와 현보는 남죽을 데리고 큰 거리 백화점으로 향하였다. 준구와 만나자는 약속이었다. 가난한 교사를 졸라 댐은 마치 벼룩의 피를 긁어 내려는 격이었으나 그러나 현보로서는 가장 가까운 동무이므로 준구에게 터놓고 남죽의 여비의 주선을 비춰어 둔 것이었다.

남죽에게는 지금 '살까 죽을까 문제' 가 아니라 「목격자」 속의 빈민들에게 거리의 음악이 필요하듯이 고향으로 내려갈 여비가 필요하였다. 꿈의 마지막 조각까지 부서져 버린 이제 별수 없이 고향으로 내려가 몸도 쉬이고 마음도 가다듬는 수밖에는 없었다. 고향은 넓은 *수성평야의 한가운데서 거기에서는 형 세죽이 밭을 가꾸고 염소를 기르고 있다는 것이었다.

수성평야
함경북도 수성천 유역에 펼쳐진 평야.

남편이 한번 놓았다 재차 들어가게 된 후 세죽은 이번에는 고향에다 편편하게 자리를 잡고 책점 대신에 평야의 한복판에서 염소를 기르게 되었다는 것이다. 도회에 지친 남죽에게는 지금 무엇보다도 염소의 젖이 그리웠다. 염소의 젖을 벌떡벌떡 마시고 기운차게 소생됨이 한 가지의 원이었다.

몇 십 원의 노자쯤을 동무에게까지 빌리기가 현보로서는 보람 없는 노릇이었으나 늘 메말라서 누런 '현대의 악마' 와는 인연이 먼 그로서는 하는 수 없는 것이었다. 찻집이라도 경영해 볼까 하다가 아버지에게 호통을 들은 후부터는 돈을 타 쓰기도 불쾌하여서 주머니에는 차 한 잔 값조차 동떨어질 때가 있었다.

누구나 나 말하기를 써려하고 적어도 초연한 듯이 보이려고 하는 '돈' 의 명제가 요사이 와서는 말하기 부끄러우리만치 자나깨나 현보의 머리를 차지하게 되었다. 그 '악마' 에 대한 절실한 인식은 일종의 용기를 낳아서 부끄러울 것 없이 준구에게 여비 일건을 부탁하고 남죽에게는 고향 언니에게도 간청의 편지를 내도록 천연스럽게 일렀던 것이다. 그러나 막상 휘줄그레한 포라 양복에 땀에 전 모자를 쓴 가련한 그를 대하였을 때 현보는 준구에게 그것을 부탁하였던 것을 일순 뉘우쳤다. 휘답답한 그의 꼴이 자기의 꼴과 매일반임을 보았던 까닭이다. 그래도 의젓한 걸음으로 층계를 걸어올라 식당에 들어가 두 사람에게 자리를 권하고 음식을 분부하고 난 후, 준구는 손수건을 내서 꺼릴 것 없이 얼굴과 가슴의 땀을 한바탕 훔쳐 냈다.

"양해하게. 집에는 아이들이 들끓구 아내는 만삭이 되어서 배가 태산 같은 데두 아직 산파도 못 댔네. 다달이 빚쟁이들은 한 두름씩 문간에 와서 *왕머구리같이 와글와글 짖어 대구…… 어쩌다가 이렇게 됐는지 이제는 벌써 자살의 길밖에는 눈앞에 보이는 것이 없네…… 별수 있던가. 또 교장에게 구구히 사정을 하구 한 장을 간신히 둘러 왔네. 약소해서 미안하나 보태 쓰도록이나 하게."

왕머구리
'개구리'의 옛말.

봉투에 넣고 말고 풀없이 꾸겨진 지전 한 장을 주머니에서 불쑥 집어내서 현보의 손에 쥐어 주는 것이다. 현보는 불현듯 가슴이 찌르르하고 눈시울이 뜨거웠다. 손 안에 남은 부풀어진 지전과 땀 배인 동무의 손의 체온에 찐득한 우정이 친친 얽혀서 불시에 가슴을 죄인 것이다.

남죽은 새삼스럽게 고맙다는 뜻을 표하기도 겸연쩍어서 똑바로 그를 바라보지도 못하고 시선을 식탁 위에 떨어뜨린 채 손가락으로 머리카락을 오리오리 매만질 뿐이었다. 낯이 익지도 못한 여자의 앞에서까지 가리울 것 없이 집안 사정 이야기를 터놓고 하지 않으면 안 되는 가난한 시민의 자태가 딱하고 측은하고 용감하여서 그 순간 그 자리에서 살며시 꺼지고도 싶은 무거운 좌중의 기분이었다.

거리에 나와 준구와 작별한 뒤까지도 현보들은 심사가 몹시 울가망
하였다. 현보는 집에 돌아가기가 울적하고 남죽 또한 답답한 숙소에
일찍 들어가기가 싫어서 대중없이 밤거리를 거닐기 시작하였다. 동무
가 일껏 구해 준 땀내 나는 돈을 도로 돌릴 수도 없어 그대로 지니기는
하였으나 갖출 것도 있고 하여 여비로는 적어도 그 다섯 곱절이 소용
이었다. 현보는 다른 방법을 생각하기로 하고 그 한 장 돈의 운명을 온
전히 그날 밤의 발길의 지향에 맡기기로 하였다.

레코드나 걸고 *폭스 트롯이나 마음껏 추어 보았으면 하는 것이 남
죽의 청이었으나 거리에는 춤을 출 만한 곳이 없고 현보 자신 춤을 모
르는 까닭에 뒷골목을 거닐다가 결국 조촐한 바에 들어갔다. 솔 내 나
는 '진'을 남죽은 사양하지 않고 몇 잔이고 거듭 마셨다. 어느
결에 주량조차 그렇게 늘었나 하고 현보는 놀라고 탄복하였다.
제법 술자리를 잡고 얼굴을 붉게 물들이고 뭇 사내의 시선 속
에서 어울려 나가는 솜씨는 상당한 것으로 보였다. 술이 어지
간히 돌았는지 체면불구하고 레코드에 맞추어 몸을 으쓱거리
더니 나중에는 자리를 일어서서 춤의 자세를 하고 발끝으로 달
가닥달가닥 춤을 추는 것이있다.

현보 역시 취흥을 못 이겨 굳이 그를 말리지 않고 현혹한 눈
으로 도리어 그의 신기한 재주를 바라볼 뿐이었다. 술은 요술쟁이인지
혹은 춤추는 세상의 도덕은 원래 허랑한 것인지 이해하기 어려운 것은
맞은편 자리에 앉았던, 아까 남죽의 귀에다 귓속말로 거리의 부랑자
백만장자의 아들이라고 가르쳐 주었던 그 사나이가 성큼 일어서서 남

폭스트롯(foxtrot)
1910년대 초 미국에서
시작한 사교춤. 2분의
2박자 또는 4분의 4박
자의 비교적 빠른 템포
의 곡이다.

폭스트롯을 추는 모습

죽에게 춤을 청하는 것이었고, 더 이상한 것은 남죽이 즉시 응하여 팔을 겨르고 스텝을 밟기 시작한 것이다. 그것이 춤의 도덕인가 보다고만 하고 현보는 웃는 낯으로 한참이나 바라보고 있었으나 손님들의 비난의 소리 속에서 별안간 여급이 달려와서 춤은 금물이라고 질색하고 두 사람을 가르는 바람에 현보는 문득 정신이 들면서 이 난잡한 꼴에 새삼스럽게 눈썹이 찌푸려졌다.

남죽의 취중의 행동도 지나쳐 허랑한 것이었으나 별안간 나타난 부랑자의 유들유들한 심보가 괘씸하게 느껴져서 주위에 대한 체면과 불쾌한 생각에, 책임상 비틀거리는 남죽의 팔을 끌고 즉시 그 자리를 나와 버렸다. 쓸데없이 허튼 곳에 그를 끌어온 것이 뉘우쳐도 져서 분이 좀체 가라앉지 않았다.

"아무리 부랑자기로 *생면부지에 소락소락…… 안된 녀석."

"노여하실 것 없는 것이 춤추는 사람끼리는 춤을 청하는 것이 모욕이 아니라 도리어 존경의 뜻인걸요. 제법 춤의 격식이 익숙하던데요."

남죽의 항의에는 한마디도 대꾸할 바를 몰랐으나 그러면 그 괘씸한 심사는 질투에서 나온 것이었던가? 그렇다면 남죽을 얼마나 사랑하고 있는 셈인가 하고 현보는 자신의 마음을 가지가지로 의심하여 보았다.

"…… 참기 싫어요, 견딜 수 없어요…… 죄수같이 이 벽 속에만 갇혀 있기가. 어서 데려다주세요, 데이비드. 이곳을 나갈 수 없으면, 이 무서운 배에서 나갈 수 없으면 금방 미칠 것두 같아요. 집에 데려다주세요, 데이비드. 벌써 아무 것두 생각할 수 없어요. 추위와 침묵이 머리를 가위같이 누르는걸요. 무서워. 얼른 집에 데려다주세요."

남죽은 남죽으로서 딴소리를─듣고 보니 오닐의 「고래」의 구절구절을 아직도 취흥에 겨운 목소리로 대로상에서 마치 무대에서와 같은 감정으로 외치는 것이었다. 북극 해상에서 애니가 남편인 선장에게 애원하고 호소하는 그 소리는 그대로가 바로 남죽 자신의 절실한 하소연이기도 하였다.

"…… 이런 생활은 나를 죽여요…… 이 추위, 무섬. 공기가 나를 협박해요. —이 적막. 가는 날 오는 날 허구한 날 똑같은 회색 하늘. 참을 수 없어요. 미치겠어요. 미치는 것이 손에 잡힐 듯이 알려요. 나를 사랑하거든 제발 집에 데려다주세요. 원이에요. 데려다주세요……."

이튿날은 또 하루 목표 없는 지난 날의 연속이었다.

간밤의 무더운 기억도 있고 남죽에게 대한 말끔하게 청산하지 못한 뒤를 끄는 감정도 남아 있고 하여 현보는 오후도 훨씬 늦어서 남죽을 찾았다. 아직도 눈알이 붉고 정신이 개운하지 못한 남죽의 청을 들어 소풍 겸 강으로 나갔다.

서선 지방의 그 도회는 산도 아름다우려니와 물의 고을이어서 여름 한철이면 강 위에는 배가 흔하게 떴다. 나룻배, 고깃배, 석탄배 외에 지붕을 덩그렇게 단 놀잇배와 보트와 모터보트가 강 위를 촘촘하게 덮었다. 놀잇배에서는 노래가 흐르고 춤이 보여서 무르녹은 나무 그림자를 띄운 강 위는 즐거운 유원지로 변한다. 산 너머 저편은 바로 도회에서 생활과 싸움으로 들복닥거리건만 신 긴너 이편은 그외는 별세상인 양 웃음과 노래와 흥이 지천으로 물 위를 흘렀다.

현보와 남죽도 보트를 세내서 타고 그 속에 한몫 끼여서 시원한 물세상 사람이 된 듯도 싶었다. 백양나무가 늘어선 위로 흰 구름이 뭉실뭉실 떠서 강 위에서는 능라도 일대의 풍경이 가장 아름다웠다. 현보는 손수 노를 저으면서 물결을 거슬러 올라가 섬께로 향하였다. 속을 헤아릴 수 없는 푸른 물결이 뱃전을 찰싹찰싹 쳤다.

"언니에게서 편지가 왔는데…… 요새는 염소 젖두 적구 그렇게 쉽게 노자를 구할 수 없다나요."

남죽은 소매 속에서 집어낸 편지를 봉투째 서너 조각으로 쭉쭉 찢더니 물 위에 살며시 띄웠다. 별로 언니를 원망하는 표정도 아니요, 다만 침착한 한마디의 보고였다.

까페의 모습

"며칠 동안 카페에 들어가 여급 노릇이나 해서 돈을 벌어 볼까요?"

이 역 원망의 소리가 아니고 침착한 농담으로 들리기는 하였으나 그 어디인지 자포자기의 기색이 보이지 않는 것도 아니었다.

"차차 무슨 방법이든지 있을 텐데 무얼 그리 조급하게 군단 말요."

현보는 당치않은 생각은 당초에 말살시켜 버리려는 듯이 어세가 급하고 퉁명스러웠다. 그러나 고향을 그리는 남죽의 원은 한결같이 절실하였다.

"얼음 속에 갇혀 있으면 추억조차 흐려지나 봐요. 벌써 머언 옛일 같어요…… 지금은 유월 라일락이 뜰 앞에 한창이고 담 위 장미는 벌써 봉오리가 앉았을걸요."

이것은 남죽이 늘 즐겨서 외는 「고래」 속의 한 구절이었으나 남죽의 대사는 이것으로서 그치는 것이 아니었다. 물 위에 둥둥 떠서 멀리 사라지는 찢어진 편지 조각을 바라보며 남죽의 고향을 그리는 정은 줄기줄기 면면하였다.

"솔골서 시작해서 바다 있는 쪽으로 평야를 꿰뚫은 흰 방축이 바로 마을 앞을 높게 내닫고 있어요. 방축이라니 그렇게 긴 방축이 어디 있겠어요. 포플러나무가 모여 서고 국제 열차가 갈리는 정거장 근처를 지나 바다까지 근 십 리 장간을 일직선으로 뻗쳤는데 인도교와 철교 사이를 거닐기에두 이십 분이나 걸려요. 물 한 방울 없는 모래 개천을 끼고 내달은 넓은 둑은 희고 곧고 깨끗해서 마치 푸른 풀밭에 백묵으로 무한대의 일직선을 그은 것두 같구, 둑 양편으로 잔디가 쪽 깔린 속에 쑥이 나고 패랭이꽃이 피어서 저녁 해가 짜링짜링 쪼이면 메뚜기와 찌르레기가 처량하게 울지요. 풀밭에는 소가 누운 위로 이름 모를 새가 풀 위를 스치면서 얕게 날고 마을로 향한 쪽에는 조, 수수, 옥수수밭이 연하여서 일하는 처녀 아이가 두어 사람씩은 보이죠. 여름 한철이면 조카아이와 같이 염소를 끌고 그 둑 위를 거닐면서 세월없이 풀을 먹여요. 항구를 떠난 국제 열차가 산모퉁이를 돌아 기적소리가 길게 벌판을 울려 올 때, 풀 먹던 염소는 문득 뿔을 세우고 수염을 드리우고 에헤헤헤헤헤 하고 새침하게 한바탕 울어 대군 해요. 마을 앞의 그 둑을—고향의 그 벌판을—나는 얼마나 사랑하는지 몰라요. 그리운지 모르겠어요."

남죽의 장황한 고향의 묘사는 무대 위에서와는 또 다르게 고요한 강물 위를 자유롭게 흘러내렸다. 놀잇배에서 흘러나오는 레코드의 음악이 속된 유행가가 아니고 만약 교향악의 반주였던들 남죽의 대사는 마디마디 아름다운 전원교향악으로 들렸을 것이다.

그의 '전원교향악'에 취하였던 것은 아니나 그의 고향에 대한—적어도 현재 이외의 생활에 대한 그리운 정이 얼마나 간절한가를 느끼며 현보는 속히 여비를 구해야 할 것을 절실히 생각하면서 능라도와 반월도 사이의 여울로 배를 저어 올렸다. 얕아는 졌으나 센 물살을 거슬러

저으면서 섬에 오를 만한 알맞은 물기슭을 찾았다.

"첫 가을이면 송이의 시절…… 좀 있으면 솔골로 풋송이 따러 가는 마을 사람들이 둑 위를 희끗희끗 올라가기 시작하겠어요. 봉곳이 흙을 떠받들고 올라오는 송이를 찾았을 때의 기쁨! 바구니에 듬짓하게 따가지고 식구들과 함께 둑길을 걸어내려올 때면 송이의 향기가 전신에 흠뻑 배지요. 풋송이의 향기……「고래」속의 라일락의 향기 이상으로 제겐 그리운 것이에요."

듣는 동안에 보지 못한 곳이건만 현보에게도 그의 말하는 고향이 한없이 그리운 것으로 생각되었다. 모랫바닥이 보이는 강가로 배를 몰아 놓고 섬 기슭을 잡으려 할 때 배가 몹시 요동하는 바람에 꿈에 잠겼던 남죽은 금시에 정신이 깬 모양이었다. 백양나무가 늘어선 사이로 새풀이 우거져서 섬 속은 단걸음에 뛰어 들어가고도 싶게 온통 푸르게 엿

보였다. 발을 벗고 물속을 걷기도 귀치않아서 남죽은 뱃전에 올라서서 한걸음에 기슭까지 뛰어 건너려 하였다. 뒤뚝거리는 배를 현보가 뒤에서 붙들기는 하였으나 원체 물의 거리가 먼데다가 남죽은 못 미치는 다리에 풀뿌리를 밟은 까닭에 껑청 발을 건너자 배가 급각도로 기울어지며 현보가 위태하다고 느꼈을 순간 풀뿌리에서 미끄러지며 볼 동안에 전신을 물속에 채워 버렸다. 현보가 즉시 신발째로 뛰어들어 그의 몸을 붙들어 일으키기는 하였으나 전신은 물에 빠진 쥐였다. 팔에 걸린 몸이 빨랫짐같이도 차고 무거웠다.

하루의 작정이 흐려지고 섬의 행락이 틀어졌다. 소풍이 지나쳐 목욕이 된 셈이나 물에 빠진 꼴로는 사람들 숲에 섞일 수도 없어 두 사람은 외따로 떨어져 섬 속의 양지를 찾았다. 사람들이 엿보지 못하는 호젓한 외딴 곳에서 젖은 옷을 대충 말리는 수밖에는 없었다. 현보는 신과 바지를 벗어서 널고 남죽은 속옷만을 남기고 치마저고리를 벗어서 양지쪽 풀 위에 펴놓았다. 차라리 해수욕복이나 입었던들 피차에 과히 야릇한 꼴들은 아니었을 것이나 옷을 반씩들 벗은 이지러진 자태— 마치 꼬리와 죽지를 뽑히고 물벼락을 맞은 자웅의 닭과도 같은 *허수한 꼴들은 한층 우스운 것이었다. 더구나 팔다리와 어깨를 온전히 드러내고 젖어서 몸에 붙은 속옷 바람으로 풀밭에 선 남죽의 꼴은 더욱 보기 딱한 것이이서 그 자신은 그다지 *스스러워 여기지 않음에도 현보는 똑바로 보기 어려워 자주 외면하지 않을 수 없었다.

별 수 없이 그 꼴 그대로 틀어진 반날을 옷 말리기에 허비하고 해가 진 후 채 마르지도 못한 축축한 옷을 떨쳐입고 다시 배를 젓고 내려올 때, 두 사람은 불시에 마주 보고 껄껄껄 웃어 댔다. 하루의 이지러진 희극을 즐겁게 끝막으려는 듯 웃음소리는 고요한 저녁 강 위에 낭랑하

허수하다
짜임새나 단정함이 없이 느슨하다.

스스럽다
수줍고 부끄러운 느낌이 있다.

게 퍼졌다.

그 꼴로 혼자 돌려보내기가 가여워서 현보는 그 길로 남죽의 숙소에 들린 채 처음으로 밤이 이슥할 때까지 같이 지내게 되었다. 뜻 속의 것이었든지 혹은 뜻밖의 것이었든지 그날 밤 현보는 또한 남죽과 모든 열정을 주고받았다. 그것은 반드시 한쪽만의 치우친 감정의 발작이 아니라 피차의 똑같은 감정의, 말하자면 공동합작이었으며 그 감정 또한 우연한 돌발적인 것이 아니요 참으로 칠 년 전부터 내려오는 묵고 익은 감정의 합류였다. 늦은 밤거리에 나왔을 때 현보는 찬란한 세상을 겪은 뒤의 커다란 피곤을 일시에 느꼈다.

일이 일인 만큼 큰 경험 후에 오는 하루를 현보는 집에 묻힌 채 가지가지 생각에 잠겼다. 묵은 감정의 합류라고는 하더라도 하필 그 시간에 폭발된 것은 이때까지 피차에 감정을 감추고 시험해 왔던 까닭일까, 그런 감정에는 반드시 기회라는 것이 필요한 탓일까 생각하였다. 결국 장구한 시기를 두었다가 알맞은 때를 가늠 보아 피차에 훔쳐 낸 감정에 지나지 않았다. 사랑이라기에는 너무도 어처구니없는 것인지는 모르나 그러나 사랑이 아니라고 할 수도 없는 것이, 비록 미래의 계획이 없는 한 막의 애욕극이었다고는 하더라도 거기에 이르기까지는 오랜 시간의 양해가 있었던 것이라고 생각하였다. 남죽의 마음 또한 그러려니는 생각하면서도 현보는 한편 남자 된 욕심으로 남죽의 허랑한 감정을 의심도 하여 보았다. 대체 지난 칠 년 동안의 그에게는 완전히 괄호 안의 비밀인 남죽의 생활이 어떤 내용의 것이었을까 하는 것이었다. 그에게 있어서 간간이 생리의 정리가 필요하듯이 남죽에게도 그것이 필요하지 않았을까?

혹은 한번쯤은 결혼까지 하였다가 실패하였는지도 모르며—더 가깝게 가령 그와 다시 만나기 전에 친히 지냈던 민삼과는 깊은 관계가 없었을까 하는 생각이 갈피갈피 들었으나 돌이켜보면 그렇게 그의 결벽하기를 원하는 것은 순전히 자기 자신의 지나친 욕심이며 그것을 희망할 자격은 자기에게는 없다는 것을 느끼게 되었다. 괄호 안의 비밀, 그의 눈에 비치지 않은 부분의 생활은 그의 관계할 바 아니며 다만 그로서는 그에게 보여 준 애정만을 달게 여기면 족한 것이라고 결론하면서 그의 애정을 너그럽게 해석하려고 하였다.

값으로 산 애정은 아니었으나 남죽의 처지가 협착한 만큼 현보는 애정에 대한 일종의 책임을 느껴서 그의 여비 일건을 더욱 절실히 생각하게 되었다. 그를 오래도록 붙들어 둘 수 없는 이상 원대로 하루라도 속히 고향에 돌려보내는 것이 애정의 의무일 것같이 생각되었다.

여비를 갖춘 후에 떳떳이 만날 생각으로 그 밤 이후 며칠 동안은 남죽을 찾지 않았다. 여비를 갖춘대야 생판 날탕인 현보에게 버젓한 도리가 있을 리는 없었다. 이미 친한 동무 준구에게 한번 청을 걸어 여의치 못한 이상 다시 말해 볼 만한 알맞은 동무는 없었으며 그렇다고 그의 일신에 돈으로 바꿀 만한 귀중한 물건을 지닌 것도 아니었다. 옳은 길이라고는 생각지 않았으나 별수 없이 남은 한 길을 취할 수밖에는 없었다. 진종일을 노리다가 사랑 문갑에서 예금통장을 집어내기에 성공하였던 것이다. 은행과 조합의 통장이 허다한 속에서 우편예금 통장을 손쉽게 집어내서 도장까지 위조하여 *소용의 금액을 감쪽같이 찾아내기는 하였으나 빽빽한 주의 아래에서 그것에 성공하기에는 온 이틀을 허비하였다. 가정에 대한 그 불측한 반역이 마음을 괴롭히지 않는 바도 아니었으나 그만한 희생쯤은 이루어진 애정에 대한 정성과 봉

소용
쓸 곳.

사의 생각으로 닦아 버리려고 생각하였던 것이다.

그 밤 이후 처음으로 만나는데 소용의 금액을 넌지시 내놓음이 받은 애정의 대상을 갚는 것도 같아서 겸연쩍기는 하였으나 그러나 한편 돈을 가진 마음은 즐겁고 넉넉하였다. 마음도 가뿐하고 걸음도 시원스럽게 현보는 오후는 되어서 남죽의 여관을 찾았다.

여관 안은 전체로 감감하고 방에는 남죽의 자태가 보이지 않았다. 원체 아무 세간도 없는 방인 까닭에 텅 빈 방 안을 현보는 자세히 살펴볼 것도 없이 문을 닫고 아마도 놀러 나갔으려니 하고 거리로 나왔다. 찻집과 백화점을 한 바퀴 돌고는 밤에 다시 찾기로 하고 우선 집으로 돌아왔을 때 뜻밖에 남죽의 엽서가 책상 위에 있었다.

연필로 적은 사연이 간단하게 읽혔다.

왜 며칠 동안 까딱 오시지 않았어요. 노여운 일 계세요. 여러 날 폐만 끼친 채 여비가 되었기에 즉시로 떠납니다. 아마도 앞으로는 만나 뵙기 *조련치 않을 것 같아요. 내내 안녕히 계세요.

남죽 올림

조련찮다
민망할 정도로 헐하거나 쉽다.

돌연한 보고에 현보는 기를 뽑히고 즉시로 뒷걸음을 쳐서 여관으로 향하였다.

여러 날 안 왔다고 칭원을 하면서 무슨 까닭에 그렇게도 무심하고 급스럽게 떠나 버렸을까? 여비라니 *다따가 오십 원의 여비를 대체 어떻게 해서 구하였을까? 짜장 며칠 동안 카페 여급 노릇이라도 한 것일까—여러 가지로 생각하면서 여관에 이르러 다시 방문을 열어 보았을 때 아까와 마찬가지로 텅 빈 것이었으나 그런 줄 알고 보니 사실 구석

다따가
난데 없이. 갑자기.

에 가방조차 없었다. 경솔한 부주의를 내책하면서 그제야 곡절을 물어 보러 안문을 들어서서 주인을 찾았다.

궂은일을 하던 노파는 치맛자락으로 손을 훔치면서 한마디 불어 대고 싶은 듯도 한 눈치로 뜰 안에 나서며 간밤에 부랴부랴 거둬 가지고 떠났다는 소식을 첫마디에 이르고는 뒤슬뒤슬 속 있는 웃음을 띄웠다.

"그게 대체 여배우요, 여학생이오? 신식 여자들은 겉만 보군 알 수가 없으니."

무슨 소리를 하려는 수작인고 하고 그다지 반갑지는 않았으나 현보는 잠자코 있을 수만 없어서,

"여학생으로두 보입디까?"

되려 한마디 반문하였다.

"그럼 여배우군. 어쩐지 행동거지가 보통이 아니야. 아무리 시체 여학생이기루 학생의 처신머리가 그럴까 했더니 그게 여배우구려."

"행동이 어쨌단 말요."

"하긴 여배우는 거반 그렇답디다만."

말이 시끄러워질 눈치여서 현보는 귀치않은 생각에 말머리를 돌렸다.

"식비는 다 치렀나요."

그러나 그 한마디가 도리어 풀숲의 뱀을 쑤신 셈이었다. 노파의 말주머니는 막았던 봇살같이 한끼번에 터져 나오기 시작히었다.

"식비 여부가 있겠수. 푸른 지전이 지갑 속에 불룩하든데. 수단두 능란은 하련만 백만장자의 자식을 척척 끌어들이는 걸 보문 여간내기가 아닌 한다 하는 난군입디다. 그런 줄 알구 그랬는지 어쨌는지 아마두 첫눈에 후려댄 눈친데 하룻밤 정을 줘두 부자 자식이 좋기는 좋거든. 맨숭한 날탕이든 것이 하룻밤 새에 지전이 불룩하게 쓸어 든단 말요.

격이 되기는 됐어. 하룻밤을 지냈을 뿐 이튿날루 살랑 떠난단 말요."

청천의 벼락이었다. 놀라고 어처구니가 없어서 노파의 입을 쥐어박고도 싶었으나 그러나 실성한 노파가 아닌 이상 거짓말도 아닐 것이어서 현보는 다만 벌렸던 입을 다물 수 없었다.

"백만장자의 자식이라니 누 누구란 말요."

아마도 말소리가 모르는 결에 떨렸던 성싶었다.

"모르시오? 김장로의 아들 말이외다. 부랑자루 유명한."

현보는 아찔해지며 골이 핑 돌았다. 더 물을 것도 없고 흉측한 노파의 꼴조차가 불현듯이 보기 싫어져서 뒤도 돌아다보지 않고 허둥허둥 여관을 나와 버렸다.

'그것이 여비의 출처였던가.'

모르는 결에 입술이 찡그려지며 제 스스로를 비웃는 웃음이 흘러 나왔다. 김장로의 아들이라면 며칠 전 바에서 돌연히 남죽에게 춤을 청한 놈팡이인데 어느 결에 그렇게 쉽게 교섭이 되었던가. 설사 여비를 구하기 위한 수단이라고 하더라도 어둠의 여자와 다를 바가 무엇인가 생각할 때 무서운 생각에 전신에 소름이 쭉 돋으며 허전허전 꼬이는 다리에 그 자리에 쓰러져 울고도 싶었다.

남죽은 그렇게까지 변하였던가. 과거 칠 년 동안의 괄호 속의 비밀까지가 한꺼번에 눈앞에 보이는 듯하여 현보는 속았다는 생각만이 한결같이 들어 온전히 제정신 없이 거리를 더듬었다.

우울하고 불쾌하고—미칠 듯도 한 며칠이었다. 칠 년 전부터 남죽을 알아 온 것을 뉘우치고 극단이고 무엇이고를 조직하려고 한 것조차 원 되었다. 속힌 것은 비단 마음뿐이 아니고 육체까지임을 알았을 때 현보는 참으로 미칠 듯도 한 심정이었던 것이다.

육체의 일부에 돌연히 변조가 생기기 시작한 것은 다음날부터였으나 첫경험인 현보는 다따가의 변화에 하늘이 뒤집힌 듯이나 놀랐고, 첫째 그 생리적 고통은 견딜 수 없이 큰 것이었다. 몸에는 추잡한 병증이 생기며 용변할 때의 괴롬이란 살을 찢는 듯도 하여 이루 헤아릴 수 없었다. 세상에서 흔히 말하는 병이 바로 이것인가 보다, 즉시 깨우치기는 하였으나 부끄러운 마음에 대뜸은 병원에도 못 가고 우선 매약점에를 들렀다가 하는 수 없이 그 길로 의사를 찾았다. 진찰의 결과는 예측과 영락없이 들어맞아서 별수 없이 의사의 앞에서 눈을 감고 부끄러운 치료를 받기 시작하면서 찡그린 마음속에는 한결같이 남죽의 자태가 떠올랐다.

마음과 몸을 한꺼번에 속인 셈이나 남죽은 대체 그런 줄을 알았던가 몰랐던가. 처음에는 감격하고 고맙게 여겼던 애정이었으나 그렇게 된 결과로 보면 일종의 애욕의 사기로밖에는 생각되지 않았다. 칠팔 년 전 건강하고 아름다운 꿈으로 시작되었던 남죽의 생애가 그렇게 쉽게 병들고 상할 줄은 짐작도 할 수 없었던 것이다. 굳건한 꿈의 주인공이 칠 년 후 한다하는 밤의 선수로 밀려 떨어질 줄은 생각할 수 없었던 것이다. 아담하던 꽃은 좀이 먹었을 뿐이 아니라 함빡 병들어 상하기 시작하시 않았던가. 객점 내중원 뒷방에서 서울이민 *화롯전을 끼고 있어서 독서에 열중하다가 이론 투쟁을 한다고 아무나를 붙들고 채 삭이지도 못한 이론으로 함부로 후려대다가는 이튿날로 학교의 사건을 지도한다고는 조금 츨츨한 동무들이면 모조리 방에 끌어다가는 의론과 토의가 자자하던 칠 년 전의 남죽의 옛일을 생각할 때 현보는 금할 수 없는 감회에 잠기며 잠시는 자기 몸의 괴로움도

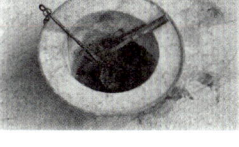

회로
숯불을 담아 놓는 그릇.

잊어버리고 오늘의 남죽을 원망하느
니보다는 그의 자태를 측은히
여기는 마음이 끝없이 솟았
다. 어린 꿈의 자라 가는 것
은 여러 갈래일 것이나 그
허다한 실례 속에서 현
보는 공교롭게도 남죽
에게서 가장 측은하고
빗나간 한 장의 표본을
본 듯도 하여서 우울하기
짝이 없었다.

부정한 수단을 써가면서까지
여비로 만든 오십 원 돈이 뜻밖에도
망측한 치료비로 쓰이게 된 것을 생각하고 그 돈의 기구한 운명을 저
주하면서 답답한 마음에 현보는 그날 밤 초저녁부터 바에 들어가 잠겼
다. 거기에서 또한 우연히도 문제의 거리의 부랑자 김장로의 아들을
한자리에서 마주치게 된 것은 얼마나 뼈저린 비꼬움이었던가. 반지르
하면서도 유들유들한 그 꼬락서니가 언제 보아도 불쾌하고 노여운 것
이었으나 그러나 남죽 자신의 뜻으로 된 일이었다면 그도 하는 수 없
는 노릇이며 무엇보다도 그 당장에서 그 녀석을 한 대 먹여서 꼬꾸라
뜨릴 만한 용기와 힘없음이 현보에게는 슬펐다. 녀석도 또한 그 자리
로 현보임을 알아차리고 가소로운 것은 제 술잔을 가지고 일부러 현보
의 탁자에 와 마주 앉으며 알지 못할 웃음을 띠우는 것이다.

"이왕 마주 앉았으니 술이나 같이 듭시다."

어느 결엔지 여급에게 분부하여 현보의 잔에도 술을 따르게 하였다. 희고 맑은 그 양주가 향기로 보아 솔 내 나는 진인 것이 바로 그 밤과 같은 것이어서 이 또한 우연한 비꼬움으로밖에는 생각되지 않았다.

"이렇게 된 바에 무엇을 속이겠소. 터놓고 말이지 사실 내겐 비싼 흥정이었었소. 자랑이 아니라 나도 그 길엔 상당히 밝기는 하나 설마 그런 흠이 있을 줄이야 뉘 알았겠소. 온전히 홀린 셈이지. 그까짓 지갑쯤 털린 거야 아까울 것 없지만 몸이 괴로워 못 견디겠단 말요. 허구한 날 병원에만 당기기두 창피하구, 맥주가 직효라기에 날마다 와서 켰으나 이 몸이 언제나 개운해질는지……."

술잔을 내고는 얼굴을 찡그리고 쓴웃음을 띠우는 것을 보고는 녀석을 해낼 수도 없고 맞장구를 칠 수도 없어서 현보는 얼떨떨할 뿐이었다.

"당신두 별수 없이 나와 동류항일 거요. 동류항끼리 마음을 헤치구 하룻밤 먹어 봅시다그려."

하면서 굳이 술잔을 권하는 것이다.

현보는 녀석의 면상에 잔을 던지고 그 자리를 일어나고도 싶었으나—실상은 웃지도 못하고 울지도 못할 난처한 표정대로 그 자리에 빠지지 앉아 있는 수밖에는 없었다.

「해바라기」, 학예사, 1939.

해바라기

1

언제인가 싸우고 그날 밤 조용한 좌석에서 음악을 듣게 되었을 때, 즉시 싸움을 뉘우치고 녀석을 도리어 측은히 여긴 적이 있었다. 나날의 생활의 불행은 *센티멘털리즘의 결핍에서 오는 것이 아닐까. 사회의 공기라는 것이 깔깔하고 사박스러워서 교만한 마음에 계책만을 감추고들 있다. 직원실의 풍습으로만 하더라도 그런 상스러울 데는 없는 것이 모두가 꼬불꼬불한 *옹생원이어서 두터운 껍질 속에 움츠러들어서는 부질없이 방패만은 추켜든다. 각각 한줌의 센티멘털리즘을 잃지 않는다면 적어도 이 거칠고 야만스런 기풍은 얼마간 조화되지 않을까 — 아닌 곳에서 나는 센티멘털리즘의 필요라는 것을 생각하면서 모처럼의 일요일도 답답한 것이 되기 시작했다. 확실히 마음 한 귀퉁이로는 지난날의 녀석과의 싸움을 되풀이하고 있었다. 싸움같이 결말이 늦은 것은 없다. 오래도록 흉측한 인상이 마음속에 남아서 불쾌한 생각을 가져오곤 한다. 즉 싸움의 결말은 그 당장에서 나는 것이 아니라 오래도록 마음속에서 얼마든지 계속되는 것이다. 창 밖에 만발한 화초 포기를 철망 너머로 내다보면서 음악을 들을 때와도 마찬가지로 나는 녀석을 한편 측은히 여겨도 보았다. 별안간 운해가 찾아온 것은 바로 그런 때였다.

제 궁리에 잠겨 있던 판에 다따가 먼 곳에서 찾아온 동무의 자태는 퍽도 신선한 인상을 주었다. 몇 해 만이건만 주름살 하나 없는 팽팽한 얼굴에 여전히 시원스런 낙천가의 모습 그대로였다.

해바라기

센티멘털리즘 (sentimentalism)
슬픔, 동정, 연민 따위의 감정.

옹생원
성질이 옹졸하고 도량이 좁은 사람을 놀림조로 이르는 말. 꽁생원.

"싸움의 기억에 잠겨 있는 판에 하필 자네가 찾아올 법이 있나."

"싸움두 무던히는 좋아하는 모양이지."

"욕을 받구까지야 가만있겠나."

"싸웠으면 싸웠지, 기억은 뭔가. 자넨 아직두 그 생각하구 망설이는 타입을 벗어나지 못한 모양이야. 몇 세기 전의 퇴물림을. 개운치두 못하게 원."

"핀잔만 주지 말구…… 센티멘털리즘의 필요라는 건 어떤가?"

"센티멘털리즘으로 타협하잔 말인가? 싸우면 싸웠지 타협은 왜. 싸움이란 결코 눈앞에서 화다닥 끝나는 게 아니구 길구 세월없는 것인데 오랜 후의 결말을 기다리는 법이지 타협은 왜……."

"자네 낙관주의의 설명인가."

"낙관주의 아니면 지금 이 당장에 무엇이 있겠나. 방구석에 엎드려 울구불구만 있겠나."

운해는 더운 판에 저고리를 벗고 부채를 야단스럽게 쓰기 시작했다.

"내 낙관주의의 설명을 구체적으로 함세…… 봄부터 어떤 산업회사에 들어가 월급 육십 원으로 잡지 편집을 해주고 있네. 틈을 타서 영화회사 촬영대를 따라 내려온 것은 촬영 각본을 써주었던 까닭……."

간밤에 일행들과 여관에 들었다가 아침에 일찍이 찾아온 것은 묵은 회포를 이야기할 겸 내게 야외 촬영의 참관을 권하자는 뜻이었다. 물론 이런 표면의 사정이 반드시 그의 낙관주의의 설명은 아닌 것이요, 그것을 터놓고 이야기하는 그의 태도가 낙관적일 뿐이다. 그의 처지를 설명하는 어조에는 오히려 일종의 그 스스로를 비웃는 표정조차 있었던 것이요, 그런 그의 태도 속에 나는 낙관의 노력의 자취를 역력히 보는 듯했다. 과거에 있어서도 문학의 세상과 인연이 없는 것은 아니어서 열정의 나머지를 기울여 평론도 쓰고 문학론도 해오던 그였다. 영화에 손을 댄 것도 결국은 막힌 심정의 한 개 구멍을 거기서 찾자는 셈이라고 짐작하면 그만이다.

그가 쓴 각본 「부서진 인형」 속에 남녀 주인공이 강에서 배를 타다가 물속에 빠지는 장면이 있다는 것이다. 그 장면의 촬영을 보러 가자고 운해는 식모가 날라 온 차를 마시고 나더니 나를 재촉한다. 물에 빠진 가엾은 남녀의 꼴을 보기보다도 내게는 나로서 강에 나갈 이유가 있기는 있었다.

"올부터 모래찜을 시작했네. 어떤 때엔 매생이를 세내서 고기두 더러 낚아 보고, 일요일마다 강에 안 나가는 줄 아나. 오늘은 망설이던 판에 뜻밖에 이렇게 자네에게 끌리게 됐을 뿐이지."

"됐어. 모래찜과 낚시질과."

운해는 무릎을 칠 듯이 소리를 높였다.

"강태공의 곧은 낚시를 물에 드리우는 그 일밖엔 우리에게 오늘 무엇이 남았나. 금방 세상이 두 동강으로나 나는 듯 법석을 하구 비판을 할 것은 없어. 사람 있는 눈치만 나면 언제까지든지 웅크리고 엎드리는 두꺼비를 본 적이 있나? 필요한 건 다른 게 아니라 그 두꺼비의 재주라네."

두꺼비

들고 보니 늠성하고 일어서는 그의 자태가 그대로 두꺼비의 형용이었다. 오공이 같은 체격이며 *몽총한 표정이 바로 두꺼비의 인상임을 나는 신기한 발견이나 한 것처럼 바라보았다. 옷을 갈아입고 같이 집을 나섰을 때 나는 더욱 그를 주의해 바라보며 짜장 두꺼비를 느끼기 시작했다.

운해가 동무들과 함께 전주를 다녀온 것이 오 년 전이었다. 그가 막

몽총하다
몽총하다. 붙임성과 인정이 없이 새침하고 쌀쌀하다.

전주서 올라왔을 때의 인상—그것이 내가 이 몇 해 동안 그에게서 받은 인상 중에서 가장 선명한 한 폭이기는 하나, 그러나 그때의 인상이 반드시 전주로 가기 전의 파들파들한 열정시대의 그것보다 초라한 것은 아니었으며, 오늘의 그의 인상이 또한 과히 그때에 떨어지는 것도 아니다. 생각건대 이 두꺼비의 인상을 그는 열정시대부터 벌써 육체와 마음속에 준비해 가지고 오늘에 미친 것인 듯도 하다. 물론 다만 소질의 문제만이 아니요, 노력의 결과 ……(원문 탈락)…… 없는 오늘 그가 그의 유의 철학을 마음속에 세우게 되었음으로 인해서 짜장 두꺼비의 형용을 가지게 된 것으로서 설명할 수 있을 듯하다.

"석재 소식 자주 듣나?"

거리에 나섰을 때 운해는 역시 같은 한 사람의 서울 동무의 이야기를 꺼냈다. 전주 시대부터 운해와 걸음을 같이한 나보다도 물론 그와 더 절친한 사이에 있는 석재였다.

"녀석두 체질로나 기질로나 나와는 달라서 꼬물거리는 성질이거든. 요새 죽을 지경이지."

"두꺼비 되긴 어려운 모양인가?"

"직업두 웬만한 건 다 싫다구 집에서 번둥번둥 놀구만 있으려니깐 하루는 부에서 나와서 방어 단원으로 편입해 버리지 않았겠나? 공교로운 일도 있지. 등화관제 연습 날 밤 불꺼진 거리를 더듬고 걸으려면 방어 단원들이 여기저기서 소리를 치면서 포도를 걸으라고 경계가 심하지 않은가. 나두 거리 복판을 걷다가 한 사람에게 호되게 꾸중을 받고 포도 위로 올라섰을 때 가로수 곁에 웅크리고 선 것이 누구였겠나? 어렴풋한 속에서도 그렇듯이 짐작되는 국방색 단원복과 모자를 쓴 것이 석재임을 알았을 때 얼마나 놀랐겠나. 자네에게 보이고 싶은 광경이었었네. 이튿날 벼락같이 찾아와서 하는 말이 단원복을 만드는데 십오 원이 먹혔는데 그 십오 원을 만들기 위해서 다따가 하는 수 없어 츨츨한 책을 뽑아 가지구 고물 서점을 찾았다나……."

운해는 껄껄 웃었으나 석재의 자태가 너무도 선명하게 눈앞에 떠오르는 바람에 목이 눌리는 것 같아서 나는 웃으려야 웃음이 나오지 않았다.

"정직한 대신 사람이 외통골이래서 마음의 괴롬이 한층 더하거든."

"나두 집에 두꺼비나 길러 볼까."

농이 아니라 사실 내게는 운해의 탄력 있고 활달한 심지와 태도가 부러운 것이었다.

배로 강을 건너 반월도에 이르렀다.

강 위에는 수없이 배가 떴고 언덕과 섬에는 사람들이 들끓었다. 강 건너편에 운해의 일행인 촬영대의 일동이 오물오물 몰켜 있는 것이 보였으나 운해는 굳이 참견하러 갈 필요를 느끼지 않는 모양이었다.

섬의 풍경은 해방적이어서 사람들이 뒤를 이어 꼬여들건만 수영복을 입은 사람이 드물었다. 몸에 수건 하나 걸치는 법 없이 발가숭이 채로 강에 뛰어들었다가는 기슭에 나와 모래 속에 몸을 묻고들 했다. 거개가 장골들이었다.

"저것두 내 부러운 것의 한 가지."

운해는 내 시선의 방향을 더듬으면서 이쪽저쪽에 지천으로 진열된 육체의 군상을 바라보았다.

"결국 저 사람들이 가장 잘 사는 사람들일는지두 모르네. 곰상거리는 법 없이 날마다 고깃근이나 구워 먹구 모래찜을 하는 동안에 신경이 장작같이 무지러지거든."

그러나 굳이 모르는 그 사람들을 탄복할 것 없이 나는 운해 자신이 옷을 벗고 수영복을 갈아입었을 때 그의 장한 육체에 솔직하게 놀라지 않을 수 없었다. 목덜미가 *떡메같이 굵고 배꼽은 한 치 가량이나 깊은 듯하다. 그 어느 한구석 빈 데가 없이 옷을 입었을 때의 인상보다도 몇 갑절 충실하다.

떡메
인절미나 흰떡 따위를 만들기 위하여 찐 쌀을 치는 메.

떡메로 떡을 치는 장면

"훌륭한걸!"

내 눈 안에 꽉 차는 그의 육체를 나는 그 무슨 탐탁한 물건같이도 아름답게 보았다.

"몇 관이나 되나?"

"십팔 관이 넘으리. 저울에 오를 때마다 느끼니까."

"훌륭해. 그 육체 외에 더 바랄 것이 무엇이겠나. 자네 낙관주의라는 것두 결국은 그 육체에서 시작된 것인가 부네."

"육체가 먼전지 정신이 먼전진 모르나 요새 부쩍 몸이 늘기 시작한단 말야. 그렇다구 저 사람들같이 고기를 흔히 먹는 것두 아니네만, 월급 육십 원으로야 고긴들 마음대루 먹겠나? 결혼두 아직 못 하구 있는 처지에……."

결혼이란 말이 다따가 내게는 또 한 가지 신선한 인상을 가지고 들려 왔다. 운해는 내 표정을 살피는 눈치더니 좀더 자세한 이야기가 있는 듯 자리를 내려서며 걷기 시작한다.

"실상은 오늘 자네에게 들리려고 한 중요한 이야기가 그 결혼의 일 건이구, 오늘 이 당장에서 자네에게 그 약혼자까지 선뵈려는 것이네." 하면서 운해는 섬 위를 이쪽저쪽 살피는 눈치나 아직 그 약혼자가 나타나지는 않은 모양이었다. 금시초문의 그의 사정 이야기에 나는 정색하면서 그의 곁을 따라 걸었다.

"평생 독신으로 지낼 수도 없겠구 결혼하는 편이 역시 합리적이라구 생각한 까닭인데 아무래두 집 한 채는 장만해야 할 테니 삼천 원은 들 터…… 자네두 알다시피 내게는 돈 삼천 원이 있을 리 있나? *규수는 바로 이곳 사람으로 현재 여학교에 봉직하고 있는 중이지만 결혼하면 서울로 데려가야 할 터. 이것이 한 가지의 곤란이구 당초에 동무의 소개로 알게 된 것이나 워낙 거리가 떨어져 있는 까닭에 연애니 무어니 하는 감정적 과정이 아직 생기지두 못한 채 타성으로 질질 끌어 오늘에 이른 것인데 자네두 알다시피 내게 미묘하고 세밀한 연애의 감정이니 하는 것이 있을 리가 없구 무엇보다두 그런 쓸데없는 감정의 낭비를 극도로 경멸하는 내가 아닌가. 그런 까닭에 지금까지 약혼의 사이라는 형식으로 오기는 했으나 실상인즉 그를 아직두 완전히 모르고 또 이해도 못 하고 있다는 것이네. 연애니 뭐니 하구 경멸은 했으나 이런 어리석을 데가 있겠나? 지금 와서 결혼이 촉박하게 되니 비로소 불찰이 느껴지면서 마음이 황당해 간단 말이네. 결말이 짜장 어떻게 되는지 해서 마음이 설레고 불안해 간단 말야. 오늘두 사실은 자네와 한데 어울려 스스럽지 않은 분위기 속에서 그의 마음을 가늠도 보구 불안한 공기를 부드럽혀두 볼까 한 것이네. 자네에겐 폐가 될는지두 모르나 친한 사이에 허물할 것두 없을 법해서."

듣고 보니 그가 나를 찾았던 이유의 속의 속뜻도 비로소 알려지고, 그의 연애라는 것도 과연 그다운 성질의 유유한 것임을 느끼면서 나는 마음속에 생각하는 바가 많았다.

"낙관주의자두 연애에 들어선 초년병이네그려."

"너무 낙관했기 때문에 이제 와 이렇게 설레게 된 것인지두 모르지. 그러구 한 가지의 불안은……."

규수
남의 집 처녀를 정중하게 이르는 말.

말을 끊더니 먼 하늘을 보며 빙그레 미소를 띠었다.

"그가 너무도 미인이라는 것이네."

"흠, 행복자야!"

"오거든 보게만 평양서두 이름이 높다네. 약혼자가 미인인 까닭에 느끼는 불안…… 자네 읽은 소설 속에 그런 경우 더러 없었나?"

"연애에 성공하기를 비네."

모래 위를 두어 고패나 곱돌아 물가를 오르내리는 동안에 짜장 그의 약혼자가 나타났다. 멀리 보트를 저어 오는 것을 운해가 눈 빠르게 발견하고 내게 띄워 주었다. 배는 사람이 드문 물가를 찾아서 한 귀퉁이에 대었다. 운해가 쫓아가 그를 부축해서 내려 주고는 한참 동안이나 서서 이야기가 잦더니 이리로 걸어오는 것이었다. 아닌 게 아니라 나는 별안간 눈이 번쩍 뜨이는 '이름 높은 미인'을 보고 인사하는 말조차 어색해졌다. 짙은 옥색 적삼 위에서 그의 눈과 코는 *아로새긴 것같이 또렷하고 선명하다. 상스러운 섬의 풍속 속에서 그를 보기가 외람한 듯한 그런 뛰어난 용모였다.

아로새기다
무늬나 글자 따위를 또렷하고 정교하게 파서 새기다.

"운해 군에게서 말씀들었습니다만 쉬이 경사를 보신다구요."

나로서는 용기를 다해서 한 말이었으나 그에게는 그닷한 영향도 안 준 듯,

"글쎄요."

하고 고개를 약간 숙였을 뿐이었다.

글쎄요—이 말의 뜻을 생각하면서 두 사람의 모양을 바라볼 때 나는 그 속에 끼인 내 존재의 무의미한 역할을 깨닫기 시작했다. 운해의 부탁으로는 나도 한몫 끼여 스스럽지 않은 분위기를 만들고 불안한 공기를 부드럽혀 달라는 것이었으나, 두 사람의 모양을 바라볼 때 그것

이 도저히 내 역할이 아님과 남의 연애
속에 들어가 잔말질을 함이 얼마나 쑥
스러운 짓인가를 즉시 느끼게 되었
다. 무엇보다도 그 약혼자가 결코 범
상한 여자가 아님을 안 것이요, 그가
뿌리는 찬란한 색채와 자극이 너무도
큰 까닭에 그의 옆에 주책없이 머물러
있기가 말할 수 없이 겸연쩍었던 것이다.

　"잠깐 물에 잠겼다 올 테니 얘기들 하구
계시죠."

　운해가 빌듯이 붙드는 것이었으나
굳이 그 자리를 사양하고 물가로 나
갔다. 걸으면서도 머리속에 새
겨진 두 사람의 인상의
대조가 너무도 선명
하게 마음을 괴롭
혔다. 두꺼비와 공작—
별수 없이 이것이다. 운해가 잘 아
는 어색한 공기라는 것이 결국은 이 너무도
큰 대조에서 오는 것이요, 두 사람 사이의 비극—만약 그런 것이 온다
고 하면—참으로 약혼자의 너무도 뛰어난 용모에서 시작된 것이라고
밖에는 생각할 수 없다. 내가 그렇듯 탄복한 십팔 관을 넘으리라는 탐
탁하고 훌륭하던 운해의 육체건만 약혼자의 맑은 자태와 비길 때 그렇
게도 떨어지고 손색 있어 보임이 웬일인지를 알 수 없었다. 기울어진

대조에서 오는 불길한 암시를 떨어버리려는 듯 나는 물속에 텀벙 잠겨 깊은 곳으로 헤엄치기 시작했다. 모래 언덕에 앉은 두 사람의 자태가 차차 멀어지는 것을 곁눈질하면서 자꾸만 헤엄쳐 들어갔다.

밤거리에서 단둘이 술상을 마주 대했을 때 운해는 낮에 섬에서의 내 행동을 책하며 결국 단둘이 앉았어도 별 깊은 이야기를 못 했다는 것을 고백하고 눈치가 어떻더냐고 도리어 내게 자기들의 판단을 맡기는 것이었다.

"글쎄."

나는 얼뻥뻥해서 이렇게 적당하게 대답해 두는 수밖에는 없었으나, 대답하고 나서 문득 그 한마디가 바로 그의 약혼자가 섬에서 내게 대답한 같은 한마디였음을 깨닫고 놀라지 않을 수 없었다. 시대에 민첩한 낙관주의자도 연애에는 둔하고 불행한 것인가 하고 마음속으로 동무를 가엾게도 여겨 보았다.

"막차로 일행들보다 먼저 떠나겠으나 자네 알다시피 이런 형편이니까 틈 있는 족족 내려는 오겠네. 즉 자네와 만날 기회두 많다는 것이네."

"부디 연애에 성공하구 속히 결혼하도록 하게."

축배인 양 나는 술잔을 높이 들어 그에게 권했다.

2

두어 주일 후이었다. 일요일 오후는 되어서 운해는 두 번째 나를 찾았다. 내가 그때까지 집에 머물러 있었던 것은 그의 방문을 예측하고 있었던 까닭이요, 그의 찾아온 목적까지도 짐작하고 있었던 것이다.

영화 각본의 책임자로 촬영대 일행과 온 것도 아니요, 그렇다고 약혼 자와의 결혼 때문에 온 것도 아니었다. 결혼—은커녕 가엾게도 그와 반대의 목적으로 온 것이다. 끝난 연애—놓쳐 버린 연애의 뒷소식을 알리러 온 것임을 나는 안다.

"자넨 무서운 사람이네. 자네 신경 앞에는 모든 것이 발각되구 마는 것을 이제야 겨우 깨달았네. 그러면은 그렇다구 그때에 왜 그런 눈치 못 보여 주었나? 솔직하게 일러만 주었던들 다른 방책이 있었을 것 을……."

두꺼비같이 덜석 주저앉더니 운해는 원망하듯 늘어놓는다.

"나두 민망해서 못 견디겠네만 그러나 일이 그렇게 대담하게 될 줄 야 뉘 알었겠나?"

"내가 비록 호인이기로 그렇게까지 눈치를 몰랐을까. 아침에 그 집에를 갔더니 되려 반가워하면서 내게 곡절을 물으려고 드는 것을 보니 집안사람들두 까딱 모르고 지냈나 부데."

"대담한 계획이야."

"영원의 여성…… 나를 인도해 가지는 못할지언정 나를 버리고 가다니 무서운 세상이다."

주의해 보니 운해는 벌써 술잔이나 기울이고 온 모양이었다. 슬픈 표성이라기보다는 울석한 낯에 서나한 기운이 돌고 있었다. 그의 그런 심정을 나는 이해할 수 있으며, 그에게서 듣지 않아도 그의 사정을 거리의 소문으로 이미 잘 알고 있었던 것이다.

약혼자가 며칠 전에 달아난 것이다. 교직을 버리고 성악을 공부한다는 사람의 뒤를 따라서 동경으로 건너갔다는 것이다. 거리에는 크게 소문이 나고 구석구석에서 이야깃거리가 되었다. 공작같이 찬란하던 그의 용모의 값을 한 셈이다. 소식을 들은 순간 나는 섬에서 느낀 예감이 적중한 것을 느끼고 한참 동안 가슴이 설렘을 어찌는 수 없었다. 운해를 위해서는 그지없이 섭섭한 일이기는 하나 엄숙한 사실 앞에는 하는 수 없는 노릇이다. 운해와의 약혼을 표면으로 내세우고, 그 그늘에서 참으로 즐기는 사내와 만나고 있었던 것이 짐작되며 섬에서의 그의 표정과 말투 속에 벌써 그것이 암시되어 있지 않았던가. 운해는 그것을 모르고 *일률로 결혼의 길만을 생각하고 있었던 셈이다.

일률
한결같이 다룸. 또는
일정한 규율.

"내 사랑 끝났도다."

노랫조로 부르는 운해의 목소리는 그러나 반드시 비장한 것은 아니었다. 오장육부를 찌르고 뼈를 긁어내고—응당 그런 심경이어야 할 것이지만 운해의 경우는 반드시 그런 것이 아니고 그 어디인지 넉넉하고 심드렁한 태도조차 보였다.

"그러나 내 마음 편하도다."

사랑이 끝났으므로 참으로 그의 마음은 편한 듯도 보였다. 결국 연애도 그에게 있어서는 생활의 전부가 아닌 것일까. 그의 모든 생활의 다른 경우와 같이 간단하고 유유하게 정리할 수 있는 것일까—나는 그의 모양을 새삼스럽게 찬찬히 바라보았다.

밖에서 만찬을 같이 하려고 함께 집을 나오자마자 운해는 다시 걸음을 돌리면서 나를 집으로 끌어들였다. 불란서어나 독일어 책을 빌려달라는 것이다.

"어학이나 시작하면 생활에 풀이 좀 날까 해서."

"기특하구 장한 생각이야."

나는 초보적인 독일어 책 몇 권을 뽑아 가지고 나와서 그에게 전했다.

"이히 바이스 니히트 바스 졸 에스 베도이텐 다스 이히 조 트라울리히 빈!"

큰 거리에 나왔을 때 운해는 문득 언제 기억해 두었던 것인지 하이네의 시인 듯한 한 구절을 외우는 것이었으나, 노래의 뜻같이 반드시 슬픈 것이 아니요, 그의 어조는 차라리 한시라도 읊는 듯 낭랑한 것이었다. 흥에 겨워 몇 번이고 거듭 외웠다.

"이히 바이스 니히트 바스 졸 에스 베도이텐 다스 이히 조 트라울리히 빈!"

술이 *고주가 된 위에 밤이 깊은 까닭에 이튿날 아침에 떠나보낼 생각으로 나는 운해를 집으로 끌고 왔다.

나란히 자리를 펴고 누웠으나 담배를 여러 개째 갈아 물어도 좀체 잠이 오지 않았다. 고요하기에 그는 이미 잠이 들었으려니 하고 운해 편을 바라보았을 때 감긴 눈 속으로 한 줄기 눈물이 흘러 귓방울을 적시고 있는 것이다. 나는 가슴이 뭉클해지면서 얼굴을 반듯이 돌리고 말았다.

"자네 감상주의를 비웃었으나 오늘 밤은 내 차례네."

눈을 감은 채 목소리가 부드럽다.

"보배를…… 약혼자 말이네…… 내 얼마나 사랑했는지 아무두 모르리. 끔찍이두 사랑하기 때문에 어쩔 줄을 모르다가 결국 그를 놓치구야 말았네. 다른 그 누구와 결혼하게 되든지 간에 평생 그를 잊을 수는 없을 듯해."

"아직두 여자 생각하구 있었나? 술 취하면 눈물 나는 법이니."

농으로는 받았으나 그의 심중을 모르는 바는 아니었다.

"지금의 이 심중을 한 마디로 표현할 수 없을까. 꼭 한 마디로, 자네 좀 생각해 보게."

나는 궁싯거리면서 생각하려고 애썼다. 그의 슬픈 심경의 적절한 표현이라는 것을 찾으려고 무한히 애를 쓰면서 시간을 보내나 종시 그것이 떠오르지는 않는 것이다.

밤이 얼마나 깊었을까, 그러나 나는 그런 헛수고를 할 필요는 도무지 없었던 것이다. 애쓰는 나를 버려두고 운해는 혼자 어느 결엔지 잠이 들어 있었으니까. 눈물은 꿈에도 흘린 법 없듯 코고는 소리가 점점 높게 방 안에 울렸다.

3

다음 일요일 나는 운해의 세 번째의 자태에 접하게 되었다.

일주일 전과는 퍽도 다른, 아니 그 어느 때보다도 달라서 씻은 듯이 신선한 인상으로 나타났다. 쉴 새 없이 발전해 가는 유기체라고 할까. 나는 사실 그의 번번의 자태에 눈을 굴리는 것이나 그날의 인상이란 그 어느 때보다도 신선하고 당돌해서―참으로 나는 놀라는 수밖에는 없었다.

그의 대담하고 거뿐한 차림차림부터가 내 눈을 끌기에 족했다. 그런 차림으로 기차를 타고 거리를 지나온 것일까. 마치 소년 선수같이 신선한 자태가 아닌가. 넥타이 없는 샤쓰 바람에 무릎 위로 달룽 오르는 잠방이를 입고 긴 양말에 등산 구두, 둥근 모자에 걸방을 진―별것 아니라 한 사람의 등산객의 차림인 것이나 그것이 다른 사람 아닌 바로 운해 군의 차림이기 때문에 물론 나는 신기하게 본 것이다. 손에 든 것도 자세히 보니 늘 짚는 단장이 아니고 피켈인 모양이었다.

"자넨 번번이 나를 놀랠려구만 나타나나. 이 담엔 대체 또 어떤 꼴로 찾아올 작정인가."

"필요에 따라서야 무슨 옷인들 못 입겠나. 자네가 무례하다구 생각해 주지 않는 것만 다행이네."

"필요라니 등산이 자네 목적 같은데 등산하러 평양까지 왔단 말인가?"

"등산은 등산이래두 뜻이 달러. 자네 들으면 또 놀라리."

"그 *륙색인지 한 것 속에는 무엇이 들었나?"

걸빵을 내리더니 부스럭부스럭 봉투에 든 것을 집어냈다.

"놀라지 말게…… 광산으로 가는 길이네."

"광산!"

"중석 광산을 발견했어."

"미친 소리."

"자넨 눈앞에 보물을 두고두 방구석에서만 꼼질꼼질 대체 하는 것이 무엔가. 성천 있는 동무가 하루는 산에 나갔다가 이상한 돌을 주워서 곧 내게로 보내지 않았겠나. 나두 그런 덴 눈이 좀 밝거든. 식산국 선광연구소와 그 외 사사로운 광무소 몇 군데를 찾아서 감정을 해보니 아니나 다를까, 중석이라는 거네. 함유량두 상당해서 육십 퍼센트는 된다지. 부랴부랴 광산괴 조시실에서 대징을 열림했더니 아직두 출원하지 않은 장소란 말이네. 그것을 안 것이 어제 낮, 실제로 한번 돌아보고 곧 올라가 출원할 작정으로 급작스레 밤차로 떠난 것이네. 형편에 따라서는 회사두 하루 이틀 쉴 생각이네."

봉투 속에서 나온 것은 몇 개의 까무잡잡한 돌멩이였다. 내 눈으로는 알 바도 없으나 납덩어리같이 윤택도 아무 것도 없이 다만 은은하

륙색(rucksack)
등산이나 하이킹 따위를 할 때 필요한 물건을 넣어 등에 지는 등산용 배낭.

고 굳은 무게만을 가지고 있는 그것이 딴은 그 무슨 귀중한 뜻을 가지고 있으려니는 막연하나마 짐작되었다. 그의 흉내를 내서 나도 한 개를 집어 들고는 멋도 모르면서도 이모저모 살피기 시작했다.

"흰 것은 촬석영이네. *중석이란 원래 촬영맥에 붙어 있는 것이거든. 그 붙는 모양과 형식에도 여러 가지 구별이 있는 것이지만 어떻든 그 석영을 깨뜨리고래야 중석을 얻는 것이네."

운해의 설명도 내 귀에는 경 읽는 소리였다. 중석이란 명칭부터가 먼 세상의 암호로밖에는 생각되지 않았다.

"중석이란 대체 무엇 하는 것인가?"

"자네 무지에는 놀라는 수밖엔 없어. 중석두 모르구 오늘 이 세상을 살아간단 말인가…… 텅스텐 말이네. 철물 중에서 가장 강하고 견고한 것이기 때문에 요새 군수품으로 쓰이게 된 것인데 시세가 어느 정돈지 아나? 한 톤에 평균 칠천 원이라네. 육십 퍼센트의 함유량이래두 사천 원이 되는 것이구, 단 십 퍼센트래두 칠백 원은 생기거든. 중석광이라구 이름만 붙으면 시작해두 채산이 맞는다는 것이네. 그러게 조선에만도 출원하는 수가 전에는 일 년에 단 삼십 건이 못 되던 것이 요새 와서는 하루에 평균 삼십 건을 넘는다네. 지금 특수광 지대로 충청북도와 금강산을 세나 평안남북도의 지경 일대두 상당하구 성천 같은 곳도 장차 유망하지 않은가 생각하네."

"자네의 풍부한 지식과 세밀한 조사에는 놀라는 수밖엔 없으나 성천이 유망하다면 자네 얼마 안 가 백만장자 되게."

그의 설명으로 나는 적지않이 계몽이 되어 중석에 대한 일반 지식을 얻기는 했으나 어쩐 일인지 모든 것이 꿈속 일같이만 생각되었다.

"문제는…… 지금 가보려는 산 일대가 정말 중석광 지댄가 아닌가

중석
강철 제조 및 전구 재료에 이용되는 텅스텐 산염광물을 총칭하는 말. 한국은 세계적인 중석 산출국이다.

동무가 주운 이 돌이 원처에서 굴러온 것이나 아닌가, 중석 지대라면 얼마나 큰 범위의 것인가 하는 것인데, 전문가 아닌 내 눈으로 확실히야 알겠냐만 가보면 짐작은 되리라고 생각하네. 참으로 유명한 것이라면 자네 말마따나 백만장자 될 날두 멀지 않네."

"제발 백만장자나 돼주게. 동무 가운데 한 사람쯤 백만장자가 있다구 세상이 뒤집힐 리는 없으니."

"오늘은 바뻐서 이렇게 한가하게 할 순 없어. 자네에게 한 가지 청은……."

운해는 주섬주섬 돌덩이를 봉투에 넣어서 륙색 속에 수습하고는 나를 재촉했다.

"오후 차까지 아직두 몇 시간이 있으니 자네 아는 광무소에 가서 자네 눈앞에서 한 번 더 감정시켜 보겠네. 앞장을 서서 광무소까지 안내를 하게."

여가가 있었던 까닭에 쾌히 승낙하고 같이 집을 나섰다.

오전의 산들바람을 맞으며 *피켈을 단장삼아 내저으면서 걸어가는 운해의 자태는 일종의 독특한 매력을 가진 것이었다. 옷맵시가 오돌진 육체에 꼭 들어맞아서 평복을 입었을 때의 두꺼비의 인상과는 또 달라 한결 거뿐하고 출출한 것이었다. 걷어 올린 소매 아래에 일맞세 탄 두 팔이 뻗치고 나리 아래가 훤히 너서서 보기에도 시원스러웠다. 무엇보다도 그 등산의 차림이야말로 그에게는 가장 잘 맞고 어울리는 차림인 듯도 했다. 그 차림으로 휘파람이나 한 곡조 길게 뽑으면서 걷는다면 도회의 가로수 아래서의 오전의 풍경으로는 그에 미칠 것이 없을 듯했다.

나는 친히 아는 사람의 광무소를 찾았다. 거기서 내가 다시 놀란 것

피켈(pickel)
등산에서, 빙설로 뒤덮인 경사진 곳을 오를 때에 사용하는 기구.

은 젊은 주인의 즉석에서의 판단에 의해서 그것이 상당히 우수한 중석 광이요, 함유량도 육십 퍼센트를 내리지는 않으리라는 확언을 얻은 것이다. 정확한 분석을 하려면 방아로 돌멩이를 찧고 가르고 해서 하루가 걸린다기에 그것을 후일로 부탁하고는 우선 그곳을 나왔으나 그 대략의 판단만으로도 그 자리에서는 족했고 나는 짜장 신기한 생각을 금할 수 없었던 것이다.

차 시간을 앞두고 식당에 들어갔을 때 또 한번 그를 따져 보았다.

"자네 정말 출원할 작정인가?"

"오만 분지 일 지도 다섯 장과 출원료 백 원을 벼락같이 구해 놓고 내려왔네."

더 묻지 말라는 듯이 큰소리였다.

"멀 그리 또 꼼질꼼질 생각하나? 군수 공업으로 쓰인다니까 번민하는 모양인가? 아무 걸루 쓰이든 광석은 광석으로서의 일을 하는 것이네. 그렇게 인색하고 협착한 것은 아니니 걱정할 건 없어."

"이왕이면 석재두 한몫 넣어 주지."

"암 출원하게 되면 녀석 한몫 안 끼이게 될 줄 아나? 그렇지 않아두 일이 없어 번둥번둥하는 판인데 일만 되면 같이 산에 들어가 어련히 일보게 안 될까. 녀석뿐이겠나. 짜장 성공하게 되면 자네게두 응당 한 몫 나눠 주겠네. 자네 일상의 원인 극장두 지을 테구, 촬영소두 꾸밀 테구, 문인촌두 세울 테구, 문학상 제도두 맨들 테구……."

"잡기 전부터 먹을 생각만."

"기적이라는 것이 있으려면 있게 되는 법이네."

"어서 남의 계획만 장하게 하지 말구 자네 월급 육십 원 모면할 도리나 생각하게…… 육십 원이 화 돼서 결혼두 못 하게 되지 않았나."

말하고 나서 나는 번개같이 뉘우쳤다. 무심히 던진 말이지만 결혼이라는 구절이 그의 마음의 상처를 다시 스칠 것은 당연하지 않은가.

"쓸데없는 소리에 밥맛 없어진다."

그러나 운해로서는 사실 그것이 농이었음을 알고 나는 안심했다.

"결혼이구 보배구 벌써 그 다음날부터 잊어버리기루 했었네. 연애가 생활의 전부가 아닌 게구 결혼 문제 같은 것두 일생 일대의 중대사라고는 생각지 않네. 하려면야 앞으로도 얼마든지 기회가 있을 테구, 되려 한번 실패가 새옹마의 득실루 더 큰 행복을 가져오는지 뉘 아나?"

반드시 그가 거짓말을 하고 있다고는 생각지 않았으나 보배 개인에게 대한 그의 특별한 심정을 묻지만 않는다면 대체로 그는 벌써 그 자신을 회복하고 바른 키를 잡은 것이 사실이었다.

"그까짓 연애가 다 무엔가. 속을 골골 앓구 눈물을 쭐쭐 흘리구."

사실 임박한 차 시간에 역에 나가 표를 사가지고 폼에 들어갔을 때까지—그의 자태 속에서 지난날의 괴롬의 흔적이라고는 한 점도 찾아볼 수 없었다. 연애란 어느 나라 잠꼬대냐는 듯이 상쾌한 그의 모양에는 다만 앞을 보는 열정과 쉴 새 없이 그 무엇을 꾸며 나가려는 진취적 기력만이 보일 뿐이었다. 잠시도 쉬는 법 없이 기차 시간 표를 세밀히 조사하면서 쓸데없는 잡스러운 밖 세상의 물건

은 하나도 그의 주의를 끌지 않는 눈치였다.

차에 올라 창 옆에 자리를 잡은 그를 향해 나는 다시 한 번 축원의
말을 던졌다.

"부디 성공하게. 갈 때 또 들르게."

차가 움직이기 시작할 때 그는 모자를 벗어서 창밖으로 흔들어 보
였다. 두루뭉수리 같은 그의 오돌진 머리가 그 무슨 굳센 혼의 덩어리
같이도 보여 올 때 짜장 그는 광산으로 성공하게 되지 않을까 하는 찬
란한 환상이 문득 가슴속을 스쳤다.

『해바라기』, 학예사, 1939.

은은한 빛

먼지 냄새라는 걸 처음 맡아 보기나 하듯 욱(郁)은 진열장을 만지작거리고는, 거매진 손가락을 코끝으로 가져가는 것이었다. 비좁고 퀴퀴한 가게 방 가득한 고물(古物)들 위에 훔치고 닦고 하는 동안에 어느 틈엔가 먼지는 쌓이고 쌓여, 그 자체가 하나의 가치를 주장하거나 하는 것 같았다. 낙랑(樂浪)과 고구려를 주로 하여 고려, 이조시대 것을 합쳐서 오백 점은 착실히 되는 도자기 이외에, 수백 장의 기와 등속이 줄줄이 늘어서 장 속에 그득히 진열되어 있었다. 흙 속에서 주워

고려자기

낸 이들 고대의 정물은 제각각 예대로의 의지를 지닌 듯, 욱은 며칠이고 시골을 나가 돌아가 가게 방으로 돌아오면 조용한 벽 속에 영혼의 숨소리를 듣는 것만 같아서 먼지 냄새가 유난히 다정스러웠다.

진열창으로 오후의 희미한 햇빛이 들이비치고 봉당에는 희푸른 그늘이 퍼져 있다. 가겟방은 바로 좁은 행길을 면하고, 만주 호두나무 가로수가 그 나무 그늘 속에 가겟방을 몽땅 싸덮고 있어서 봉당은 언제나 어둑하게 그늘져 있었다. 밤새 내린 비로 나무는 거의 이파리를 떨치고, 병원이니 가구점이니 과물전이니 다닥다닥 들어앉은 골목 안에 가득히 낙엽을 퍼뜨려, 그 언저리 물구덩이고 유리창께고 할 것 없이 주책없이 몰아치고는 소조한 계절감을 더욱 짙게 하고 있었다.

욱은 한 사나흘 강서 방면의 시골을 돌고, 막 어젯밤 돌아온 길이었다. 추수가 끝난 마을 밭에서 낡은 기왓장을 수십 점 주워낼 수가 있었다. 뜻밖의 수확으로 흐뭇해진 그는 피곤을 잊고 정리에 골돌 중이었다. 이지러진 홈구멍에 파고든 흙을 할퀴어내고 있노라면, 먼지 냄새에 뒤섞여 흙냄새가 향긋하게 번지었다. 분류장(分類欌) 빈 곳에 다시 그 수십 점의 새 유물이 첨가된 장관은 욱을 *황홀경에 이끌기에 충분하였다.

"틀림없는 고구려 시대의 것입니다. 색채로 보나 선으로 보나 의장으로 보나—어느 모로 보나 그보다 젊진 않습니다. 천 년쯤 세월은 족히 경과했겠다…… 언제, 기와루선 수효에 있어서나 질에 있어서나 박물관 장품(贓品)을 훨씬 능가하게 된 셈이지요. 혼잣말로 한 것은 아니었으나, 대청마루에 *단좌하여 벼루에 먹을 갈고 계시던 아버지는 무뚝뚝한 표정으로 아무 대꾸도 없었다. 벼루집 옆에는 지필(紙筆)이 준비돼 있다. 가겟방에 앉아 있는 무료함에서, 언제부턴가 심심파적으로 서도(書道)를 시작해보신 것이었다. 여생도 얼마 남지 않으신 아버지는 외톨 아들인 욱이 그 젊은 나이로 골동 취미에 몰두하여, 푼푼치 못한 살림에도 군소리 하나 없이 지내고 있는 양이 못마땅하신 것이었다. 가겟방은 당신한테 맡겨 놓고 달리 어엿한 직업을 잡든지 해서 집안 꼴을 바로잡아 주었으면 싶었다. 기왓장 한 개나 도기(陶器) 한 개쯤 찔끔찔끔 팔아먹으면 무엇을 하누 하고 입이 쓰도록 타일러 보지

단좌(端座)
단정하게 앉음.

만, 아들의 고질이 돼버린 취미를 이제 와선 어쩌는 수가 없었다. 욱의 광적인 흥분과 감격에 대해선, 언제나 서먹서먹하게 외면을 하고 마는 아버지였다.

"확실케 하기 위해 관장한테 가서 알아보구 오겠습니다. 대개 제 감정에 틀림이 없을 것이지만—문제는 낙랑 시대의 것이냐 고구려 시대의 것이냐 그 점이지요. 절대루 그 이후의 건 아닙니다."

"……어, 참. 깜박 잊었었군."

아버지는 욱의 말을 듣고 비로소 무엇인가 생각난 모양이었다.

"그저께던가 호리 관장이 왔었지. 네가 오면 전해 달라구 이걸 두고 갔어."

손궤짝 속에서 한 장의 명함을 꺼내 주었다.

그 굽히기 싫어하는 관장이, 무엇 때문에 모처럼 발길을 옮겼을까 하고 뒤집어 보니, 연필로 흘려 쓴 글씨로 뵙고 싶은 즉 귀가하시는 대로 곧 나오시길 바란다—는 의미의 말이 적혀 있었다.

"급하게 서두르는 꼴이었어. 무슨 일이냐구 물어도 물론 대답이 없었지."

명함을 만지작거리면서 별로 놀랜 티도 보이지 않고 한참을 말없이 앉았던 욱은 차라리 냉연하게 중얼거렸다.

"—알겠어요. 그것 말이겠지요, 필시."

"뭐.—도검(刀劍) 말인가?"

아버지도 대개 짐작이 가 있었던 모양이었다.

"필시 그거지요. 요 달포 동안 손발이 닳도록 빌다시피 절 못 살게 굴어 왔거든요. 이제 와서 생각하니 보여 주지 말았더면 합니다. 꼭 미친 놈 모양 매달려 조르는군요.—그렇지만 누가 양보합니까? 우리 가게 걸 다 주는 한이 있더라두 그것만은 줄 수 없습니다. 절대로 못 주 겠습니다."

"너야말루 미친놈이 아니냐. 고구려의 무엔진 모르겠으나 그 녹 쓸 은 *고도(古刀)의 어디가 좋단 말이냐. 내 눈으로 본다면 서푼어치 값 두 없는 것 같은데."

"그 물건의 값어치를 알지 못한다면 이 땅에 태어난 걸 수치로 알아 야 합니다. 그건 오랜 영혼의 소립니다. 천년 뒤에까지 남아서, 옛 자 랑을 말하려 하는 것이지요."

욱은 흥분하였다. 아버지도 욱의 그러한 심정을 이해 못할 바는 아 니었으나, 그보다도 목에 닿은 현실적인 문제를 젖혀 놓고, 그러한 것 따위에 고지식하게 집착한다는 것은 어리석기 짝이 없는 노릇이라고 밖에 생각되지 않는 것이었다.

"관장은 너만 생각이 있다면 함께 와서 일을 해 달라구, 자리까지 마 련해 놓구 친절을 다 하구 있지 않느냐 말이다. 하찮은 고도(古刀)가 다 뭐냐. 차제에 모든 것 다 뿌리쳐 버리구 굳건하게 살림을 꾸리도록 하면 어떠냐. 집안사는 중언부언 안 해두 네 눈으로 보는 바다. 콧구멍 막히는 가게 방 꼴은 대관절 어떻게 된 셈이냐?"

그것이 언제나 입버릇인 아버지와 옥신각신해도 부질없는 노릇이라 생각하자, 욱은 기왓징을 두이 개 싸들고 기게 방을 니섰다.

잘 끼이지 못한 유리 창문이 군색스리 삐걱거렸다. 여러 해를 수리 하지 않은 채 견디어 온 것이어서 비단 유리 창문이 아니라, 기울어진 판자벽의 뺑기칠도 벗겨진 지 오래서 바깥에서 보면 더욱 촌스러운 오막살이 같은 인상을 주었다. 기왓고랑에 쌓인 낙엽이 밑으로부터 쳐 다보일 만큼 낮은 지붕에 흰 바탕에 고려당(高麗堂)이라고 푸르게 부조(浮彫)한 옥호가 비스듬히 넘어진 것이 이지러진 인상을 집 전체에 주었다.

만주 호두나무 밑에 기대어 놓은 애용의 자전거도 고물의 하나로서, 촌길 흙두덩 속에 빠지고 밭 둔덕 진흙을 차며 달리고 하는 차바퀴는 언제나 흙투성이었으며, 페달도 혹사에 견디다 못해 한 짝 반 조각이 어디선가 떨어져 나가고 없다. 그 한 조각의 페달조차도 마음대로는 새것과 바꿔 끼지 못하고 있는 형편이었다.

그러한 것을 바로 눈앞에 보는 욱에게 집안 사정이 가슴 아프게 느껴지지 않을 리는 없었다. 그저 잠자코 있는 게 수였다. 아버지에게나 자기 자신에게나 잠자코 있는 게 수였다. 눈을 먼 일점에 집중시키고, 발밑 현실에 대해서는 냉연히 대하리라 애쓰고 있는 것이 좋으나 굳으나 욱에게 남겨진 유일한 방법이었다. 비겁한 일일까고 생각할 때도 있었으나, 그의 경우 그것은 이미 자연스러운 틀이 잡힌 생활방식이었다.

지리한 전차를 버리고 모란대 고갯길에 이르렀을 때엔, 욱의 상념은

강서고분 벽화, 현무

벌써 옆구리에 낀 기왓장과 고도에 쏠리고 있었다. 백양나무 벗나무 낙엽이 아름답고, 만산이 짙은 추색이었다. 멀리 중턱 골짜구니에 석조(石造)의 산뜻한 박물관 모습이 쳐다보였다. 언제고 걸어도 즐겁고 다정스러운 길이었다.

―문제의 고구려 고도라는 것은 욱이 한 달포 전에 입수한 것으로, 그날의 감격을 길이 잊을 수는 없었다. 강서고분 벽화 *모사(模寫)로 떠나기 위해 여느 때보다도 일찍감치 채비를 하고 있는 참에, 매양 새 발굴품을 얻어들고 찾아오는 상오리 사는 한 농군이 달려왔다.

"굉장한 놈이 튀어 나왔구료. 능금밭으로 파노라니깐, 글쎄 오 척도

넘은 장검이 나오지 않았겠나요. 보러 오시지요."

그 말을 들은 편에서 도리어 당황해 할 지경으로, 욱은 자전거를 끌고 농군을 따라서 강을 낀 아침 오솔길을 십이 이상이나 상류 쪽으로 더듬었다.

마을서도 높직한 언덕받이의 비탈께였다. 과목을 옮겨 심은 자리에다 오막을 세운다 하여 밭은 구석구석 파헤쳐져 있었다. 오륙 척 길이의 한 그루 나무 밑에서 나왔다고 하는 그 흙투성이 고도를 눈앞에 보았을 때, 욱은 덥석 잡은 채 한참 동안은 목 메인 느낌이었다. 수십 원은 갖고 있었던가, 주머니를 다 털어 사례를 쥐어주곤 그 희안한 발견물을 꽉 손에 쥐어 잡았던 것이다.

대성산 기슭인 그 언저리 일대는 고구려 시대의 궁전과 불사(佛寺)의 텃자리로서, 종래로도 흔히 불상이나 고물 등속이 발굴되어 선망거리가 되어 온 것인데, 그날 아침의 고도도 고구려 시대의 것임이 분명하여 욱의 기쁨은 비길 데 없었다. 낙랑 시대의 도검(刀劍)은 박물관에도 그 장품은 풍부했으나, 고구려 시대의 것이 되면 그 수효도 극히 영세하여, 그럴 수록에 귀중히 여겨짐도 각별하였다.

칼집은 떨어져 없을망정 오 척에 가까운 도신(刀身)에는 *녹벽(綠碧)의 반점이 아름답고, 고색창연한 속에 넉넉히 고대의 모습을 추상(追想)할 수 있었나. 집에 와서 자세히 닦고 실펴보니, 순금으로 된 *환상(環狀)의 칼자루는 은은한 금빛에 빛나고, 날밑[鍔]인 성싶은 곳에는 조각물을 새긴 정교한 의장이 아로새겨져, 왕후(王侯)의 패물다운 고귀한 구조였다. 칼끝도 이 빠진 데가 없고, 칼등마루[鎬]의 일선(一線)도 또렷한 것이 그만큼 온전하게 원형(原形)을 지니고 있는 것은 희안한 일이었다.

욱은 골동에 손을 대인 지 십 수 년이나 되지만 그날만큼 감동한 적은 없었다. 하루 종일 만지작거리면서 쾌재를 부르짖은 것이었지만, 감정을 부탁하기 위하여 호리 관장에게로 가지고 간 것이 애당초 고민거리를 사기에 이른 시초였다. 그 틀림도 없는 고구려의 고도를 관장은 첫눈에 소망하였다. 골동 취미에서 뿐만 아니라 박물관의 소장 품목에 첨가하고 싶다는 것도 하나의 절절한 소원에서였다. 흉허물 없는 사이어서 욱은 주저했으나 이번만큼은 그도 끝내 고집을 세웠다. 속살에 껴안다시피 해가지고 집에 돌아오는 길에서, 무슨 일이 있든 내놓지 않으리라 마음속으로 굳게 맹세하였다. 그 이래로 궤짝에 넣어 집안 깊숙한 곳에 간직하고, 가보로서 숭상해 온 것이었다……

고구려 기와

박물관은 문 닫친 뒤여서 뒤곁 사택에 돌아가 보니, 여느 때 없이 고미술 애호회의 후꾸다 영감도 마침 와 있었다.

욱이 기와를 보이자 호리 관장은 대충 검토해 본 다음 훌륭한 걸 가져오셨구려, 틀림없는 고구려 시대의 유물이요. 기념으로 박물관에 두고 가시면 어떠냐고 웃는 얼굴로 말끝을 흐리고 일어서면서,

"후꾸다 옹도 오시고 했으니 우리 같이 산보나 나갈까요?"

하고 말을 내자 후꾸다는 벌써 빙글거리는 얼굴로 신발을 걸치고 있었다. 욱도 무슨 영문인지 의아스러운 대로 두 사람과 어깨를 나란히 하고 나섰다.

을밀대

을밀대로부터 부벽루, 전금문으로 해서 산을 한 바퀴 돌아 강 언덕을 따라서 강기슭의 시가로 들어서자, 잠간 쉬어 가자 하고 깨끗이 치워진 고풍한 집 앞에 발걸음을 멈추었다.

욱은 별수 없이 그 뜻밖의 *향연에 불리운 결과가 되었는데, 어느 틈에 연락이 있었던지 월매까지 나타나서 좌흥이 일기 시작했을 즈음해서야, 그날 밤의 관장의 속셈을 겨우 알아 차릴 수 있었다.

"달리 까닭이 있어서가 아니라, 오래간만에 조선 음식을 먹구 싶어서—"

그렇게 말을 했으나 월매에게까지 생각이 미칠 만큼 주도한 솜씨에는 얼떨떨할 수밖에 없었다.

남 월매가 호리 관장과 가까이 하는 한편, 욱과도 기묘한 관계를 가지게 된 것은 수년 전의 왕관 사건(王冠事件) 이래의 일이었다. 지금은 항간의 기억에서도 멀어졌지만, 그 당시는 *전선적(全鮮的)인 화제를 던진 것으로, 주인공인 월매도 덕분에 기계에서 한때 날린 것이었다. —월매에게 대해서 웬만큼 딴생각이 있었던 당대의 지사가 취흥에 맡겨, 박물관에 비장되어 있는 신라조의 왕관을 *유두분면(油頭粉面)의 월매에게 씌우고선 기념으로 사진을 찍은 것인데, 그 일의 길잡이를 선 것이 호리 관장이었다. 이 하룻밤의 은밀한 놀음이 한번 항간에 드러나게 되자, 시시비비의 소리가 물 끓듯 하여 국보의 존엄을 모독한 지사의 경거에 대한 비난의 소리는 높아, 신문기자와 변호사들로 구성된 일단은 지방 행정관의 부패를 탄핵하기 위하여 궐기하였다. 월매네 집에 숨이 들이기서 문제의 사진을 훔쳐내어 사회면에 폭로히고, 시민의 여론에 호소하여 지사들의 책임을 철저히 규명하기로 되었다. 지사는 부득이 실각하기에 이르렀으며, 호리관장은 지위로 보아서 간신히 유임만은 허락되었다. 일단 속에는 욱도 끼어서 한몫 담당하였다. 기이한 일로는 이 일건이 있는 후로 욱과 관장 사이는 한층 격의 없는 것이 되고, 월매와도 욱은 맺어지게끔 되었다. 「왕관기생」의 *영명(令名)

향연(饗宴)
특별히 융숭하게 손님을 대접하는 잔치.

전선적(全鮮的)
전 조선적, 전 조선에 걸쳐.

유두분면
기름 바른 머리와 분 바른 얼굴. 곧 화장한 여자의 모습.

영명(令名)
좋은 명성이나 명예.

을 드날린 월매이긴 했으나, 그것을 계기로 거리의 인기는 이미 내리막이어서, 그런데서 오는 남모를 번민을 진심으로 털어 놓을 수 있는 것은 욱 정도뿐이었다. 둘의 사이는 날로 가까워지고, 주석에서는 반드시 월매를 부르기로 돼 있었으며, 관장도 좌흥으로 지금도 그에게 술을 따르게 하기를 즐겨했다. 그날 밤의 그같은 호들갑스러운 *향응은 욱에게는 아무리 해도 심상치 않은 것으로 밖에 생각되지 않았다.

향응
특별히 융숭하게 대접함. 또는 그런 대접.

"요즘은 조선 음식두 점점 격이 떨어지는 것 같애, 어딜 가나 순수성이 상실돼 있단 말야. 더구나 요정에서 내는 건 말할 수 없거든. 어딧 건지 알 수 없는 것들이 밥상 위에 버티고 있단 말야. 난 경주하구 경성서 두어 번 진짜 조선 음식을 먹어 봤는데, 그 흥긋한 풍미는 지금도 못 잊겠어. 그러헌 걸 좀더 아끼고 보급시킬 방법은 없을까?"

그날 밤의 요점을 웬만해선 얼른 꺼내지 않고, 관장은 잡담을 늘어놓기 시작했고, 후꾸다도 그와 동조한다는 태도였다.

"먹는 것뿐만 아니라 격이라는 말이 났으니 건축이나 복색도 그 모양이라, 언덕빼기에다 양관 세울 것은 꿈꾸어도 기와나 통나무로 마련인 멋진 조선식 건축은 깨끗이 잊어버리고 있는가 하면, 괴상한 양장보다는 헐거운 조선옷이 얼마나 고상하구 좋은지 모르겠는데, 덮어 놓구 고래의 물건을 멸시하고 외래의 물건에만 눈이 벌개지고 있는 형편이거든. 이건 들은 이야기지만 어떤 전문 정도의 교육을 받은 청년이 서양 사람 집에 놀러 갔다가, 객실에 장식해 놓은 낡은 조선 목갑(木匣)과 놋그릇을 보구 비로소 그 아름다움을 깨닫고 집에 돌아와서 곧 그것을 애용하기 시작했다는 이야기가 있는데, 이 역수입을 한 청년은 그래두 기특한 편이지, 전연 불감증인 젊은 사람은 처치곤

놋그릇

란이란 말야."

이렇게 말하고 껄껄 웃어대는 데는 욱은 낯이 화끈거릴 지경이었다. 욱으로 말하자면 웃고 말 일은 아니었다.

"일반적으로 그러한 풍조 같은데. 가탄할 일입니다. 자기 자신에 관한 건 아무 것도 아는 것이 없으면서 남의 흉내내기에만 열중하고 있거든요. 가난 속에서 자라났으니까 헐 수 없는 노릇이겠지만, 자기의 장점만은 똑똑히 알아 둬야지."

"허지만 현군처럼 너무 고지식한 고집불통두 곤란하거든."

후꾸다는 욱의 말을 하고 태연스레 웃음을 계속했다.

"딴 건 고사하구 노래가락만 하더라두 시체 기생들은 유행가가 고작이지, 옛 노래는 하나두 모른단 말야. 시조나 수심갈 못 부른다면, 허다 못해 잡가나 단가 한 구절쯤은 부르지 못해선 될 말인가. 예전 기생은 노래가락을 잘할 뿐만 아니라, 무고(舞鼓)에 통한 데다가 서화(書畵)를 잘 했구, 시를 읊는가 하면 *사서(四書)를 죽 죽 내리읽었거든. 지금의 기생은 쇠통 무재주란 말야. 어때, 월매. 자네같은 사람은 참 신통하단 말야. 역시 왕관 기생은 다르지.—오늘밤은 옛것을 한 곡 불러 달라구. 자, 거게 가야금이 있겠다."

관장은 능숙한 솜씨로 달래더니 마침내 월매에게 한 곡 뜯게끔 하였다. 노련한 신율에 징확한 격조의 고풍한 가곡이, 애조를 띠고 희늘이지게 흘렀다. 노래와 술의 흥을 타 관장이 별안간 말을 끄집어낸 것은 아니나 다를까 고도의 일건이었다. 한번만 더 보여 달라는 청에 욱은 하는 수 없이 뽀이에게 분부하여 가게 방에서 일부러 그것을 가져오게 하지 않을 수 없었다.

포장한 상자에서 꺼낸 거대한 고도의 기백에 눌리어 방안 공기는 일

사서
유교 경전인 『논어』
『맹자』 『대학』 『중용』
을 통칭하는 말.

변했다. *벽록(碧綠)의 *도신(刀身)에는 일종의 *귀기(鬼氣)마저 서리
고, 주흥도 깨일 지경으로 좌중의 신경은 긴장되었다. 관장은 칼자루
를 잡고 간신히 한 손으로 들어 전등 빛에 추켜세웠다. 고구려의 장검
은 섬세한 현대인의 흰 손에는 벅찬 것이었다. 위태위태한 몸가짐에
겁을 집어 먹고, 월매는 부지중 뒤로 물러앉았다.

"나는 이곳에 와서 이십 년, 조만간 뼈두 이 땅에 묻히게 될 터인데
자그마한 박물관을 가지고 주야로 애쓰기는 해보지만 뜻한 만큼이 성
적은 올리지 못했소. 낙랑 고분(樂浪古墳)의 모형을 만들어 본 게, 얼마
만큼의 업적이라면 업적이랄 수 있을까, 나머진 보시는 바와 같은 빈
약한 것으로 참으로 부끄러운 일이오. 다만 조선을 사랑하는 마음에

있어서는 남에게 뒤지지 않는다고 생각하오. 토지에 대한 커다란 애정 없이, 이같이 눈에 안 띄는 일은 할 수 없는 것이라구 그 점은 다소간 자부하고 있는 셈이지만, 아무튼 무엇보다두 관(館)을 충실하게 해 나가구 싶은 욕망 이외에 솔직한 말이지 아무 것도 없소이다."

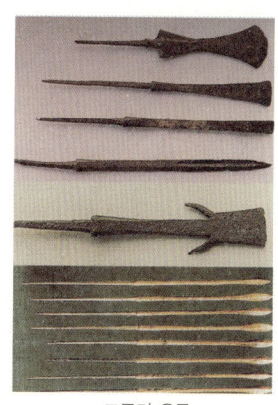

고구려 유물

고도가 보고 싶다고 한 것은 그것을 양보해 달라는 의미였다. 거듭거듭 부탁하는 열망에 욱은 정말 난처하였다. 거짓 숨김이야 없는 관장의 심정을 알고 있기에 더욱 괴로운 것이었다. 옛 흙을 그리는 정이 욱만큼 강한 사람은 없었으나, 그 경우 그러한 애정의 경중을 서로 측량해 보는 것은 무의미한 노릇이었다.

"아무 것도 알지 못하는 농군한테서 이걸 양보해 받을 때만 하더라두 오래도록 몸에 지니고 싶다구 한 말도 있구 해서, 지금 이걸 내어 놓는 것은 순진한 마음을 배반하는 것이 됩니다."

"내놓는다 하지만 버리는 건 아니구 박물관의 유산은 당신의 유산이기도 하오. 보관 장소가 바꾸인달 뿐이지, 그리구 그렇게 하는 편이 널리 누구에게나 아낌을 받는 게 되지 않겠소?"

마침내 후꾸다도 가담하여 조언하는 것이었다.

"난 나 자신이 갖고 싶어요. 내 몸에 지니구 언제나 가지고 있구 싶단 말입니다."

"난두 모처럼 말을 꺼낸 것이구 서루 미술 애호 회원으로서의 정분도 있구, 적당하게 타협을 짓지 않겠소?—이걸루 싫다면 이걸루면 어떻겠소?"

하고 관장은 손가락 하나를 둘로 해 보였다. 욱은 당황해 하면서 왈칵 낯을 붉히었다. 약간 입술이 경련하였다.

"욕 뵈어도 너무 심합니다. 당신들은 내 심정으로 바루 보질 못했습니다."

손가락 두 개는 이천 원이라는 의미였다. 천 원으로 양보해주지 않겠느냐고 매양 졸라오던 것이 이제 기회를 타서 그것을 배가한 셈이었다. 욱은 차츰 창백해지고 침착해졌다.

"분명히 저는 가난한 장사는 하구 있습니다만, 이 칼에 관해서는 벌써 장사친 아니란 말입니다……좋은 말들 해 주었소. 당신이 그것을 말해 주었기 때문에 나는 거절하기 쉽게 됐소. 딱 잘라서 거절하겠소. 절대로 양보할 순 없소."

"아, 그렇게 화내지 말라구. 천천히 다시 한 번 생각해 주시오."

"아아뇨, 안됩니다. 두말 안 해요."

「미션」의 중학교에 근무하는 백빙서가 어디서 들었던지 고도를 보러 와서 그날 밤의 이야기가 나오자,

"자네다운 행동일세. 허지만 이런 물건은 나한텐 한 푼어치 값어치두 없단 말야. 지금이 어느 때라구 자네같은 *모노 마니아는 그것만으로도 충분히 골동적 가치는 있으렷다."

모노 마니아
(mono mania)
편집광.

하고 차라리 야유하는 어조였다. 욱은 후꾸다 영감에게서 들은 서양 사람의 집에서 조선 식기를 역수입한 청년의 이야기를 말하고, 자네야말로 그런 부류의 인간일 것이라고 나무랬더니,

"그럴 지도 몰라. 그게 수치란 말이지? 허지만 이쪽의 장점을 발견해 준 건, 솔직히 말해서 그들일지두 모르지. 적어도 타인의 풍부함이 우리에게 반성을 환기해 준 것이라고 말할 수 있지 않을까."

백빙서는 태연하게 말하였다.

"파렴치한 소릴 작작하게. 이쪽의 장점이란 이쪽에 본래부터 가지고

있는 것이야. 남의 가르침을 받아서 겨우 깨닫는다면 그런 따위는 없어두 좋아. 치즈하구 된장하구 어느 쪽이 자네 구미에 맞는가. 만주 등지를 한 일주일 여행하구 집엘 돌아왔을 때, 무엇이 제일 맛나던가. 조선 된장과 김치가 아니었던가. 그런 걸 누군한테 배운단 말인가. 체질의 문제고 풍토의 문제야. 그것에까지 외면을 하는 자네들의 그 천박한 모방주의만큼, 망칙하구 *타기할 것은 없단 말일세."

욱의 어조가 뜻밖에 격렬했던 탓인지 백은 잠자코 말 귀의 마디마디를 되씹고 있는 모양같더니,

"문제는 현재란 말이지. 자네의 심정을 모를 바 아니지만 이 시절에 옛날 자랑에 매달려 보았댔자 그게 무슨 소용이 있단 말인가. 현재의 가난을 자각하면서두 일부러 남의 넉넉함을 시기하는 건 고의적인 반발이요 울며겨자먹기요,─괜히 손해를 볼 뿐이란 말일세."

"손해라니 꼭 자네가 할 말일세마는 나는 좀더 중요한 걸 말하구 있는 판일세.─필요한 건 정신이다. 거지같은 썩어빠진 정신으로 연명하기보다는 깨끗이 사라지고 마는 편이 낫지 않으냐 말이다."

"너무 흥분 말게."

백도 마침내 못 당하겠다는 듯이 얼굴의 긴장을 풀어 놓는 것이었다.

"나두 이 고도의 기품은 알 수 있어. 다만 지금의 나한텐 필요두 없거니와 가치 있다구두 생각되질 않는단 그뿐일세. 고도보나두 차라리 이편이 근사한 것일지도 모르지. 자네가 좋아할 만하기에, 서울 다녀온 선물로 사왔어.─마음에 들면 월매한테라두 주어 주게."

이렇게 말하고 손가방에서 꺼낸 것은 여자용의 꽃신 한 켤레였다. 평평한 가죽 창 바닥 위에 주(舟)자 모양으로 화사한 테가 둘러지고, 그 연두 빛바탕 위에 빨강, 파랑, 노랑

타기(唾棄)
업신여기거나 아주 더럽게 생각하여 돌아보지 않고 버림.

꽃신

고아(古雅)하다
예스럽고 아담하다.

의 꽃무늬를 수놓은 것이 흙에 묻히기도 아까울 만큼 *고아하고 화려
하였다. 꽃다발을 펼쳐 놓은 듯 주위가 환해졌다.

"어, 참 근사하군. 이런 것의 좋은 점은 자네두 분별할 만한 안목이
있나 보군. 전부터 갖고 싶었는데 고맙게 받아 두겠어."

욱의 반색하는 표정을 보고 백도 잘했다고 다소 득의한 낯빛이었다.

"조선 된장보다두 좋은 게 있어. 여자의 옷 복색이야. 신여성의 짧은
치마두 좋지만 자락을 질질 끌 정도로 긴 치마두 좋거든. 여름의 엷은
것도 좋거니와, 춘추의 무색 *겹것을 입는 시절두 좋구, 밤색 저고리와

겹것
겹으로 된 물건을 통틀
어 이르는 말.

파랑 치마에 이 꽃신을 신은 우아로운 양자는 아마 천하일품이 아닐까
생각하네. 어디다 내 놓아두 손색이 없을 거야. 태평하고 아취 있는 품
은 바로 독창 그것이란 말일세."

"엉뚱한 데서 감동하는군. 여자한텐 무얼 입히든 이뻐 뵈는 법이
야……. 그렇게 좋다면 이번 미국 갈 때 잔뜩 해가지구 가면 어때? 역
수입이 아니라 직수입이지. 저쪽 가서 대대적 선전을 해서 조선 여성
을 위해 기염을 토하구 오라구."

"그래. 한 재산 만들어가지고 올까. 마네킨이라도 데리구 가면 팔리
긴 틀림없을 텐데."

백빙서는 얼마 후면 학교에서 안식년의 휴가를 얻게 되는데, 그 휴
가를 이용하여 한 일 년 미국을 유람하고 오기로 되어 있었다. 실은 그
일로 「미션」의 본부와 영사관과 절충하기 위하여 요즈음 서울에의 여
행이 잦았다. 연래의 희망의 실현이니만큼 서양 문화의 싱싱한 면을
마음껏 완미하고 와서, 동서를 비교 연구하노라 하여 뽐내고 있는 판
이었다.

"농담은 그만 두구 월매한테 그 신 신긴 장면을 한번만 보여주게. 아

름다운 걸 혼자서 차지하란 법은 없거든."

"그래, 틀림없이 반색을 할 거야. 월매한텐 다른 사내두 많을 게구, 반드시 나만을 받아들일 여자두 아니지만—그러는 중엔 보여줄 테니깐."

약속은 했었으나 욱은 이럭저럭 바쁜 일에 쫓기어 월매에게 꽃신을 줄 겨를도 없는 채 사나흘 지난 후, 또 다시 백빙서에게 끌리어 춘향전 연극을 보러 갔다가 뜻하지 않고 거기서 월매와 마주치게 된 것이었다.

서울에서 온 정평이 있는 극단인 만큼 즐거운 기대로 초일의 극장은 만원이었다. 욱은 특별히 연극을 즐기는 것은 아니었으나 이제까지 어느 단체고 간에 그다지 성공을 거두었다곤 생각되지 않는 그 고전극의 연출 방법과 고대 의상의 고안서껀 보고 싶기도 해서 가자는 대로 동행한 것이었다. 뜻밖의 열연으로 제 4막째의 만고 *정녀(貞女) 수형(受刑)의 장면에선 욱은 부지중 눈시울이 뜨거워질 지경이었다. 같은 감회를 받았던 모양으로, 어느 틈에 어디서 나타났는지 곁에 와 있던 월매도 발그레한 눈에 손을 대고 있었다.

정녀(貞女)
숫처녀.

"당신한텐 갈려구 늘 생각하면서두 여태 못 갔었는데—연극 구경 나오다니 한가한 모양이구먼."

"혼자서 온 게 아니에요. 하는 수 없이 끌려 나왔지요."

넌지시 손가락질하는 앞좌석에는 정해두가 우두커니 난간에 기대어 앉아 있었다. 옳거니 하고 욱은 고개를 끄덕이면서 절 공장을 가지고 최근의 경기로 착실히 돈푼이나 모았다는 그 뚱뚱한 사나이의 둥근 옆얼굴을 바라다보았다. 무대의 조명을 받아 코부리며 부어오른 뺨 언저리가 유들유들 빛나 보였다. 정신없이 추근추근 따라다니는 통에 월매도 어지간히 난처한 모양이었다. 기적(妓籍)에 몸은 두었을망정 지나치게 고정해서 딱할 지경인 그의 최근의 그같은 고민을 욱도 눈치 채

지 못하는 바는 아니었다.

"딱 질색이에요. 요즘 매일 스무 시간은 꽁무닐 쫓아 다녀요. 산보로
끌어 내구 영화루 데려가구—고마울 것 뭐예요?……잠깐만 바깥 나
가지 않겠어요? 할 얘기가 있어요. 그보다두 연극이 중하신가요?"

단도직입으로 말하는 데는 당황하지 않을 수 없어 다시 한 번 정해
두 쪽을 건너다보려니까 괜찮아요, 혼자 내버려 두세요 하고 월매는
팔을 끌어당기다시피 하였다. 욱은 정보다도 백빙서에게 미안한 감이
들었지만, 백의 빙그레 웃는 얼굴을 만나자 그럼 갈까 하고 마음 놓고

월매의 뒤를 따라 나섰다.

극장 밖은 다방 거리였다. 근처의 어떤 집에 들어가자 월매가 성급하게 꺼낸 이야기는 사실상 심상한 이야기는 아니었다.

"……어머니가 나쁜 지두 몰라요. 자꾸만 갖다 바치고 사탕발림을 하니깐 그만 정이 하자는 대루 돼 버렸단 말이에요. 적당히 발을 빼구 살림을 차리라구, 입버릇처럼 말하던 어머니가 아니겠어요? 어느 틈에 정과 약혼이 돼 있었던지 요즈막엔 무상출입으로 집에 드나드는가 하면 어머닌 날 덮어두고 야단친단 말이에요."

"당신 어머니두 탈이야. 그래두 춘향이 어머니만큼의 기골은 가져야지."

"시외 언덕빼기에 집을 사느니 어쩌니 하구 봄부터 법석을 대구 있더니만, 어느 틈에 글쎄 천 원이나 전도금을 정에게 내게 해서 지불하지 않았겠어요? 최근에 그 사실을 알구, 실은 깜짝 놀라구 있는 판이에요. 경솔한 일을 저지르고선 어머니두 그 땜에 꼼짝을 못하고 계신 모양이지만, 자작지얼이 아니냐구 한껏 비웃어 주고 싶어요. 다만 못 견딜 것은 내 탓이라 해서 나한테 심하게 해요. 정말 생지옥 같아요."

"천 원짜리 올가미라, 딱한 일이로군."

욱에게는 힘에 겨운 난제였다. 다급하다고는 하나 아무에게나 할 이야기는 아니고 할 만노 해서 한 이야기니만큼 그것을 들은 욱은 괴로웠다. 믿고서 말하는 여자의 자태란 가련한 것으로 월매의 약간 내리깔은 눈매를 여느 때 없이 아름답다고 생각하였다.

"차라리 이것저것 다 집어치우구, 집을 나와 버릴까 그렇게두 생각해요, 이대로 가다간 무슨 일이 일어날지 모르겠어요. 몸 하나쯤 어디든지 용납이 되지 않을 리두 없을 테구."

월매가 욱에게 그런 줄 없이 무엇을 원해 온 것은 왕관 사건 이래의 일이었다. 그의 표정의 의미를 백 번도 더 잘 알고 있으면서도, 어디까지나 냉정하게 대하지 않으면 안 되는 처지가 욱은 부끄러웠다. 나이를 훨씬 지난 오늘날까지도 아직 자립을 못하고, 여자 하나쯤을 짐으로 알고 멀리 하지 않으면 안 되는 지금의 처지가 서글펐다. 그러한 그의 망설임을 채찍질이나 하듯 지금 월매는 암시를 갈망하고 있는 것이다. 욱은 자기의 무능에 뼈를 깎이는 느낌이었다.

"어떡하면 좋을까? 세상사가 나한텐 어려워지기만 하는구나."

이제는 월매의 일보다도 자기의 말을 하고 있는 것이었다. 쓴 차를 앞에 하고 해결이 나지 않는 밤을 한탄하는 것만 같기도 하였다.

뜻하지 않는 번민을 얻어가지고 욱은 지혜도 없이 결단도 없이 며칠 동안 마음만 썩이고 있었다. 가게 방에 있노라면 까닭 없이 아버지에게서 꾸중만 듣게 되고, 초조한 신경을 농락당할 따름이었다.

급기야 아버지와 심한 언쟁을 한 날, 욱은 표연히 거리의 한증막으로 들어가 있었다. 백빙서 같은 축이 보면, 야인 취미라고 한 마디로 경멸당할 것이지만 욱은 수 년 내로 그 원시적인 풍습을 가까이 하여 왔다. 모닥불로 열한 컴컴한 흙 동굴 속에, 너더댓이 한패가 되어 가마니를 뒤집어 쓴 채 엎드리고 있노라면, 온몸이 익어 터지는 것 같은 느낌이었다. 가마니 눋는 냄새와 매캐한 연기에 목이 막혀, 눈은 안 보이고 호흡은 가쁘고 의식은 혼돈하여 그대로 타죽지나 않을까 느껴지는 그 *초열지옥(焦熱地獄)을 욱은 즐겨 「망각의 굴」이라 부르고 있었다. 살인적 고행 속에서는 사바 세상의 일은 이미 먼 망각의 피안에 몰입해 버리고 말기 때문이었다.

초열지옥(焦熱地獄)
불에 단 철판 위에 눕히고 벌겋게 단 쇠몽둥이로 치거나, 큰 석쇠 위에 얹어서 지지거나, 쇠꼬챙이로 몸을 꿰어 불에 굽는 따위의 형벌을 준다는 지옥.

오후 네 시면 첫째 탕이 가장 뜨거운 시각이어서, 단련이 돼 있는 욱도 그날만큼은 삼백을 못 다 세기 전에 배겨날 수 없게 되었다. 상대방의 직업도 사람도 알 바 없이 그저 알몸뚱이로 모여서 몸을 비비대고 사이좋게 한 화덕 속에 엎드리는 관습이지만, 그 집에 모이는 축들은 거개가 노인네들이라 욱은 그들에게 젊은 사람답지 않게 기특하다는 말들을 듣고 있는 터이었지만 그날은 분명히 여느 때 같지가 않았다. 열기가 콧구멍을 막아서 호흡이 곤란할 뿐만 아니라, 온몸이 비틀거리는 듯한 고통을 느끼었다. 옆엣 사나이는 태연하게 콧노래를 부르면서 셈을 세어 간다. 그것이 꼭 지옥에서의 염불인 양 들리었다. 오백까지 세자 욱은 창피함을 참고 가마니를 걷어차고선 화덕을 뛰쳐나왔다. 오백을 세는 시간은 한 십 분쯤 걸리는 것으로, 한증막의 상객으로서는 부끄러운 숫자였다.

노천(露天)의 돌마루 바닥에 서니 내려 쪼이는 햇빛이 눈부시고, 살구처럼 익은 피부는 만지면 벗겨질 듯 아릿아릿 아팠다. 탄내가 주위에 떠돌았다. 욕실에 들어가서 목간통 테두리에 걸터앉으니 온몸이 노곤해졌다. 아버지와의 언쟁을 다시 생각하고 있었던지도 모른다. 「망각의 굴」도 그날만은 별 효능이 없었다.

"내년은 아버지의 회갑이니 일생에 한번인 잔치두 제대루 못한 대서야 이웃간에 웃음거리가 되+ 말아. 그 순비누 지금부터 해두지 않음 어떻게 해 댄단 말이냐?"

어머니께서 찬찬히 말씀하시는 옆에서 시무룩해 계시던 아버지는,

"그런 일에 정신 차릴 만한 자식을 가졌다면 난 이 나이 되기까지 고생은 안 했어. 고도(古刀) 따위에 정신이 팔리다니, 세상 사람들이 어떻게 알구 있는지를 좀 생각해 보려무나. 그따윗 건 팔아버리란 말이

다. 무슨 일에나 때가 있는 법이야. 지금 처리하는 것이 관장헌테 대해 서두 체면이 선다는 말이다."

"저의 물건입니다. 제 손으로 어떻게 하든 내버려 두십시오."

욱도 마침내 버럭 화를 내고 쓸데없는 잔소리 그만 두라는 듯 음성을 높인 것이 아버지의 노여움을 사게 되었고, 이 후레아들같으니 불효자식 같으니 그런 호통을 듣고서 가게 방을 뛰쳐나온 것이었다.

월매의 일을 생각하고 있던 참이라 천 원의 전도금 문제랑 아버지의 회갑잔치 문제랑 한테 얼크러져 가지고 잔뜩 마음을 조이고 있는 판이었다. 막다른 골목에 쫓겨든 것처럼 솟아날 구멍이 없는 괴로움이 어쩔 수 없는 초조감을 더욱 부채질했다. 한증막은 너무도 뜨거워 망각이니 뭐니 할 여부조차 없었다.

넉근히 천은 세고서 시뻘겋게 타가지고 나온 축들의 오늘은 웬일인가 오백으로 뛰어나오다니 노형답지 않으니 하고들 빈정대는 말에도 대꾸를 못하고 욱은 멍하니 생각에 잠겨 있는 형편이었다.

"모두가 나를 못살게 굴고 있어. 아버지나 어머니나 월매나 모두 한 패가 돼서, 나 하나만을 놀림감을 만들려는 게지……. 넘어갈 줄 아나. 절대로 안 넘어 갈 테다.─고도를 내놓지 않을 테다.

격노에 흥분한 심정 속에는 자조의 뜻도 다분히 섞여 있었다. 목욕탕을 나왔어도 곧장 집으로는 발길을 돌리지 않고, 반나절을 거리를 서성대면서 집 없는 개처럼 비참한 심정이었다.

다 저물어서 가게 문을 들어섰을 때 안의 텅 빈 공기에 의아해 하면서 안방으로 들어서자, 부엌일을 보고 계시던 어머니가 어딘지 당황해 하는 빛을 보이고 묻지도 않는 말을 하는 것이었다.

"어딜 갔다 왔느냐? 가게 방을 비워 두구서.─아버진 급한 볼일이 생겨서 아까 막 성천 읍으로 나가셨단다."

"성천이라니 무슨 급한 일인가요?"

욱이 성급하게 추궁하자 어머니는 주저주저 아들의 낯빛을 살피면서,

"뭐 토지를 보신다든가, 중매인허구 같이 가셨어."

"토지 봐서 뭘 해요?"

"창평에 사흘갈이 보리밭 말이다. 아버진 여태 어
떻게 그걸 탐내고 계셨는지 모른다. 마침 팔겠다는
말을 들으신 참이라, 다시 한 번 수중에 넣을 수 없나
해서 요 며칠 동안 조마조마 하구 계신 모양이다. 보
리밭 뒤켠엔 대대의 산소두 있구 해서 아버지두 뼈를
거기다 묻고 싶으신 의향 같으시다."

보리밭

욱의 일가가 창평 마을에서 이 시내로 이사해 온 지도 벌써 십년 가
까이 되었다. 얼마 안 되는 것이긴 했으나 대대로 갈아먹던 토지를 팔
아 버린 것이 아버지로서는 골수에 사무치게 유감되는 일이 아닐 수
없었다. 시내 살림이란 노인에게는 걱정거리가 적지 않은 것으로, 되
도록 다시 한 번 시골로 돌아와 여생을 흙과 풀에 묻혀 살고 싶으시다
는 아버지의 숙원을 욱도 모르는 바 아니었다.

"허지만 입수한다 하더라도 삼천 평이나 되는 밭이 어떻게 가난뱅이
우리들 손에 쉽사리 들어올 수 있나요? 무엇을 빋구 그런 무리한 일을
하시는 거요?"

아픈 데를 찔리어 어머니는 말문이 막힌 모양이었으나 곧 침착한 목
소리로 변하였다.

"필경은 말해야 할 일이었지만—성내지 말아라—그 고도를 아버
진 오늘 관장한테 가지구 가셨단다. 사례금은 아직 안 받았지만서두."

"뭐, 뭐라구요. 다시 한 번 말해 보세요."

욱은 등허리가 경련하고 코언저리부터 파랗게 질리어 갔다. 입술이 바르르 떨리었다.

"사례금을 아직 안 받았다니, 그것 팔아 가지구 밭 살 요량이었군요? 저, 정신없는―"

"그렇게라두 안함 한평생 무슨 뉘를 보겠니? 아버지 의견에 틀림은 없을 게다."

"어쩜, 그렇게 상스런 짓을― 그래 그렇게두 염치가 없담?……."

욱은 말로 해서만은 미적지근해서 도무지 가만 있을 수가 없어서, 근질거리는 팔에다 책상 위에 놓였던 벼루를 집어 들었던 모양이다. 선반 위의 도기(陶器)에 명중하고 덜그렁 소리와 함께 커다란 파편이 부서졌다. 왜 이러느냐고 어머니가 겁에 질려 나와 보았을 때엔 시가 수십 원을 하는 이조시대의 낡은 항아리는 볼 수 없는 몰골로 변해 있었다. 욱의 눈은 시뻘겋게 살기로 차 있었다.

"멋대루 내버려 두니깐―. 건 내가 발굴한 보배다. 누구한테든 손가락 하나 얼씬하게 하나 보란 말이다."

헝크러진 꼴을 한 채 드르륵 유리 창문을 여는 것을 보자 어머니는 그만 당황하지 않을 수 없었다.

"어델 가느냐. 그렇게 성내구 어쩌자는 셈이냐?"

욱은 뒤돌아보지도 않은 채 꾸부정한 자세로 가게를 나와 버렸다.

……한 식경이나 지난 후였을까 박물관 뒤 모란대의 *모색(暮色) 속을 시내 쪽을 향하여 훌훌 걸어 내려오는 그림자가 있었다. 오른손에는 *등신대(等身大)에 가까운 고도를 치켜들고 있었다. 욱이었다. 관장한테 덤벼들어 고구려의 고도를 도로 찾아가지고 오는 길이었다.

모색(暮色)
날이 저물어 가는 어스레한 빛.

등신대(等身大)
사람의 크기와 같은 크기.

청량정에 이르자 단청이 벗겨진 처마 밑을 더듬어 들어가 난간에 기대어 섰다. 발밑을 대동강이 굽이굽이 흐르고, 능라도의 버드나무 숲에도 추색은 소조하게 깊었다. 강 건너는 벌판이 이어지고, 그 끝에 나직한 산의 윤곽이 거무스름하게 보인다. 보름밤이 가까운 때라, 약간 이지러진 달빛으로 희뿌옇게 훤한

대동강의 모란봉

속에 몇 천 년의 세월을 두고 변함없는 강산이 침묵하고 있었다. 예하자면 이 천년도 옛 고구려의 황혼에, 사람은 이 같은 강가에 서서 이제나 다름없는 강물을 바라 보았겠거니 생각하면, 욱에게는 감상마저 솟구쳐 올라 그러한 감상 속에서는 멀리 오른손 편으로 *창망한 시가의 모습은 한층 감개 깊은 것이었다.

정자를 나와 오솔길에 다다르면 정면에 펼쳐지는 시가는 끝없이 이어지고, 그 속에 우글거리는 몇 십만 *창생의 삶은 내 손아귀 속에 쥐어져 있다는 엉뚱한 환각이 솟아올라 호담한 심정이 되는 것이었다. 온몸의 힘을 다하여 고도를 뽑아 치켜들어 보았다. 도신(刀身)은 간신히 어깨 죽지를 지나서 하늘로 흔들흔들 올라갔는가 하자, 무게로 해서 제물에 솔솔 흘러 내려왔다. 내려오는 힘을 이용하여 길섶에 풀을 탁 베어 넘기곤 다시 치켜들고 그렇게 어린아이 장난이나 다름없는 짓을 몇 번이고 되풀이하면서 흥에 겨워 있는 욱이었다.

"월매두 아버지두 관장두 모두가 한패가 돼 가지구 날 놀림감으로 하려 했지. 누가 넘어갈 줄 아나. 누가 오건 절대루 양보하진 않을 테니깐."

중얼거리는 그의 모양을 그때 지나가다가 눈에 여겨본 사람이 있다면, 그를 머리가 돌은 것이라고는 생각지 않았을까.

창망(悵惘)하다
근심과 걱정으로 경황이 없다.

창생(蒼生)
세상의 모든 사람.

"이걸 내놓을 판이라면, 차라리 내 목숨을 넘겨주고 말지. 밭이구 계집이구 어디 문제가 되느냐."

녹슨 벽록(碧綠)의 고색은 흔연히 어스름 속에 녹아들고, 금빛 칼자루가 달빛을 받아 은은히 빛났다. 정녕 욱은 머리가 돌았는지도 모를 일이었다.

여전히 칼을 휘두르고 있는 팔뚝에는 더욱 더 기운이 차고, 얼굴은 상기하고 눈은 형형하게 빛나고 있었다.

『이효석 전집』, 창미사, 1983.

산협(山峽)

산길

공재도가 소금을 받아오던 날 마을 사람들은 그의 자랑스럽고 호기로운 모양을 볼 양으로 마을 위 샛길까지들 줄레줄레 올라갔다. 새참 때는 되었을까 전노리가 지난 후의 개나른한 육신을 잠시 쉬이고 싶은 생각들도 있었다. 마을이라고는 해도 듬성한 인가가 산허리 군데군데에 헤일 정도로 밖에는 들어서지 않은 펑퍼즘한 산골이라 이쪽저쪽의 보리밭과 강낭밭에서 흰 그림자들이 희끗희끗 일어서서는 마을 위로 합의나 한 것같이 모여 들 갔다.

"소가 두 필에 콩 넉 섬을 싣고 갔었겠다. 소금인들 호북히 받아 오지 않으리."

"반 반으로 바꾸어두 두 섬일 테니 소금 두 섬은 바위보다도 무겁거든. 창말 장에서 언젠가 한 번 소금 섬을 져 본 일이 있으니까 말이지만."

"바다 물로 만든다든가. 바다가 멀다 보니, 소금은 비상보다 귀한 걸 공서방도 해마다 고생이야."

봄이 되면 소금받이의 먼 길을 떠나는 남안리 농군들이 각기 소 등어리에 콩 섬을 싣고 마을길에 양양하게 늘어서는 습관이던 것이 올해는 *거반 가까운 읍내에 가서 받아 오기로 한 까닭에 어쩌다 공재도 한 사람이 남아 버렸다. 원주 땅 문막은 서쪽으로 삼백 리나 떨어진 이웃 고을의 나루였다. 양구 *더미를 넘고 횡성 벌판을 지나 더딘 소를 몰고는 꼭 나흘의 길이었다. 양구 더미를 넘는 데만도 넉근히 하루가 걸리는데다가 굼틀굼틀 구부러들어가는 무인지경의 영은 깊고 험준해서 울창한 참나무 숲에서는 대낮에도 도적이 났다. 썩은 아름드리 나무가 정정히 쓰러져 있는 개울가의 검게 탄 자리는 도적이 소를 잡아먹은

거반
거지반.

더미
많은 물건이 한데 모여 쌓인 큰 덩어리. 여기서는 산길과 고갯길을 뜻함.

곳이라고 행인들은 무시무시해서 머리털을 속구면서 수근거렸다. 문막 나룻강 가에는 서울서 한강을 거슬러 올라온 소금 섬이 첩첩이 쌓여서 산골에서 나온 농군들과의 거래로 복작거리고 떠들썩했다. 대개가 콩과 교환이 되어서 이 상류 지방에서 바뀌어진 산과 바다의 산물은 각기 반대의 방향으로 운반되는 것이었다. 흥정이나 잘 돼서 후하게 받은 소금 짐을 싣고 다시 양구 더미를 무난히 되돌아 넘어 멀리 자기 마을의 산골짜기를 바라보게 될 때 재도는 비로소 숨을 길게 뽑았다. 내왕 열흘이나 걸리던 먼 길에서는 번번이 노독을 얻었고 육신이 나른히 피곤해졌다. 소금받이는 수월한 노릇이 아니었다.

강낭밭에서 풀을 뽑고 있던 안중근이 삼촌의 마중을 나가려고 호미를 던지고 골짜기로 내려와 사람들 틈에 끼었을 때에는 산 너머 무이리까지 마중 갔던 재도의 사촌 아우 공재실은 한 걸음 먼저 산길을 뛰어 내려오면서 얼마간 흥분된 낯빛이었다.

"자네들도 놀라리. 내 세상에 원—삼백 리나 되는 문막 길을 가서 재도가 무얼 실어오는 줄들 아니"

"소 두 필에 산더미 같은 소금바리를 싣고 오겠지 별것 싣고 오겠나. 소 등어리가 부러져라고 무거운 소금 섬으로야 일 년을 먹고도 남겠지."

"두 필이었겠다 확실히. 그 두 필의 소가 한 필이 됐다면 이건 대체 무슨 조화일 건가. 그리구 그 한 필의 잔등에두 무엇이 타고 오는 술 아나?"

"소금섬 대신에 그럼 금 항아리나 싣고 온단 말인가?"

"금 항아리. 또 똥 항아리래라. 사실 똥 든 항아리를 싣고 오는 폭 밖에는 더 돼? 열흘 동안이나 원처를 건들거리고 제일 바쁜 밭일의 고패를 버리고 떠나서 원 그런 놈의 소갈머리라니."

대체 무슨 곡절이길래 재실이 이렇게 설레이누 하구들 있는 판에 바로 당자인 재도의 자태가 산길 위에 표연히 나타났다. 음—옳지—들 하고 입을 벌리면서 사람들은 눈알을 굴렸다. 한 필 소의 고삐를 끌고 느실느실 걸어오는 재도의 모양은 자랑스런 것인지 낙심해 하는 것인지 짐작했던 것보다는 의젓한데다가 끌고 오는 소 허리에는—한 사람의 여인이 타고 있는 것이다. 먼 눈에도 부유스름하게 흰 단정한 자태이다. 가까워 옴을 따라 얼굴 모습이 차차 뚜렷이 드러날 때 사람들은 모르는 결에 수선들거리며 소근소근 지껄이기들 시작했다. 재도는 여인을 위로나 하는 듯 연해 쳐다보면서 무언지 은은히 말을 던지는 꼴이 가깝게 보니 낙심해 하는 것이 아니라 역시 자랑스러워함을 알 수 있었다. 조그만 소금 섬이 여인의 발 아래에 비죽이 내다보인다.

"새로 얻은 색시라나. 사십 중년에 두 번 장가라니 망녕도 분수가 있지 암만 해두 마을 사람들을 웃길 증조야."

재실은 좀 여겨 들으라는 듯이 좌중을 휘둘러보면서 눈에 핏대를 세우고 빈정거린다.

"그럼, 기어코 소원 성취네 그려. 첩 첩 하고 잠꼬대 같이 외이더니. 자식 없는 신세가 돼 보면 무리는 아니렸다. 송씨의 몸에서나 생긴다면 몰라두 후이 없는 것같이 서운한 일은 없거든."

이렇게 재도의 편을 드는 것은 같은 자식 없는 설움의 강영감이었으나 그런 심정은 도대체 재실의 비위에는 맞지 않았다.

"지금이래두 큰댁의 몸에서 늦내이로 모르는 일이거니와 첩의 몸에서라구 어김없이 있으리라구는 누가 장담하겠나. 생겼댔자 그게 자라서 한 몫을 볼 때까지 아비가 세상에 붙어나 있겠나?"

"중근이 너 삼촌댁 하나 더 생겼다가 좋은 모양이지. 너두 올해는 장가들 나이에—네 색씨하고 젊은 삼촌댁하구 까딱하면 바꿔 잡을라."

"삼촌댁이고 쥐뿔이고 내 소는 어떻게 된 거야. 남의 황소를 끌고 가더니 지져 먹은 셈인가."

씨름으로는 면내에서 중근을 당하는 사람이 없었다. 단오 날 창말서 열리는 대회에서는 해마다 상에서 빠지는 적이 없었고 지난해에는 황소 한 마리를 탔다고 이름이 군내에 떨쳤다. 그 황소를 빌려가지고 떠날 때 애걸복걸하던 삼촌이 지금 터무니없이 맨손으로 돌아오는 것이다.

김홍도의 씨름도

"황소와 색씨와 바꿨단 말인가. 그럴 법이. 그게 어떤 황손데. 나와 동무하고 나와 잠자고 내가 타구 하던 것을 갖다가—지금 어디서 내 생각을 하고 있을구"

"이런 말버릇이라니. 삼촌댁을 그렇게 소홀이 여기면 용서가 없어. 소가 다 무이 게. 씨름에서 이기면 또 일을 길. 사내자식이 인제면 지각이 들구."

핀잔을 받고 중근은 쑥 들어갈 수밖에는 없었으나 삼촌이 사람들과 지껄지껄하고 있는 동안 슬며시 소잔등에 눈을 보냈다가 구슬같이 말간 색시의 행동에 그만 마음이 휘황해지면서 눈이 숙어졌다. 저렇게 젊은 색시가 왜 삼촌댁이 되는구 생각하니 이상스런 느낌에 공연히 마음

이 송송거려져서 이게 여간한 일이 아니구나 얼른 삼촌댁에도 일러 주지 않으면 하고 *총중을 빠져 나와 단걸음에 집으로 달려 갔다.

뒤안 베틀에서 베를 짜고 있던 삼촌댁 송씨는 곡절을 듣고 뜨끔해 놀라는 눈치더니 금시 *범연한 태도로 조카 중근을 듬짓이 내려다보았다.

"삼촌은 입버릇같이 언제나 나를 돌소 돌소 하고 욕주더니 그예 계집을 데리고 왔구나. 내가 돌손지 삼촌이 병신인지 뉘 알랴만 나두 자식을 원하는 마음이야 삼촌에게 지겠니. 아무리 속을 태워도 삼신 할머니가 종시 원을 들어주지 않는구나. 첩의 몸에서 자식이나 생기는 날이면 나는 이 집을 하직하는 날이야. …… 앞에 여자는 인물두 좋다는데."

"그렇게 고운 여자도 세상에 있나 싶어. 달같이 희멀건게……"

"어디 보구나 올까. 마중 안 나왔다구 또 삼촌께 책을 듣기 전에."

한숨을 지으면서 송씨가 틀에서 내려서 앞뜰까지 나섰을 때 골방에서 삼을 삼고 앉았던 늙은 시모는 무슨 일이냐고 입을 벙긋벙긋했다. 중근이 큰 소리를 질러 곡절을 말해도 귀도 안 들리고 말도 못번기는

총중
떼를 지은 뭇사람.

범연하다
차근차근한 맛이 없이 데면데면하다.

332 이효석

노망한 노파는 안타까워서 손만 휘휘 내어저었다.

　논길을 걸어 내려오는 행렬을 보고 송씨는 휘황한 느낌에 눈이 숙여
졌다. 소를 탄 색씨의 자태는 사람들 위로 우뚝 솟아서 높고 그 발 아래

편에 남편과 마을 사람들이 줄레줄레 달려서 누구나가 슬금슬금 색씨의 모양을 우러러보는 것이었다. 소 목에 단 방울소리가 떨렁떨렁 울리는 속으로 사람들 말소리가 지껄지껄 들리는 것이 흡사 잔칫집 행렬이었다. 내 혼례 때에두 저렇게 야단스럽지는 못했겠다. 눈을 감구 가마를 탔을 뿐이지 저렇게 자랑스럽지는 못했겠다. 송씨가 그런 생각에 잠겨 있을 때 중근은 또 제 생각에 잠겨 내가 씨름에서 황소를 타 가지고 돌아올 때두 저렇게 야단스러웠던가 마을의 젊은 축들이 뒤에서 떠들썩하고들 따라왔을 뿐이지 저렇게 의젓하지는 못했던 것 같다—고 작년 일을 생각하고 있었다. 따뜻한 볕을 담뿍 받으면서 흔들흔들 가까워오는 색시의 자태를 바로 눈앞에 바라보았을 때 그것이 꿈이 아니고 짜장 생시의 일임을 깨달으면서 송씨는 아찔해짐을 느꼈다.

이튿날은 잔치라고 마을의 여자란 여자는 죄다 재도의 집에 모여들었다. 인가가 듬성한 마을 어느 구석에 사람이 그렇게도 흔하게 박혔던지 마당과 부엌과 방에 그득들 넘쳤다. 급하게 차리노라고 대단한 잔치도 아니었으나 그래도 국수 그릇과 떡조각에로들 왁자지껄했다. 송씨는 어제 날의 놀람과 탄식은 씻어 버린 듯 범상한 낯으로 부지런히 서둘렀다. 큰댁 앞에서 새 각시의 인물을 한정 없이 줄 수도 없어서 여자들은 기연미연한 말솜씨로 그 자리를 얼버무려 넘겼다. 저녁 무렵은 되어 외양간에 짚과 멍석을 펴고 신방이 차려질 때까지도 돌아가려고들은 안하고 외양간 빈지 틈으로 첫날밤의 풍습을 엿볼 양으로 눈알을 굼실굼실 굴리며들 설랬다. 소의 본성을 본받아 잘 낳고 잘 늘라는 뜻이기는 했으나 그 당돌한 첫날밤의 풍습에 색씨는 얼굴을 붉히며 서슴거리는 것을 여자들은 부끄럽긴 무에 부끄러워서 소같이 튼튼한 아들을 낳아서 송씨 일문의 대를 이어야만 장한 일인데 라고 우겨서 외양간 안으로 밀어 넣는 것이다. 늙은 신랑이 이도 겸연쩍은 듯이 고개를 숙이고 그 뒤를 따라 들어간 후 *빈지를 닫고 나니 사내들은 주춤주춤들 헤어져 혹은 집으로 가고 혹은 다시 사랑으로들 밀렸으나 여자들은 참참스럽게 외양간 주위를 빙빙 돌면서 젊었을 시절의 꿈들을 생각해 내서는 벙글벙글 웃고 킬킬거리면서 수선들을 떨었다.

빈지
널빈지. 한 짝씩 끼웠다 떼었다 할 수 있게 만든 문. 주로 가게에서 문 대신 쓴다.

"얼른들 와 좀 봐요. 촛불이 꺼졌어."

"공서방두 복 있는 사람이야. 평생에 두 번씩이나 국수를 먹이구 그 둘째 각시는 천하일색이니, 죽어서 다시 저런 일색으로 태어난다면 열두 번 죽어도 한이 없겠다."

"여자는 인물보다도 그저 자식내이를 잘 하구야. 큰댁은 왜 색시 때 일색이 아니었나?"

"큰댁도 속 무던히 상하겠다. 여식이래두 하나 낳드라면 이런 꼴 안 봤을 것을—아 어디를 갔는지 아까부터 까딱 자태가 안 보이니."

송씨는 남모르는 결에 집을 나와 뒷골 우물 등지에 와 있었다. 칠성단에 정한 물을 떠놓고 그 앞에 무릎 꿇고 요 십 년째 아침저녁 한 번도 번긴 적이 없는 기도를 올리고 있었다. 눈을 감고 합장하고 정성을 다해 치성을 드리는 단정한 얼굴이 어둠 속에 희끄무레 솟아 보인다.

"아침이나 저녁이나 이 자리에 무릎 꿇고 합장하고 삼신님께 비옵는 선 한 톨의 씨를 이 몸에 줍소사고 인사하신 삼신님께 무릎 꿇고 합상하고 아침이나 저녁이나……"

웅얼웅얼 외이는 목소리는 산속에 울리는 법도 없이 샘을 둘러싸고 있는 키 높은 갈대밭으로 꺼져 들어가면서 그 소리에 화하는 것은 얕은 도랑물 소리뿐이었다. 집안의 요란한 인기척도 밭 건너편에 멀고 금시 어둠 속에 삼신의 자태가 의렷이 나타날 듯도 한 고요한 골짜기였다. 사시나무와 자작나무 잎새도 오늘 밤만은 살랑거리지도 않는다.

"……오늘은 혼인날에 요란히 기뻐하는 속에 내 마음 한층 쓰라리구 어지럽사오니 가엾은 아내 몸에도 여자의 자랑을 줍사 공가에 내 핏줄을 전하게 하도록 합소라고 삼신님께 한결같이……"

모았던 손을 풀고 손바닥을 비비면서 조용조용 일어섰다가는 엎드리면서 단 앞에 절을 한다. 항아리 속에 준비했던 백 낱의 콩알을 한 개씩 헤이면서 백 번의 절을 시작했다. 일어섰다가는 엎드리고 일어섰다가는 엎드리고 하는 그 피곤을 모르는 가벼운 거동이 점점 짙어지는 어둠 속에 사라지고는 나중에는 산신령의 속삭임과도 같은 웅얼웅얼하는 군소리만이 아련히 남았다. 외양간의 첫날밤의 거동보다도 한층 엄숙한 밤 경영이었다.

인삼. 두릅나뭇과의 여러해살이풀. 봄에 녹황색 꽃이 피고 열매는 타원형으로 붉게 익는다. 뿌리는 희고 통통한데 원기를 회복하는 강장제로 쓰인다.

이렇게 남몰래 마음을 바수는 것은 송씨 한 사람뿐이 아니라 재도의 종제 재실과 그의 아내 현씨도 잔칫집 뒷설거지를 대충 마치고 삼밭 하나 사이에 둔 자기들 집으로 돌아왔을 때 처음으로 조용히 자기들의 처지를 돌보게 되었다.

"꼴이 다 틀린 걸. 이렇게 될 줄은 몰랐다."

재실은 한숨과 함께 중얼거리면서 일득이 놈은 자는가 하고 아랫방을 내려다보고 어린 외아들이 대 아닌 잔치 등살에 피곤해 잠들어 있는 것을 보고는 다시 아내에게로 고개를 돌렸다.

"일이야 될 대루 됐지. 철없는 외자식을 양자로 주고는 무얼 믿구 살아간단 말요."

"또 덜된 소리. 누구가 주구 싶어서 주나. 이 살림 꼬락서니를 생각해 보면 알 일이지."

재실의 심뽀라는 것은 일득이를 큰집에 양자로 들여보내서 대를 잇게 하고 그 덕에 어려운 살림살이를 고쳐보자는 것이었다. 부근 일대의 전토와 살림을 독차지하다시피 해서 재도가 마을에서 일등가는 등급인 데 비기면 근근 집 한 채밖에는 지니지 못하고 몇 자리의 형의 밭을 소작해서 지내가는 재실의 처지는 고달프기 짝 없는 것이었다. 당초부터 그렇게 고달팠던 것이 아니라 조부 때에 분재를 받아 두 대째 온전히 지켜 오던 가산을 재실은 한때의 허랑한 마음으로 읍내에서 노름에 정신을 팔고 창말서 장사를 하느라고 흥청거리다가 밑을 털어 버린 것이었다. 다시 형의 앞에 나타날 면목조차 없었으나 목숨이 원수라 몇 자리의 밭을 얻어 생애를 다시 고쳐 시작하는 수밖에는 없었다. 마음을 갈아 넣었다고는 해도 어려운 살림에 시달리느라니 심사가 흐려지는 때도 많아서 형에게 후손 없는 것을 기회 잡아 외아들 일득을 종가로 들여보낼 계책이었던 것이다.

　"형두 당초에는 그 요량으로 있었던 것이 엔 바람인지 알 수가 없어. 인물에 반했는지 원. 소 한필과 바꿨더니 소금 대신에 계집을 사온 셈이지. 젊은 대장장이의 여편네데 그 녀석 소가 탐이 나서 여편네를 팔게 됐다나."

　"뭐 뭐요? 소와 여편네를 바꾸다니. 계집도 계집이지 아무리 살기가 어렵기로 원 세상에 별일도 나 많시."

　"후일 시비가 있어두 해서 사내는 쪽지를 다 써주었다니까 정말두 거짓말두 업어. 대장장이 여편네라두 앞대 여자는 인물이 놀랍거든. 녀석 지금쯤은 필연코 후회가 나렸다."

　"숫색씨가 아니래두 핏줄만 이으면 그만이야 그만이겠지. 양자를 들이긴 제발 제발 싫다고 하는 판에."

"그래 이집 꼴은 무어람. 일득이를 준다구 해두 아래윗집에서 영영 못 보게 될 처지두 아니구 내년 봄에는 창말 사숙에나 읍내 학교에두 넣어야 할 텐데―일 다 틀렸지. 남의 밭을 평생 부치면서야 헤어날 재주 있나."

재실이 밤 *패이는 줄을 모르고 궁리해 보아야 할 일 없는 노릇 재도의 속심은 처음부터 빤한 것이었다. 큰댁 몸에서는 벌써부터 그른 줄을 알고 첩의 몸에서라도 자식을 얻어 보겠다고 벼르던 것이 이번 거사로 나타났던 것이다. 만약에 혈통이 끊어지는 일이 있다면 선조에 대해서 다시없는 죄를 지는 셈이 되는 까닭이었다.

조부의 대에 어딘지 북쪽 땅에서 이 산골로 옮아 왔을 때에도 아무 것도 가지지 못한 맨 주먹에 족보 한 권만은 신주같이 위해 가지고 있었다. 족보의 계도에 의하면 공문 일가는 근원을 멀리 중국 창평 땅에 두고 만고의 성인을 그 선조로 받들고 있다고 기록되어 있었다. 기록한 옛 성인의 후손이라는 바람에 마을 사람의 공경과 우대를 한 몸에 모으고 부지런히 골짜기와 산허리의 땅을 일구기 시작한 것이 자수 성공으로 당대에 수십 일 갈이의 밭과 여러 섬지기의 논을 장만하고 부근 일대의 산까지를 손안에 잡아서 마을에서는 일등 가는 거농이 되었다. 한번 일군 가산은 좀해 흔들리지 않아서 두 아들을 낳고 이 고을에서의 삼대째 재도의 대에 이르게 되매 집안은 더욱 굳어졌다. 불미한 재실만이 두 대째 잘 이어온 재산을 선친이 없어진 것을 기회로 순식간에 탕진해 버리는 것을 종형 재도는 아픈 마음으로 바라보고 있었다. 아니나 다를까. 재실이 알몸으로 마을에 돌아왔을 때는 전토는 벌써 남의 손에 들어간 후였다. 비위 좋게 외아들의 양자 봉양을 궁리해 왔으나 재도는 처음부터 마음이 당기지 않았다. 삼대나 걸려 알뜰히 장만한 토지를 길이길이 다스려 가려면 아무래도 제 핏줄이 필요하다고 생각하고 있었다. 자기 한 몸이 없어진 후 행여나 재산이 다른 사람 손으로 넘어가게 되어 선조의 무덤을 돌보는 자손도 없이 그 제사를 게을리 하게 된다면 사람의 자식 된 몸으로서 그보다 죄스러운 일은 없다고 생각하고 있었다. 일정한 땅에 목숨을 박고 그곳을 다스리게 됨은 그것을 다음 대에 물려주자는 뜻이라는 것을 굳게 믿고 있었다. 될 수만 있으면 먼 타관에서 인연을 구해 왔으면 하고 해마다 봄이 되어 소금받이를 떠날 대마다 그 궁리이던 것이 문막 나루터는 산에서 자란 그의 눈을 혹하기에 넉넉했다. 어쩌다가 올해는 바로 그 소원이 이루어진 것이었다.

　혼례가 지나 며칠이 되니 새 각시는 집일이 익어서 *서름서름해하는 법도 없이 부지런히 일을 거들었다. 부엌에서 큰댁과 나란히 서서 심상하게 지껄거리며 거짓말같이 화목해 하는 모양을 남편 재도는 만족스럽게 바라보았다. 시모와 남편을 섬김에 조금도 소홀히 없도록 하려고 하는 조심성스러운 마음씨도 그를 기쁘게 하기에 넉넉했다. 누가 부르기 시작했는지 원주집이라고 불리우게 되어서 이 칭호는 마을 사람들에게 일종 그리운 느낌을 주었다. 원주는 근방에서는 제일 개화한 읍이었다. 문명의 찌꺼기가 원주집을 통해서 이 궁벽한 두메에까지 튀어온 것이다. 원수집은 세수를 할 때 팥가루 대신에 비누라는 것을 썼고 동그란 갑에 든 향내 나는 분가루는 정말 장에서 파는 매화분 따위는 아니었다. 무명지에는 가느다란 쇠 반지를 꼈고 시모의 눈 닿지 않는 곳에 숨어서는 뒤안 같은 데서 흰 권연을 태웠다. 엽초밖에는 모르는 마을 사람들에게 그 향기는 견딜 수 없이 좋아서 사랑에 머슴을 살고 있는 박동이는 중근을 추켜서는 그 하얀 권연 한 개를 제발제발 빌

서름서름
자연스럽지 못하고 서먹서먹한 모양.

곤했다.

재도의 누이의 아들 안중근은 삼십 리쯤 되는 산 너머 마을에 출가
했던 누이가 죽은 후 남편마자 그 뒤를 쫓아 떠나게 되니 의지가지없
는 신세에 하는 수 없이 삼촌의 집에 몸을 붙이게 되었다. 가까운 혈육
이기는 하나 성이 다른 조카를 자식으로 들을 의사는 없었으나 송씨가
물을 찌워 기른 보람이 있어 어느 결엔지 늠름한 장정으로 자라나 머
슴과 함께 밭일을 할 때에는 어른 한 몫을 넉넉히 보았다. 안씨 문중의
몇 대조이든지 조상에 산속에서 범을 만나 등어리에 발톱자국을 받았
을 뿐 맹수의 허리를 안아서 넘어뜨린 장골이 있었다는 이야기를 어릴
때부터 들어온 중근은 자기도 그 장골의 피를 받았거니 하고 팔을 걷
어 힘을 꼽아보곤 했다 어릴 때부터 익어온 송씨를 백모라고 부르기는
당연하고 자연스러웠으나 생판 초면인 젊은 원주집을 향해서는 쑥스
러운 생각이 먼저 들면서 아무리 해도 같은 말이 입으로 나오지 않을
뿐더러 자기의 황소와 바꾸어 왔다는 생각을 하면 화가 나는 때조차
있었다. 날이 지낼수록 송씨는 기운을 못 차리면서 진종일 방안에 박
혀 있거나 그렇지 않으면 베틀에 올라서 북을 덜거덕거리면서 길삼내
이로 날을 보내곤 했다. 그 쓸쓸한 자태가 중근의 가슴을 에우는 듯도
해서 원주집 잔소리나 삼촌의 책망을 받을 때마다 백모를 막아 주고
싶은 생각뿐이었다.

어느 날 저녁 무렵 중근이 나뭇짐을 지고 돌아와 보니 부엌에서는
백모와 원주집이 한바탕 겨루고 있었다. 저녁 준비로 그릇들이 어지럽
게 놓인 부엌 바닥에 산발한 머리채를 마주잡고 떠들썩하고 노려댔다.
아침저녁으로 시중을 들러 오는 현씨는 어쩔 줄을 모르고 서성거리면
서 아궁 밖에 기어나온 불 끄트머리도 건사하지 못하고 일득아 얼른

가서 삼촌들을 데려오지 못하고 무얼 하니 하며 쉰 목소리로 어린 것을 꾸짖을 뿐이었다. 누가 소처럼 일하려고 이 두메로 왔다든 넌 종일 베틀에만 올라 엎드리고 있으니 물을 긷고 여물을 끓이고 부엌 설거지를 하구 혼잣손으로 이 큰 살림을 어떻게 보란 말이냐 하고 원주집이 입술을 파랗게 떨면서 소리를 치는 것을 보면 일이 고되다는 불평인 듯싶었다. 호강하자

두메
도회에서 멀리 떨어져 사람이 많이 살지 않는 변두리나 깊은 곳.

는 첩이드냐 잘난 체 말로 너두, 시달려 봐야 *두메 맛을 아느니라 나두 놀구만 있는 게 아닌데 일끝마다 남의 맘을 꼭꼭 찌르는 이 가사리 같으니 하고 백모도 대꾸하면서 한데 얼려서는 함께 나무검불 위에 쓰러졌다. 찬장을 다친 바람에 *기명들이 왈그렁 뎅그렁 바닥에 쏟아졌다. 넌이 돌소면서 심술은 고작이지 큰댁이라고 잘한 체 나둥그러진 건 너지 누구야 이럴 줄 알았으면 누가 이 산골로 올까 삼백 리나 되는 이 두메 산골로 이 말에 백모는 불같이 발끈 달아서 잇몸에서 피를 뱉으면서 무엇이 어쩌구 어째

기명(器皿)
살림살이에 쓰는 그릇을 통틀어 이르는 말.

또 한 번 지껄여 봐라 또 한 번 그 혓바닥을 빼버릴 테니 소리소리 지르며 법석을 치기는 했으나 제 분에 못 이겨 제 스스로 탁 터지고야 말았다. 돌소라는 말같이 그에게 아픈 욕은 없었다. 더 싸울 기력도 잃어버리고 자기 설움으로 흑흑 느껴우는 소리를 듣고 시모가 방문턱까지 기어 나와 그 아닌 꼴들에 놀라 입을 벙긋벙긋 열면서 손을 내저으나 흥분된 두 사람에게는 벌써 어른의 위엄도 헛것이었다. 중근이 쫓아 들어가서 두 사람을 헤쳤을 때에는 널려진 부엌 바닥도 볼만은 했지만 산발하고 옷을 찢고 피를 흘린 두 사람의 꼴은 참아 보기 어려운 것이었다. 현씨도 덩달아 울면서 코를 훌쩍거렸다.

베틀

그날 밤 송씨의 자태가 없어진 채 늦도록 나타나지 않았다. 원주집만을 달래고 있던 재도도 비로소 웬 일인가 하고 집안은 또 설레기 시작했다. 베틀에도 없고 방앗간에도 없다면 대체로 어디로 간 것일까 하고 재도와 중근은 물론 재실 부부와 박동이까지도 나서서 초롱에 불을 켜들고 샘물둥지로부터 뒷산을 더듬어도 안 보인다. 점점 불안해져서 패를 나눠가지고 묘지 근처와 골짜기 개울가를 샅샅이 찾아보기로 했다. 중근은 혼자서 어둠 속에 초롱을 휘저으면서 행여나 나무 가지에 그리운 식은 시체를 만나면 어쩌누 겁을 잔뜩 집어먹고 슬금슬금 통물 방앗간 안을 엿보았을 때 깊은 구석 볏섬 앞에 웅크리고 앉은 백모의 모양을 보고 주춤 뒷걸음질을 쳤다. 마음을 다구지게 먹고 달려가 보니 나무 가지에 목은 안 맸을 망정 꼼짝 요동 안 하고 눈을 감은 채 숨결이 가쁜 모양이다. 조그만 항아리가 구르고 독한 간수 냄새가 코를 찔렀다. 소금 섬 아래에 바쳐 두었던 항아리의 *간수를 먹은 것임을 알고 중근은 끔찍한 짓도 했지 하고 황망히 설레면서 무

간수
습기가 찬 소금에서 저절로 녹아 흐르는 짜고 쓴 물. 두부를 만들 때 쓴다.

거운 몸을 일으켜 등에 업고 급히 방앗간을 나왔다. 건너편 뒷산 허리에 번쩍번쩍 움직이는 초롱불이 보였으나 소리를 걸지 않고 잠자코 논두덩 길을 걷고 있으려니 몸 더위로 등어리가 후끈해 오면서 그 무릎 아래에서 이십 년이나 양육을 받아온 *백모를 이제 자기 등어리에 업게 된 것을 생각한즉 이상스러운 느낌이 생기면서 알 수 없이 잔자룩해지는 마음에 엉엉 울고도 싶었다.

백모
큰어머니.

"……그게 즈 증근이냐?"

밤바람에 얼마간 정신을 차렸는지 백모는 가느다란 목소리로 간신히 지껄였다.

"왜 아직 목숨이 안 끊어졌을까. ……돌소 돌소 하지만 난 돌소가 아니야. 아무에게도 말할 수는 없지만 알구 보면 삼촌이 불용이란다. 무리 무당이 내게 가만히 띄어 주었어."

"아주머니야 왜 나쁘겠수. 원주집의 소갈머리가 글렀지. 앞대에서 왔다구 독판 잘난 척하구 툭하면 싸움을 걸군 하면서."

"원주집이 아일 낳을 줄 아니? 두고 보렴. 사촌이 불용이야. 다 삼촌의 허물이야. 아무도 그런 줄 모르니 태평이지.…… 아이구 가슴이야 배야. 아마두 밸이 끊어졌나부다. 이렇게 뒤틀릴 젠. 으으으응……"

"맘을 든든히 잡수세요. 세상이 다 알게 될 일이니."

간수가 과했던 까닭에 송씨는 몹시 볶이우고 피를 토하며 자리에 눕게 된 것이 반 달 가량이 지나니 차차 누그러지는 날씨와 함께 의외에도 속히 느실하고 일어나게 되었다. 허전허전해는 하면서도 별일 없었던 듯이 시치미를 떼고 원주집과 심상하게 지껄이면서 일을 거두는 품이 또다시 평온한 날로 돌아가는 듯도 보였으나

밤꽃

뒷동산 밤꽃이 피기 시작할 무렵은 되어 송씨에게는 이로 쇠약한 몸 걱정이 아니라 한꺼번에 마음을 잡아 흔들고 속을 뒤집히게 하는 일이 생겼다. 어느 결엔지 원주집이 몸이 무거워진 듯 음식도 잘 받지 아니 하고 *게욱질만 하면서 자리에 눕는 날이 많아진 것이었다. 설마 그럴 수야 있을까 하고 마음을 태평히 먹고 있었던 것만큼 송씨는 벼락이나 맞은 듯 정신이 휘둘리면서 멍하니 한 자리에 주저앉아 일어날 기맥조 차 없어지는 때가 있었다. 현씨가 달래면 간신히 일어나서 원망하는 듯이 하늘을 우러러 보는 그 초췌한 자태는 차마 볼 수 없어서 재실은 하루는 창말서 용하다는 점장이 한 사람을 데리고 왔다. 반백이 된 수 엽을 드리운 판수는 정한 상 위에 동전을 굴리고 산죽가지를 놓고 하 면서 음성을 판단하고 사주를 풀어 길흉을 점쳤다. 패가 좋소이다 걱 정할 것이 없어 하고 한참 후에 감은 눈을 꿈벅거리고 비죽이 웃으면 서 결과를 고했다. 길한 날을 받아 동쪽으로 칠십 리를 가 백 날 동안 고산 치성을 드리면 그날부터 서조가 있어 옥같은 동자를 얻는다는 괘 외다. 길사는 빠를수록 좋은 법이니 하루라도 속히 내 말을 쫓으소 판 수는 자랑스러운 낯으로 수염을 쓰다듬었다. 지금까지 아무 관상쟁이 도 사주장이도 안하던 말을 이렇게도 수월하게 쏟아 놓을 제는 필연코 팔자에는 있나보다고 송씨는 반생 동안 그날같이 반가운 적이 없었다. 판수의 한 마디로 순간에 병도 떨어진 듯이 기운이 나면서 기쁜 판에 정성을 다해 판수를 대접했다. 돈 열 냥과 쌀 한 말을 짊어지고 판수는 벙글벙글하는 낯으로 재실에게 끌려 창말로 돌아갔다.

뜻밖인 길보에 남편인 재도도 반갑지 않지도 않은 듯 여러 가지로 길 떠날 준비를 거든다 택한 날에는 외양간의 거동도 치른 후 기쁜 낯 으로 아내를 떠나보냈다. 동쪽으로 칠십 리를 간 곳에는 이름난 오대산이 있고 그 중허리에 유명한 월정사가 있었다. 석 달 분 양식에다 기명과 옷벌까지도 소등에 싣고 중근은 기쁘게 백모를 동무해 떠났다.

송씨들이 떠난 후 농사가 바쁜 때이라 집안은 어지럽고 복작거리는 했으나 큰댁과의 옥신각신이 뺀 것만으로도 원주집은 시원해서 아무 데서나 권연을 푹푹 피우면서 기할 것도 내노라고 활개를 폈다. 재실의 한 집안이 죄다 오다시피 해서 일을 거드는 까닭에 부엌일도 송씨와 으릉대고 있었을 때같이 고된 것은 아니었고 송씨 앞에서는 어려워하는 현씨도 원주집과는 허름한 생각에 뜻을 잘 맞추어 주는 까닭에 모든 것이 탈 없이 되어 나갔다. 단지 밭일이 너무 고되어서 조밭에 풀 뽑기 삼밭에 손질 논에 갈꺾기 등으로 손이 부족해 재도와 박동이는 죽을 지경이었으나 고대하고 있던 중근은 의외에도 빠르게 떠난 지 열흘만에 돌연히 돌아와서 장정들을 반갑게 했다. 떠날 때보다는 풀이 죽어서 맥이 없어 보임은 필연코 *노독의 탓이거니 생각하고 어떻던가 먼 길이라 되지 박동이가 물으면 돌아다보지도 않고 경없는 듯이 딴전을 보는 것이었다.

노독(路毒)
먼 길에 지치고 시달려서 생긴 피로나 병.

"산 산 하니 오대산같이 큰 산이 있을까. 아름드리 박달나무와 참나무가 빽빽이 들어서서 낮에도 범이 나올 지경이여. 절에는 불공 온 사람들이 득실득실 끓어서 산속이래두 동네와 진 배 없구. 스님이 여러 가지로 돌보아 주는 덕으로 방노 한 간 얻고 새벽 첫닭이 울 때 일어나서 *새옹에 메를 지어 가지구는 불당에 올라가 부처님 앞에 백번 절을 한다나. 백번씩 백날 백일 불공을 드린대. …… 내가 아는 건 그것뿐이야."

오대산 계곡

새옹
놋쇠로 만든 작은 솥.

"타관 물 먹더니 너 아주 어른 됐구나. 올 때 진부 장터 봤겠지. 강릉 가는 신작로가 나서 창말보다두 크다는데."

"크구 말구. 신작로는 한없이 곧게 뻗친 위를 우차가 늘어서구 자동차가 하루에두 몇 번씩 달아난다네. 자동차 첨 보고 뜨끔해서 길가에 쓰러졌다네. 돼지같이 새까만 놈이 돼지보다두 빠르게 달아나거든. 우뢰같은 소리를 지르면서……. 세상이 넓지. 마당같은 넓은 길을 걷구 있노라면 이 산골로 다시 돌아올 생각이 없어져. 어디든지 먼 데로 내빼고 싶으면서."

"너 말두 늘구 생각도 응큼해졌구나. 수작이 아주 어른이야. 어느 결엔지 어른 됐어. 목소리까지 굵어진 것이."

박동이가 어깨를 치는 바람에 정신없이 지껄이던 증근은 주춤하면서 몸을 비틀고 외면한 채 밭 있는 쪽으로 달아났다. 그 뒷모습을 바라보며 정말 녀석이 달라졌어 전에는 저렇게 수줍어하고 어색해 하지 않더니 얼굴도 좀 빠진 것이 박동이는 모를 일이라는 듯 고개를 갸웃거렸다.

단오절도 올해는 증근에게는 그다지 신명나는 것이 아니어서 억지로 끌려 나가 씨름을 해도 해마다 판판이 지우던 적수에게 보기 좋게 넘어가 황소를 타기는커녕 신다리에 멍까지 들었다. 박동이는 그 꼴이 보기 딱해서 제 무릎을 치면서 저런 놈의 꼬락서니 봐라 정신이 번쩍 나게 좀 때려 줄까 하고 홧김에 벌떡 일어서기까지 했다. 이날 증근은 생전 처음으로 장판 술집에 들어가 대중없이 술을 켜고 잠뿍 저물어서야 집으로 돌아왔다. 삼촌 재도가 너 요새 웬 일이냐 잔뜩 주렵이 들어 기운을 못 차리는 것이 말 못할 걱정이나 있느냐고 물어도 대답도 없이 고개를 숙인 채 어두운 길을 더듬어 뒷산으로 올라가 버렸다. 밤새도록 돌아오지 않더니 이튿날 낮쯤은 돼서 햇개만한 노루새끼 한 마리를 가슴에 부둥켜안고 너슬너슬 내려왔다. 산에서 밤을 새운 것이었다. 한 잠을 자려고 싸리나무 수풀 속으로 들어갔을 때 마침 그 자리가 노루집이어서 놀란 새끼들이 소리를 치면서 껑청껑청 뛰어났다는 것이었다. 어둠 속을 쫓아가서 기어코 한 마리를 잡아 안고 숲속에서 하룻밤을 새웠다는 것이다. 잃어진 새끼를 찾는 어미노루의 울음소리가 밤새도록 골짜기에 울렸다고 한다. 증근은 그날부터 뜻밖에 노루 새끼로 말미암아 얼마간 기운을 차린 듯 사람의 새끼보다도 귀엽거든 잘 먹여서 기를 테야, 하고 외양간 옆에 조그만 우리를 꾸민다 싸리 잎을 뜯어다 먹인다 하면서 반나절을 지우곤 했다. 겁을 먹고 비슬비슬하던 노루도 점점 사람을 가리지 않으며 저녁때쯤 되니 싸리도 잘 받아먹게 되었다.

일에서 돌아온 박동이는 그 꼴을 보고 어이없어서 산에서 자는 녀석이 어디 있니 밤새도록 얼마나 걱정을 했게 책망하면서,

"씨름에 진 녀석이 노루 새낀 뭐야. 노루보단 소를 타오진 못하구. 이까짓 노루 새끼를 무엇에 쓰게."

"짐승을 다쳤다간 그냥 두지 않을 테다. 네까짓게 열 번 죽었다 나봐라 이렇게 귀엽게 태어날까."

노루. 사슴과의 포유류 동물. 주로 삼림에서 풀이나 열매를 먹고 사는데 한국, 아무르, 중국, 유럽 등지에 분포한다.

"분이 보다두 귀여우냐. 가을에는 잔치를 지내구 암서방의 사위가 될 녀석이 언제까지나 그렇게 지각없는 짓만 할 테냐. 분이 얼굴을 넌 아직 똑똑히는 못 보았겠다. 여름이 되면 건너 산에서 딸기를 따러 갈 테니 밭이랑에 숨었다가 가만히 여겨 보렴. 첫눈에 홀딱 반할라."

"잔소리 작작해. 분이를 누가 얻는다든 그렇게 탐나거든 왜 네 색시나 삼으렴."

"두메놈이 큰소리 한다 욕심만 부리면 누가 장하다든. 그렇지 않으

면 마음에 드는 사람 따로 생겼니. 너 요새 눈치가 수상하더구나. ……
어디 좀 만져 보자. 얼마나 컸나. 언제 색씨를 얻게 되겠나."

"이 미친 녀석아. 이놈이 지랄이야."

박동이가 데설데설 웃으면서 희롱삼아 손을 벌리고 달려드니 증근
은 얼굴이 새빨개져 뒤로 물러서면서 금시 울상이었다. 망신 주면 이
놈 너 죽일 테다 떨리는 손으로 진정 낫을 쥐어드는 것을 보고는 박동
이도 실색해서 이번에는 자기 편에서 되도망을 쳤다. 살기를 띤 증근
이의 눈을 보니 소름이 치고 겁이 났다.

산골의 여름은 빨라서 모가 끝난 후 보리를 거두어들이고 나니 골짜
기에는 초목이 울창해지고 산에는 나무가 우거져 한결 답답하게 되었
다. 옥수수 이삭에서는 붉은 수염이 자라고 삼은 사람의 키를 훌쩍 넘
게 되어서 마을은 깊은 그림자 속에 잠기고 공씨 일가는 밤나무와 돌
배나무 그늘에 온통 덮일 지경이었다. 장마가 져서 큰물이 난 후로는
볕이 따갑게 쪼이기 시작해서 마을 사람들은 쉴 사이 없는 일에 무시
로 땀을 철철 흘렸다. 재실은 피곤할 때에는 모든 것이 성가시고 귀찮
아서 밭 둑에 한없이 앉아서 생각에 잠기곤 했다. 원주집이 몸이 무겁
다면 벌써 일득이에게 소망을 걸 수도 없게 되어서 앞으로의 근 반생
동안을 어떻게 고달프게 지낼 것인고 하고 눈앞이 막막해졌다. 차라리
다 집어치우고 금전판엘 가든지 그렇지 않으면 앞대에 가서 *뜬벌이
를 하든지 하는 것이 옳겠다고 박동이와 마주앉아서는 한없는 궁리에
잠겼다. 아내 현씨는 그런 남편의 심중을 헤아릴 까닭도 없어서 큰집
에 박혀서는 원주집과 부산하게 서두를 뿐이었다. 재도는 장마 때 터
지는 보살을 막노라고 덤비다가 흙탕물 속에서 가시를 밟은 것이 덧나
부은 발로 꼼짝 못하고 누워 있던 것이 바쇠를 달궈서 지진다 풀뿌리

뜬벌이
고정된 일자리가 아
닌 어쩌다 생긴 일자
리에서 닥치는 대로
일을 하고 돈 따위를
버는 일.

를 익혀서 바른다 하는 동안에 차차 낫기 시작해 지금에는 일어나 걸
어다니게까지 되었다. 달포 동안 방에 번듯이 누워 점점 불러 가는 배
를 바라보는 것은 더없는 기쁨이기는 했으나 다시 일어나 근실거리는
두 팔로 몰킨 일을 시작하는 것도 또 없는 기쁨이었다. 밭 속에서 혹은
산 위에서 멀리 집안에서 움직이고 있는 아내의 모양을 바라보는 것도
흥겨운 일이었다.

　흥이 과해서 하루는 아닌 변이 생기고야 말았다. 수상한 아내
의 모양을 보고 황겁지겁 산을 뛰어 내린 것이었다. 건너 산 골짜
기에 칡넝쿨을 뜯으러 가 있었던 재도에게는 점심이 지나고 사내
들은 밭으로 나간 후에 조용한 집안이 멀리 내려다 보였다. 문득
안뜰에 조그만 그림자가 움직이더니 주위를 살피는 듯 슬금슬금
방안으로 들어가는 것을 보고 그것이 박동이인 줄을 알았을 때

칡넝쿨

뒤켠 조이밭에 가 있어야 할 녀석이 아닌 때 무슨 까닭인고 하고
재도는 숨을 죽이고 바라보았다. 한참이나 있다가 박동이가 늠실하고
방에서 나오는 뒤로 원주집이 권연을 물고 따라 나오는 것을 보고는
재도는 눈이 뒤집힐 듯 노기가 솟아 부르르 육신을 떨면서 지게도 칡
넝쿨도 내버린 채 허둥지둥 골짜기를 뛰어내렸다.

　아내를 믿고 지내오지 않은 것은 아니었으나 한번 의심하기 시작하
니 환장이 할 듯이 마음이 뒤집히는 것이었다. 둘이 아무리 빙패막이
를 해도 마음이 들지를 않아서 물푸레나무 가지로 번갈아 물매를 내리
나 아내는 청하길래 적삼을 잡아 매주고 내친 김에 권연을 한 개 주었
다는 것 이상으로는 입을 열지 않았다. 나중에는 도리어 짜증을 내면
서 이렇게 욕을 받으려면 차라리 고향으로 나가겠노라고 주섬주섬 세
간을 거두는 것이었다. 그래도 재도는 노여움이 풀리질 않아서 기어코

작두. 마소의 먹이가
되는 짚이나 풀 따위를
써는 연장.

여물을 써는 작두날에다 박동이의 목을 들이 밀어 넣고 다짐을 받을 때 박동이는 비로소 손을 빌고 눈물을 흘리면서 고했다. ―사실은 그렇게 허물을 지은 듯이 보여서 원주집에다 억울한 죄를 씌워 그를 집에서 내쫓자는 계책이었다는 것 그 계책에 재도가 옳게 걸려왔다는 것 그 모든 계책은 재실의 뜻과 지칭에서 나왔다는 것이었다. 재도도 놀랐지만 원주집도 그런 흉책 속에 깜쪽같이 옭혀 들어갔음을 알고 어이가 없어서 못된 녀석들 하고 이번에는 박동이를 책하기 시작했다. 재도는 겨우 마음이 가라앉으면서 밤낮 남모를 궁리에만 잠겨 있는 재실이 녀석이니 그럴 법도 하겠다고 박동이를 시켜 곧 불러 보았으나 재실은 그렇게 될 줄을 예의하고서인지 밭에도 집에도 자태가 보이지 않았다.

그날부터 종시 집에 들어오지 않았다. 아마도 어느 금전판이나 먼 앞대로나 간 것이려니 생각할 수밖에는 없었던 것이 며칠 후 창말로 장보러 갔다 온 사람 말을 들으면 술집에서 여러 날이나 곤드레만드레 딩굴고 있더니 깊은 산에 가 치성을 드리고 삼을 찾아보겠다고 하루는 표연히 흥정리 심산으로 들어가겠다는 것이었다. 삼을 캐서 단번에 천금을 쥐자는 생각이지만 그런 바르지 못한 심청머리에 삼신산의 불사약이 그렇게 수월하게 눈에 띠일 줄 아나 하고 재도는 도리어 측은히 여겼다. 남편을 잃어버린 현씨의 설움은 남모르게 커서 개일 줄 모르는 눈자위를 벌겋게 해가지고는 어린 것을 데리고 큰집에 들어박히다시피 했다. 박동이는 재실의 입 바람에 당치 않은 짓을 했던 것이 겸연해서이도 여러 날 동안이나 창말로 빙빙 돌면서 돌아오지 않는 것을 왕사는 왕사로 하고 바쁠 때 그대로 둘 수만도 없다고 재도가 손수 가서 데려온 까닭에 다시 사랑에서 거처하게 되었다.

이 의외의 변에 누구보다도 놀라고 겁을 먹은 것은 증근이었다. 삼촌이 박동이의 목을 자르겠다고 작둣날 아래에 넣고 금시 발로 밟으려던 순간을 생각만 해도 몸서리가 치고 무릎이 떨렸다. 일상 때에 용하기만 하던 삼촌이 그렇게도 당차고 무서운 사람이던가 싶었다. 견디기 어려운 무더운 날 백낮이면 나무 그늘에 쉬이면서 흡사 재실이 하던 것과 같이 하염없이 생각에 잠기곤 했다. 한층 마음이 서글프게 된 것은 하루아침 우리 속에 기르던 노루가 달아났음이다. 길이 들었다고만 여기고 우리 빈지를 빼꼼히 열어 놓은 것이 마당 앞을 어정대는 줄만 알았더니 어느 결엔지 뒷산으로 날쌔게 달아나 버린 것이었다. 울화가 나서 일도 잡히지 않는 동안에 더위도 가고 여름도 지났을 때 월정사에서 송씨가 돌아왔다. 백일불공의 효험이 있어 석 달이나 되는 무거운 몸으로 나타났다. 증근은 반가운지 두려운지 가슴이 떨리기만 하는 바람에 이날부터 산에서 어두워진 다음에야 내려왔다.

원한을 풀고 돌아온 송씨의 소문이 마을에 자자해지자 사람들은 참말 판수의 공을 신기하게 여기고 금시에 아들 복을 누리게 된 재도의 팔자를 부러워들 했다. 아들 없음을 누가 한할까 차암 판수에게 점치면 그만인 것을 하고 여자들은 지껄였다. 재도는 지금 같아서는 세상에 더 부러운 것이 없어 얼굴에 웃음을 미금고 사람들의 말시납을 하기에 겨를이 없었다. 마당 앞에서 서서 터 아래로 골짜기까지 뻗친 전토 전토를 바라보면서 자자손손이 그를 잘 다스려 먼 후세까지 일가가 번창해 조상의 이름을 날릴 것을 생각하면 지금 눈을 감아도 한이 없을 듯 싶었다. 다시 시작된 두 아내의 옥신각신을 말리기는 남편으로서 두통거리였으나 큰 기쁨 앞에서 그것도 대단한 일은 아니었다. 작은집이 거만하게 배짱을 부리면 큰집도 질 사람이 어디 있느냐는 듯 펀둥펀둥 게으름을 부리면서 앙알거리는 두 사람의 자태를 차라리 대견한 낯으로 바라보는 때도 있었다.

그 해 가을은 예년에 없는 풍년이 들어 추수는 어느 때보다도 흡족했다. 마당에는 볏단과 조이단의 *낟가리가 덤덤이 누른 산을 이루웠고 뒤줏간에는 잡곡이 그득 재어졌다. 낱이 굵은 콩도 여러 섬이 되어서 내년 봄 소금받이에도 흔하게 실고 갈 수 있을 것이다. 밤 대추의 과실도 제사에 쓰고도 남으리만치 뜯어 들였고 현씨는 마을 여자들과 날마다 먼 산에 가서는 서리 맞은 머루 다루 돌배에다 동백을 몇 광주리고 따왔다. 집안에는 그 열매 냄새와 함께 잘 익은 오곡 냄새가 후끈후끈 풍기고 두 사람의 아내를 부를 때로 부른 배에 진종일 머루를 먹었다. 반년 동안 신공한 덕이라고는 해도 배를 두드리며 지낼 한가한 겨울이 온 것을 생각할 때 재도는 몸을 흐붓이 적시어 주는 행복감에 마음이 개나른해짐을 느꼈다. 이 가장 행복스러울 때 불행도 왔다. 그 불행이 오려고 그때까지의 행복이 준비되어 있었던지도 모른다. 어이없는 커다란 불행이 재도에게는 그렇게밖에 여겨지지 않았다. 안온하던 마음이 뒤집힐 듯 번져지면서 한 몸의 불운을 통곡하고 싶었다.

밭에서 남은 조이단을 묶고 있을 때 뒷산에 참새 모는 소리가 요란

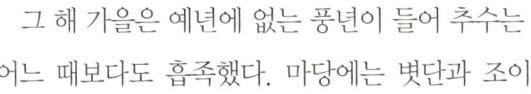

낟가리
낟알이 붙은 곡식을 그대로 쌓은 더미.

동백열매

히 나면서 증근이 숨이 가쁘게 뛰어외서 전하는 말이 웬 *타판놈 같은
낯모를 사내가 와서 원주 집과 호락호락 말을 걸고 있다는 것이었다.
그것이 제 아내를 찾으러 문막서 온 대장장이일줄이야 꿈에나 알았으
랴. 마당으로 내려와 행장을 한 그 젊은 사내를 물끄러미 바라보는 동
안에 재도의 안색은 푸르게 질리면서 입까지 더듬어졌다.

　"당신도 놀라겠지만 처를 찾으러 왔소이다. 공연한 짓을 하구 얼마

타관
타향.

나 뉘우쳤는지, 동네를 안 대 준 까닭에 이곳을 찾느라구 큰 고생을 했소. 문막을 떠난 지가 한 달이 넘었는데 군내를 구석구석 모조리 들칠 수밖엔 있어야죠."

"지금 새삼스럽게 그게 무슨 소린가. 사람들 보구 있는 속에서 작정한 일이 아닌가."

"소와 사람을 바꾸다니 그런 데가 세상에 어디 있겠수. 사람들한테서 내가 얼마나 욕을 받고 조롱을 받았는지 소는 그 뒤 얼마 안 가 죽었고. 값을 치러 드리죠. 장만해 가지고 왔으니."

"쪽지는 무엇 때문에 썼나. 지장까지 도두라지게 찍구. 여기 다 있어. 재판소엘 가도 누가 옳은지 뻔한 일이야."

"그땐 여편네와 싸운 후라 내가 환장했었어유. 바른 정신으로야 누가 지장을 찍겠수?"

"지금 와서 될 말인가. 반년 동안이나 한집에서 같이 산 사람을 지금 와서."

"아무래도 데려가야겠어요. 우리끼리 정하기 어려우면 여편네더러 정하라구 그러죠. 도로 가든지 여기 있든지."

사내는 자신 있는 듯이 여자 편을 보았으나 지난날의 아내는 반드시 그 뜻을 받아들이려고 하는 것도 아니었다. 변변치 못하고 게으른 대장장이에게 시집 가 몇 해 동안에 맛본 신고란 이루 헤아릴 수 없었다. 그렇다고 그 자리에게 재도에게 두말없이 몸을 맡길 수도 없는 노릇 그도 난처한 경우에 서게 되어 그 의외의 변에 재도와 함께 안색이 푸르게 질리우고 벙어리같이 입이 열리지 않았다.

"나도 차차 자식 생각도 나구요. 내 자식 내 얻어가는 데야 무슨 말 있겠수. 제 핏줄이야 아문들 어떻게 한단 말요."

"누 누구 자식이라구. 농이냐 진정이냐. 괜히 더 노닥거리다간 큰일 날라."

"거짓말인 줄 아시우. 쪽지를 쓸 때엔 벌써 두 달째 됐을 때라우. 아이 어미에게 물어 보시우 어디 — 나 같은 죄인은 천하에 없어요."

"뭐, 뭣이라구, 머. 대체 그게. 놈이⋯⋯"

재도는 금시에 피가 용솟음치며 앞뒤 분별을 잃고 사내의 웃섶을 쥐어 잡는 동안에 원주집은 고개를 숙인 채 한 마디도 없이 안으로 뛰어 들어가 버렸다. 이게 대체 무슨 일이란 말인구 하고 재도는 사내를 때려눕힐 기력도 없이 제 스스로 그 자리에 쓰러질 듯도 했다. 모든 것이 꿈이었구나 하고 미칠 듯이 마음이 뒤집혔다.

등신같이 허전허전한 몸으로 이튿날 사내와 함께 창말로 재판을 갔으나 주재소에서도 면소에서도 낡은 쪽지를 펴들고 두 사람을 바라볼 뿐 그 괴이한 사건을 쉽사리 다루지 못했다. 한 사람의 아내를 누구에게 돌려보냄이 옳을지 바른 재판을 하기가 어려웠다. 고개를 갸웃거리면서 반나절을 궁리해도 좋은 판결이 안 나서 두 사람은 실망할 뿐이었다. 갑자기 결말이 나지 않을 듯함을 알고 대장장이는 창말에 *숙사를 정하고 날마다 조르러 오기 시작했다. 재도는 기운을 못차리고 살고 있는 성싶지도 않았다. 송씨에게만 희망을 걸기로 하고 아이는 단념한다고 해도 한 번 맺어신 원주집과의 인연을 끊기는 봄을 에우는 것보다도 아픈 일이었다. 원주집도 같은 느낌 같은 생각이었으나 자식의 권리를 주장하는 전 남편에 대한 의리도 있고 해서 한숨만 짓고 있는 동안에 사내의 위협이 날로 급해짐을 어쩌는 수 없어 잠시 몸을 풀 때까지 창말에서 사내와 함께 지내기로 했다. 방 한 간을 빌려서 궁색한 대로 조그만 살림을 차리게 되었다. 아내의 뜻이라면 하는 수없는

숙사
숙박하는 집.

노릇이라고 재도는 잠자코 있는 수밖에는 없었으나 저러다 몸이나 푼후에는 그래도 눌러 술장사를 하지 않나 두구 보게 사내도 벌써 고향으로 나가기가 싫다고 창말에 눌러 있을 작정인 모양인데 하고들 사람들의 수군거리는 것을 듣고는 치가 떨려서 견딜 수 없었다. 원주집이 창말로 떠나는 날 그래도 그 동안 정이 든 현씨는 작별의 눈물을 흘리고 박동이는 논둑까지 걸어 나오면서 왜 이리 사람 일이 변하는고 싶어서 눈시울이 뜨거워졌다. 삽시간에 일어난 변화를 생각하고 재도는 세상 일 알 수 없다고 스며드는 가을바람에 목이 메어졌다. 흡족한 추수도 넓은 전토도 지금엔 그다지 마음을 즐겁게 하는 것이 못 되었다. 빈방에 앉으니 장부답지 못하게 눈물이 솟았다.

그러나 그것으로 부족한 듯 재도에게는 참으로 가을바람은 살을 에우는 듯 모질었고 몸과 마음을 한꺼번에 쓸어 눕힐 날이 기다리고 있었다. 내 몸의 서글픔을 깨닫고 건질 수 없는 쓰라림에 통곡하게 될 날이 기다리고 있다.

원주집이 간 후 집안이 쓸쓸해지고 손도 부족해진 탓으로 재도는 증근에게 봄부터 말이 있던 임서방의 딸 분이를 짝지어 주려고 했으나 증근은 고집스럽게 사절하면서 종시 말을 안 듣는 것이었다. 겨울 동안 매사냥도 하고 창애로 꿩이나 족제비를 잡아서 농사보다 사냥으로 살아가는 임서방은 고달픈 살림살이에서 한 사람이라도 좋으니 얼른 식구를 덜어 버렸으면 하는 생각으로 함속에는 단벌의 치마저고리까지 준비해 주어 가지고 잔칫날만 기다리고 있었던 것이 증근의 고집스런 반대를 알고 적지 아니 황당해 했다. 분이가 낙망해서 딴 짓이나 하지 않을까 괜한 걱정까지 얻어 가지고 아내와 마주앉으면 밤낮으로 그 이야기뿐이었다. 증근이만큼 장골이고

꿩

족제비

민첩하고 무슨 일을 시키든지 한 몫을 옳게 보는 총각은 마을에는 없었다. 왜 싫단 말이냐 네 주제엔 과하단다 바느질은 물론 길쌈으로도 마을에서 분이를 당하는 처녀가 없는데 재도도 임서방에게 말을 주었던 터에 좀 황당해서 조카를 책망해도 증근은 여전히 쇠귀에 경 읽기였다. 밤에 사랑에 아무도 놀러오는 사람이 없고 박동이와 단 둘이 마주앉아서 새끼를 꼴 때 증근은 문득 손을 쉬이고는 재실 아저씨는 지금 어디가 있을까 동삼한 뿌리만 캐면 그 한 대로 돈벼락을 맞으렸다. 나두 아무 데나 가봤으면 마당같이 넓은 신작로가 그립구나 동으로 가면 강릉이요 서으로 가면 서울인데 아무 데도 좋으니 가구 싶어 하면서 중얼거렸다. 너 재실이같이 내뺄 작정이구나 그래도 분이두 안 얻겠단 말이지. 박동이가 가늠을 보면 증근은 그렇다고도 그렇지 않다고도 말하지 않고 멍하니 잠자코만 있었다. 그럴 때의 그 근심을 띤 부드러운 눈동자에 박동이는 말할 수 없는 감동을 받으면서 그렇게 고운 눈은 지금까지 본 적이 없었던 것같이 느껴졌다.

임서방이 사윗감으로 증근을 원하는 이유가 또 하나 있었다. 사냥의 재주가 자기도 못 미치게 놀라웠던 까닭이었다. 같은 눈 속에 창이를 고여 놓을 때에도 증근에게는 남모를 특수한 묘리가 있는 듯 모이를 다는 법이며 *창애를 묻는 법이며 꿩이 흔하게 내릴 듯한 자리를 겨냥대는 법을 임서방은 오랜 징험으로도 알아낼 수가 없었다. 해나나 잡아들이는 꿩의 수효는 임서방보다도 훨씬 많았다. 증근은 그것을 장에서 팔아다가는 한 겨울 동안 모으면 돼지 한 마리 살 값이 되었다. 그런 증근에게 자기의 묘리까지도 가르쳐 주어 그 고장에서 제일 가는 사냥군을 만들겠다는 것이 임서방의 원이었다. 그 해 겨울만 해도 증근은 뜻밖에 큰 사냥을 해서 임서방을 놀랬을 뿐이랴 마

창애
짐승을 꾀어서 잡는 틀의 하나.

을 사람들을 탄복시키게 되었다. 흥정리로 넘어가는 산비탈에 함정을 파고 커다란 곰 한 마리를 잡은 것이었다. 흥정리 산골에서 곰이 간간이 산을 넘어 와서는 밭곡식을 짓무즐리고 가는 것을 알면서도 창말서 포수가 모릿군을 데리고 와도 한 번도 옳게 쏘지는 못했다. 증근은 여러 날이 걸려 거의 우물 깊이나 되는 함정을 파고 그 뒤에 검불을 덮어 두었을 뿐으로 그 사나운 짐승을 여반장으로 잡은 것이었다. 곰 다니는 길을 잘 살펴 두었던 것이요 함정 위에는 옥수수 이삭을 묶어서 달았다. 실족을 한 짐승은 깊은 함정 속에서 밤새도록 구슬프게 울었다. 아침에 증근은 사람을 데리고 커다란 돌을 함정 속에 굴려 떨어뜨려서 짐승의 한 목숨을 끊었다. 마을은 그날 개벽이나 한 듯이 요란하게 떠들썩들 했다. 죽은 짐승을 끌어내 집 마당까지 들어왔을 때 십 리나 되는 무이리 꼭대기에서까지 농군들이 몰려 왔다. 조상에 범과 싸워서 이긴 장사가 있었다더니 그 후손은 곰을 잡았구나 하면서들 반나절 요란들이었다. 곰은 당일로 창말 소장사가 사다가 도수장에서 헤쳐 본 결과 커다란 웅담이 나왔다고 증근은 거의 소 한 필 값을 받았다. 곰 한 마리 잡는 편이 일 년 농사짓기보다도 낫다고 남안리 젊은 축들은 부러워들했다.

증근의 자태가 사라진 것은 그날부터였다. 흥정이 잘 됐으니 성애 술 한 턱 쓰라고들 졸라도 그날만은 한 모금도 술을 안 먹고 눈이 희끗 희끗 날리는 장판을 오르내리면서 집으로 갈 생각은 안하더니 그 길로 사라져버렸다. 여러 날이 지나도 안 돌아왔다. 기어이 내뺐구나 신작로로 나서 필연코 강릉이나 서울로 갔으렸다. 박동이는 마치 기다리고 있던 당연한 일이 온 것같이 별반 놀라지도 않고 맥이 없어 보였다. 오랫동안 궁리하고 있었던 계획이요 그 때문에 이것저것 준비하고 있는 눈치도 박동이는 대강 눈치 채고 있었다. 곰을 잡아서 노자를 만든 것이 좋은 기회가 되었을 뿐이다. 곰을 못 잡았다면 아마도 꿩 사냥이 끝날 때까지 기다렸을 것이다. 박동이는 사랑에서의 가지가지의 이야기와 정들어 온 마을을 왜 지금 와서 버리지 않으면 안 되었을까 남모르는 사정이 있으련만 거기에 대해서는 까딱 한 마디도 못 들었음이 한되게 여겨졌다.

송씨는 방안에 누운 채로 증근의 실종에 대해서는 한 마디 말이 없었다. 남편이 사연을 말하면서 무엇을 걱정하구 무엇이 불만이구 무엇 때문에 집이 싫어졌는지 도대체 알 수가 없다고 의심쩍어 할 때 송씨는 얼굴빛도 동하지 않고 묵묵히 벽 쪽으로 돌아눕더니 괴로운 듯 신음하면서 웃소매에 얼굴을 묻어 버렸다. 오대산에서 돌아왔을 때부터 그렇게 경 없어 하고 수심이 있어 보였는데 알 수 없는 일이야 혹시나 눈치 채지 못했느냐고 나다분히 곱씹어 말하는 것이 귀찮은지 송씨는 벌떡 자리를 차고 일어나서는 일도 없는데 부엌으로 나가버렸다. 그런 아내의 거동조차 알 수 없는 것이어서 제기 집안이 모두 이렇게 화를 내구 틀어지니 다 내 죄란 말인가 하고 재도 자신까지 화를 내는 것이었다.

겨울도 마저 가 해가 저물려 할 때 원주집은 창말 한간 셋방에서 여식을 낳았다. 재도는 그다지 감동도 보이지는 않았으나 그래도 산보의 수고를 생각하고는 쌀과 미역을 지고 가서 위로하기를 잊지 않았다. 변변치 못한 대장장이는 별반 벌이도 없이 허송세월하느라고 나날의 양식조차 걱정이 되어서 재도의 베푸는 것을 사양하려고도 하지 않았다. 이 꼴이다가는 짜장 이제 술장사나 하는 수밖에 없으렸다 하고 재도는 원주집의 신세가 가여워졌다. 이제는 벌써 큰댁의 몸밖에는 희망을 걸 데가 없었다. 무어니 무어니 해도 조강지처만이 나를 저버리지 않느냐 하고 느지막히 깨닫게 되었으나 그 깨달음조차 자기를 저버릴 줄이야 어찌 알았으랴.

원주집보다는 석달이 떨어져 다음해 춘삼월 날씨가 활짝 풀리기 시작했을 때 송씨도 몸을 풀었다. 창말 판수가 장담한 것같이 옥같은 동자였다. 이날 재도는 아랫마을 강영감 집에서 암소가 새끼를 낳는다는 바람에 불려 가 있었다. 이해 소금받이에는 그 집 소를 빌려갈 작정이었다. 박동이가 달려 와서 고하는 바람에 소를 돌볼 겨를도 없이 집으로 뛰어갔다. 햇빛이 짜릿짜릿 쪼이는 첫 참 때는 되었을 때 갓난애의 목소리라고는 할 수 없는 굵은 울음소리가 마당 안에 가득히 넘쳐흘렀다. 모이를 쪼던 수탉들이 새빨간 맨드라미를 곧추 세우고 그 울음소리에 귀를 기울이고 있는 듯도 한 정경이었다. 대강 손익음이 있는 현씨가 산모 옆에서 몽실몽실한 발가둥이를 기저귀에 받아내는 한편 부엌에서는 노망한 늙은 어머니가 벙글벙글 웃으면서 서투른 솜씨로 불을 때면서 미역국을 끓이고 있었다. 중년을 접어들어 초산인지라 아내는 정신을 잃은 듯이 짚단 위에 나란히 누워 있었으나 현씨의 말에 의하면 초산인 푼수로는 비교적 수월해서 모체에는 별 탈이 없다는 것이었다. 아이가 그렇게 크고야 잘 익은 박 덩이 한 개의 무게는 되니, 현씨의 말에 재도는 저절로 얼굴이 벌어졌다. 아비보다 열 곱 윗질에다 동네에서 제일가는 장골이 되렸다 기쁘겠다고 층층대는 바람에 웬 일인지 거짓말 같은데 이렇게 끔찍한 복이 정말일까 하늘에서 떨어진 것 같이 지금 와서 이런 복덩어리가 굴러들다니 꼭 거짓말만 같어 하고 재도는 아이같이 지껄였다. 경사든 날에 쓸데없는 말을 하는 법이 아니라우 정말이구 말구 요런 몽실몽실한 애기가 요게 왜 정말 핏줄이 아니겠수 불공을 드린 효험이 있어서 삼신할머니가 주신거지 받은 이상은 정성껏 공들여 길러야만 해. 현씨는 익숙한 말씨로 일러 듣기면서 삼신께 바치는 삼신주머니라고 흰 무명 자루에 정미 한 되를 넣어서는 벽 구석에 걸어 두었다.

재도는 늦게 얻은 그 외아들을 만득이라고 이름 짓고 마을로 돌아다니면서 자랑스럽게 외이곤 했다. 강영감들의 지시로 하루는 사랑에 사람들을 청하고 득남턱을 차렸다. 돼지까지 잡고 혼례 때 잔치에 밀지지 않게 놀랍다고 얼굴들을 불그레 물들여 가지고 칭찬들이 놀라웠다. 글줄이나 읽은 축들은 *적선지가에 필유여경이라고 외이면서 칭송을 하면 재도는 마음이 흡족해서 짜장 앞으로는 경사도 더러는 있어야 할 때라고 도판 착한 사람인 양 스스로 느껴졌다. 그러나 그런 기쁨도 삽시간에 꺼지고 무서운 날이 닥쳐왔다.

사월이 되니 재도는 문막으로 소금받이를 떠나려고 빌려 온 소를 걸려도 보고 섬에 콩도 돼 넣고 하면서 문득 원주집을 생각해 보곤 하는 때였다. 산후 한 달이 되어 간신히 일어나 앉게 된 아내가 어느 날 무엇을 생각했는지 또 간수를 먹은 것이었다. 일상 때에 늘 걱정스러워 하던 태도와 두 번째의 과격한 거동으로 재도는 비로소 심상치 않은 아내의 괴로움을 살피고 문득 무서운 고비에 생각이 이르렀다. 그러나 그것을 밝혀 볼 겨를도 없이 겨우 달이 넘은 아이가 돌연히 목숨을 끊었다. 아내가 다시 소생되어 난 것쯤으로는 채울 수 없는 커다란 상처

적선지가 필유여경
(積善之家 必有餘慶)
공을 쌓은 집안에는 반드시 경사가 있다는 뜻.

를 부었다. 그 하루살이 같은 목숨을 받은 내 자식을 바라고 한편 겨우 한 달로서 어미로서의 생애를 마치고도 그다지 슬퍼하는 양이 없이 차라리 개운해 하듯이 누워 있는 아내를 바라보는 동안에 재도에게는 어찌된 서슬엔지 문득 한 가지 무서운 의혹이 솟아 올랐다. 어미가 말하는 것같이 정말 병으로 급히 목숨을 버린 것일까 하는 밑도 끝도 없는 당돌한 생각이 솟자 그 자리로 슬픔이 사라지면서 무서운 느낌에 소름이 쪽 끼치면서 정신 없이 방을 뛰어나와 버렸다. 그 무서운 것에 다치지 말자는 요량이었다. 다쳤다가는 그 자리로 목숨이 막혀 쓰러질 듯도 같았다. 소 등어리에 콩 섬을 싣고 그 길로 문막을 향해 마을로 떠났다. 어느 해와도 다름없는 같은 차림이기는 했으나 지난 한 해 동안의 번거로운 변동을 치르고 난 오늘의 심중은 찢어질 듯이 아팠다. 한시도 참고 있을 수가 없는 까닭에 길을 뚝 떠난 것이다. 다른 해와 다름없이 올해도 또 소금을 받아 가지고 돌아올 것인가. ― 재도 자신에게도 그것은 모를 일이었다.

"무슨 까닭으로 올해는 이렇게 땀 떨어지는 일만 생길까. 꼭 십년감수는 했어.―이 집은 대체 어떻게 된단 말인구. 사내꼬치라곤 없는 이 집은. ……일찍이 아비래두 돌아왔으면 좋으련만."

방에 송씨와 단 둘이 남게 돈 현씨는 거듭 당하는 괴변에 등골수라도 얻어맞은 듯 혼몽한 정신에 입을 벌리기도 성가셨다.

"내가 얼른 죽어야 끝장이 나련만 이 목숨이 왜 이리두 질긴지 끊어지지 않는구료. 지금 와선 목숨이 원수같어."

송씨는 혼자 말같이 중얼거리고는 동서의 손목을 꼭 쥐면서 애끓는 눈으로 그를 바라본다.

"……우리끼리니 말이지만―동세, 세상에 나같이 악독한 년은 없다우. ……동세가 들으면 이 자리에서 기급을 하구 쓰러질 것 같아서 말할 수가 없구료.”

현씨도 웃동서의 손을 같이 뿌듯이 잡으면서 말하지 않아도 다 안다는 듯도 한 침착한 낯으로,

“쓸데없는 말을 지껄이지 않는 것이 좋을지 몰라. 내 생각하구 있는 것과 같을는지도 모르니깐.”

“……동세. 저 자식은 잘 죽었다우. 세상에 이 집 가장같이 불쌍한 사람은 없어. ……저 자식은—저 자식은 남편의 자식이 아니었어.”

“그만 둬요. 말하지 않아도 다 안다니깐. —증근이 내뺀 곡절이며 머며 다 다 알아요.”

“알고 있었수. 동세. —불륜의 씨로 가장을 기쁘게 할래두 소용이 없나봐. 팔자에 없는 건 어쩌는 수 없나봐. 난 죄 많은 계집이요. 왜 얼른 벼락이 떨어져 이 목숨을 차가지 않는지 이상해 죽겠구료. 그렇게 되기만을 기다리고 있는데……”

말하다 말고 쓰러져 탁 터져 버렸다. 현씨도 젖어오는 눈썹을 꾹 짜면서 동서의 애꿎은 팔자에 가슴이 휘답답해 왔다.

소를 몰고 뒤도 돌아보지 않고 소금받이를 떠난 재도의 심중에 번쩍인 무서운 생각도 이와 같은 것이었을까. 아내의 입으로 굳이 듣지 않아도 다 느끼고 있었던 까닭에 더 파묻지두 않고 황망히 집을 버리고 마을을 떠난 것이었을까.

며칠이 되어 재도의 소문이 마을에 퍼지자 젊은 축들은 모여서,

“올해도 작년처럼 또 소잔등에 젊은 색씨를 얻어 싣구 올까.”

“그 성품으로 다시 이 마을에 발을 들여 놓을 줄 아니. 근본 있는 가문이더니 단지 하나 후손이 없는 탓으로 재도두 고생이 자심해.”

"그럼 그 집은 대체 어떻게 된단 말유. 알뜰히 장만한 밭과 산과 소 돼지는 다 어떻게 된단 말유."

하고들 남의 일 같지 않게 궁금해 하는 것이었다.

『이효석 전집』, 창미사, 1983.

1907년_1세 2월 23일 강원도 평창군 봉평면 창동리 남안동 681번지에서 아버지 이시후와 강원도 홍천군 기린면 진동리 출신의 강홍경 사이에서 1남 3녀 중 장남으로 태어남. 호는 가산(可山). 필명으로 아세아(亞細兒), 효석(曉晳) 등을 사용함.

1910년_4세 부친이 서울에서 교편을 잡은 관계로 모친과 함께 서울로 이주.

1912년_6세 가족과 함께 강원도 진부로 내려가서 서당에서 한문 공부를 함.

1914년_8세 평창공립보통학교에 입학.

1920년_14세 평창공립보통학교를 졸업하고, 경성제일고보(현 경기고)에 무시험 입학. 기숙사에서 생활하다가 수송동 89번지에서 하숙함.

1925년_19세 경성제일고보를 우등으로 졸업, 유진오와 함께 경성제대 예과에 입학. 처음으로 《매일신보》(1. 18)에 시 「봄」과 콩트 「여인」(2. 1)을 발표.

1927년_21세 『청년』(3월)에 단편 「주리면」 발표. 예과를 거쳐 법문학부 영문과에 진학.

1928년_22세 『조선지광』(7월)에 단편 「도시와 유령」 발표. 문단의 주목을 끌면서 유진오와 함께 '동반자 작가'로 불리어짐.

1930년_24세 경성제대 졸업. 「대중공론」(4월)에 단편 「깨뜨려지는 홍등」, 「신소설」(5월)에 단편 「추억」, 「대중공론」(6월)에 단편 「상륙」, 《조선일보》(8. 9~20)에 단편 「마작철학」, 「신소설」(9월)에 단편 「북국사신」, 「삼천리」에 단편 「약령기」 발표.

1931년_25세 《동아일보》(3. 3~4. 1)에 시나리오 「출범시대」, 「대중공론」(6월)에 단편 「노령근해」 발표. 첫 창작집 「노령근해」 발간. 「신흥」(7월)에 단편 「오후의 해조」, 「동광」(12~1932. 2)에 단편 「프렐류드」 발표. 7월에 함북 경성 출신으로 나진고등여학교를 졸업한 6년 연하의 이경원과 결혼. 일본인 은사(草深常治)의 소개로 총독부 경무국 검열계에 취직했으나 주위의 비판이 거세자 그만두고 부인의 고향인 경성으로 낙향.

1932년_26세 「삼천리」(3월)에 단편 「북국점경」 및 「오리온과 임금」 발표. 함북 경성농업학교의 영어교사로 취직.

1933년_27세 「신여성」(3월)에 미완의 장편 「주리야」 발표. '구인회' 창립에 참여하였으나 바로 그만둠. 「조선문학」(10월)에 단편 「돈」 발표.

1934년_28세 《매일신보》(1. 3~8)에 단편 「마음의 의장」, 「삼천리」(11월)에 단편 「일기」, 「중앙」(12월)에 단편 「수난」 발표. 평양 창전리 48번지로 이사.

1936년_30세 「중앙」(1월~2월)에 단편 「분녀」, 「삼천리」(3월)에 단편 「산」, 「신동아」(3월)에 단편

  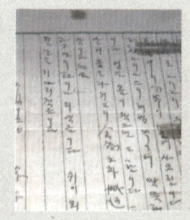 

「들」, 『사해공론』(4월)에 단편 「천사와 산문시」 발표. 숭실전문학교 교수로 취임하여 학교가 폐교하는 1938년 3월 31일까지 근무. 『조광』(7월)에 단편 「인간 산문」, 『여성』(8월)에 단편 「석류」, 『사해공론』(9월)에 단편 「고사리」, 『조광』(10월)에 대표작으로 평가되는 「메밀꽃 필 무렵」 발표.

1937년_31세 『백광』(1월)에 단편 「낙엽기」, 『여성』(4월)에 단편 「성찬」, 『백광』(6월)에 단편 「삽화」 발표. 『조광』(10월)에 단편 「개살구」, 『여성』(10~1938. 4)에 중편 「거리의 목가」, 『조선문학』(12월)에 단편 「마음에 남는 풍경」 발표.

1938년_32세 『삼천리문학』(1월)에 단편 「장미 병들다」, 《동아일보》(5. 5~14)에 단편 「막」, 『광업조선』(9월)에 단편 「공상구락부」, 『사해공론』(9월)에 단편 「부록」, 『농민조선』(9월)에 단편 「소라」, 『조광』(10월)에 단편 「해바라기」, 『야담』(12월)에 단편 「가을과 산양」 발표. 평양 대동공업전문학교 교수로 부임.

1939년_33세 『조광』(1월)에 단편 「여수」, 『문장』(2월)에 단편 「산정」 발표. 장편 『화분』을 『조광』에 연재. 단편집 『해바라기』 발간. 『문장』(7월)에 단편 「황제」, 『여성』(9월)에 단편 「향수」, 『인문평론』(10월)에 단편 「일표의 공능」, 『문장』(12월)에 희곡 「역사」를 발표. 작품집 『성화』를 삼문사에서 발행, 『화분』을 인문사에서 발행.

1940년_34세 《매일신보》(1. 25~7. 2)에 장편 『창공』(후에 '벽공무한'으로 개제)을 연재하고 일본 잡지 『문예』(7월)에 단편 「은은한 빛」(일문)을, 『문장』(10월)에 단편 「하르빈」 발표. 부인과 차남 영주의 연이은 사망으로 만주, 중국 등지를 방랑하다가 귀국해서 기림리로 이사함.

1941년_35세 『문장』(2월)에 단편 「라오콘의 후예」, 『춘추』(5월)에 단편 「산협」, 『국민문학』(11월)에 일어로 된 단편 「엉겅퀴의 장」을 발표. 박문서관에서 『이효석단편선』과 장편 『벽공무한』 발행.

1942년_36세 『삼천리』(1월)에 단편 「일요일」, 『춘추』(1월)에 단편 「풀잎」 발표. 건강의 악화로 평양 도립병원에 입원. 결핵성 뇌막염의 치료가 불가능해서 퇴원한 뒤, 5월 25일 기림리 자택에서 부친과 왕수복 여인이 지켜보는 가운데 36세로 영면. 유해는 진부면 하진부리 논골에 매장됨.

1943년 단편 「만보」가 유고로 『춘추』 7월호에 발표됨. 작품집 『황제』 박문서관에서 발행.

1960년 '춘조사'에서 5권의 『효석 전집』 간행.

1973년 영동고속도로 개설로 묘소를 평창군 용평면 장평리로 이장.

1983년 '창미사'에서 『이효석 전집』 8권 출간.

서구적 모던 미와 탈제도화된 인간의 본성

– 이 효 석 론

문 흥 술 (서울여자대학교)

1. 머리말

가산(可山) 이효석(1907~1942)은 경성제일고보 졸업 직전인 1925년에 시 「봄」을 ≪매일신보≫(1925. 1. 18)에 발표하면서 작품 활동을 시작한 후, 1942년 5월 25일에 세상을 떠날 때까지 약 17여 년 동안 수십 편의 단편소설과 2편의 장편소설을 비롯하여, 시, 수필, 희곡, 시나리오 등 다양한 장르에 걸쳐 많은 작품들을 발표하였다.

유진오, 채만식과 함께 동반자 작가로 알려진 그의 작품 세계는 1933년에 발표된 「豚」을 전후로 하여 일반적으로 크게 두 시기로 구분된다. 첫 번째는 동반자 작가로서의 측면을 드러내는 시기(1933년 이전)로, 이 시기의 대표작으로는 「도시와 유령」, 「행진곡」, 「기우」, 「노령근해」, 「추억」, 「상륙」, 「약령기」, 「북국사신」, 「북국점경」 등이 있다. 두 번째는 동반자 작가로서의 경향을 불식하고 새로운 작품 세계를 펼치는 시기(1933년 이후)이다.

이 시기에 발표된 작품은 다시 세 가지로 유형화될 수 있다. 첫째 유형은 시골의 삶을 다루는 작품으로, 「돈」, 「수탉」, 「산」, 「분녀」, 「들」, 「고사리」, 「메밀꽃 필 무렵」, 「개살구」, 「영계」, 「山精」, 「사냥」 등이 여기에 해당한다. 둘째 유형은 도시적 삶을 다루는 작품으로, 「마음의 의장」, 「일기」, 「수난」, 「聖樹賦」, 「계절」, 「천사와 산문시」, 「인간 산문」, 「성찬」, 「삽화」, 「장미 병들다」, 「막」, 「공상구락부」, 「해바라기」, 「가을과 산양」, 「여수」 등이 여기에 해당한다. 셋째 유형은 이효석이 말년에 일본어로 발표한 작품들로, 상고주의적인 취미를 드러내는 「은은한 빛」, 「春衣裳」, 「소복과 청자」, 「엉겅퀴의 장」 등이 있다.

이러한 이효석의 작품 세계에 대해 지금까지 크게 세 가지 측면에서 연구가 진행되고 있다. 먼저 1930년대 한국 문단을 지배한 리얼리즘과 모더니즘이라는 양 관점에서 접근하는 경우이다. 리얼리즘의 관점에서는 이효석의 동반자적 경향을 논하면서, 그의 동반자적 경향은 당대 시대사조에 영합하기 위해 좌익 사상으로 자신을 분장했다(정명환, 「위장된 순응주의」)고 보고 있다. 한편 모더니즘의 관점에서는 이효석의 소설을 도시소설의 일종으로 볼 수 있으나, 당시 모더니스트들의 친목 단체라 할 수 있는 '구인회'의 참가가 그의 자의적 측면에서 이루어진 것이 아니듯, 그의 도시소설 역시 모더니즘 문학으로 보기에는 모호하다고 평가(서준섭, 「한국모더니즘 문학 연구」)하고 있다.

다음, 이효석 소설을 도시소설과 농촌소설로 유형화하려는 견해(전혜자, 「한국 근대문학에서의 도시와 농촌」)이다. 곧 도시를 배경으로 한 소설은 유혹과 사기, 타락과 방탕이 난무하는 퇴폐적인 소설이며, 농촌을 배경으로 한 소설은 전원의 이미지, 흙에 대한 집착, 자연과 인간의 일치를 보여주는 '문화적 원시주의'에 가까운 것으로 평가하고 있다.

위의 접근 방법들은 모두 동반자적 경향과 탈동반자적 경향을 보이고, 도시의 삶과 농촌의 삶을 동시에 다루고 있는 이효석의 작품 세계를 그 전체적인 면에서 접근하지 못하는 한계를 노정하고 있다. 이러한 한계를 극복하기 위해 대두된 것이 그의 소설에 나타나는 토속성과 이국성이라는 양 측면에 주목하면서 그의 작품 창작의 원동력을 추적하는 방법이다. 곧 이효석 소설에 나타나는 서구적 소재에 주목하여 그의 소설의 밑바탕에는 서구지향성에 입각한 동경과 이상이 강하게 노출되고 있으며, 이러한 성향은 현실의 질곡으로부터 벗어나려는 자유에의 갈망에서 비롯된 것(정한모, 「효석 문학의 서구적 소재」)이라 보고 있다. 그리고 이효석이 식민지 제국대학 영문과 출신이라는 점에 주목하면서 그의 서구지향성을 제국대학 영문과 출신으로서의 서양독서체험에 기초한 '관념으로서의 영문학'에서 비롯된 것(김윤식, 「병적 미의식의 양상」)이라 보고 있다.

이 글에서는 이러한 논의들을 바탕으로 하여 이효석 소설 전체를 관통하는 글쓰기의 원형이 무엇인지를 밝히고자 한다. 이효석은 17여 년의 창작활동 기간 중, 1933년 「豚」을 기점으로 초기의 동반자적 경향에서 벗어나 새로운 작품 세계를 펼친다. 지금까지 기존 연구는 그의 이러한 작품 세계의 변모를 표층적 차원에서 접근하여 초기와 후기의 작품 세계로 양분하여 그 특질을 밝히고 있다. 그러나 표층에 드러나는 작품 세계의 변모를 두고 제1기, 제2기 식으로 구분하여 그 특질을 논하는 방법은 작가의 작품 세계 전체를 일관되게 해명하지 못하는 한계를 내포하고 있다. 이효석이라는 작가는 두 명, 세 명이 아니라 한 명이라는 점은 작가론의 관점에서 늘 강조되어야 한다. 한 명의 작가가 시기에 따라 작품 세계의 특질을 달리할 때 주목해야 할 것은, 그러한 작품 세계의 변모를 이끌고 가는 원동력이 무엇이냐를 밝히는 것이다. 이른바 글쓰기의 원형(sub-text)을 밝히는 것이 이에 해당한다. 곧 이효석으로 하여금 글쓰기를 하게 한 창작의 원형이 무엇이냐를 작품 세계 전체와 관련하여 재구성하고, 이를 토대로 작품의 변화 과정과 특질을 추적함으로써, 작가 이효석의 작품세계의 전체를 일관되게 설명할 수 있다.

2. 마르크스주의에서 서구적 미의식의 세계로

글쓰기의 원형이라는 관점에서 이효석의 작품에 접근할 때, 먼저 주목되는 것이 「약령기」, 「오리온과 능금」, 「성화」이다. 이들 작품들을 통해, 이효석 글쓰기의 원형이 무엇이며, 나아가 왜 그의 작품이 변모를 겪게 되고, 이것이 갖는 의미가 무엇인지를 밝힐 수 있다.

「弱齡記」(≪삼천리≫, 1930. 9)는 동반자 작가로서의 이효석의 특징을 잘 보여주는 작품이다. 이 작품은 주인공 학수가 애인 금옥의 자살과 학교 원정비 적립 반대 운동으로 고향을 떠나는 과정을 다루고 있다. 여기서 학수로 하여금 고향을 떠나게 하는 직접적 동인은 서울에서 좌익 운동을 하다가 쫓겨나 고향에 내려와 있는 '용걸'에 대한 동경으로 제시되어 있다. 좌익주의자인 용걸은 학수에게 '열정에 빛나는 그 눈'과 '깊고 광채 있고 믿음직한 눈', '굳은 신념'이라는 표현에서 보듯 일종의 존경의 대상이다. 곧 학수는 용걸 같은 좌익주의자가 되기 위해 고향을 떠나는 것이다. 그러나 이 작품에 은밀하게 감추어진 근본적인 동인은 다른 측면에 있다.

(i) 학수는 두 번 세 번 거듭 여남은 번 이 시(인용자―하이네 시)를 읽었다. 읽을수록 알지 못할 위대한 흥이 솟아 나왔다. '아그네스'를 '금옥이'로 고쳤다가 다시 여러 가

지 다른 것으로 고쳐 보았다. '동무'로 해보았다. '이 땅'을 놓아 보았다. 나중에는 '세상'으로 고쳐 보았다. 그것이 무엇이라고 꼬집어 말할 수 없는 위대한 감격이 가슴속에 그득히 복받쳐 올라왔다.(p.43)

　　(ii) 보름달이 박덩이같이 희다. 벌판 끝에 바다가 그윽한 파도 소리와 함께 우련한 밤 속에 멀다. 윤곽이 선명한 초막의 그림자가 그 무슨 동물과도 같이 시꺼멓게 능금밭 속까지 뻗쳐 있고, 그 속에 능금나무가 잎사귀와 꽃이 같은 푸르스름한 빛으로 우뚝 솟아 있다. 달밤의 색채는 반드시 흰빛과 묵화 빛만이 아니다. 달빛과 밤빛이 짜내는 미묘한 색채―자연은 이것을 그 현실의 색채 위에 쓰고 나타난다. 이것은 확실히 현실을 떠난 신비로운 치장이다. 그러나 달밤은 또한 이 신비로운 색채뿐이 아니다. 색채 외에 확실히 일종의 독특한 향기를 품고 있다. 알지 못할 그윽한 밤의 향기―이것이 있기 때문에 달밤은 더한층 아름다운 것이다. 인류가 태곳적부터 가진 이 낡은 달밤―낡았다고 빛이 변하는 법 없이 마치 훌륭한 고전(古典)과 같이 언제든지 아름다운 달밤!(p.38)

(i)에서 학수가 '하이네 시집'을 탐독하고 있으며, 이 시집을 통해 현실을 바라보고, 심지어 재단하고 있음을 볼 수 있다. (ii)에서 '달밤'의 '알지 못할 그윽한 향기'가 '현실을 떠난 신비로운 치장'이며, '인류가 태곳적부터 가진' 것으로 '마치 훌륭한 고전'과 같다고 언급하고 있다.

이로부터 학수가 지향하는 세계가 '하이네'로 표상되는 서구 영문학적 지식과 관련이 있으며, 그것은 특정 시대의 지식이라기보다 역사와 시간을 초월한 '훌륭한 고전'과 관련된 지식임을 알 수 있다. 곧 학수가 동경하는 세계는 '용걸'과 같은 좌익주의자의 그것이라기보다는 서구 영문학적 지식과 관련된 '신비로운' 세계이자 현실초월적인 세계의 그것임을 알 수 있다. 이미 기존 연구자들에 의해 지적된 바 있거니와, 작가 이효석은 제일고보 시절부터 체홉에 열중했고, 경성제대에서 영문학을 전공하면서 맨스필드, 입센, 토마스 만, 워어즈워드, 버언즈 등의 작가에 깊이 경도되어 있었다.

여기서 이효석 소설에 나타나는 동반자적 경향과 관련하여, 그의 마르크스주의에 대한 지향성이 프롤레타리아의 단결을 통한 자본주의 현실변혁과 그 변혁을 위한 실천적 사상으로서의 마르크스주의와 관련이 있는 것이 아니라는 점은 지적되어야 한다. '동반자적 경향'은 사회주의 혁명에 직접 참여하지 않지만 그것에 동조적인 입장을 취한 문학적 경향을 일컫는다. 따라서, 엄밀한 의미에서 이효석은 동반자 작가가 될 수 없다. 그는 마르크스 철학을 사회주의 혁명을 위한 실천적 세계관으로 받아들인 것이 아니라, 사회 변혁을 위한 '행동'과 '신념'을 배제한 채 단순한 지적 호기심으로 받아들이고 곧 그것과 멀어지기 때문이다. 이는 그의 사상적 밑바탕에 강하게 자리잡고 있는 서구 '고전'과 관련된 영문학적 지식에 대한 강한 지향성과 관련이 있다.

이를 「오리온과 능금」(≪삼천리≫, 1932. 3)에서 보다 구체적으로 확인할 수 있다. 이 작품에서는 '마르크스 철학'과 '능금의 철학'이 대조되고 있으며, 이것은 '연구회'와 '나오미'의 대조로 구체화되고 있다.

ⓘ 나오미의 하아얀 이빨이 웃음을 띄우며 능금 속에 빛났다.

"금욕은 프롤레타리아의 도덕이 아니에요. 솔직한 감정을 정직하게 표현하는 것이 프롤레타리아가 아닐까요?"

그러나 밝은 밤거리에서 아름다운 여자가 능금을 버적버적 먹는 풍경은 프롤레타리아답다느니보다는 차라리 한 폭의 아름다운 모던 풍경이었다. 그만큼 아름다운 나오미의 자태에는 프롤레타리아다운 점은 한 점도 없으며, 미래에도 그가 얼마나한 정도의 프롤레타리아 투사가 될까도 자못 의문이었다. 너무도 아름답고 사치하고 모던한 나오미였다.

"능금 좋아하세요?"

"싫어하는 사람이 어디 있겠소."

"모두 아담의 아들이오, 이브의 딸이니까요. 자, 그럼 한 개 잡수세요."

나오미는 여전히 미소하면서 능금 한 개를 나의 손에 쥐어 주었다.

"그렇지요. 조상 때부터 좋아하던 능금과 우리는 인연을 끊을 수는 없어요. 능금은 누구나 좋아하던 것이고 또 영원히 좋은 것이겠지요. 공간과 시간을 초월하여 높게 빛나는 능금이지요. 마치 저 하늘의 오리온과도 같이 빛나는 것이에요."

"능금의 철학."(pp.63-64)

(ii) "가지가지의 붉은 사랑을 맺어 가는 왓시릿사의 가슴속에는 물론 든든한 이시의 조종도 있었겠지만 보다도 뛰는 피와 감정에 순종함이 더 많았겠지요. 이런 점에 있어서 저도 왓시릿사를 좋아하고 찬미할 수 있어요."

"사업 제일, 연애 제이, 어디까지든지 이 신조를 굽히지 않고 나간 것이 용감하지 않소?"

"그러나 사업 제일이라는 것은 결국 왓시릿사에게는 한 개의 방패와 이유에 지나지 못하는 것이 아닐까요. 한 사람의 사나이로부터 다른 사나이에게 옮아갈 때 거기에는 사업이라는 아름다운 표면의 간판보다도 먼저 일의적인 좋고 싫다는 감정의 시킴이 있을 것이 아닌가요? 결국 근본에 있어서는 감정 제일, 사업 제이일 것예요."(p.69)

위 인용문에서 '나오미'는 '능금'과 '오리온'에 비유되고 있다. 그것은 '아담과 이브'의 능금이고, '코카사스의 결혼 풍속과 관련된 능금'이자, '오리온의 별자리'와 같은 것으로, '시공'을 초월한 영원한 것이다. "진한 눈썹 밑에 열정을 그득히 담은 눈동자는 마치 동물과 같이 교교한 광채를 던지고 불빛에 물든 머리카락은 그 주위에 열정의 윤곽을 뚜렷이 발산"하는 나오미는 '나'에게 '동지라는 느낌보다는 여자라는 느낌'을 주는 존재로, '프롤레타리아답다느니보다는 차라리 한 폭의 아름다운 〈모던〉한 풍경'이며, '성스럽고 신비로운 그림'과 같고, '아름답고 사치하고 모던'한 존재다. 이를 통해, '나오미'는 앞에서 살펴 본 '하이네'와 '훌륭한 고전'과 같은 서구 영문학적 지식에서 태동된 인물임을 알 수 있다.

반면 '연구회'와 관련된 '프롤레타리아'는 '속되고 평범한 지상적 풍경'에 불과한 것으로, '금욕'을 도덕으로 여기고, '사업이라는 아름다운 표면의 간판'을 강조하면서 '솔직한 감정 표현'을 억압한다. 그러나 '나오미'는 '좋고 싫다는 감정의 시킴'을 중요시하면서 '왓시릿샤'처럼 '든든한 이지의 조종'과 함께 '뛰는 피와 감정에 순종'하는 것을 중시한다.

여기서 이효석이 마르크스 철학을 위선적이고 억압적이며 현실의 속된 것으로 치부하고, 서구 영문학적 지식에 기초하여 서구적 '이지'와 '열정'을 중시하고 있음을 알 수 있다. 그것은 '오리온'과 '아담과 이브'로 표상되는 시공을 초월한 영원한 것이다. 또한 그것은 '능금'에서 느낄 수 있는 '차가움'과 '붉음'처럼, 서구적 이지에 기초한 '모던'하면서도 '아름답고 신비롭고 사치한' 것이면서, 더불어 어떤 가식적인 제도적 틀로부터 벗어나 인간의 본능적 감정과 열정을 자유롭게 발산할 수 있는 것이다.

이러한 측면은 「성화」(≪조선일보≫ 1935. 10. 11~31)에서 보다 심화되어 제시되고 있다. 이 작품은 '앙상한 일상의 바다'를 비판하고 '아름다운 꿈의 세상'을 강렬하게 지향하고 있다. 이 지향성은 '쌍안경 렌즈'와 '호프만의 성화'에 의해 촉발되고 있다.

(i) 두 개의 렌즈를 통하여 들어오는 갈매빛 거리는 앙상한 생활의 바다가 아니요, 아름다운 꿈의 세상이었다.(p.82)

(ii) 호프만의 그 성화(聖畵)는 언제부터인지도 모르게 은연히 나의 마음을 끌게 되었다. 크브로의 청년에게 딴 세상을 가르치는 기독의 손길이 나에게는 무한한 유혹이었다. 청년 대신에 나 자신을 그 자리에 세워 보면 그 유혹은 한층 더하였다. 기독의 말을 이해치 못하고 무거운 번민을 품은 채 하염없이 가버린 청년과는 달라 나는 나 자신의 뜻으로 기독을 이해할 수 있고 나 자신의 '아직도 한 가지 부족한 인생'을 느낄 수 있었다.(p.86)

(i)에서 '쌍안경 렌즈'를 통해 '앙상한 생활의 바다'를 '갈매빛'으로 채색하고 있는데, 이는 현실을 추상화하여 지식(관념)의 영역에서 '아름다운 꿈'의 세상을 지향하는 것에 해당한다. (ii)에서 '호프만의 성화'를 통해 지금 이곳의 생활이 '부족한 인생'이라 생각하

고 '기독'이 가르치는 딴 세상을 지향하고자 한다. 이처럼, 이 작품은 '쌍안경 렌즈'로 현실을 추상화하고 현실로부터 벗어나 '아름다운 꿈의 세상'을 지향하고 있다. '일상'과 '아름다운 꿈의 세상'은 '난야'와 '유례'라는 두 여성의 대비로 구체화된다.

이 작품에서 '일상'은 '흙덩이 위에 선 현실의 풍경, 거리의 냄새, 사람의 냄새'에서 보듯 매우 부정적인 것으로 설정되어 있다. "제목만 알고 내용은 펴보지 않은 야릇한 이야기"라는 구절에서 보듯, '나'의 일상에 대한 인식은 추상적이다. 그런 추상적인 인식에 의해 현실은 두 가지 측면에서 비판 대상으로 제시되고 있다. 먼저, '난야'와 관계된 측면이다. '난야'는 '유물적, 감각적'이고, '욕심과 피부의 감각'만 있는 존재로, '나'와 '탕일한 생활'을 하면서도 다른 한편으로는 룸펜이자 거리의 불량자인 '함손'과 관계를 맺고 있다. 그녀는 "용돈이 떨어지면 나에게서 졸라다가 모르는 곳에서 함손과 같이 낭비"를 한다. 그런 '난야'는 '나'에게 "향기를 잃은 고기덩이요 김빠진 한 잔의 술"이자, "사람이 아니라 물건일 뿐"이다. 다음, 좌익주의자로 감옥살이를 하고 있는 '건수'와, "가난으로 인한 주림의 빛이 전신을 감싸고" 있을 정도로 비참한 생활을 하는 건수의 아내 '유례'와 관계된 측면이다.

기독의 손길이 가르치는 세상이 나에게 있어서 유례들의 행동의 세상을 의미하는 것은 아니었다. 하기는 그들의 행동의 세상이라는 것도 나에게는 그다지 먼 것이 아니고 종이 한 장의 벽이 놓였을 뿐이었다. 그만큼 나는 그들을 이해하고 동감할 수는 있었으나 끝내 그것을 행동으로 옮길 수는 없었다. 행동에는 용기가 필요하고 용기는 생각이 편벽된 때 솟는 것이다. 인류가 쌓아 온 전 지식의 이해는 나에게서 온전히 용기를 뺏어 버렸다. 따라서 유례들의 행동을 물끄러미 바라볼 뿐이요, 그들의 세상은 여전히 종이 한 장 건너편의 것이었다. 그런고로 유례는 나에게는 유물적 행동의 대상이 아니고 일종의 정신적 우상으로 비치었다. 유례를 데리고 행동의 세상을 떠나 더 높은 세상으로 들어감이 나에게 있어서는 바로 그 성화의 의미였다.(pp.86-87)

'인류가 쌓아온 전 지식의 이해'는 앞에서 살펴보았듯이, 시공을 초월한 '훌륭한 고전', 혹은 '하이네 시집'처럼 서양의 영문학적 지식과 관련이 있다. 그런 지식에 기초할 때, 마르크스 철학은 "해골을 모아 짜놓은 비인 탑과도 같은 쓸모없는 철학"이자, 그 철학이 요구하는 '행동'은 '편벽'한 지식이며 '유물의 싸움'에 불과하다. '나'는 그런 마르크스주의와 그 주의가 요구하는 '행동'을 거부하고 '유례'와 함께 '아름다운 꿈의 세상'으로 나아가고자 한다.

'꿈의 세상'은 '난야'와 대비되는 '근대적 이지의 덩어리와도 같은 유례'로 표상되는 세계이며, 이 세계는 두 가지 형태로 제시되고 있다. 먼저, 일차적으로 '꿈의 세상'은 '불란서에서 오는 모오드의 잡지'로 대표되는 서양 잡지와 서적에서 촉발된 서구적 문화생활이 가능한 세계이다. 그 세계는 작품에서 '호텔'로 제시되어 있다.

(i) "갖은 진미를 먹어야 할 것. 음악을 풍성히 들어야 할 것. 좋은 그림을 보아야 할 것. 영화를 적당히 감상해야 할 것. 몸을 충분히 휴양해야 할 것."(p.90)

(ii) 탱고의 리듬이 마음을 달뜨게 간질렀다. 겨른 짝들은 물고기같이 미끄럽고 풍선

같이 가볍고 바다 위에 뒤뚝거리는 요트의 무리다.(p.93)

이른바 서양 상류 귀족층의 문화생활이 가능한 곳이 일차적으로 지향하는 '꿈의 세상'
이다. 그러나 이 세계는 '호텔'이라는 공간에서 보듯, 열악한 현실에서 거의 실현불가능
하다. 이로 인해, '호텔'은 '산 속'으로 대체된다.

"가방 속에 가득 든 지전을 가지고 항구의 호텔 한 간 방에 있는 신세…… 이것이 현
대인의 최대의 원이라고 하나 그것이 꿈만큼 생각될 젠 확실히 나는 생활할 힘을 잃은
것 같소. 아무것도 다 집어치우고 산속에 널집이나 한 간 짓고 가락나무와 백양나무를
심고 그 속에서 염소나 한 마리 길러 보았으면 하는 소극적 원이 있을 뿐이오."(p.95)

'산속'은 현실의 구체적 생활이 배제된 곳으로, 관념적인 자연에 해당된다. 그곳은 '오
존 냄새', 곧 '사람 냄새'와 '거리 냄새'가 배제된 '산이나 바다 냄새'로 표상되는 공간이
다. 그 공간은 '등대'로 압축된다. '등대'는 '통속소설의 세상과는 다른 아름다운 시'가 있
는 곳이다.

먼지와 해어 냄새의 항구를 지나 고개를 넘은 높은 산기슭에 등대가 있다. 파란 산,
푸른 바다의 짙은 배경 속에 뜬 하아얀 집들은 호수 위에 뿌려진 조개껍질이다. 일면
으로 깔린 조약돌, 우웃빛 뼁끼, 조촐한 화단—모두가 종이 위에 채색된 수채화의 인
상이지 흙덩이 위에 선 현실의 풍경은 아니다. 바다로 깎아내린 산등에 솟은 등대는

꿈속의 탑. 속세를 떠난 그 아름다운 그림 속에서는 사람의 거동조차 유장하고 넉넉하다.(p.113)

현실과 완전 절연된 '등대'야말로 '호프만의 성화'가 가르치는 '십자가의 길'이자 '천당으로 통하는 길'이다. 그리고 그 세계는 '죄니 양심'이니 따위가 필요치 않는 곳으로 '오는 대로 받아들이는 것이 더 인간적'인 곳이다. 곧 '등대'의 세계는 현실을 벗어난 세계로, '종이 위에 채색된 수채화의 인상'처럼 모던한 세련미와 아름다움을 간직한 세계이다. 그러면서 그 세계는 제도적 틀을 벗어나 인간의 본능적인 열정에 의한 합일이 가능한 세계이다. 그런 탈제도, 탈현실, 탈생활의 공간으로서 서구적인 모던 미와 인간의 본능적 열정을 지닌 세계에서야말로 '근대적 이지의 덩어리'인 유례와의 합일이 가능하다.

3. 관념으로서의 자연과 프리미티브한 인간의 본성

서구적 지식에 기초한 '모던'한 아름다움과 신비로움을 지닌 세계, 그리고 탈제도화된 인간의 본능적 열정이 가능한 세계에 대한 지향성은, (i) 아름다운 자연에 대한 지향, (ii) 모든 사회 제도적 관습에 대한 거부로서의 남녀의 자유로운 몸이 사랑 추구 (iii) 문닝 이전의 프리미티브한 순수 인간과 동물의 친화적 세계에 대한 지향, 보다 구체적으로는 동물의 성과 인간의 성의 결합으로 연결된다. 이를 잘 보여주는 작품이 「장미 병들다」와 「들」이다.

「장미 병들다」(≪삼천리문학≫, 1938. 1)는 서구적 지식에 기초한 모던한 미의 추구가 일상 현실에서는 불가능하며 그것은 관념으로서의 아름다운 자연에서 가능함을 보여주고 있는 작품이다. 지방 소극단에서 배우 생활을 하는 남죽은 학생 시절 "아름다운 꿈을 함빡 머금은 흐뭇한 꽃"으로, 책점 대중원에서 진보서적을 읽고 좌익주의자가 되어 퇴학당한 후 영화배우와 성악가의 꿈을 키우지만 '시대의 파도'에 그 꿈이 좌절된다. 그 후 지방극단 '문화좌'에서 공연하는 현보의 창작극 '헐어진 무대'와 '오네일'의 번역극 '고래'의 공연 배우가 되지만, 공연이 상연 금지되면서 고향에 내려갈 여비를 마련하려 몸 파는 여자로 전락한다.

이를 통해, 이 작품은 '남죽'(장미)으로 표상되는 서구적 모던 미의 추구가 열악한 현실에서 불가능하다는 것을 '남죽의 타락(장미 병들다)'로 함축하고 있다. 그러면서 그러한 서구적 미는 탈생활, 탈현실의 아름다운 자연 공간에서 가능함을 강조하고 있는데, 이는 남죽이 가고자 하는 고향이자 그녀의 언니 세죽이 있는 고향에 대한 묘사에 잘 제시되어 있다.

"얼음 속에 갇혀 있으면 추억조차 흐려지나 봐요. 벌써 머언 옛일 같아요…… 지금은 유월, 라일락이 뜰 앞에 한창이고 담 위 장미는 벌써 봉오리가 앉았을걸요."

이것은 남죽이 늘 즐겨서 외는 「고래」속의 한 구절이었으나 남죽의 대사는 이것으로서 그치는 것이 아니었다. 물 위에 둥둥 떠서 멀리 사라지는 찢어진 편지 조각을 바라보며 남죽의 고향을 그리는 정은 줄기줄기 면면하였다.

"솔골서 시작해서 바다 있는 쪽으로 평야를 꿰뚫은 흰 방축이 바로 마을 앞을 높게 내닫고 있어요. 방축이라니 그렇게 긴 방축이 어디 있겠어요. 포플러나무가 모여 서고 국제 열차가 갈리는 정거장 근처를 지나 바다까지 근 십 리 장간을 일직선으로 뻗쳤는데 인도교와 철교 사이를 거닐기에두 이십 분이나 걸려요. 물 한 방울 없는 모래 개천을 끼고 내달은 넓은 둑은 희고 곧고 깨끗해서 마치 푸른 풀밭에 백묵으로 무한대의 일직선을 그은 것두 같수. 둑 양편으로 잔디가 깔린 속에 쑥이 나고 패랭이꽃이 피어서 저녁 해가 짜링짜링 쪼이면 메뚜기와 찌르레기가 처량하게 울지요. 풀밭에는 소가 누운 위로 이름 모를 새가 풀 위를 스치면서 얕게 날고 마을로 향한 쪽에는 조, 수수, 옥수수밭이 연하여서 일하는 처녀 아이가 두어 사람씩은 보이죠. 여름 한철이면 조카 아이와 같이 염소를 끌고 그 둑 위를 거닐면서 세월없이 풀을 먹여요. 항구를 떠난 국제 열차가 산모퉁이를 돌아 기적소리가 길게 벌판을 울려 올 때, 풀 먹던 염소는 문득 뿔을 세우고 수염을 드리우고 에헤헤헤헤헤 하고 새침하게 한바탕 울어 대군 해요. 마을 앞의 그 둑을—고향의 그 벌판을—나는 얼마나 사랑하는지 몰라요. 그리운지 모르겠어요."

남죽의 장황한 고향의 묘사는 무대 위에서와는 또 다르게 고요한 강물 위를 자유롭게 흘러내렸다. 놀잇배에서 흘러나오는 레코드의 음악이 속된 유행가가 아니고 만약 교향악의 반주였던들 남죽의 대사는 마디마디 아름다운 전원교향악으로 들렸을 것이다. (pp.268-269)

남죽이 지향하는 고향은 현실의 구체적 생활이 있는 고향이 아니라 상상(관념)의 고향이다. 그것은 '오네일'의 연극 '고래'와 전원교향악에서 촉발된 것으로, 탈사회와 탈생활의 공간이자, 서구 영문학적 지식에 기초한 모던한 미의식으로서의 자연 공간이다. 곧 서구적 미의 세계는 열악한 현실에서는 실현 불가능하며, 아름답고 모던한 순수관념으로서의 자연에서 가능함을 이 작품은 강조하고 있다.

그러한 추상적인 자연을 전면에 내세우고 모든 제도적 틀로부터 벗어나 동물적 본성과 어우러진 인간의 본성을 그리고 있는 작품이 「들」(≪신동아≫, 1936. 3)이다. 이 작품에서는 '들'과 '흙'이 대조되고 있다. '흙'은 사람들이 사회를 이루면서 생활하고 있는 '마을'을 의미하며, 그곳은 '문수'가 끌려가는 '공포'의 공간이다. 반면 '들'은 그런 현실적 생활이 완전히 배제된 '거룩하고 아름다우면서 호젓한 멋'을 지닌 미적 대상이다.

작가는 서양 영문학적 지식에 기초하여 서구적이고 모던한 미, 아름답고 거룩하고 성스럽고 신비로운 미를 지향한다. 그런 미가 한국적 현실에는 없다. 그래서 작가는 한국적 현실에서 생활을 탈각시키고, 서구적 미의 세계를 담지하는 대상에만 주목하여 그 대상에 자신의 관념적 미의식을 투사시킨다. 그것이 '들'이다. 그래서 이효석이 주목하는 '들'은 구체적인 현실의 '생활 찌꺼기'가 녹아있는 '들'이 아니라, 아름다운 미적 대상으로서 추상화된 들이다. 그래서 그 '들'은 '마술과도 같은 자연의 매력'이 있고, '어린아이 그대로의 순진한 마음'과 같으며, '옷 벗는 여인의 나체'와도 같은 곳이다. 곧 그곳은 현실과 생활과 제도적 틀이 거세되고 서구적 미의식으로 추상화된 관념으로서의 순수 자연에 해당한다.

서구적 미에 대한 지향이 추상화된 순수 관념으로서의 자연으로 전이되는 이 지점을 통해 작가 이효석의 미의식이 이국적 호기심과 밀접하게 관련이 있음을 알 수 있다. 말하자면 서구적 미(지식)에 대한 작가의 인식이 어떤 깊이에까지 이르지 못하고, 단순히 새롭고 이국적인 것에 대한 다소 경박한 호기심의 차원에 머물고 있다는 것이다.

꽃다지, 길경이, 나생이, 딸장이, 먼둘네, 솔구장이, 쇠민장이, 길오장이, 달래, 무
릇, 시금초, 씀바구, 돌나물, 비름, 능쟁이.

들은 온통 초록 전에 덮여 벌써 한 조각의 흙빛도 찾아볼 수 없다. 초록의 바다.(p.174)

위에 열거된 꽃들은 한국의 토속적인 '생활'에 뿌리내리고 있는 꽃들이 아니다. 그것은
작가가 서구적 지식의 영역에서 접한 새롭고 이국적인 정취를 지닌 추상화된 한국꽃에
불과하다. 곧 이들 꽃에 대한 작가의 관심은 생활적인 것이 배제되고 이국적인 미적 정취
를 드러낼 수 있는 '이름'으로서의 꽃에 대한 관심에 불과하다. 그것은 살아있는 꽃이 아
니라 이국적으로 장식된 조화에 불과하다. "산촌적인 정서가 그대로 시골스런 표현에 그
치지 않고 있는 것은 이 작가의 심미성의 지원"(정한모) 때문이라는 평가는, 이효석에게
서 한국의 토속적 소재가 서구적 미의식으로 추상화되면서 이국적 취미를 드러내는 기표
로 세련화된다는 의미에 다름 아니다. 서구적, 이국적 호기심에 의한 토속적인 것의 세련
화의 자리에 토속적인 꽃 '이름'에 대한 작가의 관심이 자리 잡고 있으며, 그 관심이 세련
된 한국어에 대한 관심으로 확장되는 자리에 이효석 작품의 문체가 자리 잡고 있다. 이
자리야말로 이효석의 작가적 미의식과 그 표현의 세련성이 고급스럽게 결합되는 자리이
며, 그것은 현실생활에 바탕을 둔 산문의 세계가 아니라 탈현실의 꿈과 이상을 나루는 시
적 서정의 세계에 해당한다.

사람의 지혜란 결국 신비의 테두리를 뱅뱅 돌 뿐이요, 조화의 속의 속은 언제까지나
열리지 않는 판도라의 상자일 듯싶다. 초록 풀에 덮인 땅 속의 뜻은 초록 옷을 입은 여

자의 마음과도 같이 엿볼 수 없는 저 건너 세상이다.

얀들얀들 나부끼는 초목의 양자는 부드럽게 솟는 음악. 줄기는 굵고 잎은 연한 멜로디의 마디마디이다. 부피 있는 대궁은 나팔 소리요, 가는 가지는 거문고의 음률이라고도 할까. 알레그로가 지나고 안단테에 들어갔을 때의 감동—그것이 봄의 걸음이다. 풀 위에 누워 있으면 은근한 음악의 율동에 끌려 마음이 너벗너벗 나부낀다.

꽃다지, 질경이, 민들레…… 가지가지 풋나물을 뜯어 먹으면 몸이 초록으로 물들 것 같다. 물들어야 될 것 같다. 물들어야 옳을 것 같다. 물들지 않음이 거짓말이다. 물들지 않으면 안 될 것 같다.

새가 지저귄다. 꾀꼬리일까.

지평선이 아롱거린다.

들은 내 세상이다.(pp.174-175)

생활과는 동떨어진 '저 건너 세상'인 '초록 들'의 모든 것들은 구체적 현실의 대상이 아니라, 서구적 지식과 관련된 이국적인 것에 대한 지적 호기심의 표상일 뿐이다. 그래서 이들 표상물은 '음악', '멜로디', '나팔소리', '거문고의 음률', '알레그로', '안단테' 등과 같이 새롭고 세련된 한국어와 결합되어 이국적 정취를 한껏 풍기면서, 아름다운 시적 서정의 세계를 그려내고 있다.

이처럼 이 작품에 등장하는 '들'은 생활이 배제된 채 이국적 호기심의 대상으로 설정된 것에 불과하다. 이처럼 탈생활, 탈제도, 탈사회적 공간이자, 이국적이고 서구적인 모던 미를 간직한 '들'에서 인간은 모든 제도적 가식을 벗어버리고 동물처럼 '프리미티브

(primitive)'한 인간이 되어 그 본능적 욕구를 자유롭게 분출한다.

> 개울녘 풀밭에서 한 자웅의 개가 장난치고 있는 것이다. 하늘을 겁내지 않고 들을 부끄러워하지 않고 사람의 눈을 꺼리는 법 없이 자웅은 터놓고 마음의 자유를 표현할 뿐이다. 부끄러운 것은 도리어 이쪽이다. 나는 얼굴을 붉히면서 대중없이 오랫동안 그 요절할 광경을 바라보기가 몹시도 겸연쩍었다. 확실히 시절의 탓이다. 가령 추운 겨울 벌판에서 나는 그런 장난을 목격한 일이 없다. 역시 들이 푸를 때 새가 늦은 알을 깔 때 자웅도 농탕치는 것이다. 나는 그 광경을 성내서는 비웃어서는 안 되었다.(pp.179-180)

제도적 금기의 틀을 벗어버릴 때, 인간은 그 본능을 억압하는 모든 관습으로부터 자유로워 질 수 있다. 그것은 탈현실과 탈생활의 공간에서 가능하다. 그 공간에서 인간은 '프리미티브'한 인간이 되어 동물처럼 자유로운 본성을 분출할 수 있다. 그 분출이 동물의 성과 결합되는 자리에 위의 대목이 놓여 있다. '나'와 '옥분'의 자유로운 몸의 사랑이 동물의 성과 결합되는 자리야말로 가장 탈사회적이고 탈문명적이고 탈제도적인 것에 해당한다.

4. 세 가지 작품 유형과 「메밀꽃 필 무렵」의 의미

지금까지 이효석의 글쓰기의 원형이 무엇인지를 살펴보았다. 이효석의 글쓰기의 원형으로 먼저 (i) 서구적 지식에 기초한 모던한 세련미에 대한 추구와 (ii) 인간의 본능적 열정의 자유로운 분출을 들 수 있다. 그리고 (i)은 아름다운 자연에 대한 지향(iii)으로 연결되며, (ii)는 모든 사회제도적 관습에 대한 거부로서의 남녀의 자유로운 몸의 사랑 추구(iv)와 문명 이전의 프리미티브한 순수 인간과 동물의 친화적 세계에 대한 지향, 보다 구체적으로는 동물의 성과 인간의 성의 결합(v)으로 연결된다. 그리고 이 모든 것은 '생활의 찌꺼기'와는 무관한, 탈생활, 탈현실, 탈제도, 탈문명적인 것이면서, 작가의 이국적 호기심과 관련이 있음을 살펴보았다.

이효석의 작품 전개 과정에서 이러한 원형적 특질들은 뒤섞여 제시되고 있다. 그러면서 어떤 측면이 강하게 드러나기도 하는데, 이에 따라 이효석의 다양한 작품 세계가 전개된다. 이를 원형적 특질 중 어느 측면이 강조되느냐에 따라 크게 네 가지 유형으로 나눌 수 있다. 즉 (i) '행동'을 배제한 채 마르크스 철학에 대한 지적 호기심을 드러내거나, 마르크스 철학을 비판하고 서구 영문학적 지식의 세계를 지향하는 소설, (ii) 세련된 여인이나 순수 자연을 통해 서구의 모던한 미의 세계를 지향하는 소설, (iii) 기존의 제도적 관습을 비판하고 탈제도화된 순수 인간의 본성을 강조하는 소설로 유형화될 수 있다.

돼지의 교접 장면을 통해 동물의 성과 인간의 본능적 성을 일체화시키고 있는 「돈」, 성관계를 통해 몸의 변화를 다루면서 인간의 본능을 문제 삼는 「분녀」, 인간의 본능적 욕정을 구속하는 '살구나무집'을 배경으로 하는 「개살구」, 근대적 도시를 배경으로 하여 제도 밑에 숨겨진 인간의 본성을 문제 삼는 「성찬」은 모두 인간의 본성을 억압하는 사회제도적 측면을 비판하고 탈제도화된 인간의 본능적 열망을 강조하고 있는 작품이다.

「메밀꽃 필 무렵」(≪조광≫, 1936. 10)은 이효석의 글쓰기의 원형이 총체적으로 압축되어 있는 작품이다. 이 작품에서 다음 네 가지 측면에 주목할 필요가 있다. 첫째, 이 작품의 배경이 되는 메밀꽃이 흐드러지게 핀 풍경과 그 속에 자리 잡고 있는 인물의 특성이다.

이지러는 졌으나 보름을 가제 지난 달은 부드러운 빛을 흐붓이 흘리고 있다. 대화까지는 칠십 리의 밤길, 고개를 둘이나 넘고 개울을 하나 건너고 벌판과 산길을 걸어야 된다. 달은 지금 긴 산허리에 걸려 있다. 밤중을 지난 무렵인지 죽은 듯이 고요한 속에서 짐승 같은 달의 숨소리가 손에 잡힐 듯이 들리며, 콩포기와 옥수수 잎새가 한층 달에 푸르게 젖었다. 산허리는 온통 모밀밭이어서 피기 시작한 꽃이 소금을 뿌린 듯이 흐뭇한 달빛에 숨이 막힐 지경이다. 붉은 대궁이 향기같이 애잔하고 나귀들의 걸음도 시원하다.(pp.203-204)

'부드러운 달빛', '소금을 뿌린 듯한 하얀 모밀밭' 등으로 이루어진 자연은 구체적이고 현실적 생활이 배제된 공간이다. 이러한 공간은 앞서 보았듯이, 서구적 모던 미를 지닌 기표로서의 추상적인 자연이다. 이러한 탈생활과 탈사회, 탈제도의 공간에 위치한 주인공 허생원 역시 현실적인 생활로부터 유리되어 있다.

고향이 청주라고 자랑삼아 말하였으나 고향에 돌보러 간 일도 있는 것 같지는 않았다. 장에서 장으로 가는 길의 아름다운 강산이 그대로 그에게는 그리운 고향이었다. 반날 동안이나 뚜벅뚜벅 걷고 장터 있는 마을에 거지반 가까웠을 때, 거친 나귀가 한바탕 우렁차게 울면—. 더구나 그것이 저녁녘이어서 등불들이 어둠 속에 깜박거릴 무렵이면 늘 당하는 것이건만 허생원은 변치 않고 언제든지 가슴이 뛰놀았다.(p.202)

생활인의 입장에 설 때 장돌뱅이의 삶은 고달프고 신산할 수밖에 없다. 그러나 허생원은 그가 소속된 인간사회도, 가족도 없이 홀홀 단신 철저하게 외톨이로 떠돌아다닌다. 곧 그는 사회와 현실과 생활로부터 유리되어 살아가는 인물이다. 그가 장돌뱅이로 떠돌아다니는 여정에서 만나는 자연을 '아름다운 강산'이자 '그리운 고향'으로 여기고, 그 자연을 대하면서 '가슴이 뛰노'는 것은 그가 생활로부터 벗어나 있기 때문에 가능하다.

이처럼 이 작품은 배경과 인물의 측면에서 탈생활, 탈현실의 측면을 강하게 내포하고 있다. 이러한 측면은 이효석의 글쓰기의 원형이라 할 수 있는 서구적인 모던 미와 이국적인 것에 대한 지향성과 관련이 있다. 따라서 이 작품에서 일제강점기 조선의 비참한 현실이나 떠돌이 장돌뱅이의 삶의 애환 따위는 중요하지 않다. 다만 세련된 미적 정취를 지닌 자연과 그 자연의 아름다움과 함께 하는 인물의 모습을 통해 드러나는 이국적 정취이다.

둘째, 허생원과 성 서방네 처녀와의 관계이다. 허생원이 젊은 시절 경험한, '뒤에도 처음에도 없는 단 한 번의 괴이한 인연'인 성 서방네 처녀와의 물방앗간에서의 관계는 역시나 생활과 관련된 필연성에 의해 연결되지 않고, 비현실적인 분위기와 연결되어 있다. 두 사람의 관계 맺음은 '보이는 곳마다 하얀꽃이 핀 모밀밭'과 '너무나 밝은 달밤'이 어우러진 탈현실적인 요소에서 비롯된다. 곧 탈현실적이고 탈제도적인 공간인 '물방앗간'에서 인간의 순수한 본성에 의한 육체적인 관계와 사랑이 펼쳐지는 것이다. 그러기에 성 서방네 처녀가 처음 만난 사내에게, 그것도 "얼금뱅이요 왼손잡이인 드팀전"의 장돌뱅이인 허생원에게 쉽게 몸을 허락하는 것은 바로 이러한 탈제도화된 공간과 인간의 순수한 본성에 기인한다.

셋째, 허생원과 나귀의 일체성이다. 이것은 탈생활과 탈제도의 공간으로서의 순수 자연과 그 자연에서 모든 제도적 틀을 벗어버리고 인간의 고유한 본성을 되찾은 '프리미티브'한 인간과 동물의 공통성에 연유한다.

> 반평생을 같이 지내 온 짐승이었다. 같은 주막에서 잠자고, 같은 달빛에 젖으면서 장에서 장으로 걸어 다니는 동안에 이십 년의 세월이 사람과 짐승을 함께 늙게 하였다. 까스러진 목 뒤 털은 주인의 머리털과도 같이 바스러지고, 개진개진 젖은 눈은 주인의 눈과 같이 눈곱을 흘렸다. 몽당비처럼 짧게 쓸리운 꼬리는, 파리를 쫓으려고 기껏 휘저어 보아야 벌써 다리까지는 닿지 않았다. 닳아 없어진 굽을 몇 번이나 도려내고 새 철을 신겼는지 모른다. 굽은 벌써 더 자라나기는 틀렸고 닳아 버린 철 사이로는 피가 빼깃이 흘렀다. 냄새만 맡고도 주인을 분간하였다. 호소하는 목소리로 야단스럽게 울며 반겨한다.(p.200)

암놈을 보고 발정을 하는 늙은 나귀는 충주집을 보고 젊은 동이를 질투하는 늙은 허생원과 동일하다. 이처럼 동물의 성본능과 인간의 성본능을 동일시함으로써, 탈제도화된 인간과 동물의 공통성을 그려내고 있다.

넷째, 이 작품은 김윤식의 지적처럼 시간과 공간이 견고하게 결합되어 있다. 이 작품의 공간적 배경은 봉평에서 대화로 가는 "팔십 리의 밤길, 고개를 둘이나 넘고 개울을 하나 건너고 벌판과 산길을 걸어야" 하는 거리이다. 이 거리에서 작품은 개울물을 건너는 것에서 끝이 나며, 이에 따라 시간도 정확하게 대응되는데, 그것이 작품 처음 부분에 제시된 "축들은 그 어느 쪽으로든지 밤을 새며 육칠십 리 밤길을 타박거리지 않으면 안 된다."이다. 80리 산길 중 60리를 간 거리, 그 거리에 대응하는 시간이야말로 이 작품에서 가장 현실적인 부분이며, 이 부분이 견고하게 뒷받침하고 있기에 이효석의 다른 어떤 작품보다 빛이 나는 것이다.

이효석의 소설을 두고 흔히 '시대 도피의 문학' 혹은 '이 땅과 무관한 이방인'의 작품이라는 비판을 가한다. 곧 그의 작품은 일제강점기의 사회 현실과 유리된 서양적 풍물, 토속, 자연, 성에 치중함으로써 서구 취미 내지 이국 취미만을 드러내고 있다고 비판을 받는다. 이로 인해 그의 작품은 현실 생활과 밀착된 산문의 세계보다, 탈현실의 꿈과 이상세계에 대한 이국적인 호기심을 다루는 시적 서정의 세계에 더 가깝다는 비판을 받는다. 이러한 비판으로부터 이효석 작품이 자유롭지 못한 것은 사실이다.

그러나 이러한 평가가 이효석의 작품 세계 전체를 무조건적으로 폄하하는 것으로 굳어져서는 안 된다. 왜 이효석이 이러한 작품 세계를 지향하고 있는지에 대해, 당대의 사회 역사적 측면과 관련하여 작가의 정신사적 구조를 해명하는 작업이 보다 정밀하게 이루어지고, 나아가 그의 작품에 나타나는 심미성과 세련된 표현이 한국소설사 전체에서 어떤 의의를 갖는가를 밝히는 작업이 병행될 때, 그의 작품에 대한 정당한 평가가 이루어질 수 있을 것이다.